It can't Happen Here

It can' t Happen Here

不可能在这里发生

（美）
辛克莱·刘易斯
著

单士坤
张铭
魏强强
张曼
等 译

山东大学出版社
SHANDONG UNIVERSITY PRESS
·济南·

图书在版编目（CIP）数据

不可能在这里发生 /（美）辛克莱·刘易斯著；单士坤等译. —济南：山东大学出版社，2023.6

ISBN 978-7-5607-6798-7

Ⅰ. ①不… Ⅱ. ①辛… ②单… Ⅲ. ①长篇小说—美国—现代 Ⅳ. ①I712.45

中国版本图书馆 CIP 数据核字(2022)第 244083 号

图书策划：滕希功
责任编辑：滕希功
装帧设计：牛 钧 禾 乙

出版发行：山东大学出版社
社址：山东省济南市山大南路 20 号
邮编：250100
电话：市场部(0531)88363008
经销：新华书店

印刷：山东和平商务有限公司
开本：720mm×1000mm 1/16 印张：18.75 字数：352 千字
版次：2023 年 6 月第 1 版 2023 年 6 月第 1 次印刷

ISBN 978-7-5607-6798-7
定价：66.00 元

目　录

1

为了举办女士之夜，比乌拉堡扶轮社[①]预定了韦塞克斯酒店的精美餐厅，里面装饰着镀金的石膏屏障和绘着青山的壁画。

在佛蒙特州举办这种活动虽不如在西部大草原那般别具一格，但也有看点：在一个滑稽短剧中，梅德里·科尔（磨坊和饲料商店老板）和路易斯·罗滕斯顿（专做定制服装的裁缝，负责熨烫和清洗）分别饰演名垂青史的佛蒙特州人杨百翰[②]和约瑟夫·史密斯[③]，他们拿虚构的多个妻子打趣，放肆嘲弄了在场的女士们一番。不过这个活动本质上是严肃的，经历了自1929年起的七年大萧条后，如今整个美国都严肃起来了。对于生于1917年的年轻人来说，从第一次世界大战（1914～1918）结束至今的这段时间足以让他们准备好去上大学，或者参加另一场战争，只要不甚艰难，什么老旧的仗他们都打得来。

扶轮社今晚的特色节目并不搞笑，起码算不上十分有趣，因为表演的节目是爱国演说。表演者有美国准将赫伯特·Y. 埃德韦斯（已退役），他义愤填膺地论述了"通过防护实现和平——花费数百万购买武器，却不肯花一分钱凭吊烈士"的话题；还有阿德莱德·塔尔·吉米奇夫人——1919年，她英勇地反对选举权运动；一战期间，她巧妙地为美国士兵送去一万套多米诺骨牌，使士兵们不必再去法国咖啡馆找乐子，但这两件事并未使吉米奇夫人声名远扬。

---

① 扶轮社（Rotary Club），以增进职业交流及提供社会服务为宗旨的地区性社会团体。

② 杨百翰（Brigham Young），在耶稣基督后期圣徒教会创始人小约瑟夫·史密斯去世后，担任教会首领一职。

③ 约瑟夫·史密斯（Joseph Smith），摩门教创始人，至少有三十四名妻子。他死后，其部分妻子和事业由杨百翰继承。

2

对于吉米奇夫人最近为维护美国家园的纯净而做出的尚未得到重视的努力,任何关心社会的爱国者都不会嗤之以鼻。她建议封杀电影界有以下几种情形的工作人员、演员、导演及摄影师:(1)有离婚史;(2)出生在国外——大不列颠除外,因为吉米奇夫人十分尊重玛丽女王;(3)拒绝宣誓尊重美国国旗、宪法、《圣经》及所有其他美国特有的制度。

一年一度的女士之夜是最为体面的聚会——聚集了比乌拉堡的精英,大多数女士和半数以上的绅士都会身穿晚礼服。不过据传,在宴会开始前,扶轮社内部人员就已在酒店的 289 号房间里偷偷享用过鸡尾酒了。餐桌被排列成 U 形,桌上烛光熠熠,摆有盛着糖果和坚果的玻璃碟子、米老鼠雕像、黄铜制的转轮和装饰用的丝制美国国旗插在涂成金色的全熟水煮蛋上。墙上有一条写着"先人后己"的横幅。此次聚会的菜单——西芹、奶油番茄汤、烤黑线鳕、炸鸡肉卷、豌豆和什锦水果冰激凌——达到了韦塞克斯酒店的最高水准。

众人目瞪口呆地听着演说,埃德韦斯将军那充满男子气概却又很神秘的民族主义狂想曲即将接近尾声:

"……因为在大国之中,只有美国没有征服他国的欲望。我们最大的抱负就是维持好独立!我们同欧洲唯一真正的联系存在于我们必须设法教育那些愚昧无知的民众的艰巨任务之中,我们要让他们知道,欧洲人曾妄图影响我们的文化和礼仪,但正如我告诉诸位的那样,我们必须时刻准备着守卫我们的海岸,以防那些打着'政府'旗号的国际外来敲诈团伙,他们正以狂热的妒忌,对我们取之不尽的矿山、高耸的森林、繁华的大都市及美丽又辽阔的土地虎视眈眈。

"这是有史以来第一次,一个伟大的国家必须不断地武装自己,却不是为了征服——不是因为嫉妒——不是由于战争——而是为了和平!真希望这样的准备永远都派不上用场,可一旦其他国家无视我们的警告,就像传说中的龙牙被种入土中[①]那样,美国的每一寸土地都会冒出一个全副武装、英勇无畏的武士!先辈们辛勤耕耘,守卫着我们的土地,我们必须传承他们的精神……否则,我们将会灭亡!"

台下掌声如潮,校长埃米尔·斯托布梅尔"教授"突然高声喊道:"为将军三呼——嘿,嘿,万岁!"

所有的观众都在为将军和斯托布梅尔先生喝彩,除了几个主张和平主义的

---

① 希腊神话中,菲尼基王子卡德莫斯杀死巨龙后,将龙牙种在地里,于是地里长出了一批凶悍的武士。

古怪妇女和一个名叫多雷姆斯·杰瑟普的人。多雷姆斯是比乌拉堡《每日线人》的编辑，当地人认为他是“一个十分聪明的小伙子，但有点儿愤世嫉俗”。他低声对他的牧师朋友法尔克先生说：“在开垦亚利桑那州的几寸荒地上，我们的先辈们做得还不够啊！”

晚宴的高潮部分是阿德莱德·塔尔·吉米奇夫人的演讲，她因“叔叔们的女孩”的名号而闻名全国，因为在一战期间，她主张将美国远征军里的士兵称为“叔叔”。吉米奇夫人不仅为士兵们送去了多米诺骨牌，实际上，她最初的想法更有创意，她想为前线的每个士兵送去一只关在笼子里的金丝雀。想想看，金丝雀对士兵们来说意味着什么呢：陪伴，还能唤起对家乡和母亲的回忆！一只可爱的小金丝雀！谁知道呢，也许你还可以训练它们抓虱子呢！

吉米奇夫人为这个想法而热血沸腾，她走进了陆军军需兵少将的办公室，可那个古板的官员回绝了她（或者说，回绝了那些可怜的小伙子们，他们身处淤泥之中，十分孤独），嘴里还怯懦地嘀咕着没办法运送金丝雀的蠢话。据说，吉米奇夫人火冒三丈，她似戴着眼镜的圣女贞德[①]般看着这个小官僚，并“给了他一个令他终生难忘的教训！”

在这个非常时期，女性的确得到了重视，她们被鼓励着去送自己的男人，或其他人的男人参战。吉米奇夫人每遇到一个士兵都会称其为“我亲爱的孩子”，她还要确保自己能在离她两个街区的范围之内遇到他们。据说，吉米奇夫人也这样问候过一位从部队归来的海军上校，这位上校回答道：“这些日子，亲爱的孩子们一定拥有了多位母亲，不过就我个人而言，我倒宁愿多有几个情人。”还有传言根据上校的手表时间，那时，除去咳嗽的时间，吉米奇夫人滔滔不绝地讲了七十七分钟。

进入新时代，吉米奇夫人仍然在做社会服务。最近的一次是在 1935 年，她着手净化电影界。在此之前，她先是提倡禁酒令，之后又反对禁酒令。1932 年，她担任共和党委员会的委员（自此，她不得不开始投票），并且每天给胡佛总统发一封冗长的建议电报。

遗憾的是，吉米奇夫人膝下无子，不过人们却视她为儿童教育的演说家、作家。她写了一本关于幼儿教育的抒情诗集，其中包含一组流芳百世的对句：

小胖娃，坐成排，
大肥猫，脚边挨。

---

① 圣女贞德（Joan of Arc，1412～1431），法国民族女英雄。

无论是 1917 年还是 1936 年，吉米奇夫人都是美国革命女儿会中的狂热成员。

（那晚愤世嫉俗的多雷姆斯·杰瑟普认为）美国革命女儿会是一个令人稍感困惑的组织——如同神智学①、相对论或印度教徒的遁形戏法一样，这三者很相似。该组织的成员均为女性，她们除了睡觉、吹嘘自己是 1776 年参与解放运动的美国殖民者的后裔外，就是满怀激情地去抨击所有坚信那些先辈们曾为之奋斗的原则的同龄人。

（多雷姆斯认为）美国革命女儿会已经变得神圣不可侵犯且无可指摘了，甚至就像天主教会或（基督教的）救世军一样。此外，一提到它，明智者便会忍俊不禁，因为它弄巧成拙地变得和不幸消亡的三 K 党②一样荒谬，只是它的成员不需要穿戴三 K 党的长袍和尖头罩。

无论吉米奇夫人是被邀请来鼓舞士气的，还是来说服立陶宛合唱团以《哥伦比亚，海洋的珍宝》作为表演的第一首歌曲的，她始终是一名美国革命女儿会成员。在五月这个快乐的夜晚，你和比乌拉堡扶轮社社员一起听她演讲时，就感觉出来了。

吉米奇夫人又矮又胖，鼻子小巧玲珑，她头戴一顶松散的麦缏草帽，显得很年轻，帽子底下露出她那头浓密的灰发（她现今六十岁，和那位喜欢冷嘲热讽的编辑多雷姆斯·杰瑟普同岁）。她身穿一件丝质连衣裙，佩戴着一串巨大的水晶珠，丰满的胸前别着一朵盛开在山谷百合花丛中的兰花。吉米奇夫人对在场所有的男士都十分友好：她慢慢靠近他们，拥抱他们，用宛如长笛和含着巧克力酱的甜美声音口若悬河地进行着题为“你们小伙子该如何帮助我们姑娘”的演讲。

吉米奇夫人提出，女性在投票这件事上是无能为力的。如果美国能在 1919 年时采纳她的意见，她就可以帮他们解决这件麻烦事儿了。然而美国并没有，毫无疑问，女性并没有投票权。事实上，女性应继续扮演其在家庭中的角色：“正如伟大的作家、科学家阿瑟·布里斯班先生所言，每个女性都应该生六个孩子。”

就在这时，有人出乎意料地打断了她。

这个人是洛琳达·派克，她是一个臭名昭著的唯一神教派③牧师的遗孀，也

---

① 神智学（Theosophy），主张通过直接体验以认识上帝的学说。

② 三 K 党（Ku Klux Klan），美国最悠久、最庞大的种族主义组织。

③ 唯一神教派（Unitarian），属于不信仰三位一体的基督教派别。

是一家自称为"比乌拉谷酒馆"的乡村超级公寓的经理。她貌似圣母玛利亚,长相颇为年轻,有着冷静沉着的双目和一头中分的栗色秀发,柔和的声音中常满含笑意。但到了公众平台上,她的声音就会变得无比刺耳,眼睛也充满了令人尴尬的愤怒,她是村里的泼妇、怪人。洛琳达·派克喜欢多管闲事。有一次,她在镇民大会上挨个抨击全县人民关心的大事:供电公司的电价、学校教师的工资、部长协会对公共图书馆图书宽松的审查制度。就在一切本该顺利进行之时,洛琳达·派克太太的嘲笑打破了平静:"为布里斯班欢呼三声!但那些钓不住男人的可怜姑娘该由谁来管?生六个私生子吗?"

吉米奇夫人参加过百场反抗专搞破坏的激进分子的运动,还接受过奚落、嘲笑社会主义诘问者所说的那些空话的训练。这位身经百战的老手果断地予以回击:"噢,善良的女人,如你说言,如果一个姑娘真的有魅力、有女人味,那她用不着钓男人——门口会有十排男人排着队见她!"(笑声和掌声)

这个无赖的女人使吉米奇夫人更富激情,她现在不再拥抱他们了。她厉声说道:"朋友们,我告诉你们,我们国家的问题在于自私的人太多了!美国有一亿两千万人,其中百分之九十五的人都只想着自己,而不是考虑帮助有担当的商人恢复经济繁荣!所有那些贪污腐败、追逐私利的工会、财迷,只关心自己能从可怜的雇主那里榨取多少报酬,而拒不承担任何责任!"

"这个国家需要的是纪律!和平是一个伟大的梦想,但有时它可能只是白日梦!我有如下猜测——或许你们会为之震惊,但我希望你们能听一听一个女人所说的话,她将告诉你们的是切切实实的硬道理,而不是温情脉脉的献媚话。我不确定,不过,为了养成纪律,我们需要再次投入到实战之中!我们不需要具备所有高雅的智慧,也没有必要掌握全部的书本知识。我们在这方面已经做得够好了,毕竟对成年人来说,这不就是个有趣的玩物吗?如果这个伟大的国家想继续在国际会议中保持重要地位,那么,我们所有人都必须具备纪律——意志力——品质!"

言罢,吉米奇夫人优雅地转向埃德韦斯将军,笑着对他说:"您一直在讲如何保障和平,现在,来吧,将军——站在扶轮社社员们中间——说吧!结合您丰富的经验,认真想想,假设——只是假设——一个国家到处都是财迷,就像我们的工会成员和工人,他们极力鼓吹提高个人所得税,那么节俭勤劳的人就不得不为无所事事的人埋单,为了拯救他们懒惰的灵魂,让他们变得刚强起来,您不觉得战争也许是件好事儿吗？来吧，现在，告诉大家您真正的中间名[①]吧，蒙将军！”

吉米奇夫人在万众瞩目之下坐下了，掌声像一团绒毛弥漫在整个房间里。观众大喊道：“来吧，将军！站起来！”还有的喊：“她揭穿了你的底牌——你的目的是什么？”或只有一句听起来略显宽容的话：“好样的，将军！”

将军身材矮胖，红扑扑的脸似婴儿的屁股般光滑，戴着一副白金框架的眼镜，不过他倒具备军人的那种鼻息声和充满男子气概的笑声。

“好吧，先生们！”埃德韦斯将军大笑着站了起来，还朝吉米奇夫人晃了晃他肥胖的食指，“既然各位执意要从一个可怜的士兵身上挖出秘密，那我最好坦诚相待。虽然我的确厌恶战争，但还有更令人憎恶的事。啊，朋友们，真是令人憎恶，那所谓的和平状态！在这种状态下，劳工组织充斥着激进的俄国无政府主义的疯狂观念，就像处在瘟疫病菌中一样！大学教授、新闻记者和某些臭名远扬的作家正暗中对伟大的旧宪法进行煽动性的攻击！由于人们受到了这些精神毒品的熏染，他们变得软弱、胆怯、贪婪，也缺少了战士那种强烈自豪感！这种状态比那种最为恐怖的战争还要令人厌恶！

“我想，也许我之前的演讲表达得不够清楚，当年我的部队驻扎在英格兰时，我们常称其为‘旧老帽’。美国只想获得和平，并不想与任何国家产生纠葛。可这样是不行的！我真心期盼我们能站出来，并向世界宣告：‘现在你们无须考虑道德问题了！我们拥有权力，权力说明一切！’

“我并不完全欣赏德国和意大利所做的一切，但你不得不钦佩他们，他们十分坦诚、现实，足以对其他国家说：‘管好你自己的事！’我们拥有力量和意志，对具备这些神圣品质的人来说，运用它们不仅是一种权利，也是一种义务！在上帝的世界里，从没有人爱过弱者——包括弱者自己！

“我要告诉诸位一个好消息！那就是，正派又富于进取精神的力量正在这个国家最出色的年轻人中传播。为什么在 1936 年的今天，只有不到百分之七的大学院校未设置像纳粹那样严格的、受纪律约束的军事训练单位，之前是当局强迫他们接受训练，如今坚定的年轻人自己要求参加军事美德和技能的培训。因为——大家听好了，在学习了护理知识和制造防毒面具的技术后，姑娘们变得和小伙子们一样积极。此外，那些真正懂得思考的教授们也与他们站在一起！

---

① 中间名（middle name）是指一些民族的人姓名中首尾字之间的字，可以有一个或多个单词。

“为什么三年前还有相当多的学生属于激进的绥靖主义者，似要在黑暗中捅自己的国家一刀；而现在，当无耻的傻瓜和共产主义倡导者试图举行反战会议时——为什么，朋友们，在过去的五个月里，自一月一号开始，至少有七十六次公开集会遭到了同学们的突袭，多达五十九个叛国的激进学生得到了应有的惩罚，他们被暴打了一顿，以至于再也不会在这个自由的国度里举起血迹斑斑的无政府主义大旗了！朋友们，以上就是我说的好消息！”

将军在一片热烈的掌声中坐了下来。这时，镇里的闹事者洛琳达·派克太太跳了出来，再次打断了这场美好的盛宴：“喂，埃德韦斯先生，你是否觉得你不会为这些残酷的胡说八道付出代价，不——”

她话还没说完，采石场老板、比乌拉堡最富裕的实业家弗朗西斯·塔斯布鲁，大摇大摆地站起来了，伸出一只胳膊示意洛琳达安静。他低沉地说：“请稍等一下，亲爱的女士！在场所有的本地人早已熟悉你的政治原则，但作为主持人，我必须冒犯地提醒你，埃德韦斯将军和吉米奇夫人是社团邀请来为我们做演讲的；而你，请原谅我这么说，与任何扶轮社社员都没有关系，仅仅是作为法尔克牧师的宾客来到这里的，他们才是我们最尊贵的客人。所以，如果你愿意——啊，谢谢你，夫人！”

洛琳达·派克一屁股坐在椅子上，她的怒火未平。弗朗西斯·塔斯布鲁（这名字的最后一个音与英文单词“low”押韵）先生并不像她那样，他坐下的时候就像坎特伯雷大主教坐在宝座上那般。

这时，多雷姆斯·杰瑟普突然出现，所有人都安静下来了。他是洛琳达的密友，此外，自孩提时代起，他就和弗朗西斯·塔斯布鲁成了好朋友，虽然他也讨厌弗朗西斯。

多雷姆斯·杰瑟普是《每日线人》的发行人，他既是一位能干的商人，也是一位不乏才智、具有新英格兰式朴实品质的社论作家。尽管如此，人们仍视他为比乌拉堡怪人之首。多雷姆斯是教育委员会、图书馆委员会成员，每当奥斯瓦德·格里逊·维拉德①、诺曼·托马斯②和伯德将军等人到镇上做演讲时，他都担任主持人。

杰瑟普是个身材矮小的男人，瘦骨嶙峋，皮肤黝黑，常面带微笑，留着一小撮修剪整齐的灰色的胡子——在社区里，蓄胡子就等于承认自己是农民、内战

---

① 奥斯瓦·格里逊·维拉德(Oswald Garrison Villard)《纽约晚邮报》的发行人兼编辑。

② 诺曼·托马斯(Norman Thomas)，曾是美国社会党领袖。

老兵或基督复临安息日会教友。多雷姆斯的批评者说他留胡子只是为了自诩"高雅"和"与众不同",试图展现一种"艺术气息"。或许批评者们说得没错。但不管怎样,多雷姆斯站了出来,低声说道:

"无人不晓,我的朋友派克太太也应该知道,当言论自由到可以批评军队、表达与美国革命女儿会相悖的看法、主张暴民权利的地步时,它就变成了一种纯粹的放纵。所以,洛琳达,我认为你应当向将军道歉,我们也应该感谢他向我们解释了这个国家的统治阶级真正想要的东西。来吧,我的朋友——站起来,说说你的想法。"

他严厉地盯着洛琳达,可扶轮社社长梅德里·科尔却想知道多雷姆斯是否当真了,因为大家都很了解他。是的——不是——他一定搞错了,因为洛琳达太太正兴奋地说(并未站起来):"噢,没错!我向您道歉,将军!感谢您启示性的演讲!"

将军举起了他那微胖的手(香肠状的手指上戴了一个共济会会员的戒指和一个西点军校的戒指),像加拉哈德[①]或领班服务员一样鞠着躬。他带着阅兵场上的那种男子气概大喊着:"别客气,别客气,夫人!我们这些老活动家并不介意合乎情理的争执,有人能对我们的愚见感兴趣,并为此朝我们发火,我们应当为之高兴,哈哈!"

所有人都笑了,大家十分愉快。节目的最后,路易斯·罗滕斯顿演奏了一组爱国小曲:《进军乔治亚进行曲》《在老营地扎营》《迪克西》《老黑奴》和《我只是个可怜的牛仔,我知道我做错了》。

比乌拉堡的所有人都认为路易斯·罗滕斯顿是个"好人",地位仅次于"真正保守的绅士"。多雷姆斯·杰瑟普喜欢和他一起钓鱼、猎取鹧鸪。他认为在第五大道,没有哪个裁缝做的泡泡纱套装比他做的更有品位。不过,路易斯是一个沙文主义者。他经常解释说,他的祖父(多雷姆斯猜想,他祖父的名字应该不会有罗滕斯顿这么时髦、北欧化)出生在普鲁士波兰的贫民区,而他或他的父亲并不是出生在那里。路易斯崇拜的英雄包括卡尔文·柯立芝[②]、伦纳德·伍德[③]、德怀特·莱曼·穆迪[④]和杜威[⑤]上将(杜威是地道的佛蒙特州人,这使路易

---

① 加拉哈德(Galahad),亚瑟王伟大的圆桌骑士之一。

② 卡尔文·柯立芝(Calvin Coolidge,1872～1933),美国第三十任总统。

③ 伦纳德·伍德(Leonard Wood,1860～1927),曾任美国陆军参谋长、少将。

④ 德怀特·莱曼·穆迪(Dwight L.Moody,1837～1899),美国著名布道家。

⑤ 乔治·杜威(George Dewey,1837～1917),曾任美国海军军官。

斯十分欣喜,路易斯出生在长岛的弗拉特布什)。

路易斯不仅百分之百热爱美国,还多了百分之四十的沙文主义①信念。他动不动便说:“我们应该把所有的外国人都赶出去。我的意思是,我们国家犹太人的数量已经和移住的南欧人、中东欧人和中国人差不多了。”路易斯确信,如果无知的政客们不再插手银行和证券交易所的事务,也不再干涉百货商店售货员的工作时长问题,那么全国的每一个人都将获益,成为业务增长的受益人,他们(包括零售店店员)会像阿迦汗②一样富裕。

路易斯不仅在他的歌曲中加入了比得哥什领唱般热烈的声音,还加入了他全部的民族主义热情。因此,现场所有人都齐声唱了起来,尤其是拥有著名的列车指挥员般女低音的吉米奇夫人。

晚宴在急流般欢乐的告别声中结束了,多雷姆斯·杰瑟普对他的夫人艾玛说:“我是不是有些过分了?”艾玛是一个坚强、善良又忧心忡忡的人,她喜欢编织、玩单人纸牌游戏、读凯瑟琳·诺里斯的小说。

“噢,不,多雷姆斯,你做得刚刚好。我喜欢洛琳达·派克太太,可她为什么一定要显弄她那愚蠢的社会主义思想呢?”

“别这么保守!”多雷姆斯说道。“你不是想邀请吉米奇夫人过来喝一杯吗?”

“我不想!”艾玛·杰瑟普说。

最后,当扶轮社社员们一一道别、驾车离去时,弗兰克③·塔斯布鲁又特意邀请了几位男士到家中继续享受余兴派对④,其中便包括多雷姆斯。

---

① 沙文主义(Chauvinism),一种资产阶级侵略性的民族主义,宣扬本民族利益高于一切。

② 阿迦汗(Aga Khan),英国亿万富豪兼回教领袖。

③ 此处指弗朗西斯·塔斯布鲁。

④ 余兴派对(after-party),是在较大事件如流行音乐会或者电影首映礼之后的小型聚会,通常只有经过遴选的人会受邀。

2

多雷姆斯·杰瑟普先将妻子送回家，再驱车前往塔斯布鲁位于普莱森特山的家中。路上，他思考着埃德韦斯将军那极为流行的爱国主义精神，但很快就不再思考了。他沉浸在群山之中，在佛蒙特州比乌拉堡生活的五十三年（他如今六十岁）来，这已然成了一种习惯。

比乌拉堡是一个安逸的乡镇（其实它本是一座城市），镇上有旧红砖、古老的花岗石作坊和白色隔板或灰色木瓦做的房屋，还有几个高调而时髦的黄色或深褐色平房。这里的制造业并不发达，只有一个小型的毛纺织厂、一个门窗厂和一个水泵站。花岗石是主要的生产品，产自四英里外的采石场。比乌拉堡只有几个有特定用途的建筑物……所有的钱……大多数采石场工人都住在粗陋的棚屋里。这里歇宿着十万具灵魂和二十万具躯体——这个灵魂占有比也许过高了。

镇上只有一个摩天大楼（这是相对于其他建筑物来说的），即六层的塔斯布鲁大楼，里面有塔斯布鲁和斯嘉丽花岗石采石场的办公室、医学博士福勒·格林希尔（多雷姆斯的女婿）和他的合伙人老奥姆斯特德医生开设的诊室、蒙戈·基特里克律师的律师事务所和枫糖及乳制品代理商哈里·金德曼的办公室，还有三四十个来自其他镇的日本军官的办公室。

这是一个丘陵起伏，寂静、安全又传统的小镇，镇上的人们仍过感恩节、独立纪念日和阵亡战士纪念日。不过对于他们来说，“五一国际劳动节”不是举行劳动游行的日子，而是分发小花篮之日。

如今已是5月——1936年5月下旬——今晚的月亮露出了四分之三。多雷姆斯的家离比乌拉堡的商务中心有一英里，位于普莱森特山上。普莱森特山是延伸出来的支脉，好似一只从恐怖山一团漆黑的后方中伸出来的手。抬起头来，多雷姆斯可以看到高地上的草地、闪亮的月亮和荒凉山脉上的云杉、枫树及白杨，当他驾车爬坡时，低头可见流经草地的伊森河。幽深的树林——高耸的山壁——弥漫着泉水气息的空气和宁静的隔板房，让人想起了 1812 年的那场战争，以及一些漂泊在外的佛蒙特州人的少年时代，比如“小巨人”史蒂芬·道格拉斯①、希伦·鲍尔斯②、泰迪尔斯·史蒂文斯③、杨百翰和切斯特·艾伦·阿瑟总统。

“不，鲍尔斯和阿瑟是不可靠的人，”多雷姆斯思忖着，“可道格拉斯、泰迪尔斯·史蒂文斯以及杨百翰，那匹老种马——我想知道我们正在培养的勇士是否像那些肥胖又爱抱怨的老家伙一样呢？——我们是否正在新英格兰各地‘制造’勇士？——在美国各地？——抑或是世界各地？他们既独立又有胆量，做他们所想，想他们所爱。都见鬼去吧，现在的年轻人——噢，飞行员倒是勇气十足。几位二十五岁的物理学博士开辟了未知的原子领域的先河，他们是先锋。可当今的年轻人大多力所不及——一小时可走七十英里的他们最后哪儿也去不了——缺乏任意驰骋的创造力！他们通过转动拨号盘获得乐曲，通过读连环漫画而不是莎士比亚、《圣经》、凡勃仑④和老比尔·萨姆纳来获得乐句。吃软饭的家伙们！那个自以为是的小伙子马尔科姆·塔斯布鲁就是个例子，只知道围着女孩子转！啊！”

“如果那个肥胖的埃德韦斯，还有政治界的梅·韦斯特⑤——吉米奇夫人说的是对的，我们需要搞一些军事恶作剧，可能还必须进行一场愚蠢的战争(征服某些我们并不想出兵的棘手国家！)，以控制那些我们称其为孩子的木偶们，那么这个国家不会成为地狱吗？啊！”

“可恶——我们的丘陵、城墙，还有空气！不过他们应该会保留科茨沃尔德丘陵、哈尔茨山脉和落基山脉吧！我可很热爱这些地貌，我还是个——”

“睡鼠⑥，你可以靠路右侧开车吗？马上要转弯了。”他的妻子温和地说。

月光照着高地的坑洼以及空中的薄雾——苹果花笼罩在一层薄雾之中，一

---

① 史蒂芬·道格拉斯(Stephen A.Douglas，1813～1861)，曾任美国众议院议长。

② 希伦·鲍尔斯(Hiran Powers，1805～1873)，美国雕塑家。

③ 泰迪尔斯·史蒂文斯(Thaddeus Stevens，1792～1868)，废奴主义者。

④ 即托尔斯坦·本德·凡勃仑(Thorstein B.Veblen，1857～1929)，美国伟大的经济学家。

⑤ 梅·韦斯特(Mae West，1892～1980)，美国演员、剧作家。

⑥ 多雷姆斯英文写作“Doremus”，与“睡鼠”的英文“Dormouse”相似，此为夫妻间的爱称。

间农舍的废墟旁有一片浓密的紫丁香花丛，这片花丛盛开了六十多年。

弗朗西斯·塔斯布鲁先生是塔斯布鲁和斯嘉丽花岗石采石场的总裁、总经理及主要所有人，采石场位于比乌拉西，距“中心”四英里远。塔斯布鲁富有且令人信服，但常常被劳工问题困扰。他住在普莱森特山上一栋极具乔治亚风格的新砖房里，离多雷姆斯·杰瑟普的家稍远一点。塔斯布鲁家中有一个私人酒吧间，其豪华程度堪比斯波因特一家汽车公司的广告经理的那间。这里既不是传统的新英格兰，也不是波士顿的天主教区。弗兰克自吹自擂地说，虽然他家六代人都居住在新英格兰，但严格地说，他并不是新英格兰人。他工作效率高，销售能力强，是全能的泛美企业管理人员。

塔斯布鲁个子高大，蓄着黄色的胡子，声音单调且有力。他今年五十四岁，比多雷姆斯小六岁。塔斯布鲁四岁时，喜欢手持各种各样的东西——棍棒、玩具马车、午餐盒和干牛粪——打其他小孩的头。这时，多雷姆斯保护了他，使他免受这种惹人讨厌的坏习惯的影响。

参加完扶轮社举办的晚宴后，多雷姆斯·杰瑟普、磨坊主梅德里·科尔、校长埃米尔·斯托布梅尔和比乌拉堡最有影响力的银行家罗斯科·康克林·克劳利，相聚在塔斯布鲁的私人酒吧间；更令人意外的是，塔斯布鲁的牧师——圣公会牧师，尊敬的法尔克先生也出席了。他的那双老手似陶瓷般精美，白发稀疏却柔顺，他那超脱世俗的脸几乎就是幸福生活的预兆。法尔克先生出生在一个较为殷实的家庭，属荷兰裔纽约人，曾就读于爱丁堡、牛津和纽约的总会神学院。在整个比乌拉谷，除了多雷姆斯以外，没有人比他更心甘情愿地隐匿于群山之中。

酒吧间是由纽约一位专业的年轻绅士设计的，这位设计师站立的时候喜欢将右手背在屁股后。酒吧间里有一个不锈钢吧台，挂着一幅镶边的《巴黎生活》[①]杂志中的插图，摆放着镀银的金属桌，还有镀铬的铝制椅子，上面是深红色的真皮坐垫。

除了塔斯布鲁、梅德里·科尔（这是个趋炎附势之人，但弗兰克·塔斯布鲁对他的偏爱堪比对蜂蜜及新鲜成熟的无花果的喜爱）和埃米尔·斯托布梅尔“教授”，其他人都因这种鹦鹉笼式的优雅而感到不自在。不过，包括法尔克先生在内的所有人似乎都很喜欢弗兰克的苏打水、上乘的苏格兰威士忌及沙丁鱼三明治。

“不知道泰迪尔斯·史蒂文斯会不会也喜欢这个呢？”多雷姆斯思考着。

---

① 《巴黎生活》（*La Vie Parisienne*），该杂志后期转型为轻色情杂志。

“他会咆哮的，像一只走投无路的美洲豹，但问题可能不在威士忌上！”

“多雷姆斯，”塔斯布鲁询问道，“你为什么依旧执迷不悟？这些年来，你一直热衷于批评——总是和政府对着干——戏弄所有人——摆出一副自由主义者的姿态，支持一切专搞破坏的团伙。是时候停止你那些疯狂的想法了，加入我们的队伍吧！现在形势严峻——大约有两千八百万人靠救济生活，并且情况变得更糟糕了——这些人认为是时候行使既得权了。”

“犹太共产主义者和犹太金融家正在密谋控制我们的国家。我比你年轻，我能理解你对工会甚至是犹太人所产生的那一丝同情。尽管，你知道的，我永远也不会原谅你，那些暴徒妄图毁掉我全部的生意时——烧光我的抛光和切割车间，你居然站在罢工者那边——为什么你甚至对那个不熟悉的杀人犯卡尔·帕斯卡也流露出友好？他可是罢工的发动者——但也许我并不会在罢工一结束就解雇他！”

“不管怎样，现在这些劳动诈骗者和共产主义领导者联合起来了，他们决意管理这个国家，还企图教我们如何经营我们自己的生意！正如埃德韦斯将军所言，倘若我们真的发生了战争，他们会袖手旁观。现在的确是非常时期，别再说那么多废话了，做个真正负责任的公民吧！”

多雷姆斯说：“嗯，没错，现在的确形势严峻。如今，举国上下群情激愤，所以参议员温德里普很可能会在明年11月当选为总统。如果他当选了，他那卑鄙的团队或许会使我们陷入某场战争，而其目的只是满足他们那疯狂的虚荣心。他甚至会向全世界宣告，我们才是最强大的民族。之后，像我这样的自由主义者，以及与你类似的财阀、伪保守党将会在凌晨三点被带走枪毙，严峻吧？哈！”

“胡说！你太夸张了！”克劳利说道。

多雷姆斯接着说：“如果普朗主教，那位坐在凯迪拉克16豪车里的‘萨沃纳罗拉’[①]鼓动他的广播听众及被遗忘者男人联盟支持巴兹·温德里普，那么巴兹将会获胜。人们认为他能保障经济安全，但恐怖时代也会随之而来！天知道，美国极有可能陷入暴政，他们操纵南方佃农的收益分成，控制矿工和制衣工的工作环境，还一直关押穆尼。之后，温德里普会用机关枪告诉我们什么才是暴政！美国、英国和法国的民主主义——不像奴隶制度在纳粹德国那样普遍，而是类似于俄国反对空想、满含伪善的唯物主义——它造就了你，弗朗克这般的

① 萨沃纳罗拉（Girolamo Savonarola，1452～1498），意大利宗教改革家。

实业家；还有你，罗斯科·康克林这样的银行家，并给予你们许多权力和金钱。总的来说，除了某些令人愤慨的例外，民主的确带给普通工人前所未有的尊严，但现在温德里普——温德里普团队可能要破坏它了。好吧！也许我们不得不采取略微行之有效的'弑父之法'来反抗父权独裁统治，也就是以牙还牙。等着温德里普统治我们吧，他可是真正的法西斯独裁者！"

"一派胡言！一派胡言！"塔斯布鲁气呼呼地说，"美国不可能发生这种事！不可能！我们是自由的国度！"

"那我要说，"多雷姆斯·杰瑟普说，"如果法尔克先生可以宽恕我的话，'不可能！'呵，世上没有哪个国家比美国还要可笑——没错，或者说谄媚！看看休伊·皮尔斯·朗是如何成为路易斯安那州专制的君主的，尊敬的参议员贝采利乌斯·温德里普会和他如出一辙。听听普朗主教和库格林神父[①]面向大众的广播发言——那堪称神谕的内容吧！还记得当初大多数美国人是如何随意地接受了坦慕尼协会[②]贪污、芝加哥犯罪团伙以及哈丁总统所任命之人做的那些欺诈行为的吗？希特勒那伙人，或者说温德里普那伙人会有过之无不及吗？记得三K党吗？战争的歇斯底里[③]呢？那时，我们把德国泡菜称为'自由白菜'，还有人竟然将德国麻疹称作'自由麻疹'。记得战时对报纸诚实度的审查制度吗？简直和俄国一样糟糕！记得我们俯身亲吻比利·桑戴和与艾米·麦克弗森的脚吗？——一个是身价百万的传教士，另一个则成功从太平洋游到了亚利桑那沙漠。还记得沃利瓦和女修院院长艾迪吗？美国的红色恐慌[④]和天主教恐慌呢？当时，所有消息灵通的人都知道苏联国家政治保卫局的人躲在奥斯卡卢萨。反对阿尔·史密斯[⑤]的共和党人在竞选时向卡罗来纳州的山民们宣告，即便阿尔获胜，教皇也不会承认你们孩子的合法身份。对汤姆·赫夫林和汤姆·狄克逊还有印象吗？那时，某些州的乡巴佬议员们响应威廉·詹宁斯·布赖恩[⑥]（他的生物学知识恐怕是他那虔诚的老祖母教的）的号召，成立了科学专家办公室，禁止教授进化论，最终招致全世界的嘲笑，还记得吗？……还记得肯塔

---

① 库格林神父（Father Coughlin，1891～1979），1916年被授为罗马天主教神父。1926年起以无线电广播从事宗教和政治活动。新政初期曾支持罗斯福政府，1935年起转而抨击新政。同年组织全国社会正义同盟。

② 坦慕尼协会（Tammany），最初是美国一个全国性爱国慈善团体，后成为民主党的政治机器。

③ 此处表示煽动战争。

④ 红色恐慌（Red scares）是指于美国兴起的反共产主义风潮。

⑤ 阿尔·史密斯（A. L. Smith，1873～1944），美国政治家，是天主教徒竞选总统的第一人。

⑥ 威廉·詹宁斯·布赖恩（William Jennings Bryan，1860～1925），美国政治家、演说家。

基州的黑夜骑士吗？还记得那一车车的人是如何走向处以私刑之路的吗？不会在这儿发生？禁酒令——仅仅因为人们存在运送酒的可能便开枪杀人——天哪，你竟说美国不会发生这种事儿！呵，历史上从未有民族像我们这样，一门心思只为专政！我们准备组建'儿童十字军'[①]——一群成年人在这儿忙活——如今，尊敬的修道院院长温德里普和普朗主教正打算领导这支队伍！"

"若当真如此又如何呢？"克劳利抗议道，"情况也许没有那么糟糕。我一向不喜欢那些针对我们银行家的不负责任的抨击，当然，温德里普参议员是不得已才公开批评银行业的，一旦他上台了，他会使银行业得到其在政府中应有的地位，并采纳我们专业的经济建议。没错，多雷姆斯，为什么你如此害怕'法西斯主义'这个词呢？只是一个词而已——只是一个词！情况也许没有那么糟糕，现今所有懒惰的乞丐所接受的救济都来自我们，他们靠我的个人所得税，还有你的过活——这时，如果能出现一个真正的铁腕人物，像希特勒、墨索里尼[②]，或当年的拿破仑、俾斯麦——将国家交在他们手上，使其重获实力与繁荣，那么情况兴许不会那样糟糕。换句话说，不接受任何反驳的医生才管得了病人，不管病人愿不愿意，医生都会让他好起来的！"

"没错！"埃米尔·斯托布梅尔说，"希特勒不是将德国从马克思主义的红色瘟疫中解救出来了吗？我有表亲在那儿，我知道！"

"嗯，"多雷姆斯说——就像他常说的那样，"以丑恶的法西斯主义来治愈丑恶的民主，多么可笑的疗法！我听说过有借疟疾来医治病人梅毒的，但从未听说过有以梅毒治疗病人疟疾的！"

"你觉得当着法尔克牧师的面说这种话合适吗？"塔斯布鲁怒斥道。

法尔克先生大声说："话说得不错，挺有意思，杰瑟普老兄！"

"再说，"塔斯布鲁说，"不管怎样，这种闲聊都是在胡扯。正如克劳利所说，有一个铁腕人物掌权也许是件好事，但——美国不可能发生这种事。"

可敬的法尔克先生微动嘴唇，多雷姆斯觉得他可能在说"不可能！"

---

① 儿童十字军(Children's Crusade)是于1212年在第四次和第五次十字军东征之间兴起的由儿童组成的十字军队伍。

② 墨索里尼(Mussolini，1883～1945)，意大利的法西斯独裁者。

3

多雷姆斯·杰瑟普是《每日线人》的编辑和老板。佛蒙特州那些奔忙于比乌拉谷的保守农民将该报刊奉为《圣经》。1876 年他生于比乌拉堡，是一文不名的普救派牧师洛伦·杰瑟普的独子，他的母亲来自马萨诸塞州，声音似男低音歌手。洛伦牧师是个书呆子，喜欢侍弄花草，为人开朗却缺乏风趣，他过去嘴里常哼着“哎呀，哎呀，一个来自马萨的‘鲈鱼’[1]竟嫁给了一个喜欢闲聊的牧师”。他还曾说，从鱼类学的角度分析，他的妻子才不是什么“鲈鱼”，是鳕鱼还差不多。牧师家里的肉食很少，书却极多，当然这些书并不全都与神学相关。因此，多雷姆斯在十二岁之前便了解了司各特、狄更斯、萨克雷、简·奥斯汀、丁尼生、拜伦、济慈、雪莱、托尔斯泰和巴尔扎克等人的世俗著作。多雷姆斯毕业于以赛亚学院，该学院之前是一所独特的唯一神教派学院，1894 年成了一个跨宗派机构，但不确定其是否主张三位一体论，它位于比乌拉北部的一所简陋的小学堂，距“中心”有十三英里。

但如今，以赛亚学院一鸣惊人——除了教育方面——因为在 1931 年，它与达特茅斯大学足球队进行了一场比赛，比分竟为 64∶6。

在大学期间，多雷姆斯写了很多烂诗，成了一个无可救药的书迷。不过，他却是个不错的田径运动员。后来，多雷姆斯理所当然地为波士顿[2]和斯普林菲尔德[3]的报纸撰写通讯。毕业后凭借在波士顿那一年的辉煌经历，他在拉特兰

---

① 鲈鱼和男低音歌手的英文是同一个单词(bass)。

② 波士顿(Boston)，美国马萨诸塞州(Massachusetts)的首府。

③ 斯普林菲尔德(Springfield)，美国伊利诺伊州(Illinois)首府。

市和伍斯特市从事记者工作。他那些来之不易的美好和痛苦经历之于他，如同伦敦之于约克郡的年轻人。

音乐会、艺术画廊和书店令多雷姆斯兴奋不已，他隔三岔五地要去某剧院的楼厅后座看剧，一个座位要二十五美分。他和一位记者同事一起住了两个月，他的同事曾在《世纪》杂志上发表过一篇短篇小说，还能犀利地谈论作家及写作技巧。多雷姆斯并不属于特别强壮或极具忍耐力的那类人，喧哗声、拥堵的交通以及忙乱的作业都令他精疲力竭。1901 年，也就是大学毕业后的三年，多雷姆斯鳏居的父亲去世了，留下了两千九百八十美元和那些藏书。多雷姆斯回到了比乌拉堡，买下了《每日线人》四分之一的股份，之后该报刊发展成了周刊。

到了 1936 年，它又发展为日刊，多雷姆斯拥有了它的一切，包括一笔数量相当的按揭贷款。

多雷姆斯是一个性情温和且富有同情心的老板，还是一个极具想象力的新闻侦探。即使身处这个充满铁腕强权的共和党国家，他仍坚持政治独立，在他反对贪污和不公的社论里——虽然也不是很常见，他可以像舞弄一根打狗鞭般肆意挥洒文墨。

多雷姆斯是卡尔文·柯立芝的第三位表兄。柯立芝认为他虽在国内小有名气，但在政治上有些松散，不过多雷姆斯并不同意他的一些看法。

后来，多雷姆斯娶了妻子艾玛。艾玛并不是比乌拉堡人，她是马车制造商的女儿，是一个文静可爱、肩膀略宽的姑娘，他们曾是高中同学。

如今——1936 年，他们三个孩子中的菲利普（曾就读于达特茅斯大学和哈佛法学院）结婚了，正雄心勃勃地打算在伍斯特市的律师界大展宏图；玛丽则嫁给了医学博士福勒·格林希尔，格林希尔是比乌拉堡人，也是一个脾气暴躁的红发年轻人、一名快乐又忙碌的医生，在治疗伤寒、急性阑尾炎、妇产科问题、复杂性骨折及贫血儿童饮食方面算是位神医。福勒和玛丽育有一子，也是多雷姆斯唯一的外孙，名为大卫。八岁的大卫是个漂亮、内向、有创意且有感情的孩子，有着一双猎犬般忧郁的眼睛和一头红金色的头发，说不定他的照片曾挂在国家艺术馆的展览上，甚至曾出现在发行量达二百五十万的妇女杂志封面上。格林希尔的邻居们经常不由自主地说起这个小男孩：“戴维①的想象力真丰富，不是吗？以后当个作家吧，就像他的外祖父一样！”

---

① 戴维（Davy）即大卫（David）。

多雷姆斯的第三个孩子名叫塞西莉亚，是一个快乐、活泼又喜欢跳舞的女孩，大家称她为“茜茜”。她今年十八岁，她的哥哥菲利普三十二岁，玛丽也就是格林希尔太太三十岁。她答应多雷姆斯高中毕业后便回家，这令多雷姆斯十分高兴，尽管她曾兴致勃勃地称要去学建筑，她认为凭借设计、构造几个异乎寻常的小房子就可以“轻松赚上几百万”。

杰瑟普太太始终认为——真是荒谬——她的菲利普酷似威尔士亲王，菲利普的妻子梅丽拉（一个来自马萨诸塞州伍斯特市的美丽姑娘）神似玛丽娜公主，陌生人见到玛丽都会以为她就是凯瑟琳·赫本①，而茜茜是林中女仙，大卫是中世纪的见习骑士，二十二岁时的多雷姆斯（她比她的孩子们更了解他）与海军英雄温菲尔德·斯科特·雪利长得惊人相似。

艾玛·杰瑟普是一个忠贞不渝的女人，为人亲切大方，擅长做柠檬酥皮派。她既是一名狭隘的保守党党员，也是一个传统的圣公会教徒，毫无幽默感。多雷姆斯总被她一本正经的样子逗笑，因此即便开玩笑，他也不会佯称自己已成为一名共产主义者，也不会假装要立即动身前往莫斯科，这便是多雷姆斯独特的优雅之处。

多雷姆斯那用水泥和镀锡铁做的奇形怪状的车库里有一辆克莱斯勒汽车，他下车时仿佛是从轮椅上站起来，显得既颓废又苍老。（不过那是一个令人引以为豪的可停放两辆车的车库，除了停着那辆已使用过四年的克莱斯勒车外，还停着一辆崭新的福特开篷车，多雷姆斯希望在茜茜不开这辆车的某天带它出去潇洒一回）

多雷姆斯在走到从车库通往厨房的水泥路上时，不小心被割草机划伤了小腿，于是他咒骂起来了。割草机是他的雇工留在那里的，雇工名叫奥斯卡·莱杜，人们都称他为“沙德”。他身材高大，脸庞红扑扑的，是一个阴沉又乖戾的爱尔兰—加拿大农民。沙德总干些类似把割草机留在路上的事儿，割草机会擦伤过路体面人的小腿，他真是无能又恶毒。他从不围拢花坛，他往火炉里放木材时习惯头戴一顶臭烘烘的帽子，他放任草地里的蒲公英生长直至它们结籽，他乐于对厨师隐瞒豌豆已熟的事，他还喜欢猎捕猫、流浪狗和声音优美的燕八哥。多雷姆斯每天至少有两次都下定决心要解雇他，但——他坚称想方设法教化这个特立独行的壮汉也是件趣事，或许这也是事实。

多雷姆斯快步走进厨房，但他对冰箱里的冷鸡肉和牛奶并不感兴趣，甚至

---

① 凯瑟琳·赫本(Katharine Hepburn，1909～2003)，美国演员。

包括用人坎迪太太做的那块最拿手的楔形椰蓉蛋糕，接着走向了他那间位于第三层阁楼上的“书房”。

他的房子很宽敞，是白色的，采用的是1880年的隔板结构，整体呈方形，屋顶是双重斜坡式的，房前还有一个长长的门廊，门廊上有几根不起眼的白色方柱。多雷姆斯觉得这个房子很丑，“但不至于丑得令人生厌”。

多雷姆斯在阁楼上的书房是他远离烦恼和喧嚣的完美避难所，也是家里唯一一个不允许坎迪太太（为人沉静寡言，称职能干，学识渊博，曾是佛蒙特州的一名乡村教师）打扫的房间。书房虽凌乱不堪，但包罗万象，有小说，国会议事录副本，《纽约客》《时代周刊》《国家民族政坛》《新共和》《新大众》《镜报》（中世纪时期的修道院报刊）等，有关税收和货币制度的论文，公路交通图，在阿比西尼亚[①]及南极洲探险的书籍，还有咀嚼过的铅笔、一个破旧的便携式打字机、渔具、皱巴巴的复写纸、两把舒适的旧皮椅以及一把位于桌旁的温莎椅，此外还有托马斯·杰斐逊（多雷姆斯的偶像）作品全集，一台显微镜和一套佛蒙特州蝴蝶收藏品，印度箭头，当地报社出版的关于佛蒙特州乡镇诗歌的小册子，《圣经》《古兰经》《摩门经》《科学与健康》《摩诃婆罗多》选集，桑德堡[②]、弗罗斯特[③]、马斯特斯、杰弗斯[④]、奥格登·纳什、盖斯特、欧玛尔·海亚姆和弥尔顿诗集，一把猎枪和一把22连发步枪，一个已褪色的以赛亚学院旗帜，一本完好无损的牛津词典，五支墨水笔（其中两支还能用），一个产自公元前327年的克里特花瓶——奇丑无比，一本前年的《世界年鉴》——封面还有被狗啃咬过的痕迹，几个不成对的角质框架眼镜和无框眼镜（哪个都戴不了），一个从德文郡买的据说是都铎式的精致橡木橱柜，伊桑·艾伦和泰迪尔斯·史蒂文斯的肖像，几双橡胶涉水靴，老旧的红色摩洛哥山羊皮革拖鞋，一张佛蒙特州报导者在伍德斯托克发行的宣传画（时间为1840年9月2日，宣告辉格党取得了光荣胜利），依次摆好的二十四盒从厨房拿来的安全火柴，各种各样的黄色便签本，七本关于俄国和布尔什维克主义的书——书中的态度要么十分支持，要么十分反对——一张西奥多·罗斯福的签名照，六个烟盒——其中一半是空的（根据新闻杂志业的那些古怪之人的传统，多雷姆斯本应该吸上好的老烟斗，但他讨厌沾有尼古丁味的黏滑唾液），地板上铺着一块破地毯，一根枯萎的冬青枝上系着一条银色

---

① 阿比西尼亚（Abyssina），今埃塞俄比亚（Ethiopia）。

② 卡尔·桑德堡（Carl Sandburg，1878～1967），美国诗人。

③ 罗伯特·弗罗斯特（Robert Frost，1874～1963），二十世纪最受欢迎的美国诗人之一。

④ 罗宾逊·杰弗斯（Robinson Jeffers，1887～1962），美国抒情诗人。

圣诞丝带，一箱（七把）未用过的正宗谢菲尔德剃须刀，还有法语、德语、意大利语和西班牙语词典——多雷姆斯真的会法语，一只关在巴伐利亚式镀金柳条笼里的金丝雀，一本破旧的、用亚麻线装订的炉边老歌抄本——歌曲用于在家及野餐时演唱，他常常将抄本放在膝盖上，低声哼唱其中的选段——以及一个铸铁制的富兰克林旧壁炉。实际上，于隐士而言，房间里的一切都恰到好处，但于尽职尽责的家庭雇员来说却完全相反。

开灯之前，多雷姆斯透过天窗眯着眼看到山脉将群星分隔开了，比乌拉堡星空下的中心处还亮着最后几盏灯，左侧有柔软的草地、破旧的农舍以及伊桑的大型乳牛场，但现在已看不见了。这是一片友善之地，像一道光那般明亮清爽。他沉思着，在摆脱了城市的高楼大厦和喧哗吵闹之后，他愈加喜欢这个地方了。

多雷姆斯曾允许管家坎迪太太进入这间隐士之屋，但次数不多，其中一次坎迪太太将他的信放到了长形桌上。他拿起信来，站在桌旁，兴致勃勃地读了起来。（该睡觉了！今晚的抱怨够多了！上帝啊！已经过了午夜了！）接着他叹了一口气，坐在温莎椅上，将胳膊肘靠在桌子上，又将第一封信认真读了一遍。

这封信是维克多·洛夫兰写的，他是多雷姆斯的母校以赛亚学院里较具国际意识且较为年轻的教师之一。

亲爱的杰瑟普博士：

（"哈，'杰瑟普博士'，我还不是博士呢，伙计。我顶多能获得个兽医外科学或尸体防腐方面的名誉学位。"）

以赛亚面临的形势十分险峻，我们这些尝试倡导诚信正直和现代化的人非常担忧——也许担忧不了多长时间了，因为我们可能即将被解雇。两年前，我们的大多数学生对军事训练的想法嗤之以鼻，可如今他们大张旗鼓地备战，大学生们在各处持步枪、机关枪以及坦克和飞机的小模型进行训练。还有两名学生自愿每周前往拉特兰市接受飞行训练，公开表明要为战时飞行做准备。当我小心翼翼地问他们在为什么样的战争做准备时，他们只是挠挠头，表示他们并不太在乎，只要他们能得到机会展现自己是多么具有男子气概且值得骄傲即可。

对此，我们已习以为常。但就在今天下午——报纸尚未得到该消息——董事会，包括弗朗西斯·塔斯布鲁先生和我们的校长欧文·皮斯利博士，召开会议并投票表决了一项决议——我想您应当了解一下，杰瑟普博士——"以赛亚学院如有师生，无论是公开还是私下，以印刷品、文章或口头说话等任意形式对以赛亚学院或其他美国学府或州民兵、联邦军队及美国其他官方公认的军事组织举行的军事训练提出不利批评，则此人极有可能被立即开除。在充分且恰当的证据下，任何学生均可提请学院校长或理事注意任何人以任意方式对学院所进行的恶意批评，该学生可在其军事训练课程中获得额外学分，此学分可视为毕业所需学分。”

面对如此迅速爆发的法西斯主义，我们该怎么办？

维克多·洛夫兰

洛夫兰是教授希腊语、拉丁语和梵语（只有两个学生）的教师，迄今为止从未涉足公元180年以来发生的任何政治活动。

“这么说弗兰克出席了董事会却没敢告诉我，”多雷姆斯叹了口气，“鼓励他们成为间谍、盖世太保①。噢，亲爱的弗兰克，形势太严峻了！你这个蠢蛋，你自己都说过！欧文·皮斯利校长就是个道貌岸然、贪图不义之财又臭名昭著的老家伙！可我能做什么呢？噢——我想，再写一篇能敲响人们警钟的社论吧！”

多雷姆斯“扑通”一声坐在排椅上，坐立不安，就像一只精神奋发却又忧心忡忡的禽鸟。

门外传来一阵撕裂声，迫切又吃力。

他打开门让笨笨进来了，笨笨是家里养的狗，综合了英国塞特犬、艾尔谷犬②、英国可卡犬、惆怅的雌鹿和家养鬣狗的特征。笨笨突然发出了一种欢迎的鼻息声，它的毛是棕色的，平滑又有光泽，它将头靠在了多雷姆斯的膝盖上。乱七八糟的旧蓝毛衣下盖着一个金丝雀鸟笼，犬吠声惊醒了那只金丝雀，它自然而然地欢唱道：“此刻是中午，仲夏时节，阳光映射在草绿色的哈尔茨山上的梨树间，所有这一切都并不真实。”鸟儿的啼啭声和可靠的笨笨的陪伴，使多雷姆斯感到一丝安慰，军事训练和层出不穷的政客不再占据他的思想，沉浸在此刻的安全感中，他歇在破旧的棕色皮椅上睡了过去。

---

① 盖世太保（Gestapo），纳粹德国的秘密警察。

② 艾尔谷犬（Airedale），一种有黑斑的大型狗。

4

六月里的每个周六，多雷姆斯都在等待下午两点这一时刻，因为这是保罗·彼得·普朗主教庄严约定的每周预言广播时间。

此时，距离1936年总统候选人提名大会还有六周，也许富兰克林·罗斯福、赫伯特·胡佛、参议员范登堡、奥格登·米尔斯、休·约翰逊将军、弗兰克·诺克斯上校和波拉均不会被两党提名为总统候选人，也许共和党的旗手[①]（也许他不必挥舞那讨厌又可笑的大旗）会是忠实又异常正直的保守参议员沃尔特·特罗布里奇，他身上有少许林肯的影子，还有一点儿威尔·罗杰斯及乔治·W. 诺里斯的味道，有时也有点儿像吉姆·法利，除去这些，高大肥胖的沃尔特·特罗布里奇直率又自大。

几乎人人都认为民主党候选人会是那个冲天炮——参议员贝采利乌斯·温德里普。换句话说，温德里普充当的是面具和话筒的角色，而他那邪恶的秘书李·萨拉森则是背后的大脑。参议员温德里普的父亲是一个西部小镇的药剂师，也是个野心勃勃的人，不过没取得什么成就，他给儿子取名为贝采利乌斯，这与瑞典化学家同名。人们常称温德里普为“巴兹”。温德里普曾半工半读地念完了南方浸会学院——这个学院的学术地位与泽西市的一所商学院差不多，后又去芝加哥的一所法学院就读，毕业后，他专心致志地在家乡实习并活跃地方政治。他是一个精力充沛的旅行家、一个充满活力又幽默风趣的演讲者，对人们喜欢的那种政治体制了如指掌，极善打交道，为人慷慨大方。他和卫理公会教徒一块喝可口可乐，同路德教教徒一道饮啤酒，与乡镇的犹太商人一起

---

① 共和党的旗手（the Republican standard-bearer），指领导者。

喝加州白葡萄酒，不过在没有人注意的时候，他们会一起喝私酿的玉米威士忌。

不出二十年，温德里普就会像土耳其的苏丹一样成为国家的绝对统治者。

温德里普从未担任过州长，他敏锐地意识到，他那研究种植园主的鸡尾酒酿制配方、各种扑克牌打法及女速记员心理方面的出色表现或许无助于他战胜教会的候选人，所以他乐于哄劝州长修剪一位乡村教师的受过训练的羊羔的羊毛，还兴高采烈地怂恿州长在上面系了一根蓝色长丝带。如此一来，整个州都确信温德里普“善治政府”，他们会意识到，真正能肩扛重任的是巴兹·温德里普，而不是那位州长。

温德里普敦促修建了令人叹为观止的公路，加固乡村学校，让州政府购买了拖拉机和联合收割机，并以成本价租赁给农民。他确信，有朝一日，美国会与俄国进行大量的商业往来，虽然他讨厌所有的斯拉夫人，但他还是在州立大学开设了第一门俄语课程，这门课程在整个西方人尽皆知。他最为无可替代的成就是使得州民兵的数量翻了两番，并为其中最优异的士兵提供农业、航空、无线电和汽车工程方面的培训以示褒奖。

民兵们奉温德里普为最高司令、上帝。当司法部部长宣布他即将以贪污二十万美元税款的罪名起诉温德里普时，民兵积极响应温德里普的命令——仿佛他们是温德里普的私人军队——占领了立法会议厅和所有的州办公机构，手持机关枪封锁了通往国会大厦的街道，并将巴兹的敌人赶了出去。

温德里普鼓吹财富再分配这种令人欣慰的福音，这样，每个人一年便可获得几千美元（巴兹每个月都会更改他关于到底是几千美元的说法），同时所有富人的收入仍然一年最多可达五十万美元，所以每个人都憧憬温德里普能当选为总统。

得克萨斯州圣安东尼奥市圣·艾格尼丝大教堂院长、可敬的埃格顿·施莱米尔博士称（一次在布道时，一次在形式略有不同的油印布道讲义上，还有七次在采访中），巴兹掌权好似“久旱逢甘雨”，却只字未提当甘雨降临且持续四年时会发生什么。

参议员温德里普的职业生涯中有多少事情是由他的秘书李·萨拉森操纵的似乎无人知晓，甚至连华盛顿的记者也不知情。温德里普首次夺取他所在州的政权时，萨拉森正任全国发行量最大的报刊的总编辑。萨拉森的身世一直是个谜。

关于他出生地就有佐治亚州、明尼苏达州、纽约东部和叙利亚几种传言，还有人说他是纯正的北方佬、犹太人或查尔斯顿胡格诺派教徒。众所周知，一战之时,年轻的萨拉森是个极其鲁莽的机枪手中尉,之后,他寄宿在外,在欧洲闲游了三四年。他为《纽约先驱报》的巴黎版工作过,也在佛罗伦萨和慕尼黑钻研过绘画和魔法,还在伦敦经济学院读了几个月的经济学。在充满艺术气息的柏林夜间餐厅,他结交过稀奇古怪的人。回国后,萨拉森已然成为说话直截了当的"冷漠记者"。他断然称,他宁愿被别人称作"男妓",也不愿被叫作类似"记者"这样女人腔的东西。尽管如此,人们认为他仍具备记者特有的洞察力。

萨拉森曾是社会主义者和无政府主义者。即使在1936年,仍有富人认为他"过于激进",实际上在战后利己民族主义盛行时期,萨拉森已经失去了民众对他的信任(如果存在信任的话),他坚信如今只能实行坚决的寡头统治。凭这一点,他就是希特勒,就是墨索里尼。

萨拉森又瘦又高,有些驼背,稀疏的头发呈淡黄色,脸部瘦骨嶙峋却有一对厚厚的嘴唇,他的双眼像是两口黑暗井底的火花,一双大手蕴藏着冷酷的力量。过去,当有人和萨拉森握手时,他总是突然向后弯折对方的手指,直至几乎折断,这无不使对方感到惊讶,大多数人都不喜欢这种方式。在新闻记者一行中,他是顶级专家,能察觉出丈夫谋杀、政客贪污(也就是说,在他的文章中,政客属于敌对的那伙人),以及遭受虐待的动物和儿童——这是他喜欢亲自执笔的最后一类文章,不会转交给其他记者写。当他写完的时候,你可以看到发霉的地窖,听到鞭笞声,感受到黏滑的血液。

多雷姆斯·杰瑟普相较于同为新闻记者的萨拉森,如同比乌拉堡的一个乡镇牧师相较于纽约二十层高的配有广播中心的圣所内身价为二十万美金的牧师。

参议员温德里普已正式任命萨拉森为他的秘书,不过萨拉森的身份远不止此,他还是保镖、文书、新闻发言人及经济顾问。在华盛顿的整座参议员办公大楼里,李·萨拉森是报社记者最爱采访却又最憎恶的人。

1936年,四十八岁的温德里普看上去仍很年轻,但四十一岁的萨拉森脸颊松垂,十分苍老。

尽管萨拉森写的内容可能基于温德里普的口述记录——他本人极富想象力——但萨拉森确实执笔过温德里普唯一出版的书,该书被温德里普的支持者视为圣经,书中一部分是传记,一部分是经济纲领,还有一部分是赤裸裸的自吹自擂,书名为《决战时刻——飞跃巅峰》。

这是一本有趣的书,其涉及的改造世界的建议比卡尔·马克思的三卷书和

H.G.威尔斯[1]的所有小说加起来还要多。

《决战时刻》中广为人知、引用最多的一段——其简单朴实、深受地方报刊的喜爱(正如玫瑰十字会[2]的新成员萨拉森所写的那样)——也许是：

"当我还是玉米地里的一个小孩儿时，我们这些孩子们常常只穿单肩裤子背带。我们称其为裤条子，然而他们将我们的两条裤条子都收了起来，保全了我们的端庄体面，正如我们学着高贵的英国佬口音谈论吊带和裤子一样。这就是他们称之为'科学经济学'世界的面目。马克思主义者认为，通过将背带写成吊带，他们便可以重创华盛顿、杰斐逊和亚历山大·汉密尔顿的旧观念。我确信，利用好每一个新经济发现，就像那些所谓的法西斯国家已经做到的那样，比如意大利、德国、匈牙利和波兰——没错，见鬼，甚至包括日本——也许终有一日，我们会轻松战胜那些渺小卑微的黄种人，阻止他们窃取我们在中国的既得合法利益，但同时我们还要捷足先登这些可爱的小家伙们想出来的绝妙想法。"

"我想彰显自身力量，不只是坦白承认，而是直接大声疾呼。我们必须大力变革我们的体系，也许甚至会改革整个宪法(合法改革，并非以暴力方式)，将其从顺应马背——木排路时代发展为适应如今的汽车——水泥公路时代。行政部门必须拥有更多自主权，并能够在紧急情况下迅速做出反应，而不是被一群愚蠢的奸诈律师及花数月时间争论却是在胡言乱语的国会议员束缚。但是——这个'但是'和切科尔伯德执事屋后的干草棚一样重要——这些新经济变动只是实现目的的一种手段，从根本上讲，这个目的是也必须是实现1776年这片伟大土地上的开国元勋们所倡导的自由、平等和正义之原则！"

1936年整个竞选活动中最令人困惑的是两个主要政党之间的关系。共和党的极端保守派抱怨他们引以为豪的政党正在卑躬屈膝地乞请官职，而老牌的民主党人又埋怨他们惯用的篷车里挤满了大学教授、城市老滑头和快艇驾驶人。

在民众尊崇度上，参议员温德里普的竞争对手是一位似乎没有执政欲望的政治巨头——印第安纳州波斯波利斯的保罗·彼得·普朗牧师，他是卫理公会主教，比温德里普大十岁。于数百万人而言，普朗主教每周六下午两点的广播演说如同神谕。这个从空中传出的声音十分神奇，以至于男人为之推迟高尔夫运动，甚至女人也延缓了原定于周六下午的桥牌聚会。

底特律的查尔斯·考夫林神父首先提出了一个想法，即通过"在广播中为

---

① H.G.威尔斯(H.G.Wells，1866～1946)，英国著名小说家和政治家。

② 玫瑰十字会(Rosicrucian)，十七世纪初在德国创立的一个秘密会社。

自己争取时间”的方法——只有在二十世纪，人们才能像购买肥皂和汽油一样购买时间，来免除其在政治上进行“登山宝训”①时的审查。这一想法对所有美国人生活和思想的影响几乎等同于亨利·福特在早期提出的构想，即将汽车廉价销售给数百万人，而不是将其作为奢侈品出售给少数人。

但保罗·彼得·普朗主教之于先驱考夫林神父，就像福特 V-8 之于 A 型车②。

与考夫林相比，普朗更加多愁善感，更喜欢呼喊，也更为苦闷，他会极为过分地点名痛斥更多的敌人。普朗更喜欢讲有趣的故事，以及许多关于银行家、无神论者和共产主义者在临终前幡然悔悟的悲惨故事。他的鼻音更重，他是纯正的中西部人，具有新英格兰新教苏格兰—英格兰血统。而在西尔斯—罗巴克地区，考夫林总会受到种种质疑，因为他是一个带有标准爱尔兰口音的天主教徒。

历史上从未有人像普朗主教一样拥有如此多的拥护者，也从未有人拥有过如他那般显而易见的权力。普朗主教号召他的听众向国会议员发电报，以对一项法案进行投票。他仅利用了自己的权威，并未动用任何枢机团③；他激励听众相信他们应该具有投票权，之后五万人打来电话，或乘车穿过后山泥地到附近的电报局，以他的名义向政府发号施令。如此一来，借助电流的魔力，普朗使历史上所有的国王都变得稍显荒谬和平庸。

普朗给数百万的联盟成员寄去了带有传真签名的油印信，上面别有心计地写上了问候语，因为成员们会为得到创办者的个人问候而欣喜不已。

住在乡下山上的多雷姆斯始终不明白普朗主教从他的西奈山④上喊出了什么样的政治性福音，在那里，传声器和打印版的《启示录》⑤霎时便可完成，比之前的西奈山更为快捷高效。具体来说，普朗鼓吹将银行、矿山、水力和交通国有化，限制收入，增长工资，加强工会建设，增加消费品分配的流动性。但如今，从弗吉尼亚州参议员到明尼苏达州农工党人，每个人都对这些崇高的政策吹毛求疵，他们不相信这些政策能够实现。

---

① 登山宝训(the Sermon on the Mount)，指圣经马太福音中耶稣在山上所说的话，耶稣将天国里的法则说给门徒们听。

② A 型车(the Model A)即为紧凑型轿车。

③ 枢机团(the College of Cardinals)，天主教会最高宗教机构。

④ 西奈山(Sinai)，基督教圣山。

⑤ 《启示录》(*Revelation*)，《圣经·新约》的末卷。

有一种说法以为，普朗只是他庞大组织——“被遗忘者男人联盟”的卑微发声者。人们普遍认为该组织有两千七百万名成员（尽管没有一家特许会计事务所审查过它的名单），以及各个国家官员、州官员、市镇官员及许多委员会都有气派十足的名字，比如“国家大豆产业失业和正常就业统计汇编委员会”。普朗主教并非上帝微小的代言人，而是一个崇高的个人，他四处演讲，每次的听众多达两万人，演讲地有职业拳击比赛大厅、影剧院、兵工厂、棒球场和马戏帐篷，演讲结束后，他的得力助手便会收到加入“被遗忘者男人联盟”的申请信和会费。当有怯懦的批评者暗示这一切虽浪漫、愉快、别具一格却有失庄严时，普朗主教答道：“我的主乐于在聆听他讲话的任何粗俗的集会上演讲。”此时，无人敢响应他：“可你并非是你的主——至少现在不是。”

随着联盟及其群众集会的蓬勃发展，一个公认的事实已经形成——联盟制定的任何宗旨及国会和总统通过某项特别法案所承担的压力几乎都与普朗的决策密不可分，委员会或联盟官员暂未参与其中。普朗经常低声吟诵救世主的谦逊朴素，其目的是使一亿三千万人服从于他——这位众人的僧侣王①，要对关乎他们私人道德、公开声明、如何谋生及与其他雇佣劳动者关系的每件事均毫无隐瞒。

“而且，”多雷姆斯一面对妻子艾玛令人震惊的虔诚津津乐道，一面又抱怨说，“这使普朗老兄成了比卡利古拉②还糟的暴君、比拿破仑更坏的法西斯主义者。你听着，我不大相信那些关于普朗贪污会费、出售手册及募捐支付广播费用的传闻。事实比这糟糕多了，恐怕他是个名副其实的极端分子！这就是为什么他是真正的法西斯危险人物——他极力鼓吹人道主义，显得自己如此‘高尚’，以致许多人心甘情愿地任他掌管一切，在一个如此规模的国家里，这的确需要精心布谋——的确是这样。亲爱的，对一个拥有足够多恩赐的卫理公会主教来说，唯有这样他才能够真正地‘争取时间’！”

有望成为共和党总统候选人的沃尔特·特罗布里奇始终因不够诚实及不愿做出能够创造奇迹的承诺而蒙受损害，他坚称我们生活在美利坚合众国，而非处在通往乌托邦的金色高速路上。

在这种现实面前没有什么可令人兴奋的，所以在六月这个多雨的星期里，伴随着凋谢的苹果花和紫丁香花，多雷姆斯一直等待着普朗主教的下一则通谕。

---

① 僧侣王（Priest King），被认为是代表上帝的世俗统治者。

② 卡利古拉（Caligula，12～41），罗马皇帝 37～41 年在位。

5

我太了解新闻界了。几乎所有的编辑都躲在蜘蛛洞里，他们不顾及家庭或公众利益，也不考虑类似于外出远足这种小乐趣，而是密谋如何掩盖自己的谎言，他们通过诽谤政治家来提升自身地位及填补自己那贪婪的钱袋子，那些政治家已为大众利益尽其所有，他们极易受到攻击，因为他们在权力的万丈光芒下十分突出。

——《决战时刻》贝采利乌斯·温德里普

六月的清晨阳光明媚，野樱花的最后几片花瓣落在草地上，上面还沾着露珠，知更鸟在草地上忙碌着。多雷姆斯生性喜欢晚睡，在八点钟被叫醒后，会再小睡片刻；起床后，他站在窗前，越过比乌拉河谷眺望三英里外山坡上那片黑压压的松树林，做着瑞典式运动，先跳跃五六下，再伸展双臂五六次。

这十五年来，多雷姆斯和艾玛各自睡在自己的卧室。对此，艾玛颇有微词，但多雷姆斯坚称他无法和任何人同睡一屋，因为他会在晚上喃喃低语，喜欢在床上翻身时举起胳膊拍打枕头，他并不想产生那种打扰别人的感觉。

到周六了，这是普朗启示的日子。但在这个连日阴雨后的清爽早晨，多雷姆斯将普朗丢在脑后，他满脑子都是他的儿子菲利普将携妻子从伍斯特市赶来共度周末的事，他们一家人还有洛琳达·派克和巴克·泰特斯将举行一场“正宗的、老式的家庭野餐”。

这场野餐是应所有人要求的，甚至包括时髦的茜茜。十八岁的茜茜对打网球、高尔夫球以及和马尔科姆·塔斯布鲁（仅高中学历）或圣公会牧师的孙子朱利安·法尔克（阿默斯特学院的大一新生）一起参加神秘又刺激的汽车旅行都饶有兴趣。多雷姆斯曾骂骂咧咧地说，他不会参加任何野餐。作为编辑，他的工作是待在家里，在两点钟的时候收听普朗主教的广播，但其他人却嘲笑他，弄乱他的头发，还故意叫错他的名字，直到他同意为止……他们不知道的是，多雷姆斯悄悄从他的朋友斯蒂芬·佩雷菲克斯神父——当地的天主教神父那儿借了一台便携式收音机。无论如何，他也要收听普朗的广播。

多雷姆斯很高兴洛琳达·派克——他喜欢这个总是冷嘲热讽的圣人般的人——以及巴克·泰特斯——大概是他最亲密的密友——均将参加此次野餐。

詹姆斯·巴克·泰特斯今年五十岁，但看上去就像三十八岁，身材笔直，肩膀宽阔，腰身纤细，留着一把长胡子，皮肤黝黑——巴克是丹尼尔·布恩[①]那种老式的美国人，或者说是查尔斯·金扮演的那个同印第安作战的骑兵队队长。他毕业于威廉姆斯学院[②]，在英格兰待了十周，在蒙大拿州待了十年，分别从事过养牛、探矿和驯马的工作。巴克的父亲是一个富有的铁路承包商，他把那个位于比乌拉西部附近的一个大农场留给了巴克，于是巴克便回到家种植苹果，饲养摩根马，读伏尔泰、阿纳托尔·法朗士[③]、尼采和陀思妥耶夫斯基的著作。巴克是一名列兵，参加过战争，他憎恶他的军官，拒绝接受委任，但他喜欢科隆的那些德国人。他还是一名优秀的马球运动员，认为骑马追猎傻里傻气。在政治上，与其说他同情劳工的过错，不如说他蔑视那些待在办公室里和散发着恶臭的工厂里的吝啬剥削者，他可能是与英国乡绅关系最近的一位美国人。巴克是一个单身汉，有一栋维多利亚中期时代的大房子，房子被一对友善的黑人夫妇打理得很好，他有时会选一个整洁的地方款待几个衣着不怎么讲究的女士。巴克自称“不可知论者”，而非“无神论者”，只因为他讨厌那些以无神论者为职业的人在街头大喊大叫，兜售小册子。巴克愤世嫉俗，也很少微笑，但他对杰瑟普忠心耿耿，他能来参加野餐令多雷姆斯变得像他的外孙大卫一样开心。

“也许，哪怕处在法西斯的统治之下，‘教堂的时钟依旧会指向两点五十分，喝茶的时候也依然会有蜂蜜’。”多雷姆斯一边想着，一边穿上了他那件十分花哨的乡村粗花呢。野餐准备工作唯一的瑕疵是雇工奥斯卡·莱杜的满腹牢骚。当要求他摆正一下冰激凌冷冻机时，他咆哮道：“你们为什么不买个电动冰冻器呢？”他还大声抱怨说野餐篮太重了。此外，当他们让莱杜趁他们不在家之际打

① 丹尼尔·布恩（Daniel Boone，约 1734～1820），美国开拓者，民间传奇英雄和肯塔基州（Kentucky）殖民运动的中心人物。

② 威廉姆斯学院（Williams College），一所享誉美国乃至世界的顶级文理学院。

③ 阿纳托尔·法朗士（Anatole France，1844～1924），法国作家。

扫一下地下室时，他竟怒视对方，做出了无声的反抗。

“你应该开除莱杜那个家伙。”多雷姆斯的儿子——菲利普律师恼火地说道。

“噢，我暂时还未考虑好，”多雷姆斯想，“在我看来，他只是比较懒惰。不过我对自己说，我正在进行一项社会实验——试着将他训练得像典型的尼安德特人一样宽厚，或者说也许我打心底里害怕他——他是那种有报复心的农民，会放火烧粮仓……你知道他真的有在读书吗，菲尔[①]？”

“我不知道！”

“大部分是电影杂志，里面有裸体女人和狂野的西部故事，不过他也读报。他告诉我，他极其欣赏巴兹·温德里普，认为温德里普定会当选总统，之后每个人——恐怕沙德说的只是他自己——每年将获得五千美元。巴兹的拥护者中肯定有许多慈善家。”

“听着，父亲，你不了解温德里普参议员。噢，在某种程度上，他算是一个蛊惑民心的政客——他信口开河地讲他将如何提高个人所得税，充分利用银行，但他不会那么做的——那不过是给蟑螂吃的糖浆。他将做的——也许只有他能做到的，是保护我们免受那惯爱谋杀、偷窃和撒谎的布尔什维克党人之害——啊，他们要把我们这些准备参加野餐的人、习惯于独处的体面人安置在廊底小卧室内，让我们待在床上用普赖默斯燃油炉做卷心菜汤！没错，或许要彻底‘清除’我们！不，贝采利乌斯·温德里普就是能挫败那些打着美国自由派名义的肮脏犹太间谍的家伙！”

“眼前这张脸是我那相当能干的儿子菲利普的脸，但声音却是迫害犹太人者尤利乌斯·特莱彻[②]的声音。”多雷姆斯叹了口气。

野餐地点位于多雷姆斯堂兄亨利·维德尔的高地农场，处在灰色和青苔色岩石组成的巨石阵之中，前面便是处于恐怖山高处的一片白桦林。维德尔属于过去那种可靠又寡言少语的佛蒙特州人。他们透过远处的一个山口看到了波光粼粼的尚普兰湖，再望过去便是阿迪朗达克山脉的防波堤。

大卫和他的偶像巴克正在坚硬的牧草地上摔跤。菲利普和多雷姆斯的女婿福勒·格林希尔博士（三十二岁的菲利普微胖，头发已经半秃，而福勒留有寻衅般的红发和红色胡子）则就旋翼机的好处争论不休。多雷姆斯将头靠在一块

---

① 菲尔(Phil)即菲利普(Philip)。

② 尤利乌斯·特莱彻(Julius Streicher，1885～1946)，纳粹政客。

岩石上，用帽子遮住眼睛，俯瞰着比乌拉谷若天堂一般的地方——他不敢肯定，但他愿意相信他看到一个天使正在山谷上方明亮的高空飘动。女人们——艾玛、玛丽·格林希尔、茜茜、菲利普的妻子和洛琳达·派克正在一块铺在平坦岩石上的红白相间的桌布上准备野餐——一罐豆子煮脆嫩腌肉、炸鸡、用油炸面包丁回锅马铃薯、佐茶饼干、山楂冻、沙拉和葡萄干派。

倘若没有那些停着的汽车，这一幕可能发生在1885年的新英格兰，你会看到头戴圆帽、身着紧身胸衣和带裙撑的高领连衣裙的女人，戴着系有丝带的草帽、蓄着络腮胡子的男人——多雷姆斯没有刮胡子，他飘扬的胡子颇像新娘的面纱。格林希尔博士将亨利·维德尔堂兄叫了来，亨利·维德尔之前是比乌拉堡的农民，身材高大却又十分腼腆的他穿着已褪色的干净工装裤。之后，随着时间的流逝，一切回归宁静。

谈话内容净是些放松闲碎的琐事，十分温馨，但也有种维多利亚式的无聊和枯燥。多雷姆斯可能在为"目前的状况"担忧，轻佻的茜茜也许正期待她的求爱者——朱利安·法尔克和马尔科姆·塔斯布鲁的到来，他们未谈论任何时新和敏感的话题，也未涉及弗洛伊德、阿德勒[①]、马克思、伯特兰·罗素或二十世纪三十年代的其他任何神学。此时，母亲艾玛对着玛丽和梅丽拉喋喋不休说，她的玫瑰树丛"被冻死了"，新枫树树苗被田鼠啃了，吩咐沙德·莱杜拿足够用的火炉木材有多困难，以及沙德在杰瑟普家吃午饭时是如何狼吞虎咽地吃连骨猪排、炸薯条和馅饼的。

还有乡间美景。这些女人谈论乡间美景就像在尼亚加拉大瀑布度蜜月的人谈论起那儿的风景一样。

此时此刻，大卫和巴克正在一块竖立的岩石上玩船——那是一座船桥，大卫饰波沛船长，巴克扮水手长。在太阳底下，格林希尔博士懒洋洋的，正全神贯注地摆弄一只可怜的小蚂蚁，把它放在树枝上来回跑。这个冲动的改革者曾不断地举报救济农场的邋遢状况及县监狱散发出恶臭，惹得县卫生局大为恼火。格林希尔的妻子玛丽——高尔夫球手、州网球锦标赛亚军，曾在乡村俱乐部举办提倡节制饮酒的光鲜鸡尾酒会，喜欢身穿时髦的棕色粗花呢并搭配一条绿围巾——似乎已优雅地退回到她母亲那样的家庭生活里去了。她认为西芹羊乳干酪三明治配烤苏打饼干是一道重要食谱，她又成了漂亮的杰瑟普家大女儿，再次回到了这个有双重斜坡屋顶的白色房子。

---

① 阿尔弗雷德·阿德勒(Alfred Adler，1870～1937)，奥地利心理学家和精神病学家。

笨笨仰面躺着，四只爪子笨拙地耷拉着，它是最具田园风格的那种老派样貌的狗。

聊天中也有严肃的时刻，巴克大声对多雷姆斯说："近来，肯定会有许多竞选者暗中抨击你——巴兹·温德里普、普朗主教、考夫林神父、汤森德博士（尽管他似乎已回到拿撒勒）、厄普顿·辛克莱、法兰克·卜克曼牧师、贝尔纳·麦克菲登、威廉·伦道夫·赫斯特、塔马居州长、弗洛伊德·奥尔森[1]及——听着，我发誓，整个竞选活动中最受人们信赖的领导者是那个黑人神父[2]。他不仅承诺十年之后会救济弱势人群，还将炸鸡腿、鸡胗和救济品一起分发出去了，他当选为总统如何？"

这时，朱利安·法尔克不知从哪儿冒出来了。

这个年轻人是圣公会牧师的孙子，去年刚考入阿默斯特学院，他父母双亡，因而和老人生活在一起。在多雷姆斯眼里，他是茜茜的追求者里最让人看得顺眼的。朱利安·法尔克是瑞典人，身材瘦长而结实，长着一张小巧优雅的脸和一双机警的眼睛，他称呼多雷姆斯为"先生"。和比乌拉堡大多数痴迷于无线电和汽车的十八岁男孩不同，他喜欢读书，主动读托马斯·沃尔夫、威廉·罗林斯、约翰·斯特雷奇、斯图亚特·齐思和奥尔特加的书。关于茜茜更喜欢朱利安还是马尔科姆·塔斯布鲁，多雷姆斯并不清楚。马尔科姆比朱利安更为高大魁梧，他有辆自己的流线型德索托汽车，而朱利安必须借他祖父那辆糟糕的廉价旧汽车才能出门。

茜茜和朱利安正在就爱丽丝·艾洛特玩十五子棋的技巧问题有意无意地争辩着，笨笨则在太阳底下挠痒。

多雷姆斯并没有融入田园景色之中，他焦虑又严谨。然而其他人却打趣道："父亲什么时候参加试镜？"或"他打算成为什么样的人物——一个男低音歌手还是一名曲棍球讲解员？"多雷姆斯正在调试那台质量低劣的便携式收音机。他一度认为他将在温馨的家庭氛围中与他们待在一起，因为他收听了一个老歌节目，之后所有的人包括堂兄亨利·维德尔（亨利对小提琴手、谷仓舞和风琴有一股暗涌的激情）都在哼唱《欢快的游吟歌手》《雅典的少女》《亲爱的耐莉·格雷》。但当广播员告诉听众，这些小调是由生产天然家用泻药的托利·奥利赞助的且演唱者是被称为"圆滑分子"的六个年轻男子时，多雷姆斯突然关掉了这

---

① 弗洛伊德·奥尔森（Floyd Olson，1891～1936），美国政治家，曾任美国明尼苏达州州长。

② 黑人神父，指 Major Jealous Divine（约 1876～1965），二十世纪三十年代杰出的非裔美国宗教领袖。

个节目。

“怎么了,父亲?”茜茜大声叫道。

“‘圆滑分子’!天啊!这个国家不得不要改头换面了!”多雷姆斯厉声说,“也许我们需要温德里普!”

保罗·彼得·普朗主教的每周演说时刻本应由教堂的时钟宣布,但它却从印第安纳州波斯波利斯一个不通风的衣橱中跑了出来,带有一股僧侣羊毛连身裤的味道,跳到了最遥远的星星上,以每秒十八万六千英里的速度环绕地球。当你停下来去抓它的时候,它已经跑到一百万英里外了。它撞到了黑暗的北极海上的一条捕鲸船上;冲入了位于华尔街一栋六十七层高的建筑物的办公室里,办公室镶着从诺丁汉郡一个城堡掠夺来的装饰着折叠亚麻布图案的橡木板;闯进了东京外交部;又撞入了佛蒙特州恐怖山上一片闪亮桦树下的岩石洞中。

普朗主教一如既往地带着一种庄重亲切的语气、刚强有力的声音发表演说,他通过无形的空中大道神奇般地走到听众面前,这使他立即居于支配地位且极富魅力。无论普朗意欲何为,他的话总是代表天神:

“我的听众朋友们,在全国代表大会[①]召开前,我应当有六次为诸位请愿的机会,这将决定这个令人忧心如焚的国家的命运,现在是时候采取行动了——采取行动!话已经说得够多了!我来整合一下《耶利米书》[②]第六章中分开的几句话,这些预言似乎是为美国当前绝望的危机而写:

“‘便雅悯人哪,你们要逃出耶路撒冷……你们要准备攻击……起来吧,我们可以趁午时上去。哀哉!日已渐斜,晚影拖长了。起来吧,我们夜间上去毁坏他的宫殿……我被耶和华的愤怒充满,难以含忍。我要倾在街中的孩童和聚会的少年人身上,连夫带妻,并年老的与日子满足的都必被擒拿……我要伸手攻击这地的居民。这是耶和华说的。因为他们从最小的到最大的都一味地贪婪;从先知到祭司都行事虚晃……说:‘平安了!平安了!’其实没有平安!”

“这本旧书如是说道……但这也是对1936年的美国说的!”

“没有平安!一年多来,‘被遗忘者男人联盟’一直在提醒政客们及政府注意,我们为弱势人群的离世而愤怒——而且,我们的成员终于超过五千万人了,我们并非爱抱怨的乌合之众,而是要用意志、发言权和投票权来维护我们的主

① 全国代表大会(the National Conventions),美国政党为总统候选人提名而召开的会议。

② 《耶利米书》(*Jeremish*),《圣经》旧约中的一卷书。

权！我们斩钉截铁地告诉每一位政治家，我们要求——我们要求采取某些措施，我们绝不容许拖延。我们反复要求，剥夺私营银行对信贷的控制及发行货币权；士兵们不仅可以得到他们在1917年或1918年用鲜血和痛苦赚来的奖金，而且即将获得的奖金数额是已商定数额的两倍；严格限制所有巨额收益，并将遗产削减到只够继承人在青年和老年时使用的一小笔钱；劳工和农民联盟不仅应该被视为联合谈判的媒介，还应像意大利的辛迪加一样，成为代表劳动者的政府正式部门；这个伟大的国家应以最严厉、最坚定的态度，禁止与国际犹太金融、国际犹太共产主义、无政府主义以及无神论相关的一切活动。听过我演讲的人都知道，我——或者更确切地说，'被遗忘者男人联盟'——未与个别犹太人存在过节，我们为我们的领导人中有犹太教教士而感到自豪，遗憾的是，具有破坏性国际组织的大部分成员是犹太人，因此必须用鞭子和毒蝎将他们赶出这个世界。"

"主啊，对于我们提出的这些要求，政治家们和大企业的虚伪代表们假装倾听、服从了多久？没错——没错——'被遗忘者男人联盟'的主人们——没错，我理解——给我们点儿时间吧！"

"没时间了！他们的时代终止了，他们所有邪恶的权力也终止了！"

"保守派参议员——美国总商会——大银行——钢铁、汽车、电力和煤炭行业的翘楚——经纪人和控股公司——这些人就像波旁诸王一样，据说'这些国王什么都记得，却依旧我行我素'。"

"但他们死在断头台上了！"

"也许我们可以对波旁家族更仁慈些。也许——也许——我们可以把他们从断头台——绞刑架——即时行刑队下救起来。在我们的新体制、新宪法以及'新政'（真正意义上的新政，而非傲慢的尝试）之下，或许我们只应该让那些金融和政治界的大人物坐在硬椅子上，待在肮脏的办公室里，像多年来为他们辛苦工作的众多白领奴隶一样，用钢笔和打字机没完没了地苦干！"

"正如贝采利乌斯·温德里普所言，此刻这一秒便是'决战时刻'。我们已不再痛斥那些掉以轻心的虚伪大师了，我们要'采取最后手段'。最终，经过月复一月的商讨，我及'被遗忘者男人联盟'的其他领导者们宣布，我们会在即将举行的民主党全国代表大会上毫无保留地——"

"听着！听着！历史时刻到了！"多雷姆斯朝心不在焉的家人大喊道。

"——利用数百万联盟成员的巨大力量，确保参议员——贝采利乌斯——温德里普获得民主党总统候选人提名——这意味着，直言不讳地说，他将当选为——我们联盟将选他为——美利坚合众国的总统!"

"他的计划与联盟的计划并不完全一致,但他已委婉承诺他将采纳我们的建议,至少在选举前,我们都将绝对支持他——用我们的金钱、忠诚、选票……及祈祷。愿上帝指引他和我们越过邪恶政治及贪婪地一味攫取资金的荒原,进入应许之地①的黄金荣耀!愿上帝保佑你!"

杰瑟普太太高兴地说:"亲爱的,主教并不是一个法西斯分子,他是个典型的激进分子!他的这份宣言是什么意思?"

多雷姆斯没说话,他和艾玛生活了三十四年,每年只有一两次会产生想杀了她的冲动。他温柔地说:"噢,没什么,除了几年后,巴兹·温德里普独裁政权会以保护我们为由严格控制一切,从我们去哪里祷告到我们读什么侦探小说。"

"他一定会的!有时候我真想当一回共产主义者!我和我那傻头傻脑的哈得逊河荷兰祖先觉得很有意思!"朱利安·法尔克惊叹道。

"好主意!从温德里普和希特勒的煎锅里跳出来,再跳进纽约《工人日报》、斯大林和自动手枪的火坑里!还有五年计划——我想他们会告诉我,政委决定,现在,你的每匹母马一年要生六匹小马!"巴克·泰特斯哼了一声。这时,福勒·格林希尔博士奚落地说:

"呀,扯吧,父亲——还有你,朱利安,你个小偏执狂——你就是偏执狂!独裁政权?你最好来我的诊室,让我检查一下你的大脑!唔,美国是这个世界上唯一自由的国家。再说了,我们国家太大了,无法进行革命!不,不!这是不可能的事情!"

---

① 应许之地(the Promised Land),以色列祖先虔敬上帝,上帝与之立约,许其后裔将拥有流牛奶与蜜之地。

6

> 我宁愿追随一个像艾姆·戈德曼一样狂热的无政府主义者——如果他们可以将更多的玉米饼、豆子和马铃薯送到平民简陋的小屋，也不愿跟从一个只对我们生产更多豪华轿车感兴趣的毕业于大学、曾担任内阁成员的纯粹政治家。你可以称呼我为社会主义者或任何你想谴责的名字，只要你和我一起拿住横剖锯的另一端，并帮我将贫穷和偏执的大圆木砍成碎片。
>
> ——《决战时刻》贝采利乌斯·温德里普

多雷姆斯的家人——至少是他的妻子、厨师坎迪太太、茜茜、玛丽和福勒·格林希尔太太——认为多雷姆斯的身体状况反复无常，任何感冒都一定会发展成肺炎，多雷姆斯必须穿橡胶套鞋，喝燕麦粥，少吸烟，绝不能“过度吸烟”。多雷姆斯对他们大发雷霆，他知道，虽然他的确在报社发生危机后倍感疲惫，但他睡一觉便能恢复活力，他可以比最伶俐活泼的年轻记者更快地“完成稿件”。

多雷姆斯向他们隐瞒了自己的放纵，就像某个小男孩隐瞒长辈那样，千方百计地谎报他抽了多少支烟；藏了一瓶波旁威士忌酒，他经常在睡前会喝上一小口，只喝一小口；他承诺早睡，早早便关上了灯，却在确信艾玛已睡着后打开灯，蜷缩在恐怖山上的一位手织工编织的心爱毛毯下，愉快地阅读直至凌晨两点；他的双腿抽动，与孤身一人又手无寸铁的造假者时刻担忧刑事调查局总督察会走进其藏身处的样子一般。他会在凌晨三点悄悄溜进厨房（大约每月一次），自己煮咖啡并清洗干净用具，这样艾玛和坎迪太太就永远不会知道……他以为她们永远不会发现！

这些小小的把戏给予了多雷姆斯在生活中极为强烈的满足感，此外他还致力于公共服务，试图让沙德·莱杜围拢花坛及兴奋地撰写社论，这些社论会令他百分之三的读者从早餐时间兴奋到中午，但一到下午六点又会被人们永远遗忘。

有时，艾玛会在周日清晨来到多雷姆斯的床前，把她那双温柔的手臂放在他瘦弱的肩胛骨上。她认识到多雷姆斯越来越老、越来越虚弱，为此她颇为忧愁。她觉得，他的肩膀像一个贫血婴儿的肩膀一样可怜兮兮……多雷姆斯从未想到艾玛会有这种难过的心情。

甚至在报纸付印之前，在沙德·莱杜出门两个小时花费两美元请别人而不是自己动手打磨割草机之时，在多雷姆斯想睡觉、茜茜和她的伙伴们却在楼下弹钢琴至凌晨两点之际，多雷姆斯都从未发过脾气——在起床和饮用第一杯救命咖啡之间的这段时间除外。

每当多雷姆斯在吃早餐前发脾气，聪慧的艾玛都会十分高兴，因为这意味着他又重获精神，脑子里塞满了好点子。

在普朗主教表示支持参议员温德里普后，在夏季举行的国家政治大会即将紧张召开之时，一股不安感涌上艾玛心头。因为多雷姆斯在早餐前变得沉默不语，他的双眼发红，仿佛他很担心，仿佛他睡不好觉，他不再暴躁了。艾玛想念他发牢骚的时候，"那个讨厌的笨蛋坎迪太太还不打算把咖啡端进来吗？我想她正坐在那儿读她的遗嘱吧！我的好太太，你能不能告诉我为什么茜茜从来不起床吃早饭，即使她能罕见地凌晨一点就上床睡觉？还有——你看看外面的路！全是死花，那头猪沙德已经一个周没打扫了。我发誓，我要解雇他，今天早上，立刻！"

如果能听到这些熟悉的野兽般的声音，艾玛会很高兴，然后大惊小怪地答道："噢，哎呀，太差劲了！我这就告诉坎迪太太马上把咖啡端进来！"

但多雷姆斯一言不发地坐着，脸色苍白。他打开《每日线人》，好像害怕看到他在十点钟离开报社后的新闻。

早在二十世纪二十年代多雷姆斯主张承认俄国之时，比乌拉堡人便担心他会变为一个彻头彻尾的共产主义者。

他异常了解自己，知道自己绝不是左翼激进分子，顶多是一个温和、十分懒惰、有点儿多愁善感的自由主义者，他反感公众人物的自命不凡和索然无味的幽默，也反感追逐名气——名气会使广受欢迎的传教士、能言善辩的教育家、业余的戏剧制作人、富裕的女性改革家、宽裕的女性运动员及几乎所有富有的女性沾沾自喜地前来访问这位报刊编辑，他们胳膊底下夹着照片，脸上挂着谦虚而虚伪的假笑。对于所有的残酷及偏执行为，对于幸运者对不幸者的蔑视，多雷姆斯不仅是厌恶，还有一种气恼的憎恨。

多雷姆斯坚称汤姆·穆尼[①]无罪，质疑萨科和万泽蒂[②]的罪行，谴责军队入侵海地和尼加拉瓜，提倡增加个人所得税。在1932年的竞选活动中，他为社会党候选人诺曼·托马斯(但之后，说实话，他将票投给了富兰克林·罗斯福)写了一篇言辞友善的报道，还就南方佃农和加利福尼亚水果采摘工的农奴身份在当地挑起了一小场无济于事的争论，这些事情震惊了他在新英格兰北部的所有同行们。多雷姆斯甚至在社论中提到，当俄国的工厂、公路和大型农场真正运转起来的时候——大约在1945年——这个国家于普通人而言可能会成为世界上(神话般!)最宜人居住的国家。他之所以会写那篇社论是因为他被午餐会上弗兰克·塔斯布鲁及克劳利自鸣得意的牢骚给激怒了，但这的确给多雷姆斯引来了麻烦。他被称为布尔什维克党人，两天之内，他原本发行量为五千份的报刊便缩减至一百五十份。

然而，他和赫伯特·胡佛一样，并不是布尔什维克党人。

多雷姆斯知道自己就是个小镇上的资产阶级知识分子。俄国会剥夺能使他的心血得以与世长存的最重要的东西——隐私权，即在人尤为兴奋时思考及批判的权利。他宁让身穿制服的农民监督他的思想，也不愿每隔三年便带着豆子、一百本书和一条新裤子住进阿拉斯加的一个小木屋里。

有一次，他和艾玛乘汽车旅行，中途在一个共产主义者的夏令营停了下来。他们中的大多数是城市学院的犹太人或布朗克斯区衣着整洁的牙医，他们戴着眼镜，脸刮得很干净，但留着浮夸的小胡子。他们热烈欢迎这些新英格兰的农民，并向农民解释什么是马克思主义(然而，他们对马克思主义的理解迥然不同)。在一间未喷漆的简陋餐厅里，他们一边吃着通心粉和奶酪，一边想着莫斯科的黑面包。接着，多雷姆斯轻声笑了，他发现他们与沿着公路二十英里外基督教青年会的露营者十分相像——同样古板、带有激励性、徒劳无益，同样喜欢玩橡胶球一类的蠢游戏。

多雷姆斯仅参与过一次危险活动。为使工会承认反对弗朗西斯·塔斯布

---

① 汤姆·穆尼(Tom Mooney)，美国政治活动家及劳工领袖，1916年因"旧金山战备日炸弹爆炸事件"被捕，本被判处绞刑，后被判处二十二年监禁。

② 萨科和万泽蒂(Sacco and Vanzetti)事件是美国在二十世纪二十年代镇压工人运动中制造的一桩假案。

鲁的采石场，他支持罢工。多雷姆斯认识多年的本地人，比如学校校长埃米尔·斯托布梅尔和家具店的查理·贝茨，都抱怨说要“把他赶出小镇”。为此，塔斯布鲁对他厉声痛斥——即使到了八年后的今天也是如此。之后，罢工失败了，而罢工的发动者，一个名为卡尔·帕斯卡的共产主义者，则因“煽动暴力”而入狱。最佳机械师帕斯卡出狱后，便去往比乌拉堡一个杂乱的小车库工作，车库所有者是一个亲切、健谈、爱挑衅的波兰社会主义者，名叫约翰·波利科夫。

帕斯卡和波利科夫整日叫嚷着要在社会民主主义和共产主义会战时袭击对方的战壕，多雷姆斯也经常过去煽风点火。这对塔斯布鲁、斯托布梅尔、银行家克劳利和基特里克律师来说是难以饶恕的罪过。

倘若多雷姆斯不是出身一个三代都在努力偿债的佛蒙特州家庭，他现在或许早已成为一个身无分文的流浪印刷工人……也可能会对弱势人群的不幸少一些漠然。

保守的艾玛抱怨说：“你怎么能这样戏弄别人，你本来可以仅和弗兰克这样正派又成功的人打交道，但你又假装真心喜欢像帕斯卡这样油腻的机械师(我怀疑你甚至暗自欣赏沙德·莱杜!)——我实在理解不了！说不定，他们也会这么想！他们并不知道你根本不是一个社会主义者，只是一个善良、有责任心的老好人罢了。噢，睡鼠，我应该狠狠敲醒你!”

多雷姆斯并不喜欢别人称他为“睡鼠”，不过除了艾玛和偶尔会失言的巴克·泰特斯，没有人会如此称呼他了，所以这倒也可以忍受。

7

当正待在书房和家庭聚会上的我被强行带至那令人深恶痛绝的公众集会上时，我尽力将自己的演讲简单直接化，如同孩童耶稣在圣殿里同教师们讲话一般。

——《决战时刻》贝采利乌斯·温德里普

山上雷声隆隆，云朵沿比乌拉谷飘动，诡异难测的黑暗犹如黑雾般笼罩着世界，闪电衬托着群山险恶的陡坡，仿佛它们是爆炸中被震出的石头。

七月末这天清晨的天空里充斥着怒气，多雷姆斯醒了。

就像死牢里的囚犯突然从梦中惊醒，意识到“今天他们要绞死我”一样，他坐了起来，不知所措，因为他认识到今天的贝采利乌斯·温德里普也许会被提名为总统。

共和党代表大会结束了，沃尔特·特罗布里奇当选为总统候选人。民主党代表大会在克利夫兰召开，他们享用了大量的杜松子酒和草莓苏打，大汗淋漓地完成了委员会报告，赞扬了旗帜并向杰斐逊的英魂做出保证，如果吉姆·法利委员长赞同的话，杰斐逊会为这周在这里发生的一切而感到欣喜。大会到了提名环节——参议员温德里普获得了杜威·海克上校、国会议员和美国军团要人的提名；而阿尔·史密斯、卡特·格拉斯、威廉·麦卡杜和科德尔·赫尔等几个备受拥戴的候选人虽赢得了令人满意的掌声，但很快就被淘汰了。现在，在第十二轮投票中，还剩下四名竞争者，按投票顺序，依次是参议员温德里普、富兰克林·德拉诺·罗斯福总统、阿肯色州的参议员罗宾逊和劳工部长弗朗西斯·帕金斯。

戏剧般巨大的闹剧已然上演，歇斯底里的电台报道了这些闹剧，美国联合通讯社也发布了新闻简报，最新的报道就放在多雷姆斯·杰瑟普报社的办公桌上，而多雷姆斯的想象力早已将它们全都识破了。

为向参议员罗宾逊参议员表示敬意，一位领队乘旧马车入场，车上贴满了大型标语牌，上面写着“拯救宪法”及“明智的罗宾逊”，后面还跟着阿肯色州大学铜管乐队。人们欢呼帕金斯小姐的名字长达两个小时，同时代表们手持州旗行进，罗斯福总统的名字则被欢呼了三个小时——那是一种热情的欢呼，杀气十足，因为每位代表都深知，在国家歇斯底里的关键时刻，罗斯福先生和帕金斯小姐都极其缺乏成功所需的亮点和诙谐，选民们想要一个像参议员温德里普那样的革命领袖。

温德里普的自我表述是由其秘书、新闻发言人兼私人哲学家李·萨拉森事先撰写好的，绝不逊于其他人。因为萨拉森参透了切斯特顿的作品，明白比一件至关重要的大事还要关键的只有一件事，即一件有关注度、不言自明、微不足道的小事。

杜威·海克上校提名巴兹，上校最后大喊道：“还有一件事！听着！参议员温德里普特别要求：你们不要浪费此次历史性集会的时间来为他喝彩——为任何事喝彩。我们‘被遗忘者男人联盟’（当然，还有女人！）不想要毫无意义的赞誉，我们想要的是对美利坚合众国百分之六十人口的迫切需要的郑重考虑。没有喝彩——愿上帝指引我们进行这场最郑重的思考！”

上校发言结束时，中间过道走来了一支队伍，这并不是成千上万人的游行，这支队伍仅三十一个人，只有三面旗帜和两块大标语牌。领头的是两名身穿蓝色旧军服的国民军①老兵，中间是一名穿着灰色军服的南部联盟老兵，他们手挽着手。他们都是九十多岁的小老头，一个挨着一个，怯生生地东张西望，生怕有人嘲笑他们。

那名南部联盟老兵举着一面弗吉尼亚团旗，旗帜已被弹片撕裂，其中一名联盟军老兵还高举着一面伤痕累累的明尼苏达第一军旗。

与这三位颤颤巍巍、步履蹒跚的老人所经历的暴风雨相比，代表大会对其他候选人的表述所给予的恭敬掌声不过是淅淅沥沥的小雨。乐队像什么都听不见似的在舞台上演奏《迪克西》，之后又是《当小约翰再次回家时》。巴兹·温德里普作为他所在州代表团的一名普通成员，站在礼堂中央的椅子上，鞠

① 美国南北战争时期的国民军（G.A.R.）。

躬——鞠躬——鞠躬——尽力微笑，然而眼泪还是从眼睛中涌出，他无助地哭泣着，观众也开始跟着他哭了起来。

老人后面跟着十二名退伍士兵，他们在1918年负伤——拄着拐杖，拖着木制的腿蹒跚而行，其中一个士兵坐在轮椅上，但看起来年轻又快乐，还有一个只能头戴黑色面罩以遮住受伤的脸。他们一个举着一面大旗，另一个拿着一块标语牌，上面写着"我们这些饥饿者必须获得奖金——我们只要正义——我们要巴兹当选总统"。

他们的领头人是美国陆军少将赫尔曼·梅内克，他并没有负伤，看上去正直、强健而又刚毅。在年长记者的记忆中，从未出现过现役军人煽动公共政治的现象。记者们一个接一个地窃窃私语道："这个将军要被开除了，除非巴兹能够当选——那么，他可能会被任命为霍博肯司令官。"

十个男男女女跟在士兵们后面，他们的脚趾露在鞋外，身上的衣服也是破破烂烂的，因为它们已经被洗了又洗，彻底褪色了。和他们一起的还有四个走起路来跌跌撞撞、脸色苍白的孩子，他们的牙齿烂掉了，勉强举着一块标语牌，上面写着"我们需要救济。我们想再当一回人。我们要巴兹！"

二十英尺外来了一个孤零零的高个子男人。代表们纷纷伸长脖子张望，想看看救济灾民出现后又会发生什么。当他们真真切切地看清楚时，他们站起来了，一边大喊一边鼓掌。因为这个孤零零的男人——很少有人亲眼见过他，人们倒是在报刊图片上见过他数百次：有他身处在书房里一堆书之中的照片。在会议中同罗斯福总统和伊基斯国务卿的合照、与温德里普参议员握手的照片，还有在麦克风前的照片，他那能发出尖叫声的嘴巴像一个打开的黑暗陷阱，瘦削的右臂在歇斯底里的强调中挥舞。人们在收音机里听他的声音，直到他们了解他的声音就像了解自己的兄弟一样。人们认出来了，他便是"被遗忘者男人联盟"的倡导者——保罗·彼得·普朗主教，他穿过宽阔的主入口，来到了温德里普游行队伍的末端。

接着，代表大会里的人们为温德里普连续欢呼了四个小时。

在发布了第一份令人兴奋的公告后，新闻局又发表了关于代表大会的详细说明，在说明中，一位能干的伯明翰记者有力地证明了南部联盟老兵所执的南方战旗已被里士满[①]的博物馆借走，而北方战旗则被芝加哥著名的肉类企业主——一位内战时期将军的孙子——借走了。

---

① 里士满(Richmond)，美国弗吉尼亚州(Virginia)之首府。

除了巴兹·温德里普，李·萨拉森从未告诉过任何人，这两面旗是于1929年在纽约赫斯特街上为爱国剧《摩根马》制作的，均产自一个剧院仓库。

在人们欢呼之前，当温德里普的游行队伍接近舞台时，知名作家、演说家、作曲家阿德莱德·塔尔·吉米奇夫人迎接了他们，她突然变戏法般地出现在舞台上，仿佛是从空中甩出来的一样，她唱着自创的《扬基歌》①：

贝采利乌斯·温德里普去了华盛顿，
他热衷于——
天啊，将大企业赶出去，
改成民众接待厅！
（合唱）
巴兹，巴兹，坚持下去，
他背负着我们的关切和需求，
你是最忘恩负义的人，
除非你投巴兹一票！
被遗忘者男人联盟
不喜欢被遗忘，
他们去了华盛顿，
然后唱道："有些事已经腐烂！"

通过广播，十九位风格迥异的首席女歌手在午夜前演唱了这首欢快的战歌；四十八小时内，这首歌被大约一千六百万不怎么会唱歌的美国人传唱，此外，还有至少九千万个朋友及对即将到来的战斗嗤之以鼻的人唱了这首歌。在整个竞选活动中，温德里普能够从"go to Wash."和"go to wash"②的妙语双关中得到许多乐趣，他还嘲笑沃尔特·特罗布里奇，说他哪儿都不会去！

然而，李·萨拉森明白，除了这个滑稽的杰作之外，温德里普的事业还需要一首在思想和精神上均更为高尚的赞美诗，以与美国参加斗争的严肃性相称。

代表大会为温德里普的欢呼结束后，代表们再次谈起拯救国家的正事，并"自相残杀"。许久后，萨拉森让吉米奇夫人与一位十分出色的外科医生赫克托·麦克戈布林合作，唱了一首萨拉森自创的、更加鼓舞人心的赞美诗。

这位即将成为国家代表人物的麦克戈布林医生除了拥有丰富的医学实践

---

① 《扬基歌》（Yankee Doodle），美国独立战争时流行的一首歌曲。

② "go to Wash."意为"去华盛顿"，"go to wash"意为"去洗漱"。

外，他在发表医疗新闻学研究，评论教育和精神分析相关书籍，评注黑格尔、冈瑟教授、豪斯顿·斯蒂华·张伯伦和洛斯罗普·斯托达德[①]的思想观点，用小提琴演奏莫扎特作品，进行半职业性拳击运动以及创作史诗等方面同样极富成就。

麦克戈布林医生，太了不起了！

这首名为《拿出旧时的火枪》的萨拉森—麦克戈布林颂歌对于巴兹·温德里普的解放者乐队来说，就像《乔瓦尼扎》之于意大利人，《霍斯特威塞尔之歌》之于纳粹分子，《国际歌》之于所有的马克思主义者。

数百万的广播听众随大会一道聆听了吉米奇夫人那坚实如泥炭的女低音，她唱道：

拿出旧时的火枪

亲爱的主，我们做错事了，我们睡着了，
我们的旗帜沾满了灰尘，
昔日的灵魂正在呼唤、呼唤，
“你必须——摆脱怠惰！”
哦，林肯的英魂请指引我们，
李的精神请激励我们，
为正义统治全世界，
为正义而战，
用我们的力量让他们敬畏，
正如我们在一八六三年所做的那样。
（合唱）
看，欲望炽热的青年，
看，目光无畏的少女，
带领我们的队伍
轰炸坦克，
空中满是飞机。
拿出旧时的火枪，
唤醒昔日的炮火！

① 洛斯罗普·斯托达德（Lothrop Stoddard，1863～1950），美国种族人类学家、政治理论家。

看，全世界都支离破碎，
可怕、昏暗又危急。
美国！崛起并征服世界，
才是我们心之所愿！

“太会演了。连P.T.巴纳姆[①]或弗罗伦兹·齐格菲尔德[②]也无法超越。”多雷姆斯沉思着，一边研究美国联合通讯社的报道原稿，一边收听他在办公室临时安装的收音机。良久后，又想：“巴兹进场时，他不会允许任何带有伤兵的游行队伍出现，真是糟糕的法西斯主义心理。他把所有可怜的家伙都藏在慈善机构里，却将那些身穿军服、充满活力、年轻的‘供屠牛’带了过来。嗯。”

雷暴雨已幸运般地平息下来了，却又在令人恐怖的氛围中爆发了。

整个下午，代表大会都在反复进行投票，但总统候选人的投票顺序并没有改变。接近六点时，帕金斯小姐的干事将她的票投给了罗斯福，这使罗斯福赶上了参议员温德里普。他们似乎已全神贯注地参与到一场通宵的战斗中去。到了晚上十点，多雷姆斯疲惫地离开了办公室，今晚他不想感受家里那种充满同情又极度阴柔的气氛，于是他顺道拜访了他的朋友佩雷菲克斯神父的住所。在那里，他遇到了一群志同道合的人，其中包括尊敬的法尔克先生。斯瓦特、年轻健壮的佩雷菲克斯和银发苍苍的法尔克经常一起共事，他们彼此欣赏，能够就牧师独身的益处、除罗马主教至高无上外的几乎所有教义达成共识。

和他们一起的还有巴克·泰特斯、路易斯·罗滕斯顿、福勒·格林希尔博士和银行家克劳利。克劳利是一位喜欢营造一种可以自由进行思想讨论表象的金融家，虽然他在几个小时前还坚决拒绝向绝望的农民和店主提供贷款。

值得一提的是那只叫笨笨的狗，它在那个雷声隆隆的清晨仿佛觉察到了它主人的担忧，便跟随他去了报社。它整日对着收音机里的海克、萨拉森和吉米奇夫人狂吠，坚信自己应该把所有与代表大会相关的报道原稿统统嚼碎。

多雷姆斯喜欢佩雷菲克斯神父的小书房，那间书房可比他那挂着无趣的佛蒙特州名人肖像、装有白镶板的清冷客厅好多了，它融合了教会特色，体现了社交(至少是普通社交)自由。比如，里面摆放了一副十字架、一尊圣母石膏雕像以及一幅有趣的红绿相间的意大利教皇画像，还有许多实用家具，譬如橡木卷

---

① P.T.巴纳姆(P.T.Barnum，1847～1906)，1871年建立了世界大马戏团，他将其马戏团称做“世界上最棒的表演”。

② 弗罗伦兹·齐格菲尔德(Florenz Ziegfeld，1869～1932)，美国伟大的音乐剧制作人。

式书桌、钢制档案柜、破旧的便捷式打字机。作为一个虔诚隐士的简室，里面还有物美价廉的皮椅和上等的黑麦高杯酒。

这一夜，他们八个人（笨笨也喝了牛奶饮料）边小口饮酒边收听广播。一夜过去了，代表大会仍在六百英里外、在这个令人困惑的夜晚里举行着激烈却又徒劳的投票，然而克利夫兰大厅里进行的每一场演讲、每一次带有嘲弄意味的叫喊都会同步传入牧师的简室。

佩雷菲克斯神父的管家（管家六十五岁，佩雷菲克斯三十九岁，这让当地所有喜欢八卦的新教徒感到扫兴）端着炒鸡蛋和冰啤酒进来了。

“我妻子还活着的时候，常常十二点就催我上床睡觉了。”法尔克博士叹息道。

“我妻子现在就开始了！”多雷姆斯说。

“我妻子也一样——她是个纽约姑娘！”路易斯·罗滕斯顿说。

“在这里，唯独我和史蒂夫神父的生活方式合理，”巴克得意洋洋地说，“独身者。我们可以穿着裤子睡觉，也可以根本不睡觉。”佩雷菲克斯神父喃喃地说：“令人好奇的是，巴克，人们会夸你什么，夸你不信教，以及可以穿裤子睡觉——上帝对我、法尔克先生和格林希尔博士很仁慈，某些晚上，上帝准许我们暂停帮助伤病员的工作，这样我们可以好好睡一觉！路易斯是因为——听着！听着！听起来像是因为生意！”

这时，巴兹的推举者杜威·海克上校向众人说温德里普准备回旅馆了，临走前留下了一封信，将由他代读。海克也的确完成了托付。温德里普曾交代，为了防止有人不完全理解他的纲领，他希望将一切都讲清楚。

总而言之，温德里普在信中解释说，他完全反对银行，但完全支持银行家（犹太银行家除外，他们将被彻底赶出金融界）；他已试行各项计划（未经明确），即大力提高工人的工资水平，同时大幅降低这些高薪工人所生产的每一件物品的价格；他百分之百支持劳工，但也百分之百反对所有形式的罢工；还有，他赞成美国武装自己，所以准备自产而非进口咖啡、糖果、香水、花呢衣服和镍，如此一来，便可挑战世界……巴兹暗示说，如果这个世界粗鲁无礼到了想反过来挑战美国的地步，那么他可能会接管世界，并好好管理它。

在多雷姆斯看来，收音机里那些刺耳的胡搅蛮缠更令人讨厌。此时，山坡在沉沉夏夜中熟睡，他想到了萤火虫的马祖卡舞曲，想到了如同地球自转般有规律的蟋蟀叫声，还想到了舒适的微风，微风吹散了雪茄、汗水、微量威士忌和薄荷口香糖的臭味，这些臭气似乎是和演说一起通过声波从代表大会传来的。

黎明之后，就在佩雷菲克斯神父（他脱掉了衬衫袖子和拖鞋，已然不像牧师了）端着一盘洋葱汤和一点儿给笨笨吃的牛肉饼进来之时，巴兹的反对党崩溃了。在下一轮投票中，参议员温德里普突然成了美国的民主党总统候选人。多雷姆斯、巴克、佩雷菲克斯和法尔克一度沮丧地说不出话来——笨笨也是如此，因为在关掉收音机时，它极为踌躇地猛甩尾巴。

克劳利沾沾自喜地说："我这一生都在支持共和党，但这个人——啊，我要投票支持温德里普！"

佩雷菲克斯神父厉声说："自我从加拿大移居至此并落籍以来，我一直支持民主党，但这次我要投共和党，你们呢？"

罗滕斯顿一言不发，他不喜欢温德里普对待犹太人的态度，他最了解他们了——不，他们是美国人！他发誓，林肯也是他们的部落之神。

"我？我当然投票给沃尔特·特罗布里奇！"巴克咆哮道。

"我也是，"多雷姆斯说，"不！我谁也不投！特罗布里奇没有希望了。我想我会尽情享受自主的乐趣，仅此一次，我要投票给禁酒令或巴特克里市的糠和菠菜，或任何有意义的事情！"

那天早上七点多钟多雷姆斯才回家，出人意料的是，本该七点钟上班的沙德·莱杜竟按时到岗了。通常他七点五十才会离开他那位于下城区的单身棚屋，但今天早晨他却在劈柴。（哦，是的，多雷姆斯沉思着——原因可能在于——如果及早砍柴，便可吵醒房子里的所有人。）

沙德长得高大笨重，衬衫上汗渍斑斑，他还是像往常一样胡子拉碴。笨笨朝他狂叫，多雷姆斯怀疑沙德平日里踢过笨笨。多雷姆斯想就沙德汗津津的衬衫、勤恳的劳动和所有坚毅的美德向他致敬，但即便他是一个自由的美国人道主义者，也发现要始终如一地保持像朗费罗笔下的乡下铁匠[①]及马克思那样的态度是极为困难的事，有时很难不掉入这样一种观念中，即劳动者中必有骗子和仇人，因为众所周知，这样的人在年收入超过三千五百美元的人群中也大有人在。

"嗨——我一直在听广播，"多雷姆斯咕哝着说，"你知道民主党提名参议员温德里普了吗？"

"是吗？"沙德粗声大气地回道。

---

① 《乡下铁匠》（*The Village Blacksmith*）是美国诗人朗费罗（Henry Wadsworth Longfellow，1807～1882）的一首诗。

“没错，就在刚刚。你打算怎么投票?”

“好吧，我告诉你，杰瑟普先生。”沙德靠在斧头上，摆好姿势。有时，沙德会非常友善、谦逊，即使面对的是这个对猎浣熊、掷骰子和玩扑克一无所知的矮个子男人。

“我要投票给巴兹·温德里普。他能胜任，这样每个人都会马上得到四千美元，我要开一个养鸡场，我可以从鸡身上赚很多钱！我要让那些自以为很有钱的人看看!”

“但是，沙德，你之前在后面的棚屋里养鸡的时候，进行得可不太顺利。你，呃，恐怕是因为冬天你把喂它们的水放在外面，水却结冰了，后来它们都死了，这事儿你还记得吧。”

“噢，它们？那又怎样！见鬼了！那些鸡太少了，我不会把时间浪费在区区几十只鸡身上！当我拥有值得我花时间的五六千只鸡时，我肯定会让你瞧瞧的!”接着，他极为神气地说:“巴兹·温德里普绝对没问题!”

“我很高兴他得到了你的认可。”

“哈?”沙德皱着眉头说。

当多雷姆斯缓步走进后门廊时，他听到沙德阴阳怪气地小声说道：

“首领没问题!”

8

我并非要装文化人，但不得不说，对于心理学，我还是略知一二的，至少面对脾气暴躁的人时，能感受到他们的悲伤和恐惧。可我并未因此飘飘然，而是听从妻子的阿肯色州亲人的建议，前前后后读了十一遍《圣经》，还把关于律法[1]的书都看了一遍。此外，我还读过不少当代作家的书，比如布鲁斯・巴顿、艾得嘉・盖斯特、阿瑟・布里斯班、伊丽莎白・迪林、沃尔特・皮特金和威廉・达德利・佩利等人的宏伟巨作。

其中，我很欣赏最后一位作家，不仅是因为他写的故事非常精彩，还因为他对死后生命有严谨的思考，其作品充分证明了只有傻子才会不相信永生。最重要的是，他曾尽力为银衫军[2]奉献爱心。那些勇敢的骑士是我们中间最值得尊敬且最像加拉哈德[3]的人。他们与那些诡秘、阴险、凶恶还总爱煽动民意、玩弄阴谋的激进分子作斗争，奋力压制那些不断威胁着美国的自由、薪资标准和公共安全标准的布尔什维克党人。

那些英雄值得被记载，这些言语犀利，句句精辟且振奋人心的文学作品值得我们细细揣摩！

——《决战时刻》贝采利乌斯・温德里普

① 《圣经・旧约全书》中所有宗教法令、道德法规、刑法和民法的法律、法令、法规条文。

② “美国白银军团”，又名银衫军（the Silver Shirts）。

③ 加拉哈德（Galahad），亚瑟王传说中的一名骑士，独自一人找到了圣杯。

参议员温德里普在参加竞选的第一周发表了著名演说，表明了自己的生活信条，即为“被遗忘者”的幸福而奋斗的十五条纲领。据他所讲（或据李·萨拉森或杜威·海克回忆），纲领内容如下：

(1)所有的财务，包括银行、保险、股票、债券和抵押贷款，由联邦中央银行全权控制，并归政府所有。总统任命的委员会负责管理财务事项并制定相关条例，国会对此无权干涉。除此之外，在矿产、石油、水力、公用设施、交通和通信等方面，委员会应本着国有化和政府所有权的原则，致力于实现全体人民的幸福。

(2)总统将任命一个委员会来投票选出代表工人阶级的工会，该委员会应由三部分人组成，分别是体力劳动者、雇主和公众代表。此外，还应向行政部门报告所有由共产党和所谓的“第三国际”控制的虚假劳工组织，无论是“公司工会”，还是“红色工会”，政府将一律采取法律行动予以制止和惩戒。经正式认可的工会将成为政府组织，其对所有劳动争议具有决定权。之后，我们将在农场组织方面实行同样的审查和官方认定政策。在提高工人地位的同时，也应突出“被遗忘者男人联盟”的重要性，不断强调其在抵御反美激进主义破坏中所发挥的重要作用。

(3)与那些强行收取老年人保护金的激进分子不同，政党将永远致力于保障人民的自由和私有财产权。

(4)我们相信，因全能的上帝——我们所尊崇的那位主，美国才得以发展到今天。但同时，我们也要保证人人享有绝对的信仰自由。对于那些无神论者、不可知论者、相信魔法的人、不信奉上帝的犹太人，以及不效忠于党且拥有其他信仰的人，将授予其担任公职、教师、教授、律师、法官和除产科之外的任意科室医师的权利。

(5)所有公民的年净收入不得超过五十万美元，累计资产不得超过三百万美元。任何人不得保留总额超过二百万美元的遗产或可继承资产。所有超过上述数额的收入和遗产应由联邦政府没收，用于救济和行政开支。

(6)战争期间，所有武器、弹药、飞机、船只、坦克和其他军需物品的制造、分配和销售，以及对美国或任何盟国军队的食品、纺织品和其他物资的补给，均应向有关部门缴纳百分之六以上的费用。

(7)我们将不断扩充军备，军队规模也会随之扩大。但我国从未计划征服其他国家或在军事力量方面称霸。因此，就任后，本联盟和政党将立刻向对外宣布，为保卫世界和平，我国将大力武装部队。

(8)发行货币的权力应归国会所有。我们就职后，将命国会立即将目前的货币供应量增加一倍以上，以促进信贷的流动性。

(9)一直以来，犹太人民都是联盟最坚定的支持者之一，只要他们继续支持并配合我们的政策，终有一天会被全美接受。但同时，我们不能谴责那些歧视犹太人的非基督教民族。

(10)禁止所有黑人参与投票，担任公职，从事法律、医学工作，以及在初级以上的中学或高校任教。此外，每年对黑人家庭中收入超过一万美元的款项按百分之百进行征税。另外，为了对所有履行公民义务并恪守公民职责的黑人给予帮助，从事家政服务、农业劳动或一般工业劳动四十五年以上的黑人，无论男女，六十五岁时均有权参加白人特别委员会。除生病之外，在职期间从未缺勤的黑人，每人每年应得五百美元以下的养恤金，其中家庭所得养恤金总额不得超过七百美元。根据定义，有十六分之一以上黑人血统的人为黑人。

(11)与厄普顿·辛克莱阁下针对贫困、失业和老年问题所提出的宏伟计划中的崇高思想和方法不同，休伊·朗阁下提倡的是"共享财富"和"人人平等"。我们将确保唐森德计划、乌托邦计划、技术统治论和所有失业保险的有效实施，保证每个家庭年收入大于五千美元。此外，新一届政府将立即任命新委员会，对社会保障计划中几项要点的采用进行研究、协调和讨论。辛克莱先生、唐森德先生、尤金·里德先生和霍华德·斯科特先生将全力为该委员会提供建议并与之一同推进工作。

(12)应全力帮助那些在护理和美容院等女性活动领域之外工作的妇女，使其早日回归家庭，尽到家庭主妇的职责，为国家培育更多身体强壮、品德高尚的公民。

(13)鼓吹共产主义、社会主义或无政府主义者，提倡战时拒绝参军或与俄罗斯结盟者，均定为叛国罪，最低刑罚为二十年有期苦役，最高刑罚为绞刑或法官指定的其他处决方式。

(14)退伍军人的奖金应立即以现金形式全额发放；对于年收入低于五千美元的退伍军人，其奖金数额应增加一倍。

(15)国会应在我们就职后立即对宪法进行修订，其中包括：

第一，在此关键时期，总统应有权制定和执行必要措施来控制政府行为；

第二，国会成员仅为决策顾问，任何必要的立法都应提请总统及其助手和内阁注意，但在总统授权之前不得据此采取行动；

第三，如总统、其正式任命的助手或国会有任何违宪或违法行为，经由最高法院裁定，应立即从其管辖范围内取消其否定权。

附录：应严格明确，作为被“遗忘者男人联盟”和民主党的一员，我们没有义务完全按照美国大多数选民的愿望来执行任务。同时，除第十五条纲领不可更改，其他均可加以调整。在其他条例方面，我们将根据实情按则行事。新政权下，无论是共和党还是民主党，都不再受限于前两届政府的限制性经济措施。

“这什么意思啊？”丈夫刚念完纲领，杰瑟普太太就吃惊地问道，“这也太前后矛盾了吧？听起来就像诺曼·托马斯和卡尔文·柯立芝的纲领结合体。反正我不太能理解，你觉得温德里普先生能读懂吗？”

“当然能懂，肯定的。虽然是那个聪明的萨拉森在背后出谋划策，但温德里普也不可能抓着这两块钱打印出来的纲领死记硬背，他能看明白的。我告诉你其中的道理吧，第一条和第五条的意思是，如果那些金融家和运输业大佬不支持巴兹，他们可能会面临更高的所得税，业务也会受到限制。但我听说他们会慷慨解囊，为巴兹的广播和游行买单，所以这方面不是什么大问题。第二条实质上是通过直接控制工会，巴兹的团队可以任意剥削劳工的劳动力。第三条为大型企业提供了安全保障。第四条让传教士们感到恐慌，自愿为巴兹宣传。

“第六条没什么意义，它顶多能让直属军需品公司在制造、运输和销售方面各收百分之六的好处。第七条意指我们将全副武装，紧跟欧洲国家潮流，努力独霸世界。第八条意味着经过通货膨胀，大型产业公司可以低价买回已发行的债券。第九条的意思是所有不给‘强盗’资本家钱的犹太人，不管他有钱没钱，都将受到惩罚。第十条其实是说，巴兹的拥护者中那些可怜又没用的白人将会霸占黑人所拥有的一切高薪工作和生意，人们非但不会谴责他们，还会说他们是捍卫种族纯正的爱国主义者。有了第十一条，巴兹就有足够的理由为没能实现脱贫推卸责任。第十二条会使女性渐渐失去投票权、受高等教育的权利和体面的工作，养育的孩子也会被强制参军且有可能在海外战争中牺牲。第十三条实际上是说，以任何方式反对巴兹的人都可以被称为共产主义者。呃，要看这一条，那胡佛、艾尔·史密斯和奥格登·米尔斯——噢，还有咱俩——不都成共产主义者了吗。

“从第十四条来看，巴兹觉得花钱来获得老兵们的投票支持是件划算事，当然，他花的也是别人的钱。好吧，也就这第十五条有点道理，我觉得温德里普、李·萨拉森、普朗主教，还有杜威·海克上校和赫克托·麦克戈布林博士——噢，你不知道，他就是那个为巴兹写赞美诗的博士，他们应该都意识到国家已经变得松散，只要有一群人足够大胆、无耻、聪明，就能在不违法的前提下控制整个政府，得到想要的权力、掌声、尊敬、钱、房子和倒贴上来的女人。

“虽然现在的小群体人数都不多，但你想想列宁、墨索里尼、希特勒、凯末尔·帕夏、拿破仑的那帮人，最初他们的人数也很少啊！等着瞧吧，所有信奉自由主义的传教士、现代主义的教育家、不满世事的新闻记者和煽动是非的农夫——哦，也许一开始，他们会唯唯诺诺，但很快就会像我们在第一次世界大战期间那样被洗脑。然后会觉得，即使咱们的巴兹先生犯了些错，但他仍然是站在平民这一边的，仍然反对那些苛刻又陈旧的政治领导机关。这些人还会像伟大的解放者一样，为巴兹振奋民心，而这时，那些个大企业只会坐观其变！然后……老天啊，这个骗子，噢，我都搞不清他和萨拉森、海克、普朗、麦克戈布林到底是骗子还是着魔的宗教狂热分子，这五个人在一块建立的政体能让你联想到亨利·摩根海盗夺取商船的情景。”

“但美国人能忍受多久呢？”艾玛小声嘀咕着，“哦，不，我说的不是像我们这样的人，而是那些先驱者的后代！”

“我不知道，但我会尽力帮助他们，确保他们不会……当然，你知道的，如果我要做什么的话，我们，还有茜茜、福勒和玛丽，很可能都会被枪毙……嗯！虽然现在我看起来天不怕地不怕，但要是巴兹的军队经过这里，我可能会吓个半死！”

“噢，你一定很害怕对不对？”艾玛又开始絮叨起来，“啊，我差点忘了。到底要说多少次你才能记住，不要给笨笨吃鸡骨头，骨头会卡在小笨笨的喉咙里，它会被噎死的。还有，你每天晚上把车停在车库后都忘记拔钥匙！说不定哪天晚上，沙德·莱杜或是其他什么人就把它偷走了！”

史蒂夫·佩雷菲克斯神父在读这十五条纲领时，比多雷姆斯更生气。

他气呼呼地说：“什么？黑人、犹太人、妇女——这一次他们全都受限制了，而我们天主教徒却一点事都没有。想当年希特勒都没忽略我们，还一个劲儿地迫害教徒呢。都怪库格林神父，他把我们弄得真是让人敬而远之啊！”

茜茜渴望去建筑学校上学，给房屋设计新风格；在佛蒙特州的洛琳达·派克打算来场卡尔斯巴德、维希和萨拉托加之旅；坎迪太太想着，等她老得做不了家务的时候，就开个面包店……他们可比多雷姆斯和佩雷菲克斯神父生气多了。

茜茜的声音听起来一点也不像个柔声细语的女孩，倒像个战斗力满满的女人，她咆哮道："所以说，所谓'被遗忘者男人联盟'就是把我们变成'被遗忘者妇女联盟'啊！还要送我们回去洗尿布，提炼白蜡树的种子做肥皂！让我们整天读什么路易莎·梅·奥尔科特和巴恩的书……哦，当然，安息日可以不用读！哈，我们是不是还要怀着谦卑的心和感激之情与男人们共眠啊……"

"茜茜！"母亲大声呵斥道。

"就像沙德·莱杜！好了，父亲，你能坐下来为我写封信给布希·贝采利乌斯吗，告诉他我要坐下一班船去英国！"

坎迪太太放下水杯和她那每天都要仔细清洗一遍的擦碗布，沉默了好一会儿，嘶哑着喊道："这些个可恶的男人！真希望他们快点被枪毙！"对坎迪太太而言，这哪是什么纲领呀，明明是份长得出奇的人道主义发言稿。

多雷姆斯不作声，暗自思考："嗯，对，真是可恶至极。但仔细回想，温德里普也只是激起个小涟漪罢了，其实诸多事情并非他一人谋划。对于那些聪明的政客和坐拥百万的财阀，大家都有些看不惯……噢，这么说来，就算没有温德里普，也会有其他人做这些……算了，世道就该这样，我们也只能接受……但这并不代表我们会心甘情愿地服从这些玩意儿！"

9

非国家委员会成员永远不会明白，于高级领导人而言，最重要的不是政治决策方面的精明，而是对人民和整个国家博大且充盈的爱。这种爱是我在处理政治事务上唯一的指导原则。我有两个目标：第一要让所有美国人明白，无论过去、现在还是未来，我们都是这个地球上最伟大的民族；第二要让所有美国人意识到，虽然我们（当然，其他国家的人除外）的财富、教育背景、技能、血统和体能不尽相同，但我们因民族团结而紧紧站在一起，且永远是一家人。为此，我们都应该感到高兴且愿意奉献自己的力量去维护国家统一。

——《决战时刻》贝采利乌斯·温德里普

贝采利乌斯·温德里普在 1936 年的夏末初秋公开了许多照片：下飞机后钻进车里的样子，和南方人一起吃玉米饼和肋肉，与一群北方人坐在一起喝蛤蜊浓汤、吃麸皮，访问美国退伍军人协会、自由联盟、犹太人青年会、社会主义青年联盟、调酒师与服务员们的俱乐部、禁酒联盟和阿富汗传福音会的场景，还有亲吻百岁老妇人，以及与妇女握手的瞬间。但他穿着骑马服在长岛的萨维尔街逛，以及穿着工装裤和卡其色衬衫在奥扎克溜达的照片却从未公开。温德里普长得肥头大耳，个头却十分矮小，他双颊下垂，眼神忧郁。但据华盛顿记者描述，温德里普的笑容格外爽朗，他举止从容，浑身散发着不可阻挡的魅力，竟让人不觉忘记了其外表的不完美。

温德里普那头黑发直直地梳在脑后，一副典型印第安人的模样。在参议院的时候，他喜欢打扮得像个干净利落的保险推销员；但在华盛顿面见选民时，他却身穿灰色常礼服，戴顶老式宽边高顶帽，不知道的还以为是阿尔伯特亲王[①]来了呢。

他这身行头颇像个药品巡展上被锯掉半截的模型。不过有传言，巴兹在法学院上学的时候的确参加过一次类似的巡展活动。那是一个长假期，为了帮老阿拉加什医生的移动实验室做宣传，巴兹在那里弹班卓琴，玩纸牌把戏，送药瓶，还组织果壳猜测游戏。老阿拉加什以研究乔克托族的癌症疗法、奇努克的消毒技术以及从吉卜赛公主那里得到的治疗痔疮和风湿病的东方药方而闻名。巴兹"协助"他害死了不少人，那些无辜老百姓坚信他的药能救命，竟然连医院都没去，但那所谓的神药只不过是瓶装的水、色素、烟草汁和玉米威士忌的混合物罢了。不可否认的是，从那以后，巴兹确实改过自新，再不是那个拿着喇叭叫卖假药的庸俗骗子了，人家现在可是厅内聚光灯下、讲台之上，拿着麦克风兜售虚假经济的上流人儿。

虽然他身材矮小，可你别忘了，拿破仑、比弗布鲁克勋爵、史蒂芬·道格拉斯、腓特烈大帝和被德国人私下称为"米老鼠"的戈培尔博士也没高到哪儿去。

多雷姆斯·杰瑟普默默地看着温德里普从一个出身低微的维奥蒂亚人变成了一名参议员，惊得不知怎样形容他蛊惑大众的能力。他是如此的粗俗，文化水平低下，提出的规划就像闹着玩儿一样。按理说，这样的人应该是个很容易被识破的公众骗子；可他又是出了名的虔诚，简直就是个行走的教堂设备推销员，还有他那副与乡村商店老板差不多的幽默神态，真是当世无双。

用脚趾头想也能猜到，他的演讲一点儿也不振奋人心，那些大道理没有一条是令人信服的，还有他的政治纲领根本就是一纸空文。七年前，小巴兹还在家乡，那时所提倡的最具革命意义的事就是给县贫困农场提供更好的炖牛肉，给那些忠诚的政客多塞点钱，给他们的姐夫、侄子、法律伙伴和债权人提供工作。而今，他口口声声念叨的信条，大多是从李·萨拉森、希特勒、戈特弗里德·费德尔、罗科那些人的信条里抄来的，八成还借鉴了下活报剧《我为你而歌》的内容呢。

多雷姆斯从未见过温德里普的演讲气氛达到高潮，但时政记者的报道总提醒他：当时你都觉得他是柏拉图转世了，但回家后，你就把他说的都忘了！

他们告诉多雷姆斯，这位"狄摩斯梯尼"[②]多么与众不同。温德里普是个天

---

① 阿尔伯特亲王(Prince Albert)，维多利亚女王的表弟和丈夫。

② 狄摩斯梯尼(Demosthenes，前 384～前 322 年)，古雅典雄辩家、民主派政治家。

才演员，舞台上、电影里，甚至布道坛上，没有人能演得过他。他既可以挥动手臂，敲打桌子，横眉立目地大吐不快，从《圣经》角度大肆谴责你；又能如慈母一般低声软语地劝导你，像个痛苦的情人那样哀求你。在此之间，他还会冷冷地，甚至带着些许轻蔑的口气把数据和实情扔给你。当然，一般来说，那些数据和所谓的实情都是假的。

听众们激发了温德里普的表演天赋，同时他也在听众中间掀起阵阵波澜。他夸下海口说，自己既不是纳粹，也不是法西斯，只是一个像杰斐逊、林肯、克利夫兰、威尔逊一样朴素的民主党人。他天真地说着自己对民主的理解，再对欧洲反自由主义、反犹太主义的疯狂行为评价一通。不过动动嘴皮子的功夫，就能让你觉得他在奋力抵御野蛮人的攻击，保卫着国会大厦。

若不看这演戏的本事，温德里普与旁人也没什么不同。

噢，他的确很普通，同所有美国人一样，充满偏见和抱负。他觉得厚荞麦饼抹上掺水的枫糖浆也一样美味，还会在电冰箱的橡胶托盘里装满冰块，他信任所有地位高贵的家伙，坚信帕克斯·卡德曼的预言，还与所有餐厅的女服务员都成了好朋友。此外，温德里普非常欣赏亨利·福特先生，曾手舞足蹈地说，自己当上总统时要请福特先生来白宫吃晚饭。同那些百万富翁一样，温德里普浑身上下充满优越感，觉得鞋罩、手杖、鱼子酱、头衔那些玩意儿，还有什么茶道啊，口水诗歌啊，除英国人之外的外国人啊，通通都是堕落不堪的。

即使温德里普整天吹得玄玄乎乎的，但他也只是个普通人，也会常常冒出些接地气的想法。当他提出的观点与其他平民一致时，众人便簇拥着他，挥舞着双手以示对他的崇拜之情。

那场面像极了大型的印第安人表演，与那种歌颂天堂、圣路易斯、世外桃源的有声电影和黑人灵歌演唱里的场景差不多。这样看来，在公关艺术方面，李·萨拉森丝毫不输公关专家爱德华·伯尼斯、杰克·登普西、厄普顿·辛克莱和已故的西奥多·罗斯福。

温德里普被提名为总统前，萨拉森花了将近七年的时间去打造他的形象。其他的参议员只是得到了其秘书、妻子的鼓励和意见（任何一个有潜力的独裁者背后都应该有个默默付出的妻子，当然，拿破仑是个意外），把土气的拍背打招呼方式改成了礼貌性的握手，声音变得洪亮了些，语言习惯也略有改进，说话水平也提高了一些。萨拉森却鼓励温德里普在这个伟大世界里继续保持他原有的滑稽姿态（当然还要有相当扎实的法律知识和每天发表十次演讲的耐力），这使温德里普在他的家乡赢得了那些头脑简单选民的喜爱。

获得第一个荣誉学位时，他在众多师生面前跳起了号笛舞，搞得大伙儿惊慌失措的；他曾在南达科他州选美大赛上亲吻了弗兰德鲁小姐；在参议院里，滔滔不绝地从鱼饵的挑选讲到玉米威士忌罐的奇妙效果，向议员们详细讲述了捕捉鲶鱼的方法；还向德高望重的最高法院首席法官提出挑战，扬言要用弹弓与人家一决高下。

温德里普是有家室的，但他的妻子从未在公众面前露面；萨拉森单身，这倒不足为奇，他一门心思扑在温德里普身上，有妻子才怪呢；沃尔特·特罗布里奇是个鳏夫。温德里普太太提着菠菜和鸡回家的时候，告诉邻居们，明年她要去华盛顿。可在同一时间，温德里普却告诉媒体，他的夫人要照顾两个年幼的孩子，还要认真学习《圣经》，说什么也不愿意去东部。

在组建政府这件事上，温德里普完全不用萨拉森操心。

他简直走到哪儿就贪到哪儿。家乡的省会城市、华盛顿、纽约和堪萨斯城里，都有他的专属酒店套房，就像——嗯，弗兰克·苏利文说过，除非坎农主教在圣帕特里克大教堂放火，绑架迪翁的五胞胎，以及戈利泰·加尔博开着偷来的坦克私奔，温德里普的那些套房才真的如他说的那样窄得像个小报社的办公室。

温德里普常坐在套房的“会客厅”中央，对着地板上那部电话喊叫好几个小时：“喂——对，我就是——”或是抵着门招呼：“进来，进来！”“脱鞋，来，坐坐坐！”通常，他会穿件漂亮的束腰驼毛大衣，戴顶难看的格子帽，盘腿坐在那里，整日整夜地吼叫：“你给他说，可以拿着钱滚蛋了！”或是“当然啦，老家伙，支持这玩意儿会让人笑掉大牙的，公用事业公司就是受了点不公平的待遇，有什么大不了的！”又或是“你去告诉州长，我要基比做县治安官，快撤销对他的起诉！”

一刻钟里，他最少要发一次火。每次都腾地跳起来，脱掉大衣（里面要么穿件系着黑色领结的白色硬胸衬衫，要么穿着系鲜红色领带的淡黄色真丝衬衫），扔到地板上，大声咆哮着，像耶利米预言耶路撒冷衰落时一样痛苦，又像头病弱的母牛为它那被绑架的幼崽哀哭时那般难过，然后慢慢弯下身去，拾起大衣，脸色凝重地穿上。

去找他的人里，有股票经纪人、劳工领袖、酿酒师、反活体解剖主义者、素食主义者、被吊销执照的奸诈律师、到中国去的传教士、石油和电力的倡导者、反战争的人与和平主义者。“这都是些什么玩意！怎么谁都带着一堆破事来找我！”他对萨拉森咆哮道。但扭过头又会一一答应那些人的请求，帮他那刚丢掉奶油厂工作的侄子争取西点军校的工作；向其他政客承诺，只要他们支持他的法案，他也会支持他们的法案；还接受了关于自给农业、无背泳衣和埃塞俄比亚军队秘密战略的采访。他全程咧嘴笑着，一会儿拍拍人家的膝盖，一会儿拍拍对方的后背，亲切得不得了。与他短暂接触后，这些客人们都视他如兄长，并成了他的坚定支持者……当然，也有小部分人比之前更加讨厌他，这些人大部分是新闻记者，回去后还在各个专栏里大肆宣传巴兹的古怪个性……当了一年参议员后，巴兹的团队已十分成熟，就像轮船的发动机一样运转平稳。

他所有套房里的床上都放着三顶礼帽、两顶牧师帽、一顶插着羽毛的绿色帽子、一顶棕色德比帽、一顶出租车司机帽以及九顶普通的基督教棕色毡帽。

有一次，他用了二十七分钟，从芝加哥打电话到帕洛阿尔托、华盛顿、布宜诺斯艾利斯、威尔米特和俄克拉荷马市。还有一次，在一天半的时间里，十六个牧师打来电话控诉下流的滑稽戏，还有七个剧院赞助商和房地产业主打来电话要求他支持滑稽戏。他称呼牧师"博士"或"兄弟"，又对着赞助商喊"老兄"和"哥们儿"，还一本正经地向他们承诺要支持他们，但其实他什么也没做。

尽管巴兹一直梦想着统领世界，但他也不打算与外国结盟。在萨拉森的坚持下，巴兹了解了些基本的国际社交知识，如英镑和里拉的兑换率、对准男爵的礼貌称呼、适合宴请代表们的伦敦牡蛎酒吧和塞瓦斯托波尔大道附近的妓院。

他把招待华盛顿外交官的活儿留给了萨拉森，萨拉森便招呼这些外交官来自己的住处，拿出水龟和抹了黑加仑子果酱的野鸭款待他们。他的公寓比巴兹在华盛顿的家还要花哨些，当然，里面还有张专门为巴兹准备的挂着丝绸帘子的大床。

萨拉森发现市面上有很多私人政治刊物，于是想到了出版书这个好点子。他说服巴兹口述着写下了《决战时刻》，还到处呼吁大家阅读，最后忽悠上千人买了这本有关经济和正义的"圣经"。1935 年 5 月，最高法院对步枪协会进行压制，凌晨三点，萨拉森腾地坐起来，突然冒出了让巴兹进行紧急广播讲话的点子……虽然包括巴兹在内，国内大多数人没有坚定的立场，也没有多少人明白这场广播的真正意义，但除了牧羊人和爱因斯坦教授，全国人民都听到了这次讲话且反响热烈。

1935 年 12 月，巴兹因拒绝了约克公爵为他举行的使馆晚宴而得罪了公爵，但也因此在农场的厨房、牧师公馆和酒吧间里赢得了勤俭朴素的好名声。随后，为了向约克公爵表达歉意，他从日本大使的温室大棚里摘了束漂亮的天竺葵送过去，这件送小天竺葵的贴心事又让他赢得了妇女会、英语口语协会和善良人的喜爱。

多雷姆斯读报时了解到，巴兹坚持要在民主党全国代表大会上提名佩利·比克罗夫特为副总统。比克罗夫特是位南方烟草种植园主和杂货店老板，也是他们那个州的前任州长。他的妻子从前是位教师，来自缅因州，身上有一股子北方佬喜欢的盐雾和马铃薯花的香水味。不过，比克罗夫特先生之所以成为巴兹·温德里普的最佳竞选伙伴，倒不是因为他的地理优势，而是因为他那蜡黄的脸和稀疏的胡子正好可以衬托出巴兹那张红润又光滑的长脸蛋；并且，比克罗夫特讲话总是慢吞吞的，还爱说些假大空的道理，这能让那些被巴兹的粗鲁话激怒了的严肃执事们宽慰许多。

巴兹越是压制富人并宣称要将他们的钱分给穷人，富人就越应该相信他那“惠及全民”的心并为他的竞选活动提供资金。萨拉森想方设法地让富人们明白这个道理，却屡屡失败。可巴兹只要一个暗示，一个微笑，眨巴下眼，握个手就能让富人们心领神会，然后像投资生意伙伴那样不停地给巴兹的活动送钱。

什么都不做就能收获掌声，这就是温德里普的特殊才能。从四岁起，他就一直在哄骗他的支持者。那时，他把一支装氨的手枪给了邻居小孩，对方特别喜欢，内心也充满感激，可后来他又悄悄地从人家口袋里把那支手枪偷了回来。巴兹可能没从社会学家查尔斯·比尔德[①]和约翰·杜威[②]那里学到什么，或许根本没什么可学的，但他们真应该从巴兹这里学些新鲜玩意儿。

这天，温德里普又得一妙计，便像之前主张人人都能投票致富那样慷慨激昂地抨击了“法西斯主义”和“纳粹主义”。此后，那些害怕法西斯主义民主化的共和党人和害怕法西斯主义共和化的民主党人全都变成了他的支持者。这样立竿见影的招数，就连萨拉森也未曾想到。

---

① 查尔斯·比尔德(Charles Beard，1874～1948)，二十世纪上半叶美国最著名、最重要的宪法学家和历史学家，曾被誉为“二十世纪复杂社会中松了绑的伏尔泰”。

② 约翰·杜威(John Dewey，1859～1952)，美国著名哲学家、教育家、心理学家，实用主义的集大成者，也是机能主义心理学和现代教育学的创始人之一。

10

> 虽然我讨厌在书中乱写科技术语和新兴词汇，但不得不说，对富裕经济的分析可以让聪明的学生明白，预言家们将资源丰富的美国的货币状况与某些欧洲国家在1919年至1923年间的经济萧条进行类比，把当前流通的急速增长状况称为“通货膨胀”是完全错误的行为。
>
> ——《决战时刻》贝采利乌斯·温德里普

近几年来，大部分农奴和白领都处于失业状态。

许多被救济的贫困家庭依旧揭不开锅。

大多数郊区居民连电动洗衣机的分期付款都负担不起。

很多美国退伍军人觉得只有温德里普参议员才能为他们争取到奖金，说不定还能帮他们把奖金额度再提高一点。

香桃木街和榆树大道上那些受人爱戴的牧师们，被普朗主教和库格林神父的事迹激励，相信通过那些不劳而获的事情能好好给自己宣传一番。

三K党的残余势力和美国劳工联合会的部分领导人认为，他们没有得到老一辈政治家们足够的支持和鼓励，而那些没有加入工会的普通劳工却觉得自己得到了美国劳工联合会的大力支持。

那些未获得政府职位的非正式律师在后街的车库里闷头办公。

反酒吧联盟里都是些迷惘的人——众所周知，虽然温德里普常常喝酒，但他却十分赞同禁酒主义；而他那平日极少沾酒的对手沃尔特·特罗布里奇，却从未对那些倡导禁酒运动的救世主表示支持。近来，洛克菲勒家族[1]和沃纳梅克[2]没有与这些救世主一同祈祷，也不再付钱给他们，这让他们意识到靠信仰赚钱不再是一个好法子了。

除了这些穷人，请愿者中还有相当数量的市民，虽然他们坐拥百万，却一直认为那些恶毒的银行家们通过信贷限制阻碍了他们的资产进项。

温德里普的这些支持者们，还有在九、十月疯狂为他助选的演讲家们，都期望他当上总统后，能像个神圣的渡鸦一样勤奋觅食并慷慨地投喂他们。

这群人中还涌现出一类人，他们并非穷苦人，却满怀理想主义，妄想用政治美德免去房租。这些人中有的是知识分子，有的是改革者，还有的是坚定的个人主义者，他们都听信了温德里普那番荒唐的谎言，以为破落的资本主义制度会再次兴起。

厄普顿·辛克莱为巴兹写了篇文章，像1917年那样再次站出来代表他讲话。辛克莱先生虽然是位坚定不移的和平主义者，但他曾主张美国全力以赴加入第一次世界大战，并预言美国定会消灭德国的军国主义，从而为战争画上句号。尽管摩根合作伙伴一想到厄普顿·辛克莱就不寒而栗，但他们中的大多数人都意识到，无论他们的境况如何衰落，温德里普都能让生意开始好转，并且这事只有他能做到。纽约市主教曼宁说，温德里普总是虔诚地谈论教堂和牧师，可沃尔特·特罗布里奇却总在安息日的早晨骑马出行，且从没听说他在母亲节给哪位女性亲戚送去祝福。

此外，《星期六晚报》曾因报道中称温德里普是煽动家而激怒了许多小店老板，特立独行的《纽约时报》一直对温德里普持反对态度，但大多数宗教期刊都宣称，连普朗主教这样的圣徒都如此支持他，所以温德里普一定是上帝派来的国家救星。

很多欧洲国家的著名人士也参与到这场“辩论”中来。

他们友好地解释说，自己无意干涉美国内政，只是想对西方和平与繁荣的倡导者——伟大的贝采利乌斯·温德里普参议员表达个人的钦佩之情。许多国外代表来到美国并在各地进行演讲，其中有1933年从意大利到芝加哥的飞行领导者——颇受欢迎的巴尔博军官；毕业于哈佛大学，班上最受欢迎的钢琴

---

① 洛克菲勒家族(the Rockefellers)是美国的一个家族，创始人是约翰·洛克菲勒(John Rockefeller)，该家族曾创办洛克菲勒基金会、芝加哥大学等。

② 约翰·沃纳梅克(John Wanamaker)是一名美国商人，被认为是百货商店之父。

演奏家,也是德国复兴运动中的积极分子——欧内斯特·普茨·汉夫斯坦格尔博士;以及风度翩翩、和蔼可亲的洛西茅斯的勋爵——英国外交界的雄狮格莱斯顿。

他们三人都受到了制造商妻子们的盛情款待。在相处过程中,他们劝服了许多不把巴兹当回事的百万富翁,并告诉这些人,在这个世界上只有巴兹能够带领国家实现高效的国际贸易。

库格林神父瞅了瞅那些候选人,愤愤地回到自己房间里去了。

阿德莱德·塔尔·吉米奇夫人是竞选活动中的一个重要人物,她会写信给那些在扶轮社晚宴上结识的朋友,告诉他们最近认识的家伙们的名字,还不忘提醒女性投票者,她们所参与投票的温德里普参议员是多么善解人意,自己平均每天要哼唱十几次“贝采利乌斯·温德里普万岁”。

巴兹、普朗主教、波克伍德参议员(一位无所畏惧的自由党,广受农工们喜爱)和作家奥西奥拉·卢索恩一同开启了为期四十天的电车之旅。不过,他们的首要任务可不是游玩,而是通过广播走入数百万人的视野。他们坐着这辆红银相间,配有柴油发动机、空调、丝质软垫和橡胶衬垫,金属板的车身上还印着“被遗忘者专列”的豪华快车,行驶了两万七千英里,走遍了美国大大小小的州。

其实大伙儿都清楚,车上还有个私人酒吧间,唯独主教把这事儿给忘了。

感谢联合铁路公司的友情赞助,巴兹无须操心电车的相关费用。

他取消了六百多场演讲,其中包括车站里的八分钟问候、礼堂和露天市场中的两小时斥责。虽然之前的每场演讲中巴兹都是主角,但有时他只能嘶哑着挥手干喊:“你好,伙计!”自己的风头还总被普朗、波克伍德、卢索恩上校或他的秘书团的志愿者,以及历史、经济方面的博士与咨询专家、厨师、调酒师和理发师抢去。合众国际社的蒂弗猜测,大概这就是巴兹想单独出现在两百多万人面前的原因吧。

这些天里,李·萨拉森几乎每天都要乘飞机在华盛顿与巴兹家之间奔波,他监管着数十名女电话接线员和许多女速记员,这些人每天要处理数千个电话、信件、电报,还有装着毒糖果的盒子……巴兹对承担这些职位的人的要求是漂亮、通情达理、对此类业务操作熟练,与有政治影响力的人有一定的关系。

但要说明的是,萨拉森从未用“接触”来定义这种混乱的“公共关系”。

作为副总统候选人的佩利·比克罗夫特阁下,对兄弟会、宗教派别、保险代理人和旅行代办人的内部规矩习俗甚是了解。

曾在克利夫兰宣传巴兹的杜威·海克上校在这次竞选活动中有个特殊任

务——这也是萨拉森最巧妙的法子之一，就是故意躲开繁华地段，在不起眼的小地方为温德里普宣传。这在媒体界炸开了锅，当然萨拉森和海克早就确保有机灵的记者在场。杜威·海克开着私人飞机，每天飞行一千英里。他在地下一英里处的铜矿里发现九名矿工时，亲切地同这几个惊得不知所措的人交流起来，而身后的三十九名摄影师则“咔咔”地抓拍下这一幕。此后，海克的照片则随处可见：一场大雾中，他在格洛斯特港的摩托艇上对着一支无精打采的渔船队发表讲话的样子；晌午，他站在华尔街的财政厅台阶上说话的神态；他在新奥尔良苏山机场与飞行员、地勤人员聊天的画面（其实真实情况是，大家一直紧绷绷的，直到他讲起巴兹学习飞行时勇敢又滑稽的糗事，那些飞行员的言语才变得自然起来）；他与州警察、集邮家、秘密俱乐部的国际象棋手和高空作业工人说话的场景；他在啤酒厂、医院、杂志社、大教堂、监狱、疯人院和夜总会发表演讲的模样……直到美编们给摄影师发信息说：“看在上帝的份上，可别再拍那个叫什么海克的人在体育馆和监狱里瞎扯的照片了。”

但这些照片还在流传。

因为杜威·海克上校和巴兹·温德里普一样，都是目光极其敏锐的人。他生于田纳西州，祖父是邦联上将，而后家道中落。海克之前在佛蒙特州当过采棉花工，后来做了报务员，在阿肯色大学和密苏里州的法学院读过书，先后在怀俄明州和俄勒冈州的小村里当过律师，战争期间（1936 年，他刚好四十四周岁）在法国当过步兵队长，功勋卓著。回到美国后，他被选为国会议员，并成为民兵上校。他私下还学习了军事史、飞行、拳击和击剑。他是个脾气暴躁的人，但笑容却相当和蔼。无论是纪律严明的高级军官还是像沙德·莱杜先生和多雷姆斯·杰瑟普这样的粗人，都十分喜爱他。

这天，海克把讥笑普朗主教的流浪汉们带到巴兹面前。

赫克托·麦克戈布林呵斥道：“去把老式步枪拿来！”他是位有教养的博士，也是个粗鲁的拳击迷，还是萨拉森竞选国歌的合撰者，对大学教授的学术成果、高中教师协会、职业棒球团队、拳击手训练营、医学会议、写作补习暑期学校、高尔夫比赛和其他文化类的集体颇有研究。

但是，好斗的麦克戈布林博士比别的领导者更易招人攻击。在阿拉巴马州的一个会议上，他自信满满地告诉大家，没有一个拥有不到百分之二十五白人血统的黑人能达到专利药品推销员的文化水平。紧接着，会议和白人昂贵的住所就被一个由 1918 年西部战线的黑人下士领导的团队袭击了。后来，一位黑人牧师站出来可劲儿地为麦克戈布林说情，这才救了他和整个小镇。

的确,就像普朗主教说的那样,温德里普参议员的"使徒们"现在正向各种各样的人,甚至是"外邦人"[1]传讲他的"道"。

如果按多雷姆斯·杰瑟普对巴克·泰特斯和佩雷菲克斯神父的话来说,于扶轮社而言,这是一场革命。

① 外邦人(Heathen),基督教的专业词汇之一,通常指还未拥有此信仰的朋友。

11

> 儿时，有位女老师，一把年纪了还没结婚。有一次，她对我说："巴兹，整个学校里找不到比你还笨的人了。"同时我注意到，她对我讲这话的次数比之前夸其他孩子聪明的次数还要多得多。多亏她的批评，我成了镇上最受关注的学生。今天也是如此，我要感谢美国参议院里那些傲慢的人对我的评价，是他们成就了今日的我。
>
> ——《决战时刻》贝采利乌斯·温德里普

但有些外邦人并不听从像普朗、温德里普、海克和麦克戈布林博士这些使者的劝告。

沃尔特·特罗布里奇不慌不忙地开展竞选活动，一副胜券在握的样子，既不轻视自己，也不为那些平民悲叹（他年轻时也非常平凡，却不觉得做普通人有多糟糕），更不会在红银相间的电车上的私人酒吧里得意忘形。在几次广播和大厅演说中，他平静而坚定地解释道，自己确实主张大幅改善财富分配，但这必须通过稳定推进来实现，而不是用那种见效快、杀伤力大的轰动事件来改变当前的经济形势。说这些的时候，沃尔特·特罗布里奇的神情很淡定，像这样谈论经济的氛围还真是少见。通常，都是主教绘声绘色地讲，萨拉森忙着添油加醋，穿着蓝色绸缎紧身衣的巴兹在一旁慷慨激昂地鼓舞人心。

在这次竞选中，七个共产主义政党都公开了他们的候选人。他们如果都团结在一起，就有可能争取到九十万张选票。但为了避免这种不公平现象，他们不断分裂，变成多个组织。现在，这些党派包括共产党、多数党、左翼党、托洛茨基派、基督教共产主义派、工人党，还有些含糊不明的党派，比如美国爱国协作费边主义兼后马克思主义派，这虽然听起来像个皇室的名字，但实际上就是另一回事了。

不过，如果拿这些新鲜事与那个突然由富兰克林·德拉诺·罗斯福领导的新杰斐逊派相比，就没什么可大惊小怪的了。

温德里普在克利夫兰获得提名的四十八小时后，罗斯福总统就发表了反对意见。

他断言，那些民主主义者绝对没有认真思考就选了温德里普，这一定是他们头脑发热而做出的选择。他还表示，作为民主党人，自己不会支持吉米·沃克，更不会支持温德里普。

不仅如此，他还说，自己不会把票投给共和党这个"永远享有特权"的党派。但不得不说的是，近三年里，他的确很欣赏沃尔特·特罗布里奇参议员的忠实、真诚和智慧。

罗斯福明确表示，新杰斐逊派和真正的民主派并不是时代潮流的产物，而是一个会永久存在的组织。可是，一旦诚实而冷静的人重新控制了这个古老的组织，它就会立刻消失。巴兹戏称这个党派是斗牛勇士派，引得众人哈哈大笑。不过，罗斯福总统的确得到了很多支持，除了沃尔特·特罗布里奇的追随者外，几乎所有的国会自由派议员、民主党人和共和党人都加入了他的阵营，其中还包括诺曼·托马斯、弗洛伊德·奥尔森州长、奥林·约翰斯顿州长和拉瓜迪亚市长。

其实，特罗布里奇和杰斐逊派有个共同的缺点，那就是在这样的一个时代里，民众们都非常向往轻松搞笑的氛围，追求小溪中的浸洗礼、榆树下的稚爱、纯威士忌酒和满月下天使乐队的歌声所带来的浪漫意境，以及汽车停在峡谷边缘摇摇欲坠和游走在不见清泉的沙漠里的刺激。而他们却与这些背道而驰，作风正直又严谨。只有幽默的巴兹常能让民众们看到期望中的未来模样。

远处灯火通明的舞厅里，这些身着红色长袍的乐队指挥们尖声争论着，究竟该由谁来指挥这场声势浩大的精神爵士乐。而在偏僻的荒山上，一个叫多雷姆斯·杰瑟普的小个子男人，一个连个低音鼓手都算不上的平民编辑，困惑地琢磨着应该做点什么才能扭转局面。

从前，出于对罗斯福的钦佩，多雷姆斯选择支持他和杰斐逊派。当然，还有一部分原因是通过此举可以震慑佛蒙特州根深蒂固的共和主义。但后来，他又觉得杰斐逊派搞不出什么名堂，沃尔特·特罗布里奇倒是个勇敢又能干的人。于是，他开始在比乌拉日夜奔走，为特罗布里奇拉票。

从多雷姆斯的作品中可以感受到，他渐渐从困惑中走出来，并变得愈发坚定，这让他的忠实读者十分吃惊。多雷姆斯的文字不再诙谐，风格也开始变得犀利，虽然他从未说过杰斐逊派的坏话，但在社论和新闻报道中，他尖锐且不留情面地用鞭子、松脂的话题和丑闻来对付巴兹和他的团队。

还总是花整个上午在商场和大楼里进进出出，与选民辩论，接受短采访。

多雷姆斯原以为，按照以往惯例，他向佛蒙特州的共和党人宣传特罗布里奇时会收到不错的反响；可发现，理论上属于民主党的巴兹竟然也颇受这些共和党人的喜爱。多雷姆斯察觉到，这种喜爱并不只是对巴兹那乌托邦式幸福承诺的盲目信任，还有对选民本人和其家人的收入增加的渴望与信赖。

选民中的大多数人只聚焦于温德里普的幽默和他竞选纲领中的三条内容：第五，承诺对富人进行增税；第十，对黑人收入和择业进行限制——因为没有什么比种族歧视更能提升一个一无所有的农民和一个靠救济度日的工厂工人的地位了；还有第十一条，其实意思大概就是，员工们每年将获得五千美元的收入。（许多支持者解释说，实际上，数额是一万美元。当然啦，他们把汤森德博士、已故的休伊·朗、厄普顿·辛克莱和乌托邦主义者贡献的钱都加上了！怪不得一万多美元呢！）

比乌拉的数百名老人坚信会得到这笔钱，这些机智的老家伙们心里早就打好算盘，笑着走进雷蒙德·普莱德韦尔的五金店，订购新的厨房炉灶、铝制汤锅和全套浴室家具，并打算在巴兹的就职典礼后的第二天去付款。普莱德韦尔先生是个头脑混乱的老共和党人，他把一些眼巴巴等着遗产的继承人赶出了庄园，自己也失去了一半的生意。多雷姆斯碎碎念着："我算是明白了，人啊，就爱做白日梦……这年头，竟然还有人盼着不用七点之前起床，不劳动就能拥有崭新的顺风牌汽车、吃不完的香肠罐头和摄影机。呵，都在想什么好事儿呢！"

这话说的就是阿尔弗雷德·提兹拉。他是多雷姆斯的杂工沙德·莱杜的朋友，被大家叫作"蛇先生"，是个铁石心肠的卡车司机和出租车司机，曾因袭击他人和运输私酒而服刑。他从前在新英格兰南部生活，以捕响尾蛇和铜头蛇为生。"蛇先生"笑眯眯地向多雷姆斯保证，在温德里普总统的领导下，他会得到很多钱，然后要在佛蒙特州人烟稀少的地方开办连锁旅馆。

比乌拉的小杂货商埃德·霍兰德和企业家兼家具商查利·贝茨都坚决反对任何人以温德里普的名义赊账购买杂货、家具，甚至寻求工作，却都非常支持大家以温德里普的名义赊账购买其他东西。

阿拉斯·迪利是个棚户奶农，与他那言听计从的妻子和七个邋遢的孩子住在荒山上的小破屋里。他对常带着食物篮、盒装猎枪子弹和一堆香烟来的多雷姆斯吼叫道:“嗐呀,我给你说吧,等温德里普先生上任后,我们农民就可以自己给庄稼定价了,再也用不着你们这些精打细算的城里人标价了!”

多雷姆斯也不好反驳他。巴克·泰特斯五十多岁,看上去却像个三十多岁的中年壮汉,可阿拉斯才三十四岁,沧桑得就像个五十多岁的老大爷了。

在比乌拉谷酒馆,洛琳达·派克有个特别讨厌的人,大家都叫他尼珀先生。这人整日吹嘘自己多么有钱,还得意洋洋地盘算着,在温德里普的领导下自己能再赚多少,每当这时候,洛琳达·派克都恨不得他能立马消失。斯托布梅尔“教授”在人前总爱引用温德里普关于提高教师工资的讲话;路易斯·罗滕斯顿为了证明自己虽不是犹太人但依旧可以像他们一样虔诚,也开始文绉绉起来;采石场的弗兰克·塔斯布鲁、房地产控股公司的梅德里·科尔和银行里的罗马天主教徒克劳利,虽没有因为提高所得税的计划而偷着乐,但谈到温德里普时,也含糊其辞地笑着,心里默认他是个可靠的人。

不过,在比乌拉,沙德·莱杜才是巴兹·温德里普最忠实的支持者。

沙德善于辩论和表演,这点多雷姆斯是知道的。沙德曾说服老普莱德韦尔把一支价值二十三美元、口径为0.22英寸的步枪送给他;他的记忆力也超乎常人,总能熟练地引用赫斯特报纸上的社论作为自己的深刻见解。尽管多雷姆斯知道,拥有这些与巴兹·温德里普相差无几的特点的沙德简直就是做政治领袖的好苗子,但他看到沙德在采石场工人中为温德里普即兴宣传时,还是惊讶得说不出话来。虽是共济社[①]的主席,沙德的演说并不长,字里行间还充满了对特罗布里奇和罗斯福的支持者的嘲讽。

他身材高大,整体看来,是个做保镖的好模子,也正因为这个特点,他被召集到遥远的伯灵顿参加温德里普的公众集会。沙德身穿民兵制服,潇洒地骑着匹白马,在拉特兰市领导了温德里普的最后一场游行。无论是实干家,还是干货批发商,都亲切地叫着他的名字。

多雷姆斯很惊讶,并对自己没能早点发现这个人才感到可惜。他坐在美国退伍军人协会大厅里,听着沙德咆哮:“我只不过是一个普通的工薪阶层,但如今,像我这样的工人有四千万。可是,从未有人先考虑我们,再考虑那些该死的政治问题,温德里普参议员是第一个把我们放在首位的人!那些伟大的人总告诉你们:喂,笨蛋们!做人不要太自私!就比如沃尔特·特罗布里奇总告诉你

---

① 共济社(Freemanson),一种以互济为目的的秘密结社。

们：别太自私了！拜托，亲爱的，自私点儿吧，把票投给那个愿意给你东西的人，给你东西而不是攫取你的钱、加长你的工作时间的人！"

多雷姆斯默默呻吟："噢，我的沙德！你竟然在我眼皮子底下做这些事！"

周末，从马萨诸塞大学赶来的茜茜·杰瑟普和朱利安·法尔克坐在她的小轿车踏板上，马尔科姆·塔斯布鲁挤在他俩中间。

"啊呀，烦死了，我们别再聊政治了行不行？反正温德里普也要被选上了，为什么还要浪费开车去河边游泳的时间聊他呢？"马尔科姆抱怨道。

"要是我们认真和他较量，他绝对赢不了。今晚我就要和高中校友谈谈，问问他们是怎么让父母把票投给特罗布里奇或罗斯福的。"朱利安·法尔克气呼呼地说。

"哈哈哈哈！当然啦，朱利安，无论你给你父母说什么，他们都会高高兴兴地听你的话！谁让你是大学生呀，哎呀，真是了不起啊！不过，你真的打算在这种蠢事上费心思吗？"作为黑衫社的头头，马尔科姆整天牛气哄哄的，以自己的一头光滑黑发和那辆大轿车为傲。此刻，他轻蔑地瞧着大他一岁、面色苍白、瘦削的朱利安。"事实上，巴兹上任是件好事儿。因为他能迅速制止那些激进主义的自由言论以及对基本制度的诽谤。"

"美国波士顿，上周二，第八页。"茜茜嘟囔着。

"——难怪你害怕他，朱利安！他肯定会把你最喜欢的那些艾摩斯特市的无政府主义教授弄进监狱的，也许还会把你抓进去呢，对吧？好同志！"

两个年轻人生气地瞪着对方，茜茜厉声叫道："有完没完！你们两个烦人精能别吵了吗？噢，老天啊，这个可恶的选举！真让人恨得牙痒痒！就因为它，现在每座城市、每个家庭都在分崩离析。还有我那可怜的爸爸！哎，多雷姆斯简直是走火入魔了！"

12

我渴望看到的景象是，公民的日需物品，小到咖啡、可可，大到橡胶，都由国内制造；同时，我国的旅游产业兴旺发达，更多来自世界各地的游客得以欣赏科罗拉多大峡谷、冰川和黄石公园等奇观，并体验芝加哥高级酒店的一流服务。如此一来，他们在美国进行消费，我们也因此达到了贸易平衡，我曾备受争议却非常合理的想法也会变为现实，即每个家庭的年收入可以从三千美元提高到五千美元。当然，我这里指的是纯美国血统的家庭。我们真正的愿景不应是整日谈论日内瓦和卢加诺等城市的风光，而应聚焦于自己国家的强大和繁荣。

——《决战时刻》贝采利乌斯·温德里普

选举日定在11月3日，星期二。11月1日傍晚，这天是周末，温德里普参议员在纽约麦迪逊广场花园的一次公众集会上完成了他的最后一场宣传演说。广场花园可容纳一万九千人，而在集会开始前的一周里，所有门票就已经售罄。起初，票价为五美元到五十美元不等，后来票贩子们一次又一次地倒卖，最终以一美元到二十美元不等的价格售空。

多雷姆斯有个熟人在赫斯特日报社工作，该报是纽约报纸中唯一一家支持温德里普的报纸，他从这个朋友那里得到了一张门票。11月1日下午，多雷姆斯走了三百英里来到纽约参加集会，这是他三年里头一次来到这座城市。

佛蒙特州正下着初雪，寒风刺骨，地上处处是未化的雪堆，放眼望去，一片寂静的银色。在这样一个黑漆漆的夜晚，覆满雪的大地和闪烁的群星映射出耀眼的光芒。

六点钟，多雷姆斯到了纽约。从中央车站出来，搬运工拿着破旧的轻便旅行箱走在前面，多雷姆斯跟在后面，两人一头钻进灰蒙蒙的雾中。四十二街上的那些著名塔楼像被披上了一层薄纱，远远望去，只看得到隐隐的轮廓。熙来攘往的人群中，或是急匆匆赶路的行人，或是漫不经心溜达的路人。此刻，这个从比乌拉来的男人充满疑惑，这样潮湿的雨天里，路上怎么还有这么多人呢？一定是哪里在举行县集市，再不然就是哪个地方失火了。

精打细算的多雷姆斯准备乘地铁去集会。真叫人惊讶，这样一个繁华之城里竟然有如此多的贫民，连路费都要细细盘算！他甚至还清楚地记得，曼哈顿有辆票价五分钱的有轨电车，坐车的时候还能看看沿路的水手、诗人和哈萨克大草原上披着披肩的女人以作消遣。他给搬运工描述着自认为惬意的旅行："这么短的路程，过几个街区就到了，我猜你也会选择坐电车，对吧？"但后来，迫于令他头晕目眩的噪音和拥挤的人群，多雷姆斯只好叫了辆出租车。坐在车里的时候，他望着窗外光滑的橡胶路面，无奈地忍受着刺鼻的汽车尾气，窗外车鸣声不断，像是一群机械羊用它们一百马力的机械肺在奋力嘶叫着。

多雷姆斯痛苦地犹豫了会儿，然后拿着艾玛硬塞给他的橡胶套鞋和雨伞从破旧的小旅馆中出来，怯生生地穿过那些尖叫着的女店员、疲倦的歌舞团女演员、嗜烟如命的赌徒们和在百老汇嬉笑着的年轻人。此刻，在这些人中间，多雷姆斯觉得自己就是个十足的胆小鬼。

走出旅馆后，他发现街上有许多身穿 1870 年美国骑兵装的士兵，这些士兵们并没有佩带随身武器和步枪，而是戴着斜顶蓝草帽，上身穿深蓝色束腰衣，下身着黄色裤线的浅蓝色裤子。所有士兵的衣领右边都印着"后备民兵"，左边则印着一颗五角星。他们大摇大摆地走着，把老百姓们推到一边，对于多雷姆斯这样微不足道的人，便更加傲慢无礼。

多雷姆斯一下子明白了。

这些年轻的雇佣兵就是后备民兵，即温德里普的私人军队。来纽约之前，他一直在发表关于后备民兵的那些令人担忧的新闻；而现在，多雷姆斯看着他日夜执笔抨击的民兵出现在自己面前，既兴奋又沮丧。

三周前，温德里普宣布杜威·海克上校为这次运动成立了一个全国性的温德里普游行俱乐部联盟，联盟的名字叫"后备民兵联盟"，团队成员有三四十人。实际上，该联盟已成立数月。多雷姆斯非常担心它会成为一个比三 K 党更具威胁性的永久性组织。

这些民兵的制服让人联想到冷港之战[①]中的军人，以及迈尔斯和库斯特手下的印第安战士。如纳粹党的万字符标志一样，他们的标志是五角星(这足以展现李·萨拉森的狡猾)，因为美国国旗上的星星也是五角星，而犹太人的旗帜上是六角星。此外，苏联旗帜上的星星也是五角星。但在这个激动人心的时期，并没有人注意到这一点。可不管怎样，这个一箭双雕的五角星标志确实是个漂亮的招式。

不过后备民兵最巧妙的地方还不是这个标志，而是他们的着装。这些民兵从来不穿颜色花哨的衬衫。游行时，他们只穿纯白色衬衫；站岗时，他们都穿浅卡其色衬衫。这样一来，巴兹就能理直气壮地嚷嚷了："看看那些欧洲暴政军团的制服！黑衬衫、棕衬衫、红衬衫！噢，说不定他们改天又穿个什么女人爱穿的紧身衬衫呢！但是，朋友们！我们的后备民兵不是这样的，他们不属于法西斯主义者，也不是共产主义者，他们只是纯粹的民主主义者，是为平民的权利和人类自由而战的勇士！"

多雷姆斯来到餐馆，点了几个中国菜。艾玛常说，中国炒面就是用面糊肉汁炒出来的木丝，而现在脱离了她的管制，多雷姆斯终于可以大胆地吃上几口了。他边吃面边观赏着周围的镀金木雕、印有农民过拱桥的中国灯笼，还有对面的两男两女，看上去像仇人一般，差点吵起来。多雷姆斯饶有兴致地看着他们，把那些后备民兵的事全抛在脑后了。

他前往麦迪逊广场花园时，正是温德里普的集会最为热闹的时候。好像全国人民都拥在这里，朝同一个方向奋力前行，多雷姆斯一下子被挤进人流旋涡。他打不到车，只好顶着暴风雨步行穿过十四个街区，走到麦迪逊广场花园。这一刻，多雷姆斯意识到，人群的力量是多么强大又可怕。

第八大道两旁都是些廉价商店，许多灰头土脸、借着酒精和大麻忘却烦恼的人在人行道上晃晃悠悠地走着，有的甚至还跑到了公路上。车主们暴躁地按着喇叭从他们中间挤过去，愤怒的警察时不时地过来把他们拉走或者推开。有时，这些人会摆出一副不可一世的模样，引得看热闹的女店员们捂着嘴偷笑。

多雷姆斯正盯着这片混乱场景出神时，一队后备民兵从对面走来。领头的是一个骑兵旗手，他们一同欢唱着"贝采利乌斯·温德里普万岁"。这让多雷姆斯联想到野鸡大学里赢得足球比赛后那些喝得醉醺醺的大学生。数月后，后备

---

① 冷港之战，美国内战期间的一次战斗。

民兵的反对者笑称他们为“米奇”和“米妮”[1]时，多雷姆斯依旧可以清晰地回忆起他们今日的模样。

一位衣衫褴褛的老人挡住了民兵的去路，喊道：“巴兹见鬼去吧！为罗斯福欢呼！”

后备民兵们勃然大怒，领头的那个骑兵旗手是个比沙德·莱杜还让人讨厌的彪形大汉，他一拳打在老人的下巴上，自己却作势倒下，真是令人作呕。接着，不知从什么地方冒出来一位海军上士，这人身材高大，面带微笑，神情却很傲慢；像个执行官一样厉声喝道：“呵，真是不错！九比一打败了个老头子！还……”

骑兵旗手把短号放在地上，上前把他也揍了一顿。另外八个后备民兵像老鹰身后的麻雀，也一股脑地跟上去打这个“执行官”。那人被打倒在地，脸色苍白，布满血痕，八个民兵仍未罢休，继续用他们的厚行军鞋狠狠地踢他的头。多雷姆斯艰难地扭过头走开了，他对这些行为感到厌恶，却又毫无办法。

转身离开的那个瞬间，多雷姆斯瞥见了一个面孔清秀的后备民兵，他有着鲜红的嘴唇和浅褐色的眼睛，在人群中格外显眼。他一头扑向了倒在地上的短号，低声呜咽了几秒，又转过头去翘着兰花指抚摸那人的脸。

去广场花园的路上，多雷姆斯又目睹了几场类似的争吵和打斗，还看到了一场聚众斗殴。

不远处的一个街区里，大约三十个后备民兵，由一个地位介于上尉和少校之间的指挥官率领着袭击一个共产党的街头集会。一个穿着卡其布衣服的犹太女孩，冒着大雨站在一辆独轮手推车上，恳求道：“同志们！不要只是嘴上支持了！加入我们吧！就现在！这是生死攸关的事！”而在离她六米左右的地方，有个看上去像社工一样的中年男子正在向众人解释杰斐逊党的意思，并描述着罗斯福总统的政绩，还把隔壁的共产党人痛骂为胡说八道的外籍怪人。他身旁的听众可能一半是有投票权的选民，而另一半则是大街上随处可见的邋遢男孩。

那三十个后备民兵耀武扬威地冲向共产党人。指挥官伸手打了那个女发言人一巴掌，然后把她从手推车上拽了下来，跟在他后面的小士兵们则漫不经心地挥舞着拳头和棍棒。当听到棍棒打在一个瘦骨嶙峋的犹太知识分子的额头上时，多雷姆斯感到更加厌恶和无奈。

---

① 米奇（Mickey Mouse），有声动画片《威利号汽船》中的主角米老鼠，米妮（Minnie Mouse）则为米奇的女朋友，它们与后备民兵的缩写都为 MM。

令人惊讶的是，刚刚还在宣扬杰斐逊党的男子语气突然大变：“走！去打败那些攻击共产主义朋友的地狱看门狗吧，加油！天佑我们！”这些温文尔雅的“书虫们”一跃而起，正好落在了一只胖胖的“米奇”身上，把他翻倒在地，夺走了他的棍棒，又去把另一个后备民兵揍了一顿，然后拎着棍子冲向其他民兵。多雷姆斯想，早知如此，自己就该在待在办公室里，研究第二大道商店里那些散装牛奶的黄油脂肪含量统计表。

在此之前，只有六名共产党员与后备民兵对抗。而现在，贝拉·库恩的支持者们与约翰·杜威教授的追随者们并肩作战，五十名共产党员和后来加入他们的五十个杰斐逊派人士带着砖头、雨伞和一堆社会学巨著，赶走了愤怒的后备民兵。可没过多久，一队防暴警察就跑了过来，逮捕了那个共产主义女发言人和杰斐逊主义者。

多雷姆斯之前经常写麦迪逊广场花园荣誉之战的故事。如今，他乘了一天的公交才到达这个偏远的广场花园，彻底明白了那些打斗与地理位置一点关系也没有。这绝不是一个普通的花园，这里所谓的战士也不是为了荣誉而战，而是为了那些固定的业务分配关系而战。事实上，他们中的很多人也只是看热闹或瞎起哄，并没有真正地为之战斗。

多雷姆斯疲惫地爬上这座宏伟建筑时，发现这里挤满了扛着沉重棍棒的后备民兵。每个入口和过道里都有跑来跑去的军官，他们低声发号施令，而那些民兵就像羊圈里受了惊吓的小羊一样低头默默听着。

在过去的几周里，迎接温德里普参议员的都是些饥饿的矿工、一贫如洗的农民和双手举着汽油火把的卡罗来纳州磨坊工人。而现在，他要面对的不是那些失业的人，因为那些人根本买不起五十美分的门票。温德里普现在要面对的是纽约那些自认为比乡下佬和矿工高明但如今也同他们一样胆战心惊的小商贩。多雷姆斯看着坐在座位上和站在过道里的人们，他们每个人的脸上都写满了自豪和骄傲，看起来却不像是耽于幻想的人。其实他们真正关心的是裁缝的工资、钩眼卡、持续上涨的出租车抵押贷款、婴儿尿布、安全剃须刀片、牛排和犹太鸡肉的价格。不远处还有几位高傲的公务员、邮递员和小公寓的守卫，他们穿着价值十七美元的西装，系着薄绸领带，很是时髦。其中一人吹嘘着：“真不明白这年头为什么还有靠救济过活的流浪汉。虽然我也不是什么厉害人物，但——这么给你说吧，1929 年之后，我的年收入就没下过两千美元。”

曼哈顿的农民善良且勤劳，对长辈也非常体贴，他们正迫切地寻找治疗因失业而忧虑的法子。

这对于所有煽动者来说是个好素材。

这场历史性的集会开场极度沉闷。军团乐队演奏着无聊透顶的曲子，路德教会的亨德里克·范·洛洛普教士带领大家做了个简短祷告，但上帝听没听到这个祷告就是另一回事了。波克伍德参议员走到会场中间，做了个关于温德里普参议员的演讲。整场演讲中，除了对温德里普的崇拜就是嗯、啊之类的语气词。

但温德里普始终没有出现。

克利夫兰代表大会上为巴兹做宣传的杜威·海克陆军上校这次的表现比波克伍德要好得多。他讲了三个笑话，还讲了个第一次世界大战中忠实的信鸽的趣闻。这只信鸽似乎比人类士兵更能明白美国人在那里为法国和德国而战的原因。虽然这只英雄鸟与温德里普参议员的美德之间的联系似乎并不明显，但他讲完这个故事后，可以明显感受到现场听众对军人的钦佩劲儿变得强烈了起来。

多雷姆斯觉得海克上校并没有在东拉西扯，实际上，他一直在朝着某个明确的目标前进。他的声音愈加坚决，然后把话题转向温德里普："我有个朋友，他是唯一一个敢动金融大亨的人，他就像亚伯拉罕·林肯那样，怀着一颗伟大而纯朴的心，关心每一个普通人的烦恼。"说完这句话，他就朝侧门疯狂地挥手，尖叫道："他来了！我们的朋友——巴兹·温德里普！"

乐队奏起《坎贝尔军来了》。一队像英国皇家骑兵一样整洁漂亮的后备民兵，拿着镶有星条旗的长枪，大步走向会堂中央。身穿一套旧蓝哔叽西装的温德里普吃力地走在这些民兵后面，他紧张地扶了扶头上汗渍斑斑的帽子，整个人看起来疲惫不堪。众人欢呼着站起来，拥攘着想看清楚这位救星。

温德里普神情淡定，慢吞吞地踩着台阶走到大厅中央，严肃地看着厅内乌泱泱的人，然后开始了他那冗长的演讲：

"我第一次来纽约时，就是个菜鸟——真的，别笑，也许我现在也还是个菜鸟！不同的是，我已经被选为美国参议员了，而在我的家乡，他们为我欢唱的方式让我觉得自己仍然是个小屁孩儿。我以为我的名字会像阿尔·卡彭[1]、骆驼牌香烟和卡斯托里阿[2]一样有名。但在回华盛顿的路上，我经过纽约，在这里的旅馆大厅里坐了三天，唯一跟我说话的人就是旅店安保！当他走过来跟我说话

---

① 阿尔·卡彭(Alphonse Capone，1899～1947)，又译卡邦，美国黑帮成员，二十世纪二十至三十年代最有影响力的黑手党领导人。

② 卡斯托里阿(Castoria)，一种小儿轻泻剂。

时，我高兴得要命——我以为他会告诉我，整个城市的人都为我的屈尊拜访而感到荣幸。但他却问我为什么一直坐在这里，是否这个酒店的客人！哈！朋友们，今晚，我对傻子村[1]的恐惧并不亚于当年！”

底下响起一片笑声与掌声，但也有些骄傲的选民对他的拖腔拖调和令人厌倦的谦逊感到失望。

多雷姆斯满怀希望地颤抖着：“也许他会落选的！”

接着，温德里普概述了他那广为人知的竞选大纲。多雷姆斯唯一感兴趣的是第五条，因为在那一条中，温德里普错误地引用了自己关于财富限制的数据。

他滔滔不绝了一堆大道理——正义、自由、平等、秩序、繁荣、爱国主义以及许多虚无缥缈的抽象概念。

多雷姆斯原以为自己会厌烦，可后来他才发现，自己不知不觉中变得全神贯注、兴奋起来。

看向听众时，温德里普的神情有些许紧张，他的目光慢慢移动，从最上面一排到最前面一排，使得大家感受到他在同每一个人交流，也让众人明白，他在乎每个人的幸福，并正在告诉大家那些近在咫尺、危险且被隐瞒了的事实真相。

“他们说，我做这些图的是钱！这么给你们说吧，纽约律师事务所给我开的工资是总统工资的三倍，但我拒绝了。为什么呢？总统要为国家的每个公民服务，不仅是那些善解人意的公民，还有那些喜欢通过电报、电话和信件来纠缠他的怪人们。所以，我为什么还想做总统呢？的确，说句实话，我的确想要权力，想要那种强大的、至高无上的权力。但这并不是为了我自己，绝对不是，而是为了你们！因为，如果我有了这些权力，就可以打倒那些为了支付债券利息而拼命压榨你们的犹太金融家！当然，并不是每个犹太人都是如此！事实上，可恶的劳工领袖和可恶的老板一样多！就比如莫斯科的那些特务，他们对人民的统治和领导并不是我向往的那种爱与忠诚，而是用可怕的鞭子、黑暗的牢房和自动手枪来逼迫人民臣服。”

温德里普向众人描绘了他理想中的民主天堂，在那里，旧政治机关被摧毁，每个卑微的工人都将成为国王和统治者。此外，他将从自己的选民中选出代表，如果这些代表离开华盛顿，他们不会像过去那些代表一样对民生漠不关心，而是会加强行政监督，持续关注公众的利益。

这样听起来确实有几分道理。

---

① 傻子村(Old Gotham)，纽约市的绰号。

最佳演员巴兹·温德里普的表演充满激情，却从不狂野怪异，也不做过分夸张的手势。但是，他常伸出那枯树枝一般的食指，似乎要戳进所有人的身体里，勾出他们的心脏；还有他那双瞪得大大的眼睛，让人忍不住倒抽一口气；他的声音一会儿如雷鸣般震耳，一会儿又转为抚慰似的柔声细语。

显然，他是位诚实又仁慈的领袖，也是个极易悲伤的男人。

多雷姆斯惊叹道："啊，我真该死！竟然会觉得他是个热心肠好人！竟然会觉得今晚时光飞快！但是，如果巴兹是对的呢？如果……尽管他说的话有点儿蛊惑人心，可我觉得，他确实得说些什么才能唤醒那些蠢材啊……他声称只有他才能打破非自住买家的控制，我觉得这句话说得也对啊。还有他的跟随者，那些后备民兵……唉，虽然在街上看到的那些民兵真的很讨厌，不过他们的确都是非常帅气、整洁的小伙子。还有，看着巴兹本人，听他讲话，确实会让人惊讶并且陷入沉思！"

可一小时后，多雷姆斯从恍惚中清醒过来时，完全记不起温德里普讲话的内容了。

他觉得温德里普一定会赢。因此，周二晚上，他赶在大家回来告诉他选举结果之前就离开了《每日线人》办公室。

午夜过后，一群得意洋洋、醉醺醺的人踩着泥泞的雪地，举着火把走过他的房子，大声欢唱着阿德莱德·塔尔·吉米奇这周刚改编的《扬基歌》：

我们沿着铁轨前行
奸诈之人背叛了我们的巴兹
把他们送进监狱之日
他们才会想起上帝的恩慈
（合唱）
巴兹啊巴兹
坚持啊坚持
若有人不投给巴兹
定是忘恩负义的狗子
别忘了后备民兵手里的鞭子
时刻为叛徒预备的鞭子
反巴兹者今日逃走
我们明日追打依旧

起初,“反巴兹者”这个词是从吉米奇夫人嘴里说出来的,但更有可能是赫克托·麦克戈布林博士编的,而后像对行刑队的称呼一样,被爱国女性拿来作为一种表达对国家不忠诚的术语。然而,和吉米奇夫人用来指代美国远征军的合成词“非基斯”一样,“反巴兹”一词也从未真正流行起来。

在身穿冬装的游行者中,多雷姆斯和茜茜并未从人群中找到沙德·莱杜、特罗尔山的阿拉斯·迪利、家具商人查利·贝茨和水果商贩托尼·莫格利亚尼,后者是佛蒙特州中部最热心的意大利法西斯主义阐释者。

尽管是傍晚,隔着火把,谁也无法真正看清对面,但多雷姆斯还是觉得跟在游行队伍后面那辆大型汽车是他邻居弗朗西斯·塔斯布鲁的。

第二天早晨,在《每日线人》办公室,多雷姆斯听说,那些得意洋洋的人并没有造成什么大破坏,只是拆毁了几间厕所,砸坏并烧毁了路易斯·罗滕斯顿裁缝店的招牌。珠宝商克利福德也挨了些打,他一头鬈发,身材瘦小,因为组织戏剧演出,并在法尔克先生的教堂里演奏风琴,一度被沙德·莱杜瞧不起。

这天晚上,多雷姆斯在自家的前廊里发现了一张包肉纸,上面用红粉笔写着:

除菲你臣服于后备民兵、联盟、首领和我,不然你心艾的多雷就会没命。

——一个朋友

多雷姆斯头一回听说“首领”这个词,它与“领导”和“政府带头人”的意思差不多,可听着又有些许别扭。但作为温德里普先生的流行称谓,相信这个词很快就会被正式使用了。

多雷姆斯没有告诉家人这件事,还偷偷把这个带有错别字的红色警告烧掉了。在这之后,他常从梦中惊醒,想起这个警告,并不觉得它是个玩笑。

13

临退休时，我准备在一些风景秀丽的度假胜地建造属于自己的新式别墅。当然，我指的度假胜地不是科莫或其他众所周知的希腊群岛，而是佛罗里达、加利福尼亚、圣达菲之类的地方。退休后，我要抛却一切烦琐事务，在那里静心阅读朗费罗、詹姆斯·惠特孔·莱里的诗和麦考利勋爵、亨利·凡·戴克、阿尔伯特·哈伯德、柏拉图、海华沙等人的著作。朋友们听到这个想法时，总会笑笑作罢，多亏了我的母亲一直以来的鼓励和肯定，我才没有灰心，仍旧保持对优秀文学作品的热爱。

——《决战时刻》贝采利乌斯·温德里普

尽管多雷姆斯也觉得温德里普肯定会被选上，但等待选举就像等待一位即将离世的老友的葬礼一样令人恐慌。

“好吧。如果是这样，就让这个国家见鬼去吧！这些年来，我一直埋头工作，可我向往的从来都不是整日周旋于这些委员会、董事会和慈善活动！这看起来真是蠢透了！我一直想做的就是偷偷溜到小阁楼里去，独自待着，看看电影或者做点儿别的事，把我一直没时间看的东西都看完。”

十一月下旬时，多雷姆斯就这样做了。

他的确从中得到了些快乐。那几天里，除了他的家人洛琳达、巴克·泰特斯和佩雷菲克斯神父之外，他没有和任何人接触。独处的时光里，有许多个瞬间，多雷姆斯发现自己并不是很喜欢之前没工夫读的那些经典巨作了，反而更喜欢读新一代年轻作家的作品，比如《劫后英雄传》《哈克贝利·费恩历险记》

《仲夏夜之梦》《暴风雨》《快活人》《众生之路》(当然，这本书有些年头了)、《白鲸》《尘世天堂》《圣艾格奈节前夕》《君主牧歌》《傲慢与偏见》《一个医生的信仰》《名利场》和史文朋的一些作品。

也许，而立之年以前，他和总统候选人温德里普接触的书都差不多。想来也正常，同为一个年代的美国人，自然不会有太大差别。

折腾了几天，多雷姆斯用文学来逃避现实的办法彻底失败了。这些天里，他试图重拾拉丁语，但他现在什么都学不进去，也不能明白为什么“mensa”“mensae”“mensae”“mensam”“mensa”几个词不是同一个意思，而分别为“一张桌子”“桌子的一部分”“朝向桌子”“对着桌子”“在桌子旁边或在桌子上”，更无法像从前那样静心品读维吉尔的诗和《萨宾山庄》了。

后来，多雷姆斯发现，自己的追求总是失败的。

读书确实是件不错的事，充满乐趣，给人满足感。只是偶有瞬间，多雷姆斯对自己躲避现实、封闭自我的行为感到内疚。多年来，他早已习惯了履行社会职责，总想“参与”些什么事情。在温德里普开始对国家发号施令之前，甚至在他还没就职的时候，多雷姆斯就开始日趋暴躁了。

国会议员中有一小部分人是巴兹政党，他们与杰斐逊派势不两立。华盛顿来的小道消息说，温德里普正试图收买、讨好、恐吓那些与他对立的国会议员。只要这个总统当选人动动脑子，没什么事是他做不成的。温德里普承诺会以赞助的方式给予他们“帮助”，毫无疑问，这使他赢得了一部分人的支持。杰斐逊派的五位国会议员也因此受到了威胁。其中有个人突然失踪了，紧接着，他贪污的新闻也被曝了出来。温德里普每取得一次这样的胜利，如多雷姆斯一样善良却默默无闻的人们便更加焦虑不安。

自1929年进入大萧条时期以来，多雷姆斯一直感到忧虑和困惑。他总觉得除了刮胡子和吃早餐之外，做任何持久的事情都是徒劳的。更难过的是，他再也不能像1620年的公民那样为自己和家人制订计划了。

唉，在那个年代，人们可以把生活计划得井井有条。萧条也只是周期性的风暴，早晚会趋于平静；资本主义和议会制政府一直存在，善良的公民总是凭着良心诚实公正地进行投票，社会制度也不断被改善。

多雷姆斯的祖父加尔文是一位内战老兵，也是名古板的公理会牧师。收入微薄的他曾计划说：“我要让我的儿子洛伦接受神学教育，然后大概在十五或二十年内，咱们家就能建一座漂亮的新房子了。”在这个目标下，他一直认真且努力的工作。

多雷姆斯的父亲洛伦也曾信誓旦旦地说:“我要少买些书了,一周也不能再吃四天肉了,吃那么多肉对消化也不好……总之,我要让我的儿子多雷姆斯接受大学教育。当他如愿成为一名宣传员时,或许我还能帮他一两年的忙。然后,我希望——哦,再过五六年——就能买到全套狄更斯的作品了,并且是里面有插图的那种！哦,这也太奢侈了,但的确值得！这是留给孙辈们的宝藏呢!”

多雷姆斯却什么计划都做不了。他既没有说“我得让茜茜去马里兰大学史密斯商学院学习建筑学”,也没有说“如果朱利安·法尔克和茜茜结婚,我要把西南那块地给他们,也许十五年后,他们会生好多可爱的孩子”。“不,”他叹息道,“十五年后,茜茜可能会成为拉客;朱利安可能会去集中营,或许还会成为一名法西斯分子或共产主义者呢!”

用霍雷肖·阿尔杰的话来说,到那时,美国境内再也寻不见衣衫褴褛的贫民和尊贵的洛克菲勒家族的踪影。

人们的内心将充满渴望与猜忌,他们不会再消磨时光,而是会早早地爬起来做个勤奋的打字员,真是愚蠢透顶!

一个合格的报纸编辑应该像百科全书一样,了解当地和外国的历史、地理、经济、政治、文学和足球的踢法。但现在,令人恼火的是,多雷姆斯对任何事情的了解都不是很透彻。

近两年中,这句“他根本不知道这是怎么回事”的讽刺话渐渐变成了对大多数经济学家们的一种合理概括。从前,多雷姆斯觉得自己对财务知识、税收、金本位和农产品出口了如指掌,他笑着到处发表高论,说自由资本主义会华丽地变为国家社会主义,政府将全权管理国家的矿业、铁路和水力资源,以解决人民收入不平等的问题。到那个时候,优秀的炼钢工人们都愿意和善良的承包商们成为朋友,所有的监狱和肺结核疗养院也会变得空荡荡。

现在,多雷姆斯发现自己一无所知。他像个孤独的修道士深深忏悔和叹息着:“要是我知道得多一些就好了！对啊,要是我能记住那些数据就好了!”

全国复兴总署、紧急救济署、发展项目管理机构以及其他机构的变迁使多雷姆斯相信,世界上有四类人不了解政府:华盛顿的所有当局、所有谈论或大量描写政治的公民、一无所知的贫民,当然还有自己这类人。

“但是,”他说,“巴兹就职典礼后,这些就都变简单啦,反正这个国家会成为他的私人领地,由他全权管理!”

朱利安·法尔克在马萨诸塞州的大学读二年级,临近圣诞,正准备回家过节。他顺道去了趟《每日线人》办公室,拜托多雷姆斯在晚饭前送他回家。

他称多雷姆斯为“先生”，并且认为多雷姆斯不是个老古董。所以多雷姆斯很喜欢他。

途中，他们路过社会民主党人约翰·波利科夫的汽车修理厂，便停下来给车加油，卡尔·帕斯卡接待了他们。这个人以前在塔斯布鲁的采石场里打工，性情顽固，曾带领大伙罢工，还在县监狱里待过，罪名是煽动暴乱。从那时起，他就是名坚定的共产主义者。

帕斯卡模样瘦削，身材却很强壮。他那憔悴的脸被抹得黢黑，上下眼皮却像鱼肚一样白，再加上那大大的眼袋，忽闪忽闪的眼睛被衬得更加明亮，好似一头被拴在运煤车上的美洲豹。

“那么，这次选举之后你打算做什么呢？”多雷姆斯问。“哦！真是个愚蠢的问题！我想，我们这些爱发牢骚的人并不愿意讨论明年计划之类的话题，反正到那时候我们都归巴兹管了，不是吗？所以，别说这个了好吧？”朱利安叨叨了一大通。

“你说得没错！噢，这是我说过的最低级的谎话了。我觉得吧，法西斯主义者们开始给大家洗脑时，人群中还是有些理性的共产主义者。虽然我以前的宣传效果不怎么样，但这次肯定成功，你等着瞧吧！”帕斯卡兴高采烈地说着。

多雷姆斯没有理会他，惊讶地问朱利安：“你似乎对这次选举结果不是很失望，好像还很高兴！”

“失望？天呐，杰瑟普先生，我还以为你比我更了解革命策略呢。”帕斯卡忙插话道：“虽然你属于小资产阶级，但当时采石场工人们罢工，你也没有阻拦！失望？为什么要失望？难道你看不出来吗，共产党已经做了很大的让步，还有什么比默许一个亲财阀的军国主义独裁者成为总统更宽容呢！等着瞧吧！巴兹会惹恼很多人。不过那些人什么也做不了，只能这样赤手空拳地对付武装部队。然后，巴兹肯定会大肆宣扬，发动战争，鼓动着上百万人准备好武器和口粮，吆喝着‘巴兹和约翰·普朗万岁’进行革命！”

“卡尔，你真有趣。不愧是名共产主义者！”朱利安惊叹道。“你信奉共产主义，对吧？”

“哈哈，你怎么不问佩雷菲克斯神父是否信奉圣母呢？”

“但我感觉你挺喜欢美国的，不像是那种狂热的共产主义者。还记得十岁左右的时候，你……啊，那时你二十五六岁……我们一起去滑雪，你怕得要命，全程都在死死地抓着我。”

“我当然喜欢美国啦，我两岁就来这里了。虽然我出生在德国，但我的父母可不是德国兵。我爸爸是法国人，我妈妈是位塞尔维亚美女。在语言习惯方面，我的家乡和这里也有很大不同。比方说，'喂，朱利安'，在我们那边，如果我像刚刚这样喊你，得叫你'我的先生'或者'大人'之类的蠢称呼，你叫我的时候应该说'喂，我说，帕斯卡！'如果是杰瑟普先生，我们得尊称他为'大统领'或者'博士先生'！哎，我还是喜欢这里。至少这里有可能实现全面民主化。但……但让我生气的，不是那些'百分之一的上层人民总收入的十分之一与百分之四十二的底层人民的总收入相同'之类的陈词滥调。那些数字太庞大了，对于一个披星戴月、辛苦修车的人来说，真的毫无意义。真正让我生气的是，即使在大萧条之前，也就是你们所说的繁荣时期，全国百分之七的家庭的年收入都超不过五百美元。当然，我说的这些家庭中的成员可不是靠救济生活的失业者，他们还是光荣的劳动者呢。

"一年五百美元，一个星期十美元……这就是意味着，一个四口之家只能住在一间又脏又小的屋子里！还意味着他们每周只能留出五美元来买食物！每人每天只能吃十八美分的食物！即使在最差的监狱，伙食也会比这强吧。另外，他们每周还要存两美元五十美分，这就意味着每人每天的衣服、保险、车费、医药费的花销总额要控制在九美分内。哦，老天爷，还有娱乐……娱乐！总之，他们就指着那可怜巴巴的九美分去坐福特汽车遛弯或乘直升机飞过诺曼底地区了！在这偌大的美国，只有百分之七的幸运老人找到了工作！"

朱利安沉默了会，然后低声说："其实，我们如果听别人在大学里讨论经济，只会轻轻叹息下。但如果看到自己的孩子每天只能吃十八美分的东西，我想，无论是谁，都会崩溃的！"

多雷姆斯一脸烦闷："但俄罗斯的伐木营地和西伯利亚监狱里也有不少强迫劳工的事吧？"

"哈哈！那些都是胡扯的！这就是他们的通病，二十年前，那些傻瓜们就这样，当时他们还窃笑着说'倘若每笔钱都分配下来，不出五年指定又统统流回骗子手中'，以为这样做就能打压所有的社会主义者。也许正是因为这些事情，咱们国家的制度变革才举步维艰。但是——"卡尔·帕斯卡浑身洋溢着爱国热情，"咱们美国人可不像那些愚蠢的俄国农民，我们会更好地落实共产主义制度！"

就在这时，他的雇主，性情豪放的约翰·波利科夫回到了汽车修理厂。波利科夫是多雷姆斯的好朋友，事实上，在禁酒令时期，他一直是多雷姆斯的私酒贩子，还亲自帮忙从加拿大给他运来威士忌。于多雷姆斯而言，在这个需要谨慎选人的行当里，波利科夫是最值得信赖的老手之一。而现在，他是名社会主义者。

“晚上好，杰瑟普先生，晚上好，朱利安！卡尔给你们加满油了吗？你可要当心那个家伙，他很可能会给你一枪。他呀，可是个疯狂的共产主义者。他们那种人都很暴力，根本不懂什么顺其自然，更加不会遵守法律。也别怪我说话难听，他们……如果他们不那么狡诈，如果他们加入我、诺曼·托马斯和其他的社会主义者，与罗斯福和杰弗逊派的人统一战线，打倒贪婪者巴兹，破坏他的计划！我就不会这样说他们了！”

（“贪婪者”温德里普。这个词挺好，多雷姆斯心想，可以把这句话用在《每日线人》里！）

帕斯卡嚷嚷起来：“这与贪婪者的个人计划和雄心有什么关系啊。把一切都归咎于温德里普未免太草率了吧。波利科夫，你为什么总拿他说大话，却不读读马克思的著作呢？噢，温德里普不过是吐出了些恶心话，你就成这样了，许多经济学家的胃里还有一堆恶心玩意儿在发酵呢！其实，巴兹根本不算什么，可怕的是让我们厌恶他的东西，这是一种病！超过百分之三十的永久失业者都患有这种可怕的疾病！并且这个数字还在扩大！我们必须治好它！”

“你这样的疯狂同志能帮人治好吗？”波利科夫厉声问道。“你觉得共产主义者能把它治好吗？”多雷姆斯以一种更礼貌的方式质疑道。“你真的认为卡尔·马克思懂内情吗？”朱利安担心地问。三个人看向帕斯卡，同时问道。

“这还用问？当然可以！”帕斯卡自负地说。

多雷姆斯驾车离去时，他从后视镜看到帕斯卡和波利科夫边拆瘪轮胎边吵得不可开交，便忍不住笑起来。

对多雷姆斯来说，阁楼的书房是个避难所。起初，他为了躲开艾玛和坎迪太太温柔的关怀，还有那些想让当地的编辑帮忙推销人寿保险和省油化油器，宣传救世军、红十字会、孤儿之家和抗癌运动，以及各种野鸡大学的宣传册的热情陌生人，常常独自待在这里。

而现在，这里成了躲开候任总统的支持者们的避难所。多雷姆斯常以工作为借口，半夜偷偷溜到书房。他放着安乐椅不坐，僵直地坐在书桌旁，边愁闷地思索，边在黄色的复印纸上反复画着十字、五角星和六角星。

这天晚上，在和卡尔·帕斯卡、约翰·波利科夫聊完天后，多雷姆斯又独自来到书房，暗自思考，准备写篇关于反对社会文明的文章。

“可是，如果真要写这该死的文章，还有个大难题要解决。当我去捍卫民主、反对共产主义和法西斯主义时，我感觉自己就是另一个洛斯罗普·斯托达德。唉，而且写的东西和赫斯特关于一些大学必须开除危险的共产主义教师，以维护杰斐逊和华盛顿所提倡的美好民主制度的社论没什么不同！可我觉得，虽讲着同样的话，我与赫斯特的基调却完全不同。我并不认为我们在耕地、森林、矿业上做得很好。赫斯特和美国革命女儿会最让我反感的一点就是，如果他们反对共产主义，别人也得跟着反对。真是让人作呕！

“浪费资源的人就去死——这是美国反对社会文明中的一条。

“那我们回到荷马时代就好了啊！那个时候，人们对知识、礼仪的认识都浅薄些，也没什么深度！只需要几千个大炮弹和毒气弹就能把那些充满斗志的年轻人，所有的图书馆、档案馆、知识产权局、实验室、美术馆、古堡、圣殿、哥特式教堂、连锁商店和汽车工厂以及所有能学到东西的地方全部毁掉。

“有什么办法能避免这种悲剧吗？很多共产党人、法西斯主义者都有自己的法子；除了他们之外，还有那些君主主义者，他们整日嚷嚷着，如果我们能让德皇、沙皇和阿方索国王起死回生，那么所有人都会重新变得忠诚而快乐，而银行只会对贷款的小企业收取百分之二的利率；自称为民主的倡导者却不知道其真实意义的美国宪法论者；以及所有宣称灵魂的救赎可以改变一切的牧师，这些人都有自己的绝妙计策。

“好了，先生们，我已经了解了你们所有的解决方案。现在我要告诉你们，我，也许除了沃尔特·特罗布里奇和帕雷托的鬼魂之外，只有我，拥有完美且独一无二的解决方案，那就是：没有解决方案！永远不会有一个完美的社会状态！

“这世间的人们，无论他们有多少钱，都会觉得自己很穷，都会羡慕那些穿着看似华贵的邻居，羡慕那些能跳舞、会做爱和身体健康的人。”

多雷姆斯想，就目前来看，不管委员们的政策多么崇高、多么近人心、多么完美，铁矿也不可能以两年前国家矿产品技术委员会设定的速度生产了。

他指出，从现在起开始算，一千年后，人类可能会继续死于癌症和地震，以及像在浴缸里滑倒这样的滑稽事故。同时，人类还将继续承受着视力变差、腿脚不利索、鼻子发痒、肠道易受细菌感染、生殖器官患有炎症的疼痛和烦恼，直至去世。此外，1930 年的家具与几百年后的家具并不会有很大差别，大多数人还是会坐在椅子上吃桌上的饭、读书……不管出现多少先进玩意儿，人们还是像从前那样，穿靴子或凉鞋，睡在床上，用笔写字。多雷姆斯觉得，龙卷风、洪水、干旱、闪电和蚊子会一直存在。同时，最优秀的公民看到自己的情人与别的男人跳舞时，也会有杀人倾向。但对这些，我们只能面对，却无法改变。

最糟糕的是，诡诈、狡猾之人依旧会比不知变通的人更有影响力，无论那些人是同志、兄弟、代表、国王、爱国人士，还是穷苦小大哥，无论他们有多值得敬仰。

多雷姆斯笑着说，除了他的方案，所有的解决方案都被那些疯子似的狂热分子拿来大肆宣传了。

他回忆起尼尔·卡罗瑟斯的一篇文章，文中表示，美国三十年代中期煽动暴行者的祖先历史悠久且不光彩。他们的祖先深信自己有义务去动员大众来拯救世界，于是他们也学着祖先们的方式，一股脑地行动起来。彼得，衣衫褴褛，疯疯癫癫，是个浑身臭气的修道士，他带领成千上万的欧洲农民参加十字军东征，在沿途的外国村庄里焚烧、强奸、杀害同胞，最后死于饥饿。

约翰·鲍尔[①]，1381 年，他四处游走，倡导财富分享，宣扬财富平等，废除阶级差别，以及提倡现在所谓的共产主义。而他的追随者瓦特·泰勒[②]劫掠了伦敦，此后，劳工受到惊恐不安的政府更为严重的压迫。三百多年后，克伦威尔用枪杀、砍杀、棍棒殴打、掠夺食物和焚烧尸体的方式来阐释纯洁和自由的迷人之处。在他之后，工人们只得用鲜血为这血腥的正义埋单。

多雷姆斯边思考边在混乱的回忆中摸索着。大多数美国人对历史并不甚了解，他却还能想起些好心的煽动者的名字。

缪拉、丹东和罗伯斯庇尔把法国的控制权从腐败的贵族手中夺过来，移交给了古板的、满脑子都是赚钱的生意人。列宁和托洛茨基给了目不识丁的俄国农民用时钟计算工作时数的特权，让他们像底特律的工厂工人一样快乐、有学问、有尊严；列宁的追随者鲍罗廷将这一恩泽传入中国。还有威廉·伦道夫·赫斯特，他被称为“古巴的列宁”，1898 年，他把黄金岛的控制权从残暴的西班牙人手中夺了过来，交到了倡导和平、平易近人的古巴政治家手中。

美国摩西、道维，以及他们的神权政体，使得锡安和伊利诺伊州两座城市全权由上帝领导……作为这座神圣城市里的居民，沃利瓦先生在道维先生和他更有魄力的继任者的指导与鼓励下，“放弃”了吃牡蛎、抽烟和诅咒他人的权利，在没有医生的帮助下死去。通往锡安城的那段路坑坑洼洼的，总是让埃文斯顿、威尔梅特和温尼卡市民的汽车弹簧断裂，这或许是件好事，或许不是。

塞西尔·罗兹[③]梦想着把南非变成英国天堂，却把它变成了英国士兵墓地。

---

① 约翰·鲍尔(John Ball)，英国教士，1381 年农民起义的领袖之一，以“肯特的疯狂教士”而著称。

② 瓦特·泰勒(Wat Tyler)，1381 年英国农民大起义的杰出领袖。

③ 塞西尔·罗兹(Cecil Rhodes，1853～1902)，英国殖民者。

那些众人向往之处，如布鲁克农场、罗伯特·欧文的闲聊圣地、厄普顿·辛克莱的赫利孔礼堂，最终都以丑闻、纷争、贫穷、污秽而褪去光环。

所有禁酒运动的领袖们都坚信自己的事业关乎世界复兴，为了实现这一目标，他们不惜枪杀违抗者。

在多雷姆斯看来，唯一能煽动民众并长久稳固民心的人是杨百翰和他那些留着胡子的摩门教徒们。这些教徒不仅把犹他州沙漠变成了伊甸园，而且让它长久盈利。

多雷姆斯沉思道："那些非爱国者和非理想主义者是有福的，因为他们不会为了除掉可疑人员而冲出去冒险，更不会觉得可疑人员必须受折磨、被屠杀！该隐[①]杀亚伯是个很好的古老谋杀例子，这也一直是所有独裁者稳固自己地位和消除反对者的手段之一！"

愤愤不平的同时，多雷姆斯开始怀疑所有革命的成果，甚至开始重新审视1776年美利坚合众国的诞生和之后的内战。

于一位新英格兰的编辑而言，即使是对这些战争微小的批评，也会让一位南方浸信会的基要派传教士质疑永生，质疑《圣经》的启示，质疑高呼哈利路亚的道德价值。然而，让多雷姆斯紧张的并不止这些，他苦苦思索着，为了维持联邦，解放奴隶，建立工农业平等，有必要进行长达四年的令人难以置信的血腥内战，然后连续二十年对南方商业进行压迫吗？在没有任何准备的情况下，突然把黑人变成了公民，而南方各州出于自卫，又取消了黑人的投票资格，并对他们处以私刑和鞭刑，这对黑人来说，真的公平吗？如果他们像林肯最初期望和计划的那样，在没有投票权的情况下获得自由，然后在联邦政府的监护下逐渐有能力接受教育，这样到1890年时，黑人就可以不用背负太多敌意，完全参与到这片土地的所有活动中去了。这样岂不是更好吗？

在那三十多年里，百姓们经历了内战，或是被杀，或是致残。他们是最坚强、最勇敢的，但也许是最糟糕的，因为他们中的一些人成了喋喋不休的职业英雄和政客们的傀儡。在这些人中，最英勇的是约翰·布兰卡托·洛克菲勒、约翰·皮尔庞特·摩根、范德比尔特、阿斯特、古尔德以及他们那些精明的南方金融伙伴们，虽然这些人没有参军，但他们一直待在温暖又干燥的会计室里，苦苦计算着这个国家的财富。最无畏的是杰布·斯图尔特、斯通沃尔·杰克逊、纳

---

① 该隐(Gain)，《圣经》中记载的人物，亚当和夏娃的长子，亚伯的哥哥。

撒尼尔·里昂、帕特·克莱本和被杀害的骑士詹姆斯·麦克弗森……还有他们的亚伯拉罕·林肯。

1780 到 1860 年间，我们以富兰克林、杰斐逊、华盛顿、哈密尔敦、亚当斯家族和韦伯斯特为傲。但随着成百上千的美国英雄逝世，我们现在只能寄希望于麦金莱、本杰明·哈里森、威廉·詹宁斯·布赖恩、哈定还有参议员贝采利乌斯·温德里普和他的对手。

曾经，奴隶制度是一颗毒瘤。在那个时代，除了流血切割外，没有任何补救办法，更没有智慧和宽容的 X 射线。然而，将这种切割感伤化，为之辩护并以此为乐，是一件完全邪恶的事情，是一种全国性的迷信，以至于发生了古巴革命战争和解放菲律宾之类的战争。

多雷姆斯想，让我们不要再为内战的号角而激动，不要再为谢尔曼那些勇敢的北方小伙子们焚烧孤女的房屋而感到欢欣鼓舞，也不要再欣赏李将军看着成千上万的人在泥泞中翻滚时的平静了。

他甚至开始疑惑，对于十三个殖民地来说，从大不列颠中脱离出来真的是件好事吗？如果美国继续留在大英帝国，是否有利于形成一个能够维护世界和平的联盟。来自西部牧场、南部种植园和北部枫树林的孩子们会不会把牛津、约克大教堂和德文郡的村庄看作自己的家乡。英国人是否会懂得，没有肯特郡教区或约克郡纺织村口音不代表没文化，世界上所有的人不可能都为增加英国的出口而奋斗。

多雷姆斯记得，大家普遍认为，没有完全的政治独立，美国就不可能展现出自己独特的价值。然而，在他看来，美国并不如加拿大或澳大利亚独立，蒙特利尔、墨尔本、悉尼和温哥华也没有匹兹堡和堪萨斯城受欢迎。

他告诫自己，不应质疑最初鼓吹这两场美国革命的"激进分子"的智慧，而对于那些特权操纵者，我们不能有一丝心软，并要永远视他们为敌人。那些特权操纵者们和巴兹一副德行，把所有威胁自己机遇的人都称为"危险的煽动者"，坐在椅子上被蚊子叮了一下就会跳起来，然后温文尔雅地吞下一匹骆驼。

通过分析那些被权力和名誉驱使的煽动者和反对暴政的无私勇士们，如威廉·沃克或丹东、约翰·霍华德和威廉·劳埃德·加里森，多雷姆斯发现，一群吵吵闹闹的小偷和一个奋力自卫的诚实人是有区别的。于是，他对洛夫乔伊、加里森、温德尔·菲利普斯、斯陀夫人等废奴主义者愈发敬佩起来。但多雷姆斯的父亲并不赞同这一观点，他说约翰·布朗疯疯癫癫的，还曾向使徒亨利·

沃德·比彻的大理石雕像扔过泥巴,是个危险人物。可现在,在多雷姆斯心里,值得敬畏的只有废奴主义者。尽管他觉得,像史蒂夫·道格拉斯、撒迪厄斯·史蒂夫斯和林肯这样谨慎又追求实际的人并不一定能做得更出色。

"唉,会这样吗,"他叹息道,"会不会有一天,最活跃、最大胆的理想主义者,并不是最伟大的创造者,反而成了人类进步最大的敌人呢?天国审判的结果中,那些只关心自己的平庸之辈,难道要比在群众中来回奔走、锄强扶弱的高尚灵魂更好吗?"

14

我在还是个小男孩的时候便加入了基督教，也有人称它为坎贝尔教会。那个时候乳臭未干，没有什么见解，但是自始至终，我都希望自己有一天能成为光荣的兄弟会的一员，与勇敢的长老会一道，同那些胆小、虚伪、破坏性强而又愚昧的高等批评学战斗；与那些在战时强烈反对战争的卫理公会教徒们一道，永远信奉爱国主义；与那些宽容的浸礼宗教徒、虔诚的基督复临安息日会教徒一道，我想我甚至可以与一神论者好好相处，因为伟大的行政长官威廉·霍华德·塔夫特和他的妻子也是他们中的一员。

——《决战时刻》贝采利乌斯·温德里普

正经来说，多雷姆斯加入了普救教会，而他的妻子和孩子加入了圣公会——这其实是一个美国人正常的转变。多雷姆斯从小就崇拜普遍主义者圣·奥古斯丁，后者曾在佛蒙特州巴纳德的小牧师住宅里宣称，即使最邪恶的人，死后也还会有一次救赎的机会。而现在，多雷姆斯几乎不怎么去比乌拉堡普救教堂了。他有太多关于牧师父亲的回忆，每当看到从前那些教堂会众每周日早晨在松木长椅上摆弄着他们浓密的胡须，他们的老婆和孩子排队站在德高望重的男长者旁边，但到最后人越来越少，只剩下老年寡妇、农民和一些教师时，多雷姆斯都会感到十分沮丧。

循着这些回忆，多雷姆斯冒险去了那里。教堂由花岗岩建成，低矮阴暗，窗户上方的彩色石板拱门并没有给它带来特别的活力，但在小时候，多雷姆斯就认为教堂和它那被锯断的塔楼是沙特尔的高级建筑。他喜欢这里，就像他在以赛亚学院时喜欢图书馆一样，因为这里看起来像一只蹲着的红砖蟾蜍，对他来说意味着精神上的自由——也可以说是一个地下阅览室，在那里，人们可以与世隔绝几个小时，永远不会被唠叨着去吃晚饭。

有一次，他去普救教堂，一位“代理牧师”（来自波士顿的神学学生）正向三十名散乱的信徒发表演说，说到耶罗波安之子亚比雅的病时，他单调地高喊着自己那些充满善意、惊恐又略带剽窃的话。多雷姆斯看到教堂的墙壁涂上了一层刺眼的绿色，非常朴素，没有一点儿罪恶的装饰。这时，他听到了牧师犹豫着小声说道：

“现在，呃，现在我们很多人没有意识到，我们，呃，我们自己可能犯下了天大的罪恶，这些罪恶没有在我们自己身上反映出来，而是反映在我们，呃，反映在与我们亲密的那些人身上——”

多雷姆斯渴望去做一次布道。如果可以，他会不惜一切代价，就算这非常荒谬，他也会重新鼓起勇气，充满激情地布道，以寻求一些安慰。但他发现，他几天前谴责的十字军领袖、神职人员或政界人士所拥有的不合理的权力依然存在，真是既震惊又愤怒。

可以说很遗憾了。他在大学时就明白，以后的生活没有教会的精神慰藉了。

也许还有别的办法，首先他要尝试一下别的宗教仪式，是他朋友的仪式，随军牧师巴克·泰特斯有时叫这个朋友法尔克先生。

圣克利斯宾体育教堂里有一本圣公会教义[①]，还有仿制英式纪念铜器、仿制凯尔特字体、铜雕书桌和灰褐色地毯。在这里，多雷姆斯听法尔克先生说：“创造我们主耶稣基督的全能上帝啊，我们主不希望任何一个罪人死，而是让他远离邪恶，得以存活；还希望将权柄和诫命赐给他的大臣们，向他的子民们宣告，只有悔过自新，才能减轻或赦免他们的罪行。”

多雷姆斯瞥了一眼他平静而虔诚的妻子艾玛。这个愉快又熟悉的古老仪式现在对他来说似乎毫无意义，因为巴兹·温德里普和他的后备民兵威胁下的生活已经远去，也因为没有任何安慰能够弥补一个美国人所失去的对于过去的深深自豪感。对他来说，这只不过是一个同样愉快又熟悉的伊丽莎白戏剧舞台的重现。因此，他紧张地四处张望。不管法尔克先生本人多么高尚，大多数的

① 圣公会信仰最基本的四大纲要，即1920年普世圣公宗兰柏会议定的“兰柏四规”。

会众仍仅像约克郡布丁①。对他们来说，英国国教既没有纽曼②那种满怀抱负的谦卑，也没有布朗主教那种人道（尽管最后都被丢弃了！），而是一个拥有十二辆甚至更多凯迪拉克以及祖传的游览马车、一匹体面老马的基督教会。这就是繁荣的标志和证明。

整个地方闻起来都是烂松饼的味道。克劳利夫人戴着白手套，胸上紧别着一束晚香玉，对于克劳利夫人来说，即使在1936年，她也不能露出胸部。弗朗西斯·塔斯布鲁穿着一件晨衣和一条条纹裤子，他旁边的淡紫色长椅垫子上有一顶丝绸礼帽（在比乌拉堡是独一无二的）。甚至多雷姆斯的妻子，美丽的艾玛，也表现出一种学究式的优越善良的表情，这让多雷姆斯很恼火。

“整件衣服让我窒息！”他大声说道，“我宁愿去一个大喊大叫的圣滚者。③狂欢会，不对，那是巴兹·温德里普式的丛林狂欢。可以的话，我想要一个比丛林还有亨利八世国王牧师还要好的教堂。洛琳达很虔诚，但她从不去教堂，我终于知道为什么了。”

在十二月一个晴朗的下午，洛琳达·派克正在比乌拉谷酒馆的休息室里缝补茶布。酒馆坐落在河上游五英里处，当然这不是一家小酒馆，而是一家高级寄宿制酒馆，有十二间客房，餐厅里有一间极富艺术气息的茶馆。虽然多雷姆斯对洛琳达情有独钟，但他一看到餐厅里的僧伽罗人④黄铜手指碗、北卡罗来纳州餐桌垫和意大利烟灰缸摆在餐桌上出售就非常恼火。但他不得不承认，茶很香醇，司康饼很清淡，斯提耳顿奶酪很充足，洛琳达的私人朗姆酒让人垂涎欲滴，并且洛琳达聪明又可爱——尤其是在这个灰暗的下午，她不在意其他客人，也不在意突然出现的虫子，而是把虫子当作她的合伙人尼珀先生。尼珀先生的想法很独特，他认为自己给酒店投资了几千英镑，就不应该再有什么工作或责任，也不应该只得到一半的利润。

多雷姆斯一路冲了进来，拍了拍雪，喘了口气，试图从比乌拉堡过来一路打滑的颤抖中恢复过来。洛琳达漫不经心地点了点头，把一根棍子扔在壁炉上，只说了一句：“喂，恶心死了！”然后继续做着她缝补的活儿。

---

① 约克郡布丁（Yorkshire pudding），烤牛肉的配菜。

② 纽曼，即 John Henry Newman（1801～1890），英国作家。

③ 圣滚者（Holy Roller），美国一个宗教派别 pentecostalist movement 的绰号，因其信徒在狂热时往往在地上打滚而得名。

④ 僧伽罗人，南亚斯里兰卡人口占多数的民族，大多信奉佛教。“僧伽罗”（Sinhalese）一词源于梵文，意为“狮子”。

“呃——太糟了!”

但是他们坐在壁炉的两边时,没有微笑,开始眼神交流。

洛琳达沉思道:“好吧,亲爱的,肯定糟糕极了。我猜温德里普团队和安妮·哈钦森还有唯信仰主义派会让妇女的斗争回到十七世纪。”

“没错。让妇女再次回归厨房。”

“即使你没有这样做!”

“有比我们还倒霉的吗?有没有注意到,温德里普从未在他的信仰文章中提及言论自由和新闻自由。放心吧,他如果心里有这些想法,就会坚强而真诚地站出来!”

“是这样没错。喝茶吗,亲爱的?”

“不,琳达,我想在巴兹就职后,趁我还没被逮捕,带着家人偷偷溜到加拿大,真是该死!”

“不,你不能这样做。必须让所有的新闻记者继续曝光他,不能就这样算了,留给我们这个烂摊子。再说了,没有你我怎么办?”洛琳达第一次说话让人听起来非常急促不安。

“如果我不在你身边,你就没有那么可疑了。但我觉得你是对的,他们不给我台阶下我就不能走。不过接下来我要消失,我一把老骨头,不能去坐牢啊。”

“希望不要老到不能做爱!这对一个女孩来说太痛苦了!”

“没有人会那样。小孩才不能做爱!不管怎样,我会留下来,就留一段时间。”

多雷姆斯突然从洛琳达那里得到了他在教堂里所追求的坚定感。就算有些事永远都做不成,他也会继续努力去做,只是为了满足自己的信念。然而,这就意味着他再也不能躲在象牙塔里了,但他还是感到无比的坚强和快乐。接着洛琳达的话粗鲁地打扰了正在沉思的他:

“艾玛对政治形势有何看法?”

“不知道她有什么想法!昨晚,她听到了我的大叫声,接着就在收银机里听到了沃尔特·特罗布里奇的警告,你听了吗?她当时说:‘天呐,太可怕了!’转眼就忘了,又去担心快要烧焦的锅!她能这样其实很好!好吧,她也许能让我冷静下来,让我不至于完全变成神经病!也许这就是我一直那么喜欢她的原因吧。不过,我一直希望和你在一起,成为大家公认的终身伴侣,也希望在即将到来的新冰河时代,我们可以一起战斗,在世界上闪烁着一些微弱的光芒,真是够傻的。这是我一直以来的愿望。现在,就算有再多需要思考的事情,我都想亲吻你。”

“这是什么奇怪的庆祝方式吗?”

“是的！听着,琳达,在蒙特利尔酒店的那晚,我们似乎都没有感到任何内疚和尴尬,就这样坐下来悠闲地聊天。你停下来想一想,这一切太奇怪了!”

“不,亲爱的。这一点也不奇怪,一切都很自然,就这样非常好!”

“但我们都是有责任心的人——”

“当然,所以才没人怀疑我们,甚至是艾玛。谢天谢地,她没有怀疑我们。多雷姆斯！我不会做任何伤害她的事,就算你喜欢我!

“太讨厌了!”

“就算有一天你被怀疑了,那也都是你自己的错。大家都知道,你有时酗酒,玩扑克,喜欢‘辣妹’。但谁能想到,当地有些女怪人、女权主义者、和平主义者、反审查主义者,甚至是简·亚当斯和布洛尔修女的朋友,都可能是放荡的人,是知识分子,或是不流血的改革者！天呐,我认识这么多的女性鼓动者,她们都备着卡丽民族的小斧头,拿着不太大的统计表,她们的热情是任何一个穿着雪纺长裙的小老婆的十倍,热情到让人难以忍受的地步!”

有那么一会儿,他们用眼神互相拥抱,友好、平常、无忧无虑。

多雷姆斯烦躁地说:“我一直在想你,想和你在一起,但我也在想艾玛,我甚至没有那种优秀小说家式的自尊心,陷入了混沌之中,内疚到无法忍受。没错,一切看起来都很自然,亲爱的琳达!”

他不安地走到窗前,每走一步就回头看她一下。现在已是黄昏,路上在冒着烟火。他看似漫不经心地望着外面,却又非常专注。

“真奇怪。马路对面的那大灌木丛后面,大概是紫丁香灌木丛,站着一个人,在看这个地方。每当有车开过来时,我都能在前灯的照明下看见他。他可能是我的雇工,奥斯卡·莱杜-沙德。”说着,他开始拉扯那红白相间的窗帘,红色看起来让人十分欢快。

“不！不！别拉窗帘！对面那个人会起疑心的。”

“没错。他在那里看着我,如果真的是我的雇工,那就有趣了。他现在应该在我家照看炉子,他只在冬天为我工作,每天工作几个小时,其余时间在窗扇厂工作,但我觉得他应该只是想敲诈我一下。好吧,只要他想,他可以把他今天看到的一切传到任何人的耳朵里!”

“只是他今天看到的这些?”

“任何一天！任何事情！我真是太骄傲了,像我这样的老抹布,比你大二十岁，还能做你的爱人！"

他很骄傲，但一直没有忘记选举后在前廊上发现的那个用红粉笔写的警告。还没来得及想明白，门就砰的一声开了，他的女儿茜茜走了进来。

"哇哦，哇哦，哇哦！早上好，吉夫斯[①]！洛琳达小姐，我四处闲逛的老庄园里的人都好吗？嗨，父亲。哇，这喝的不是鸡尾酒，而是青春啊！天呐，这里太冷了！给我杯茶，琳达，我的好琳达，我要喝茶！"

他们喝着茶，完全像一个家庭。"父亲，跟我回家吧。"他们正准备离开时茜茜说。

"好的。不，等一下！洛琳达，借我一支手电筒。"

多雷姆斯出了门，迅速穿过马路，心中充满了对茜茜的愤怒。不过他找到了沙德·莱杜，这个人正在灌木丛后面，靠在他的摩托车上。

沙德吓了一跳，上次在第五大道遇见交警时的轻蔑和专横消失不见。多雷姆斯严厉地说："你在这里干什么？"他跌跌撞撞地回答："哦，我只是——我的摩托车出了点问题。"

"你现在不应该在家照看炉子吗，沙德？"

"是的，我想我的车现在修好了，我要回去了。"

"等等，我女儿要开车送我回家，你可以把摩托车放在我的车后面，然后把车开回去。"（不知为何，他必须和茜茜单独说一些话，尽管他不知道自己要说什么）

"她？胡扯！茜茜不能开车！她那么愚钝！"

"莱杜！茜茜小姐是一位非常好的司机，至少我很满意，如果你真的觉得她不太符合你的标准——"

"她开车对我一点影响都没有！晚安！"

多雷姆斯又走过这条路，自责道："我简直太幼稚了，竟然还像个绅士一样跟他说话！现在我真想杀了他！"

他在门口跟茜茜说："正好沙德来了，摩托车也坏了，我让他把我的克莱斯勒开走，我和你一起开车回去。"

"好的！你们简直是六个头发灰白的大男孩，这周坐我的车吧。"

"我——我是说，最好是我开车，今晚路面很滑。"

---

① 吉夫斯(Jeeves)，美国作家 P.G.沃德豪斯(P.G.Wodehouse，1881～1975)所著小说中人物，现用来指理想的男仆。

“不会害了你的！为什么不让我开车？我的父母好傻，我的开车技术是最好的——”

“你不能开车！太疯狂了，就这样！上车！我来开车，听见没有？晚安，洛琳达。”

“好吧，最亲爱的父亲。”茜茜顽皮地说，这突然的态度转变让他两腿发软。

不过，他可以保证，茜茜这种变来变去的态度，就和那些靠汽油生活的乡下男孩女孩一样，只不过是在模仿纽约那些漂亮的妓女而已，最多一两年就不会这样了。也许喜欢喋喋不休的这一代人需要经历一场轰轰烈烈的革命，经历革命带来的所有痛苦才能变得成熟。

“天呐，我知道开车需要小心点，但你一定要谨慎得像蜗牛一样慢吗？”茜茜说。

“蜗牛不会打滑的。”

“不，它们会被碾过去，比打滑还惨！”

“这样说来，你父亲就像块石头一样顽固不化！”

“呃，我没说——”

“好吧，也许你父亲这样做看起来就是块石头，但也有好处。好吧，我在想，年轻人总是冒险、大胆又新潮，上了年纪的人却谨慎又保守，我们是不是与社会脱节了呢？看看年轻的纳粹分子，看看他们是如何热衷于打击共产党的。再看看几乎所有大学班级——学生们与老师对着干，就因为老师是一个破坏传统的人，会嘲笑神圣的家乡理念。今天下午我一直在想这些事，我想着想着，就开车来到了这里——”

“父亲，我问你，你经常去洛琳达家吗？”

“为什么——为什么这样说呢？不经常去。怎么？”

“你们为什么不——你们两个在害怕什么呢？你们两个可是狂野的改革者，你和洛琳达是一对儿啊。你们为什么不——就是——为什么不在一起呢？”

“万能的上帝啊！塞西莉亚！听听这是一个正派女孩该说的话吗？”

“啊？难道不是吗？父亲！对不起！我想错了！”

“天呐，一个表面上忠心耿耿的女儿竟然暗示她父亲辜负她的母亲，这很不正常！特别是像你母亲这样的好女人！”

“是吗？好吧，可能是的，把这种建议大声地说出来可能很不正常。但我很好奇，当许多别的小姑娘看到自己最爱的父母感情变质的时候，她们会不会也有这种奇怪的想法呢？”

“茜茜——”

“嘿,小心那个电话杆!”

“放轻松,我离它远着呢!现在你听我说,茜茜,你太任性了。是任性还是人性?管它呢,我总是搞不清这两个词。这是很严肃的事,洛琳达和我在一起真的太可笑了,我从来没听到过这种荒谬的建议。宝贝,这种事情可不能随便乱说!”

“天呐,我不会的!对不起,父亲。我的意思是,我当然不会让任何人伤害母亲,就连洛琳达和你也不能。但是,天呐,她做梦也梦不到这样的事。你可以吃你的馅饼,她不会贪图你的一分一毫。母亲的精神不是,呃,精神不太受性的控制,如果用你的话来说,她更适合与新型真空吸尘器打交道,我的意思你应该懂吧,就是弗洛伊德时期!其实她很好,只是不太善于分析事情,而且——”

“等等,这就是你的道德观吗?”

“啊?天呐,为什么不能这样想呢?有一段美好的时光,会让你的生活再次充满力量,但又不会伤害任何人的感情,这就是我的另一个道德观念!”

“茜茜!你知道自己在说什么吗?或者有没有认真思考自己说的话?当然,也许我应该说对不起,因为我害怕和你谈‘性’,所以疏忽了对你的教育,但是我,我想你的母亲,也没有教你很多关于‘性’的知识,而且——”

“谢天谢地!你饶了我这朵可爱的小花吧,隔壁床上那勇敢纯洁的姑娘和硬汉的关系简直令人震惊,不好意思,我说的是下一个情节。我很高兴你饶了我,看在上帝的分上!我当然不想每次看到花园就脸红!”

“茜茜!孩子!拜托!你不能这么儿戏!这些都是很严肃的事情——”

茜茜忏悔地说:“我知道,父亲,对不起。只是,我看到你这么可怜的时候有多难过,你知道吗?这个可恶的温德里普,‘被遗忘者男人联盟’的事已经把你打趴下了,不是吗?如果你要和他们战斗,你必须重新振作起来——脱下蕾丝手套,戴上铜指铠甲——我有种预感洛琳达可能会帮你,只有她会帮你。嗨!她看起来很高尚,都是装的!(还记得巴克·泰特斯以前喜欢的那句老话吗?——‘如果你要救堕落的女人,就救我吧!’哦,这样不好。我想我们都不喜欢这句话!)但不管怎样,我们的洛琳达有一双饱含泪水与渴望的眼睛——”

“不可能!不可能的!等一下,茜茜!你对这些事了解多少?你是处女吗?”

“父亲!你就想问这个?好吧,好像是我在问这个问题。答案是,目前为止我还是处女,但以后是不是就不一定了。现在我想说的是,如果这个国家的情况真的像你所说的那样糟糕,朱利安·法尔克即将投入战争、坐牢或受到其他类似的威胁,我绝对不会因为少女要矜持稳重而放弃和他进一步发展,你最好做好思想准备!”

“现在是朱利安?不是马尔科姆了?”

“是的,我讨厌马尔科姆。他已经准备好去当兵了,马上就要以上校的身份和温德里普的木头士兵们朝夕相处了。我很喜欢朱利安!虽然他的灵魂有时超级固执又不切实际,跟他的祖父一样,跟你也很像!但他很可爱。昨晚我们坐着聊天到接近两点,谈话低沉柔和,十分愉快。”

“茜茜!但你不能——天呐,我的宝贝!朱利安也许还不错,还算不错,但你,你没有和朱利安发生任何关系吧?”

“亲爱的老古董父亲!好像有什么能比一个好好的一万马力的热吻更亲昵似的!但是亲爱的,这你就不用担心了。有几次深夜,在我们的客厅里,我是和朱利安睡在一起的——嗯,我们一起睡过了!”

“我很高兴你能跟我说这些,但是,你表面上看起来,也许只是表面上,关于各种敏感问题的表现让我有点尴尬。”

“你听我说!这是你应该主动和我谈的话题,而不是我主动找你说,杰瑟普先生!看来这个国家,还有世界上大多数地方——现在我是认真的,父亲,非常认真,天佑我们所有人!——看来我们又回到了野蛮时代。这是战争!时间很紧,没有时间羞怯和谦虚,就像一个基层医院护士带伤员进来救治那样火烧眉毛。漂亮的姑娘们　　她们已经不在了!你们现在要找的是洛琳达和我,对吧——是不是——不是吗?”

“也许,也许是吧。”多雷姆斯叹了口气,沮丧地看着洪水上涨,淹没了他脚下熟悉的世界。

他们把车开进杰瑟普的车道,这时沙德·莱杜正要离开车库。

“快进屋去,好吗?”多雷姆斯对女儿说。

“当然,但是你要小心,父亲!”她不再是多雷姆斯的小女孩,需要被保护,戴着淡蓝色的丝带,当她试图以成年人的方式炫耀时,她偷偷地笑了。她突然成了一个可靠的同志,就像洛琳达一样。

多雷姆斯目光坚定地从车里出来,平静地说:

“沙德!”

“啊?”

“你把车钥匙拿到厨房去了吗?”

“嗯？没有，我应该把它忘在车里了。”

“我说了一百次了，要把它放在车里。”

“是吗？对了，你觉得塞西莉亚小姐开车怎么样？祝你跟派克老太太交谈愉快。”

他明目张胆地嘲笑多雷姆斯。

“莱杜，我想现在就把你炒了！”

“好！就这样吧！没问题，老板！我只想告诉你，我们正在比乌拉堡组建‘被遗忘者男人联盟’的第二分盟，我将担任部长。他们付的工钱不多——只有你付我的两倍而已——很吝啬——但这份工作有政治意义。晚安！”

后来，多雷姆斯想起时感到很遗憾，尽管沙德作为码头工人笨手笨脚的，但他在佛蒙特州的红色校舍里已经看过精密的剧本了，并且对人物形象了如指掌，这样一来，也许他能保住这个名为部长的虚职。太糟糕了！

两周后，沙德作为联盟秘书写信给他，要求向联盟捐款两百美元，多雷姆斯拒绝了，紧接着二十四小时内《每日线人》的发行量开始减少。

15

我还算是个很温和的人，一般在我写作或作演讲时，我的朋友们都很乐意夸我“接地气”。“四海为家，与人为善”是我的座右铭。但我不希望那些记恨我的绅士们认为，当遇到一个很野蛮的社会公害或一个顽固不化的诽谤者时，我不能站起来对抗他们，也不能发声。所以说起我作为一个公民、州参议员和美国参议员与他们进行了十年斗争的时候，就不得不说一下桑弗雷河照明、电力和燃料公司，他们是最卑鄙、最低级、最懦弱的黄毛帮，他们称兄道弟、持枪招摇、投弹、偷选票、伪造账本、行贿、做伪证，他们是无赖的雇主，是卑鄙小人，是骗子，我还要请律师告他们诽谤。他们也曾参加选举，试图做一个诚实的人民公仆，但我最后还是打败了他们，因此我对这些杀人盗窃狂的讨厌和愤怒不仅代表我个人，还代表所有公民。

——《决战时刻》贝采利乌斯·温德里普

1937 年 1 月 6 日星期三，就在温德里普总统就职前两周，他宣布了内阁成员和外交官的任命。

国务卿：李·萨拉森，他的前秘书和新闻代理人，也担任了后备民兵的高级元帅或总司令的职务，后备民兵是一个即将成立的新行军组织。

财政部长：韦伯斯特·R.斯基特，圣路易斯国家银行行长，曾因涉嫌骗取政府所得税而被起诉，但最终被宣布无罪释放。据说在竞选期间，他曾宣称相信巴兹·温德里普是被遗忘者的救世主，这一举动得到了很多人的信服。

战争部长：奥西奥拉·卢瑟恩上校，《托皮卡·阿古斯日报》、《精致商品》和

《新公报》的前任编辑,最近在房地产界名声不小。他在田纳西州担任州长时曾是荣誉职员,这帮助他就任此职位。他一直是温德里普的朋友和竞选伙伴。

保罗·彼得·普朗主教拒绝了战争部长的任命,他在信中称温德里普为"亲爱的朋友、合作者",并声称他真的不想担任任何职务,这让所有人都感到遗憾。后来,库格林神父也拒绝了墨西哥大使的职位,他没有任何信件,只有一封表达隐晦的电报,写着"只晚了六个月",这同样让人感到遗憾。

还有一个全新的内阁职位,那就是教育和公共关系部长。这个职位是否合法,国会暂时不会调查,新职位将由赫克托·麦克戈布林博士担任。

参议员波克伍德担任总检察长一职,且其他所有办公室的就职人员都已安排到位。虽然温德里普关于社会主义过度财富分配的方案很离谱,但大家都知道他是一个明智的人,不会疯狂行事,便都支持他。

据说,温德里普从李·萨拉森那里学到了一个西班牙的习俗,就是把朋友或敌人安排到国外任职,最好是安排在很远的地方任职,以此摆脱令人尴尬的关系,不过多雷姆斯·杰瑟普永远无法证明这个传言的真实性。除此之外,温德里普还任命赫伯特·胡佛为驻巴西大使,后者并不愿意;任命参议员博拉为驻德国大使;任命参议员罗伯特·拉福莱特为菲律宾总督,但遭到拒绝;任命厄普顿·辛克莱、米洛·雷诺和密西西比州参议员比尔博为驻法国和俄罗斯圣詹姆斯法院大使。

厄普顿·辛克莱、米洛·雷诺和密西西比州参议员比尔博关系很好。辛克莱先生知道英国人对他们的政治非常友好,感到非常高兴。他公开竞选独立工党,并发行了一本生动的手册,上面写着"我,厄普顿·辛克莱,证明沃尔特埃利奥特首相、外交部部长安东尼·伊登,海军元帅南希·阿斯特都是骗子,拒绝了我的免费建议。"辛克莱先生还提倡议会禁止穿晚礼服,禁止不用猎枪的猎狐活动,英国国内各界对此产生了极大兴趣。在白金汉宫的正式招待会上,他热情地邀请乔治国王和玛丽女王来加州居住。

米洛·雷诺先生,保险推销员,国家农场假日协会前主席,所有的法国保皇党人都拿他和他的前任本杰明·富兰克林做比较。因为性格直率,他成为巴黎国际社会最受喜爱的人物。巴塞斯·皮伦内斯和里维埃拉,曾被拍到与德特罗佩斯公爵、罗瑟米尔勋爵和鲁道夫·赫斯博士在安提比斯打网球。

参议员比尔博可能是三个人中最好的。

斯大林就塔吉克斯坦落后的土著人文化组织问题征求了他的意见,因为他在密西西比州格莱沙尔通工作时有一些这方面问题的成熟经验。这证明比尔博阁下应邀参加次年 11 月 7 日的莫斯科军事庆典是非常有价值的一件事。届时他将会在同一个展台上与无阶级国家最高级别的代表站在一起，这是一次巨大的胜利。二十万苏军、七千辆坦克、九千架飞机经过后，沃罗希洛夫元帅已晕倒；斯大林检阅完 31.7 万人后，也必须被送回家休养；但直到 62.6 万士兵中的最后一个过去以后，比尔博大使还站在看台上，所有人都向他敬礼，以为他是中国大使。他依然不知疲倦，向他们回礼足足十四分钟，还和他们一起轻声唱着《国际歌》[①]。

不过，后来他没那么受欢迎了，谈到不苟言笑的英美帝国主义流亡苏俄协会时，他用《国际歌》的调子唱着他想说的话：

起来吧，你们这些饿死鬼，
从俄罗斯逃走吧。
他们都是比尔博国家的富人。
上帝保佑美国！

阿德莱德·塔尔·吉米奇夫人在支持温德里普先生完成了激烈的竞选之后，公开表示愤怒，因为在阿拉斯加州诺姆海关工作并没有达到她想要的高度，尽管这个任命确实非常紧急。她要求专门为她设立一个内阁职位，负责家庭科学、儿童福利和反邪恶的事务。她威胁说要把杰斐逊、共和党或共产主义者拉下台，后来听说她在今年四月为一个大制作的电影写剧本，电影名为《希腊之事》(*They Did It in Greece*)。

候选总统任命富兰克林·罗斯福为利比里亚部长，这对罗斯福来说是侮辱，也是自欺欺人的笑话。罗斯福先生的对手们使劲嘲笑他，反对党的报纸也做了一张他难过地坐在草棚里的漫画，草棚上有一个牌子，上面写着一个被划掉的“全国工业发展复兴总署”，随之代替的是“美国”。但罗斯福先生以友好的微笑谢绝了他的任命，这笑话似乎开大了。

根据新宪法第二十修正案的规定，温德里普成为第一个在 1 月 20 日就职的总统，而不是在 3 月 4 日，他的支持者们极力吹嘘这一点。这是天意(虽然，宪法修正案的立法者并不是上帝，而是内布拉斯加州参议员乔治·诺里斯)，并证明了温德里普正在地球上开创一个新的天堂。

就职典礼很混乱。罗斯福总统没有出席，他委婉地说自己病入膏肓，但当

---

① 苏联国歌。

天中午，有人看见他在纽约的一家商店里买园艺方面的书，看上去心情好极了。

一千多名记者、摄影师和广播员报道了就职典礼。波克伍德参议员的二十七名选民，不论男女，都得睡在参议员办公室的地板上，这是布拉登斯堡郊区的一间大厅式卧室，花费三十美元租了两晚。巴西、阿根廷和智利的总统乘坐泛美航空公司的飞机前往就职典礼，日本从西雅图派出了七百名学生乘坐前往就职典礼的专列。

底特律的一家汽车公司向温德里普赠送了一辆豪华轿车，车上有装甲板、防弹玻璃、一个隐藏的镍钢制文件保险箱、一个隐藏的私人酒吧和1670年的马蹄形挂毯制成的软垫。但是巴兹选择乘坐他那辆老旧的哈普莫比尔轿车从家里出发到国会大厦。司机是他的老乡，非常年轻，认为国家正式场合应该穿蓝色的哔叽服，戴红色领带和德比帽。温德里普本人确实戴了一个大礼帽，但他知道，李·萨拉森也知道，甚至是在开幕式游行进行时，一亿三千万普通市民通过广播也知道了，他唯一的一次就职典礼佩戴的大礼帽是从一位纽约共和党代表那里借来的。

但紧紧跟随温德里普的是一支非杰克逊人的士兵护卫队，包括美国军团，还有空前宏伟的后备民兵。他们戴着磨光的银制战壕头盔，由杜威·海克上校带队。只见他身穿猩红色束腰外衣和黄色马裤，头戴金色羽毛头盔。

温德里普曾经看起来畏畏缩缩，有点像百老汇的一个小镇男孩，但他现在在首席大法官（其实大法官非常讨厌温德里普）的主持下庄严地宣誓。这时，他贴近麦克风，大声喊道："我的同胞们，作为美利坚合众国的总统，我要告诉你们，真正的新政即刻就开始了，我们都将享受历史赋予我们的诸多自由，我们有大把时间去实施！谢谢大家！"

这是他担任总统的第一个任务。第二个任务是入住白宫，他穿着长筒袜坐在白宫东厅，冲着李·萨拉森大喊道："这就是我六年来一直想做的事！我敢打赌林肯以前也是这样的！现在让他们来刺杀我吧！"

作为军队总司令，他的第三个任务是，命令后备民兵为无偿正规军，只服从于巴兹、萨拉森元帅和他们自己的军官；政府的武器库立即向他们发放步枪、刺刀、自动手枪和机关枪。当时是下午四点。从下午三点开始，全国各地成群结队的后备民兵都幸灾乐祸地看着手枪，急不可待地想将其握在手里。

第四个任务是第二天早上向国会发出一个特别信息（自1月4日开始，因为1月3日是个星期天），要求国会立即通过一项体现他竞选纲领第十五条的法案，即他应该对立法和执行有完全控制权，最高法院也无权阻止任何他想做的事情。

在联合决议中，辩论不到半小时，国会两院在 1 月 21 日下午三点之前否决了这一要求。当天六点前，总统宣布在“当前危机”下开启军事管制状态，直接命令后备民兵逮捕一百多名国会议员。那些强烈反抗的国会议员被随意指控为“煽动暴乱”，而那些悄无声息的议员则安然无恙。新闻界按捺不住了，李·萨拉森语气温和地向他们解释说，这些后来沉默寡言的小伙子们只是被“不负责任的煽动分子”这个罪名吓到了，他们已经得到了保护。萨拉森没有使用“保护性逮捕”这个词，一旦使用就说明事情并不简单。

资深记者都想不通，这位名义上的国务卿理论上应该是一个有尊严、有极大影响力的人，可以与外国代表交涉，而现在却当上了新闻代理人，甚至成了总统的跟班。

不久后，整个华盛顿，整个美国都发生了骚乱。

正值冬天，不愿妥协的国会议员被关进了地区监狱。为此，在一个傍晚，一群暴徒骂骂咧咧地去找温德里普，想问清楚这件事，因为他们中有很多人投票支持了温德里普的竞选。其中一名被绑架的国会议员是来自乔治亚州的黑人，这是自“提包客”[①]歧视以来第一个担任高级职务的黑皮肤乔治亚州人，所以暴徒中有数百名黑人，他们手里拿着刀和旧手枪。

叛军早已埋伏在监狱周围，他们在机关枪下发现了几个常客、许多警察和一大群后备民兵，接着大笑，称他们是“米老鼠”“小锡兵”和“没断奶的孩子”。民兵们很紧张，紧紧盯着他们的长官和那些假装不害怕的常客。这时暴徒举起了瓶子和死鱼。六名警察拿着枪和夜棍，试图把暴徒的货车推开，但转眼间就被包围了，而那些出头反抗的警察最后被打得面目全非。只听两声枪响，一个民兵倒在监狱的台阶上，另一个可笑地站在那里，手腕不断涌出鲜血。

民兵自言自语道：“为什么会这样，本来他们也不想当士兵，只想开心快乐地行军而已！”他们开始藏制服帽子，想潜入暴徒的队伍。此时，从监狱下窗的一个扩音器里传出了有力的声音，是贝采利乌斯·温德里普总统的声音：

“我在跟我自己的孩子们说话，他们是美国各地的后备民兵！我向你们，只向你们寻求帮助，帮助我让美国再次成为一个骄傲、富饶的国家。我知道你们被人鄙视了，别人以为你们是‘下层阶级’，他们不给你们工作，他们叫你们像个流浪汉一样溜走以寻求解脱，他们命令你们进入肮脏的营地，他们说你们很可

① 提包客(Carpetbagger)，在知名度不高的地区参加竞选因而不受当地欢迎的外来政客。

怜，一点也不好。现在我告诉你们，从昨天中午开始，你们就是这个国家的最高统治者，是贵族，是自由和正义的新美国的建造者。孩子们！我需要你们！帮我吧！帮我就是帮你们自己！要站稳脚跟！任何人都想阻止你，你们的刺刀就是为这些卑贱的人准备的！”

一个机枪手民兵虔诚地听着，稍微松了口气。就在这时，暴徒开始远离步兵，跑着跳在伤员的背上，抢他们的刺刀。伤员们被挤压出鲜血，逃犯们看上去大吃一惊，样子也十分滑稽，因为他们已经乱成一团了！

后备民兵之前还完全没有想到，平时沉闷无聊的刺刀训练会是一个体育项目。如此看来，他们会被安排更多刺刀训练——难道美国总统没有亲自告诉他们每个人，需要认真练习以得到他们的援助吗？

当国会的残余势力冒险前往国会大厦时，他们发现那里被后备民兵严防死守着，梅内克少将正领着一个正规军团在广场上巡逻。

众议院议员和美国副总统、参议院议长佩利·比克罗夫特先生有权宣布会议的法定人数已到场。（如果很多议员在地区监狱里闲逛，逍遥快活，不参加国会，那是谁的错？）两院通过决议，宣布第十五条在“危机”期间暂时生效——这项决议的合法性令人怀疑，但究竟谁来质疑呢？尽管最高法院的人员并没有受到保护性逮捕——只不过是把每个人都关在自己家里，由一队后备民兵负责监视！

保罗·彼得·普朗主教对温德里普的治国行为感到失望（他的朋友后来说）。他抱怨道，温德里普先生还没有打算把基督教友好派纳入“被遗忘者男人联盟”分出来的计划中。自从温德里普赢得大选后，普朗先生就心满意足地放弃了广播，但现在他想再次提醒公众。于是他打电话到他熟悉的芝加哥无线调频电台，经理却告诉他“所有的频道都暂时停播了”，除非得到李·萨拉森办公室的特别许可。（这只是李和他的六百名新助手在过去一周里接手的十六份工作之一）

相当激动人心的是，普朗主教从他印第安纳州波斯波利斯的家驱车前往印第安纳波利斯机场，乘深夜航班前往华盛顿，去斥责他的淘气弟子巴兹，甚至开玩笑打他屁股。

他获准见总统并不是什么难事。事实上，新闻界疯狂地报道，他在白宫待了六个小时，尽管他们并不知道他是否一直和总统在一起。下午三点，有人看见普朗从行政办公室的一个私人入口乘坐出租车离开，只见他脸色苍白，步履蹒跚。

在他住的旅馆前，一伙暴徒用奇怪的、冷淡的、机械的声音喊着：“处死——

呃——唐努萨的敌人温德里普!”十二个后备民兵穿过人群,围住了主教。在军旗的命令下,他们向人群大声吼叫,以便大家都能听到:“你们这些胆小鬼,别碰主教! 主教,跟我们来,我们会保证你的安全!”

当晚,数百万人从收音机里听到官方宣布,为了躲避那些神秘的图谋不轨者,可能是布尔什维克人,普朗主教已被安排住在地区监狱里,以保障他的安全。温德里普总统也发表了一份个人声明,说很高兴能够“把我的朋友、导师保罗·彼得·普朗主教从邪恶煽动者的手中解救出来,没有人比他更让我钦佩和尊敬”。

到目前为止,还没有绝对的新闻审查制度,只是对冒犯政府或后备民兵地方官员的记者实施监禁,情形一片混乱;而那些长期反对温德里普的报纸既没有奉承普朗主教,也没有暗示他斥责了总统并被直接关进了监狱,更没有胡说八道关于“营救”的事。这些小道消息传到了波斯波利斯。

并不是所有的波斯波利斯人都非常爱戴主教,也不是所有的人都认为他是现代圣弗朗西斯,可以用他那辆漂亮的拉萨尔汽车把田野里的小鸟聚集在一起。有邻居暗示说,他非常爱管闲事,喜欢追查走私犯,也乐于帮助草寡妇[①]。但他们为主教感到骄傲,因为主教是他们最好的广告,波斯波利斯商会在通往大街的东门上竖起了一块牌子,上面写着“最伟大的电台明星普朗主教的家乡”。

因此,一位波斯波利斯人往华盛顿发电报,要求释放普朗,恰巧在行政办公室工作的一位信使是波斯波利斯的一个男孩(其实他是一个有色人种,但突然间他成了最受欢迎的那一个,被老同学们深深地记住了),他向市长通风报信,说这些电报是每天从白宫传来的数百条未经答复的电报之一。

随后,波斯波利斯四分之一的市民乘坐专列前往华盛顿“游行”。这是反对派媒体可以在温德里普身上做文章的小炸弹之一,火车上还有来自芝加哥、匹兹堡、巴尔的摩和纽约的数十名高级记者。

火车行驶途中发生了一些奇怪的事情,印第安纳州洛根斯波特的一个民兵拒绝逮捕一群被指控散播叛国言论的天主教修女。萨拉森元帅认为,一定有一个大教训在等着他们。路上有一个从芝加哥派来的民兵营,他们乘坐的是高速卡车,卡车上有逮捕的叛乱连队,每三个人就有一个被枪打死。

波斯波利斯人到达华盛顿时,在联合车站遇见一个民兵准将。他含泪告知他们,可怜的普朗主教对他的印第安纳州同胞的叛国行为感到震惊,从而变得抑郁又疯狂,因此迫于压力必须把他关在圣伊丽莎白政府的精神病院里。

---

① 草寡妇(grass widow),离了婚的女人。

没有人愿意再见到普朗主教，也没有人愿意再提起他。

准将带来了总统本人向波斯波利斯人的问候，并邀请他们留在威拉德，费用由政府承担。只有十二个人接受了邀请，其余的人搭乘最早的一班火车回来，心情欠佳。从那时起，美国的一个小镇上没有一个民兵敢戴着鸭舌帽、穿着深蓝色的外衣出现。

正规军参谋长已被免职，接替他的是埃曼纽尔·库恩少将。多雷姆斯和他的同伴对库恩将军的上任非常失望，因为他们一直听说，甚至全国人民都知道，虽然埃曼纽尔·库恩是一名英勇好战的职业军官，但他更倾向于认为战斗是站在上帝的一边；他慷慨、公正、文武双全，是一个有荣誉感的人，而荣誉感是巴兹·温德里普永远无法理解的一种品质。有传言说，库恩（作为一个肯塔基亚的"北欧人"，一个曾与凯特·卡森和佩里准将并肩作战的人的后裔）认为反犹太主义十分幼稚，他听到新认识的人认为自己比犹太人高贵时，就会生气地吼道："巧了，你有没有注意到我的名字叫埃曼纽尔·库恩，库恩不就是纽约东部某个很熟悉的名字里的败类吗？"

"哦，好吧，我想连库恩将军都觉得，'命令就是命令'。"多雷姆斯叹了口气。

温德里普总统第一次向全国发表的演讲，颇富文采和温情。他解释说，美国信念有一个强大而隐秘的敌人，有人认为是华尔街和苏联的结合体，但在人们发现，他，贝采利乌斯，将要成为总统时，已经计划好了最后一次冲锋。几个月后，一切都会平静下来，但同时危机四伏，在这期间，国家必须"忍受他"。

温德里普回忆起内战期间林肯和斯坦顿的军事独裁统治，当时平民嫌疑人在没有逮捕令的情况下被捕。他暗示说，当他有把柄捏在手里的时候，一切都会变好，再等等，只需要一点耐心等待。最后，他认为这场危机就像消防员从"大火"中救出一个漂亮女孩并把她抬下梯子那样紧迫，为了救她，不管她喜不喜欢被抬下来，也不管她是不是紧张地踢她漂亮的脚踝。

整个国家的人民都笑了。

选民们说："巴兹这张牌很棒，他也许很有能力。"

"只要温德里普兑现了他的承诺，让我一年挣出五千美元，我就应该担心是不是有比什·普朗这样的疯子来捣乱。"沙德·莱杜对家具商查理·贝茨说。

这一切都发生在温德里普就职后的八天内。

16

我不想当总统。相比之下，我更愿意为我支持的普朗主教、特德·比尔博、吉恩·塔尔马吉或其他任何一位有着广泛见解且充满活力的自由主义者尽我的微薄之力。我唯一想做的就是为他们服务。

——《决战时刻》贝采利乌斯·温德里普

和许多单身汉一样，巴克·泰特斯热衷于打猎和骑马，是个讲究的管家，他的农舍是维多利亚时代中期建造的，也很整洁。客厅布置得十分简约，没有多余的东西，只有沉重的橡木椅子、不太精致的桌子、数不尽的历史书籍和探险书籍、传统的布景和巨大的粗石壁炉。烟灰缸是实心陶器和白蜡制的，可以盛一整晚的烟灰。威士忌放在橡木自助餐桌上，有虹吸管，非常显眼，热水壶里常备着碎冰。

然而，如果巴克·泰特斯身上没有印着英国狩猎的红黑色仿制印花，那就太让人失望了。

之前总是对多雷姆斯充满感激的隐士院，现在成了避难所，只有巴克能一个劲儿地谴责温德里普团队和弗朗西斯·塔斯布鲁这种人，而塔斯布鲁二月份还在说："是的，华盛顿那边看起来确实有些手足无措，但这仅仅是因为有太多固执的政客，他们仍然认为自己可以反抗温德里普。无论如何，这样的事情在新英格兰是不可能发生的。"

的确，多雷姆斯在合法的情况下经过乔治亚州的红砖房屋时，听到熟人们懒洋洋地用嘲讽的语气问候彼此，在他看来，首都的疯狂像西藏的地震一样陌生、遥远而又无关紧要。

在《每日线人》上，他不断地批评政府，但言语不是很尖锐。

歇斯底里的情况不会持续很久，耐心点，等着瞧吧，他对读者们这样说。

他并不害怕政府当局，而是打心底里不相信这种暴政能持久下去。想起来简直可笑，即使到了此刻，多雷姆斯还是认为"这种情况不可能在这里发生"。

最令他费解的一件事是，会不会有一个独裁者看上去与狂热的希特勒、打着手势的法西斯分子和戴着圆顶桂冠的恺撒大不相同，且有着与马克·吐温、乔治·艾德、威尔·罗杰斯、阿特莫斯·沃德一样的美国式朴实幽默感。温德里普对待严肃的、让人震惊的对手以及他称之为"暹罗跳蚤追猎"的绝佳训练方法，可能会变得非常滑稽。多雷姆斯感到困惑，如此看来他会不会没有那么危险？

顿时他想起了所有海盗中最残忍的疯子，亨利·摩根先生，这个人竟认为把一个受害者缝在湿漉漉的生皮里，看着他在阳光下缩水是一件非常有趣的事。

巴克和洛琳达对彼此的爱慕之情远不只他们所承认的那些，从他们争吵时的不依不饶就可以看出来。巴克很少读书，因此他对自己读到的东西很认真，而平时勤奋好学的洛琳达喜欢读关于苦恼公主的小说，这让巴克很苦恼。当她轻率地说这些小说是比安东尼·特罗洛普或托马斯·哈代更好的人生指导书籍时，巴克冲她吼了一声。出于无力，他紧张地填补管道，拿它们往石头壁炉架上撞。但他（还有沙德·莱杜！）早就猜到了多雷姆斯和洛琳达之间的关系。多雷姆斯比他大十岁，这个头发凌乱的樵夫，整天像个受挫的老处女一样焦虑不堪。

对多雷姆斯和洛琳达来说，巴克那间杂草丛生的小屋成了他们的避难所。二月底，也就是温德里普当选后五周左右，他们非常需要这间小屋。

尽管罢工和暴乱在全国各地盛行，但温德里普在华盛顿依然具有权力，这些罢工和暴乱都是由后备民兵暴力镇压的。最高法院最慷慨的四名法官辞职了，取而代之的竟然是无名律师，只知道他们直呼温德里普总统的大名。一些国会议员仍在哥伦比亚地区监狱接受"保护"；其他人看到理性女神发出的耀眼光芒永远照耀着他们，高兴地返回了国会大厦。后备民兵愈发忠诚——他们仍然是无偿的志愿者，但其"消费账单"远远高于正规军的工资。在美国历史上，还从来没有总统的追随者有如此待遇；除了一些政治工作外，剩下要做的就是一些有名无实的工作；国会调查也越来越悄无声息，合同的正式发包人与所有承包商都愉快地达成了协议……一位钢铁行业的资深说客抱怨称，自己的"狩猎”没有什么发挥的余地了——在打击政府的采购代理商方面,你不仅得到允许而且被寄予厚望。

政府宣传说,总统突然命令结束各州的独立治理,将全国划分为八个“省”,而现在看来这一计划行不通。因此,温德里普宣称,要通过减少州长和州官员的数量来节约开支,而温德里普的敌人则称,最好能让温德里普召集他的私人军队控制国家。

新的“东北省”包括穿过奥西宁的一条线以北的整个纽约州,以及除了康涅狄格州海岸的狭长地带,远至纽黑文以外的整个新英格兰地区。多雷姆斯承认,这一划分合理而均匀,更合理的似乎是以城市和工业为中心的“大都会省”划分方式,包括大纽约州、直到奥西宁的韦斯特切斯特县、长岛、依赖纽约市的康涅狄格州、新泽西州、北特拉华州,包括雷丁和斯克兰顿的宾夕法尼亚州。

每个省被划分为若干个区,每个区被划分为标有字母代号的县,每个县又被划分为乡镇和城市,就算这些城镇的老名字也会危及温德里普总统,因为它们具有传统魅力,容易引起人们对光荣历史的回忆。有传言说,下一步,政府甚至会改变城镇的名称,他们已经开始想把纽约称为“贝采利安”,把旧金山称为“圣萨拉森”。也许这就是些流言蜚语吧。

东北省的六个区是:第一区,上纽约州以西,包括锡拉丘兹;第二区,纽约以东;第三区,佛蒙特州和新罕布什尔州;第四区,缅因州;第五区,马萨诸塞州;第六区,罗德岛和康涅狄格州未开垦的部分。

第三区,多雷姆斯·杰瑟普所在的区,被划分为四个县,包括佛蒙特州南部和北部、新罕布什尔州南部和北部,首府是汉诺威。区长只是把达特茅斯的学生赶出去,并把大学的教学楼变成他的办公楼,这得到了阿默斯特、威廉姆斯和耶鲁的大力支持。

所以多雷姆斯现在的住址是东北省,第三区,B县,比乌拉镇。在他之上有一个省长、一个区长、一个县长、一个主管比乌拉镇的代理县长,以及所有附属的后备民兵警卫和紧急军事法官。

对于在任何一个州居住超过十年的公民而言,比起对美国国会和最高法院的打击,他们更加痛恨自己所在的州丧失了州的身份。其实,他们对这件事的怨恨源于:一月、二月和三月的大半过去了,他们仍然没有收到每人五千美元(或者也许是一万美元)的政府礼物,只收到了华盛顿发出的振奋人心的公告,大意是“资本税委员会”正在举行会议商讨此事。

维吉尼亚人的祖先曾与李并肩作战,他们大声喊道,如果他们放弃神圣的州名，只在一个由十一个南部州组成的行政单位中形成一个任意的部分，那他们就罪不可恕。旧金山居民之前认为住在洛杉矶的人比迈阿密的还要惨，但现在他们才是该痛哭的那一个，因为加利福尼亚州被分割了，北部与俄勒冈州、内华达州和其他地区合并为“山太平洋省”，而南加州则与亚利桑那州、新墨西哥州、得克萨斯州、俄克拉荷马州和夏威夷州一起被分到西南省份。有趣的是，这个西南省份宣称“美国可能时不时会发现有必要接管墨西哥所有地区，以防墨西哥臭名昭著的背叛和犹太人的阴谋”。这是巴兹·温德里普对未来愿景的一些暗示。

多雷姆斯叹息道：“在为其他国家的未来保驾护航方面，李·萨拉森甚至比希特勒和阿尔弗雷德·罗森博格更加慷慨。”

东北省包括上纽约州和新英格兰，省长是杜威·海克上校，他还是士兵、律师、政治家、飞行员，是温德里普布局的所有卫星中最冷血、最傲慢的一个，但在竞选期间，矿工和渔民却非常支持他。他是一只强壮的飞鹰，喜欢吃血腥的肉。第三区包括佛蒙特州和新罕布什尔州，区长是约翰·沙利文·里克，他是最闷的老古董、最软的气袋、新英格兰北部最温顺的机器政治家，对此多雷姆斯既愤怒又觉得好笑。一位共和党前州长，在温德里普的爱国主义的洗脑下，非常开心地成了一名联盟成员。

从来没有人反抗约翰·沙利文·里克，就算他当州长时也是这样。最穷困乡下的代表在州长家（有十二个房间，屋顶漏水）叫他“小约翰”，年轻无知的记者会对他大喊道：“那么，你今天要发什么新闻，前州长？”

里克区长召集区内所有编辑在达特茅斯图书馆的新牧师宿舍与他会面，并获得了宝贵的特权信息——关于温德里普总统及其下属行政长官们对新闻界人士的敬仰程度。

在他去汉诺威参加记者招待会之前，多雷姆斯收到了茜茜写的一首“诗”（至少茜茜自己称之为诗），是巴克·泰特斯、洛琳达·派克、朱利安·法尔克和她一起深夜在巴克警卫森严的庄园里作出的诗：

对里克要温顺柔和，
对海克要装模作样。
一首偷偷摸摸，
一首蜿蜒曲折。
海克的鼻子尖尖，

野心勃勃，
但是沙利文·里克——
哦上帝！

“不管怎样，温德里普让每个人有工作了，他还把所有难看的广告牌从公路上撤走了，从而促进旅游业的发展。”所有老编辑，甚至那些怀疑总统做事武断的人都这样说。

多雷姆斯开车去汉诺威时，看到路边有数百个巨大的广告牌，但它们对温德里普进行了吹嘘，下面写着“一家忠诚公司的恭维”和字体非常大的“蒙哥马利香烟”或“琼基尔香皂”广告。在从停车场到前达特茅斯校区短短的几步路上，几个人对他咕哝道：“给我们五分钱喝杯咖啡吧，老板，一家米老鼠公司抢了我的工作，但不会要我，他们说我太老了。”但这可能是莫斯科的宣传。

在汉诺威旅馆的长廊里，军官们躺在躺椅上，而把马刺靴（所有后备民兵组织中都有这个，但组织中并没有骑兵）挂在栏杆上。

多雷姆斯经过一座科学大楼，大楼前面有一堆破碎的实验室玻璃器皿。一个空荡荡的实验室里，一小队后备民兵正在训练。

区长约翰·沙利文·里克在教室里亲切地接待了编辑们。老人们习惯了被尊为先知，焦急地坐在小椅子上，面对着一个身穿后备民兵指挥官制服的胖子。他一边抽着一支与军人身份不符的雪茄，一边挥舞着他那肉乎乎的手打招呼。

里克用了不到一个小时就讲完了大智者要花上五六个小时才能讲完的事情，而听五六个小时的演讲时一般都是花五分钟听演讲，剩下的五个小时则用来从这种无耻腐朽的演讲所引起的恶心中恢复过来。温德里普总统、萨拉森国务卿、海克省长和他本人约翰·沙利文·里克，都被共和党人、杰斐逊人、共产党人、英格兰、纳粹党人以及黄麻和鲱鱼业内的人诋毁过；而政府想要的是，任何一名记者在任何时候——也许是在凌晨三点到七点之间——都可以打电话给本届政府的任何成员，尤其是里克区长，并且“低调地处理一些事情”。

里克阁下随后宣布：“现在，先生们，我荣幸地向你们介绍昨天刚刚选出的四位县长。也许你们每个人都会与你们的县长有些私交，但我希望你们都能非常熟悉这四个人，因为无论他们是谁，他们都和我一样，对新闻界无比钦佩。”

四位县长一个接一个步履蹒跚地走进房间，逐一被介绍给大家。这在多雷姆斯看来十分奇怪：一个饱经风霜的律师因引用莎士比亚和罗伯特·威廉·塞弗斯的名言而出名,而不是因他在陪审团面前的精彩辩护。他是个秃头,头上仅剩一缕褪色生锈的头发,但他给你的感觉是,如果他有权力,那他将拥有1890年悲剧演员的飘飘秀发。

第二位县长是以袭击路障而闻名的战斗牧师。

第三位是一个相当腼腆的工人、一个真正的无产阶级,对于自己能站在那里连他本人似乎都感到非常惊讶。(一个月后,一个通政治、喜素食、非常受欢迎的整骨医生取代了他)

第四位县长走进来,深情地向编辑们鞠了一躬。只见他身材魁梧,穿着军装,看起来很可怕,在后备民兵里分管一个营。听介绍得知,他是佛蒙特州北部的县长,分管多雷姆斯·杰瑟普所在的县,名字为奥斯卡·莱杜,以前叫"沙德"。

里克先生叫他莱杜"上尉"。多雷姆斯记得,在温德里普当选之前,沙德唯一的兵役经历是当远征军列兵,那时他从未踏出集训营一步,所参与的最激烈的战斗就是在喝酒时赢过一位下士。

"杰瑟普先生,"里克先生突然说,"你一定见过莱杜上尉吧,他和你来自同一座美丽的城市。"

"呃……呃……呃。"多雷姆斯说。

"当然,"莱杜上尉说,"我见过老杰瑟普,好吧!他不知道这是怎么回事。他对我们社会运行依赖的经济学一窍不通。他是个酒鬼,但他可不是个坏老头,只要他表现好,我就放他一马!"

"那太好了!"里克先生说。

17

就像你在拼命地工作时，牛排土豆会为你带来治愈一样，在经历困惑和磨难时，《圣经》里的话也会时刻围绕在你身边。如果我的地位曾经高于人民的地位，我希望我的部长们会引用《列王记Ⅱ》[1]中第十八页的第三十一和三十二条："来找我吧，然后你们每个人吃自己葡萄树和无花果树上的果子，喝自己水池里的水，直到我来领你们到一个地方，那里有玉米和酒，有面包和葡萄园，有橄榄油和蜂蜜，它们会让你们得以存活，不至死亡。"

——《决战时刻》贝采利乌斯·温德里普

尽管佛蒙特州的前首都蒙彼利埃和该州最大的城镇伯灵顿声称拥有比乌拉堡的主权，但沙德·莱杜上尉还是将其作为B县的行政中心，B县由佛蒙特州北部之前的九个县组成。洛琳达·派克说沙德与银行家克劳利合伙购买其总部一些废弃旧住宅，从中获得了一些利润；为了更好地炫耀自己，沙德还穿着营领导的制服，衣领上的五角星下面写着"中央委员会"，向曾经跟他打过台球、喝过苹果白兰地的朋友们以及曾经让他修剪草坪的"势利眼"炫耀。多雷姆斯从不知道这一切是否真的如洛琳达·派克所言那般。

除了那些废弃的住所，沙德还接管了整个前苏格兰县法院，并在法官办公室设立了私人办公室。在原有的基础上，只需要扔掉法律书籍，换上一堆电影和侦查犯罪杂志，挂上温德里普、萨拉森、海克和里克的肖像，再安装两把深椅

① 《列王记Ⅱ》(Ⅱ *Kings*)，《圣经》中的篇章。

子，椅子上面装饰着毒绿色长毛绒（订购于老实人查理·贝茨的商店，但贝茨愤怒的是，沙德说如果什么时候需要付钱的话，就让他记在政府的账上），并将法庭的痰盂数量增加了一倍。

沙德在书桌最上面的中间抽屉里放了一张裸体主义者营地的照片、一瓶本笃会的酒、一把44左轮手枪和一根狗鞭子。

根据人口数量的不同，县长手下可以有一个到十几个副县长。多雷姆斯发现沙德头脑十分精明，会选择一些受过教育、有礼貌的人做助理，由“教授”埃米尔·斯托布梅尔担任副县长，负责比乌拉镇，包括比乌拉堡、比乌拉西部和北部、比乌拉中心、特里亚农、何西亚和凯兹梅特等村庄。

沙德没有上阵杀敌而成了一名上尉，正是如此，斯托布梅尔先生（希特勒和其他未出版激情诗的作者）也自然而然地成了一名博士。

多雷姆斯想，也许他对温德里普团队的了解更多是从沙德和斯托布梅尔身上，而非在华盛顿令人困惑的眩光中得到的；因此他才明白巴兹·温德里普、俾斯麦、恺撒、伯里克利就像所有普通人一样，会发痒、消化不良，也会有抱负，但不一样的是，这些英雄中的每一个人都有更高的抱负和更大的杀戮决心。

到六月，后备民兵的人数已经增加到了56.2万，部队现在更愿意征集可靠、爱国的拳击手作为新兵。战争部坦言，不仅给士兵报销“消费账单”，而且根据他们每周的训练任务，支付每周十美元的训练“督察”工资，全职“准将”年薪达九千七百美元，高级元帅李·萨拉森年薪为一万六千美元……好在这都没有影响到履行其他繁重职责的士兵的补偿报酬。

后备民兵的军衔有督察，相当于列兵；班长或下士；骑兵旗手或中士；少尉或中尉；营长，包括上尉、少校和中校；司令官或上校；准将或将军；高级元帅或统帅。一些愤世嫉俗者认为，这些荣誉称号更多地来自救世军，而不是战斗部队，但无论这种卑鄙的嘲笑是否合理，事实却是，一个民兵士兵被叫“督察”远比被叫“列兵”更让人自豪，尽管“督察”在警察界是一个可怕的称号。

由于国民警卫队的所有成员都被鼓励加入后备民兵，所有参加过大战的退伍军人都享有特权，同时战争部长奥西奥拉·卢瑟恩“上校”大方地把正规军军官借给了国务卿萨拉森，让他们在后备民兵担任训练教官，因此这个刚集结的新军队中训练有素的人才不在少数。

根据第一次世界大战的统计数据，李·萨拉森向温德里普总统证明，大学教育，甚至对其他冲突的恐怖情况的研究，并没有削弱学生们的阳刚之气，反而使他们比一般的年轻人更爱国、更狂热、更擅长指挥杀戮。在即将到来的这个秋天，全国几乎所有的大学都将建立自己的后备民兵营，将训练计入毕业学分。这些大学生将被训练成军官。后备民兵官员的另一个重要来源是基督教青年会的体育馆和工商管理班级的成员。

然而，大多数普通士兵都是年轻的农民，他们很高兴有机会进城，随心所欲地开汽车；年轻的工厂员工喜欢身穿制服，享受着指挥老年人穿上工装裤、弯腰驼背在机器上干活的权力；还有很多以前当过罪犯、走私犯、窃贼、劳工敲诈勒索犯的人，因为拥有用枪和皮革救生用具的技能，同时保证五角星的威严彻底改造了他们，所以这些人之前犯过的道德错误被一笔勾销，他们也并被收编在后备民兵暴风部队。

据说，这些犯错误的孩子中有一个爱国的孩子是第一个将温德里普总统称为"首领"的人，这个称呼的意思是元首，或是三 K 党的帝国奇才，或是领袖，或是神秘神殿的皇帝，或是准将，或是大学教练，或是其他任何代表高贵和仁厚的称谓。因此，1937 年 7 月 4 日这一光荣的纪念日里，五十多万名身穿制服的年轻义务警员，分布在关岛到巴尔港、巴罗角到基韦斯特的城镇里，站在游行队伍的休息处，像唱诗班的六翼天使①一样歌唱：

巴兹，巴兹，
向首领致敬，
向他的五角星致敬，
美国永远不会陷入悲伤
时刻准备着，战争必胜。

某些批判精神认为，这一版本的"巴兹，巴兹"合唱，也就是现在后备民兵的官方圣歌，略显粗糙，缺乏升华，需要阿德莱德·塔尔·吉米奇的指导。但人们却无能为力。据说她在中国，组织写连环信②。即使不安笼罩着后备民兵，第二天还是到来了。

萨拉森元帅手下有人注意到，苏联的徽章不是六角星，而是五角星，甚至样子和美国的徽章一样，所以我们根本没有侮辱苏联人。

恐怖无处不在。萨拉森的办公室里传来了严厉的斥责声，不知道挨骂的是哪个第一次犯错的白痴（大家认为是李·萨拉森），萨拉森命令每一个后备民兵

① 六翼天使（Seraph），基督教中级别最高的天使。

② 连环信（Chain letters），寄给数人，要求他们将信件复制后再寄给更多的人，往往承诺可以得到金钱回报。

队员三天内为他提供一个新的徽章。因此后备民兵军营里十分繁忙，充满了电报声、电话声，到处都是信件和标语牌；成千上万的年轻人坐在那里，手里拿着铅笔和尺子，认真画着成千上万颗五角星的替代品，有的三角形里有一个圆圈，有的圆圈里有一个三角形，还有五边形、六边形、阿尔法和欧米伽、老鹰、飞机、箭头、空中爆炸的炸弹、灌木丛中爆炸的炸弹、公山羊、犀牛和约塞米蒂山谷。据传闻，萨拉森元帅手下的一名年轻少将因无法承担错误而痛苦地自杀了。所有人都认为切腹自尽是个好主意，这从某一方面表现出后备民兵的敏感度。人们一直认为这件事是真的，即使后来证实这位少将只是在巴兹西洋双陆棋俱乐部喝醉了酒并谈到了自杀而已。

尽管众人创造出无数个作品，但最后还是伟大的神秘主义者萨拉森自己找到了完美的新标志——轮船的方向盘。

他指出，它不仅象征着国家之船，而且象征着美国工业的车轮、汽车的车轮和方向盘、考夫林神父两年前推出的那个象征着全国社会正义联盟的计划的车轮图，还特别象征着扶轮社的车轮标志。

萨拉森的公告还指出，只要稍加起草处理，说纳粹党的徽章就是个圆圈一点也不牵强。那么三 K 党的徽章又是什么呢？三个 K 不就形成了一个三角形吗？每个人都知道三角形与圆密切相关。

因此在九月，在忠诚日（代替劳动节）的游行中，六翼天使同样挥舞地唱着：

巴兹，巴兹，
向首领致敬，
向神秘的方向盘致敬，
美国永远不会陷入悲伤
我们正保卫着它。

八月中旬，温德里普总统宣布，由于其所有目标都已实现，被遗忘者男人联盟（由一位叫普朗的牧师创立，公告中提到普朗先生只是历史中的一个人）现在解散。所有的老党派也一样，包括民主党、共和党、工农党都解散了。只有一个党派：美国企业国家与爱国党——不解散！总统带着他以前讨人喜欢的幽默补充道："有两个政党，一个是企业党，另外那些根本不属于任何政党，所以用一句俗话来说，就是运气不好！"

萨拉森国务卿的公司国或法人国的概念大概来自意大利。所有职业被分为六类：农业、工业、商业、交通通信业、银行保险投资业，还有一个包括艺术、科学和教学在内的混合类。美国劳工联合会、铁路兄弟会和所有其他劳工组织以及联邦劳工部,都被由个体工人组成的地方财团取代,这些地方财团之上是省级联合会,都是由政府领导的。在每个职业类别中,与它们处于同等地位的是财团和雇主联合会。最后,六个工人联合会和六个雇主联合会合并为六个联合联邦公司,选举出全国公司理事会的二十四名成员,该理事会发起或监督所有与劳动或商业有关的立法。

这个全国理事会有一个常任主席,常任主席拥有决定性的投票权,还有权根据自己意愿规范所有辩论。但是常任主席不是被选举出来的,而是由总统任命的,而第一个担任这个职位的人(在不干涉其他职责的情况下)是国务卿李·萨拉森。为了维护劳动自由,主席有权解雇任何不合理的全国理事会成员。

在联邦惩罚的情况下,所有的罢工和封锁都是被禁止的,这样工人们就可以听取合理的政府代表的意见,而不被无耻的煽动者左右。

温德里普的游击队员称自己为社团主义者[①],或者接地气一点,称自己为"社团",这个绰号的使用率非常高。

那些恶毒的人把社团叫作"尸体"[②],但他们一点也不像尸体。这个描述更适用于他们的敌人。

尽管社团继续承诺向每个家庭发放至少五千美元的礼物,"一旦所需的债券发行资金到位就发放",但对穷人,特别是对因为不满意而出来闹事的穷人的实际管理,是后备民兵的任务。

现在可以肯定地向全世界公布,在贝采利乌斯·温德里普总统的良好统治下,失业现象几乎消失了。几乎所有无业人员都在后备民兵军官的带领下聚集在巨大的劳改营里,他们有妻子和孩子陪着,妻子负责做饭、打扫和修理衣服。这些人不仅在国家项目上工作,而且以每天一美元的合理费率受雇于私人雇主。当然,这也使大多数雇主解雇了那些每天工资超过一美元的人,即使是在乌托邦,人性也是如此自私,后来因为这些工资过高的不满者最终也被迫进入劳改营。

劳改营里的工人每天要用他们的一美元支付七十到九十美分的食宿费。

其中有些不满的声音。因为很多人曾经拥有自己的汽车和浴室,每天可以吃两次肉,但是如今每天要走十到二十英里路,一周只吃两次肉,洗一次澡,还

① 社团主义在历史上是一种政治体制,在这样的体制里,立法的权力交给了由产业、农业和职业团体所派遣的代表,也被称为"经济法西斯主义"。

② 尸体(Corpses)和社团主义者的缩写(Corpos)读音相似。

是和五十个人一起在一个长长的水槽里洗，同一百个人一起睡在一个房间里，每个人有自己的铺位。温德里普击败的对手沃尔特·特罗布里奇是一个纯粹的理性主义者，与他预料的不同，在温德里普这样的统治下并没有那么多反叛，因为每天晚上大喇叭里都会传出温德里普和萨拉森、副总统比克罗夫特、战争部长卢瑟恩、教育和宣传部部长麦克戈布林、库恩将军或其他一些天才和奥运选手的宝贵声音，像朋友一样安抚着这些干着最脏最累工作的社会底层的工人们，告诉他们，他们是新文明的光荣基石，是征服全世界的先驱。

工人们也相信了这个说法，就像拿破仑的士兵一样听话。他们越来越瞧不起犹太人和黑人。民兵们发现，人人都有自己看不起的人，人人都是国王。

政府每周很少提到调查委员会的调查结果，且调查委员会将决定如何向每人骗取五千美元。用后备民兵的手铐回答不满者的问题，比用重复华盛顿的声明来回答更容易。

温德里普的治国政策大部分都实现了，例如通货膨胀。

这一时期的美国，通货膨胀甚至比不上二十世纪二十年代的德国通货膨胀，但也已经足够了。劳改营的工资必须从一美元一天提高到三美元一天，1914年的价值标准中，工人每天的工资相当于六十美分。每个人都从中获利，除了非常穷的人、普通工人、技术工人、小商人、专业人员和靠养老金或存款生活的老夫妇。这些人最后的收入确实受到了一些影响，因为他们的收入减少了三分之一。工人们的工资显然增加了两倍，不过他们看到商店里所有东西的成本都增加了三倍多。

农业是从通货膨胀中获利最多的行业，因为有一种理论认为多变的农作物价格比任何其他东西上涨得都快，但实际上却损失最严重。因为在第一轮外国购买热潮之后，美国产品的进口商发现在如此动荡的市场上交易是不可能的，而美国剩下的那些粮食也完全停止了出口。

普朗主教和温德里普参议员所杀的那条古老的龙，是一笔有意思的大生意。

美元的价值每天都在变化，大企业复杂的成本标记和信用体系变得非常混乱，以至于总裁和销售经理午夜后还坐在办公室里，紧张地出汗，把毛巾都浸湿了。但他们有些许安慰，因为美元贬值意味着他们能够收回所有的债券债务，以旧面值偿还，且以百分之三十的价格还清。随着货币的波动，雇员们不知道他们应该得到多少工资，工会也被取消了，更大的实业家们经历了通货膨胀，他们的实际财富可能是1936年的两倍。

温德里普备受推崇的治国政策中还有两条是消灭黑人和庇护犹太人。

这两个种族中，前者不太受人尊重。有一些可怕的例子，在黑人占大多数的南部县，整个县及其财产都被黑人占领了。他们的领导人声称，这是真的，是继后备民兵屠杀黑人之后发生的。但正如文化部部长麦克戈布林博士所说，整个问题让人听了很不愉快，因此不利于讨论。

在全国各地，温德里普关于犹太人的第九条纲领的真正精神都得到了充分的贯彻。据了解，在种族偏见早期，犹太人被禁止住上等旅馆，但现在禁止被撤销了，仅仅是向他们收取双倍的费用；且犹太人从来没有被禁止从事贸易，只需要贿赂地方长官和检察员，并无条件接受各种商人协会中由盎格鲁—撒克逊人制定的所有条例、工资汇率和价目表。各种各样的犹太人，可悲地经历了欧洲各种偏见之后，在美国找到了一个庇护所，他们常常欣喜若狂。

在比乌拉堡，因为路易斯·罗滕斯顿一直是第一个站出来唱老国歌的人，不论是《星条旗》《迪克西》，还是现在的《巴兹，巴兹》。因为他过去几乎被弗朗西斯·塔斯布鲁和克劳利视为真正的朋友，也因为他经常好心帮沙德·莱杜免费熨烫那条破得面目全非的安息日要穿的裤子，所以他可以保留自己的裁缝店。据说，他会象征性地向后备民兵队员收点辛苦钱，或只收正常价格的四分之一。

但是有一个叫哈里·金德曼的犹太人，因为做枫糖和奶制品机械的代理商赚了不少钱，所以在1936年，他已经为自己的新平房和别克汽车付清最后一期贷款了。他一直被沙德·莱杜称为“一个新鲜的犹太人”，经常嘲笑国旗、教堂，甚至嘲笑扶轮社。现在制造商已经被无条件取消了代理资格。

1937年年中，他在路边卖法兰克福香肠，而他那一直以拥有钢琴和美国松木橱柜而骄傲的妻子，因为在他们后来搬进的油纸棚屋里得了肺炎，已经去世了。

温德里普当选时，美国联邦和地方政府共雇用了八万多名救济行政人员。随着劳改营吸纳了大多数救济人员，这支社会工作者大军，无论是业余人士还是训练有素的专业人士，都陷入了困境。

后备民兵管理劳改营时非常大方，他们每天给救济人员发放与无产阶级同样的工资，食宿费也特别低。但是，有人给更聪明的社会工作者提出了一个更好的建议，即帮助列出这个国家每个家庭和每个未婚人士的名单，包括他们的经济状况、专业能力、军事训练情况，最重要也最巧妙的是，列出他们对后备民兵和所有社团主义者的真实意见。

不少社会工作者愤愤不平地说，这是要他们当间谍，成为美国格别乌[①]的密探。这些人因为各种无关紧要的指控而被送进了监狱，或者后来被送进了集中营——集中营也是监狱，但只是后备民兵专门负责的监狱，不受任何荒谬的老派监狱条例的束缚。

在1937年夏秋之际的混乱中，当地的后备民兵官员们在制定法律时度过了一段愉快的时光。像犹太医生、犹太音乐家、黑人记者、社会主义学院教授、喜欢阅读或化学研究而不愿当后备民兵的年轻人、丈夫被后备民兵带走后就失踪了的怨妇等天生的叛徒和恶棍，在街上越来越容易被殴打或逮捕，而前社团法学家都不知道他们的罪名是什么。

资产阶级反革命分子逐渐逃到了加拿大，正如从前一样，黑人奴隶通过"地下铁路"逃到了自由的北方。

在加拿大、墨西哥、百慕大、牙买加、古巴和欧洲，这些满嘴谎言的红色宣传者开始出版低廉的小杂志，指控社团主义者的凶残恐怖主义，说一伙后备民兵殴打了一名老拉比[②]并抢劫了他；说帕特森市一家小劳工报纸的编辑被绑在印刷机上，后备民兵放火烧了工厂随后离开；还说爱荷华州一位前工农党政客的漂亮女儿被戴着面具的年轻人玷污了。

为了不让这些满嘴谎言的反革命分子偷偷逃跑(其中许多人曾被公认为著名的牧师、律师、医生、作家、前国会议员和前军官，给美国以外的世界留下了一个对社团主义和后备民兵非常恶毒的错误印象)，政府在每一个港口，甚至在可以穿越边境的小道上，把拦截犯罪嫌疑人的警卫人数增加了四倍。在一次突袭行动中，政府把后备民兵暴风部队安排在所有的机场(不分私人还是公共)和飞机制造厂，希望以此关闭空中通道，以防汉奸偷渡。

前参议员沃尔特·特罗布里奇是温德里普在1936年选举中的竞争对手，他是全国最狠毒的反革命分子之一，日夜被十二名后备民兵警卫轮流监视。这样看来这个对手似乎有点危险，毕竟是个怪人，但还不至于是一个顽固的疯子，他若对抗上帝派来治愈美国的强大力量，他自己则会变得很可笑。

特罗布里奇仍然待在南达科达州的一个牧场里，过着平淡无奇的生活。而指挥后备民兵的政府特工(一个受过突击训练的技术过硬的人)报告说，从窃听

---

① 格别乌，苏联的特务组织。

② 拉比(Rabbi)，犹太人的学者。

到的电话和他的公开信中，特罗布里奇发表过最具煽动性的言论莫过于关于种植苜蓿[1]的报道。他身边只有农场工人和一对无知的老夫妇。

华盛顿希望特罗布里奇变得乐观一点。也许他们会任命他为驻英国大使，以代替辛克莱。

7 月 4 日，当后备民兵向首领和五角星致敬时，特罗布里奇举行了一场不同寻常的烟火庆祝活动讨好他的牛仔。整个晚上火箭弹都在燃烧，在自家牧场的四周，还燃着几盆罗马火。特罗布里奇非但没有冷落后备民兵，反而热情地邀请他们帮忙引爆火箭弹，一起喝啤酒，吃香肠。草原上孤独的士兵男孩们很乐意发射火箭!

一架持有加拿大执照、没有灯光的大飞机，在发动机熄火的情况下，朝着火箭照亮的地方飞去，因此卫兵们无法判断它是否已经飞走了，然而飞机绕着罗马火盘旋了一会，迅速降落在牧场。

卫兵们喝完最后一瓶啤酒后感到昏昏欲睡，他们中有三个人在粗糙的草地上打起了盹。

飞行员们随身携带自动手枪，头上戴着飞行头盔，把他们全都包围了，接着用手铐铐住那些还没醒的警卫，扛起其他人，把十二个人都放进了飞机的行李舱里。

袭击者的领队，看模样像个军人，对沃尔特·特罗布里奇说:“准备好了吗，先生?”

“准备好了。把那四个箱子拿走好吗，上校?”

这些箱子里有信件和文件的影印件。

参议员特罗布里奇穿着不规则的工作服，戴着一顶巨大的草帽进入飞行员舱。飞机飞得又高又快，独自朝着北极光飞去。

第二天早上，特罗布里奇仍然穿着工作服，和温尼伯[2]市长在加里堡酒店吃早餐。

两周后，在多伦多，他开始重新出版自己的周刊《民主长矛》。第一期的封面上复制了四个字母，表明在他成为总统之前，贝采利乌斯·温德里普接受了金融家送的超过一百万美元的礼物。对多雷姆斯·杰瑟普来说，对成千上万像

---

① 苜蓿，一种亚洲西南部多年生草本植物，紫花苜蓿。

② 温尼伯(Winnipeg)，加拿大城市。

多雷姆斯·杰瑟普一样的人来说，他们走私了长矛的复制品，尽管拥有长矛可能会被处以死刑（也许没有法律规定，但肯定是有效的条例）。

直到冬天，特罗布里奇的秘密特工才得以在美国工作，特罗布里奇的特工们称这个组织为“新地下组织”，“新地下组织”帮助数千名反革命分子逃往加拿大。

18

我深爱小城镇，因为那里有一种持久的平静，没有人能打破这种平静，即使是来自华盛顿、纽约这些傲慢的大城市的人，即使有些人自认为很聪明。

——《决战时刻》贝采利乌斯·温德里普

多雷姆斯的“观望”策略，与大多数费边主义[①]政策一样，已经没什么用了。尤其是在 1937 年 6 月，当他开车前往北比乌拉参加以赛亚学院四十周年校庆时，这个策略就显得更没用了。

按照惯例，归国的校友们需穿着滑稽的服装。多雷姆斯的班上有人穿水手服，但他们穿着这些看起来充满善意与欢乐的服装，光着头忧郁地四处走动，神情飘忽不定，甚至在三个充满热情的社团成员（当地社团主义委员）看来也是这样。

一个小时后，多雷姆斯见到了他的几个同学，找到了自己熟悉的通信者维克多·洛夫兰。维克多是古典系的老师，一年前，这位老师曾告诉他欧文·皮塞利总统禁止批评军事训练的事。

最好的情况是，洛夫兰偷工减料仿造的安妮·海瑟薇别墅并不是宫殿——以赛亚学院的副教授通常不租宫殿。现在，时髦的客厅里装模作样地堆满了麻布盖着的椅子、卷着的地毯和成箱的书，看上去就像一个垃圾店。洛夫兰和他的妻子、三个孩子以及一个化学实验专家阿诺德·金博士坐在这堆残骸里。

---

① 费边主义（Fabianism），渐进社会主义，是社会主义思潮的一支。

“这些都是什么?”多雷姆斯问。

“我被解雇了。因为太‘激进’了!”洛夫兰咆哮道。

“是的!他最恶毒的攻击是针对格里克诺对赫西奥德使用奥瑞斯特的治疗方法!”他妻子哭着说。

“这是我的报应,因为我从公元300年起就没有对任何事情有过恶毒的言论!我唯一感到羞耻的是,他们竟因为这点事解雇我,而不是因为我告诉我的学生,社团主义者的大部分想法都是抄袭泰比里厄斯的,或者可能因为我曾试图暗杀区长里克!”洛夫兰说。

“那你要去哪呢?”多雷姆斯问道。

“关键就是,我们不知道要去哪里!天呐,先去我父亲家吧,在伯灵顿,一个有着六个房间的集装箱,我父亲还得了糖尿病。但皮塞利校长一直推迟签署我的新合同,并且十天前他刚刚告诉我,我落选了。通知得太晚了,明年我找不到工作了。我一点也不在乎我自己!真的!我很高兴有人能让我承认,作为一名大学教授,我并没有像我梦想的那样,变成任何一个伊拉斯漠[①]青年,激励着高贵的年轻灵魂去梦想纯洁的经典之美。我只是一个普通的员工、一个在经典商品部工作的店员,与学生一起为无聊的顾客服务,像任何一个门卫一样被随意雇用和解雇。你还记得在罗马帝国,教师甚至贵族的导师都是奴隶吗?我想,这在他们克里特人类学理论中有些落后,但我说出这话可能会和其他奴隶一样被勒死。我没有激情了。”

只听一声大叫,化学家金博士打断了他的话:“你肯定有激情啊!为什么没有呢?因为你有三个孩子?为什么没有激情!现在我很幸运!我是半个犹太人,就是巴兹·温德里普和他的朋友希特勒告诉你们的那种又狡猾又鬼鬼祟祟的犹太人。我怀疑一个月前发生的事,所以我也刚被解雇。杰瑟普先生给我安排了一份环球电气公司的工作,他们那里不介意犹太人,只要犹太人在工作中唱歌,并且认为浪费时间的工作对公司来说每年价值一百万美元,就能得到年薪三千五百美元!向我肮脏的研究道别!尽管我确实不想放弃我的研究!天呐,该死!”多雷姆斯认为他心里比洛夫兰更难过。

以赛亚学院院长欧文·皮斯利——奥柏林学院文学硕士、康涅狄格州法学博士的说法却完全不同。

“为什么不,杰瑟普先生!在旧以赛亚,我们绝对相信言论和思想自由。其

---

① 德西德里斯·伊拉斯漠(Desiderius Erasmus,约1469~1536),人文主义者和荷兰学者。

实，我们让洛夫兰走只是因为古典文学系人太多了，我们对希腊语和梵语等学科的需求太少了，你知道，现代人都对定量生物物理和飞机修理等学科感兴趣。但关于金博士——嗯——我们觉得他是在自讨苦吃，他吹嘘自己是犹太人，还有——我们不能谈谈更愉快的话题吗？你知道吗，文化部部长麦克戈布林现在已经完成了对各省区教育局长的任命，还有奥姆布里大学的阿尔梅里克·特劳特教授被提名为我们东北省的省长了。好吧，我还有一件非常激动人心的事要说。特劳特博士是一个多么博学的学者、多么雄辩的演说家啊！你知道日耳曼语中'Almeric'的意思是'高贵的王子'吗？他任命我为佛蒙特—新罕布什尔地区教育局局长！这真的让我高兴到发抖！我希望你是第一个听到这个消息的人，杰瑟普先生，因为局长的主要工作之一就是与报纸编辑合作并通过他们传播正确的社团理想，打击错误理论，这也是一个重要的任务！是的，没错！"

多雷姆斯认为，现在似乎很多人想和编辑们合作。

他注意到皮斯利院长像一个用褪色的灰色法兰绒做的假人，这种法兰绒多用于制作孤儿院的衬裙。

与工业中心相比，在古板的乡村，后备民兵的团体没那么讨喜，但众所周知，仅一个夏天，比乌拉堡就成立了一个后备民兵连队，并在国民警卫队军官和县长莱杜的带领下在军械库里训练。有人还看见莱杜晚上坐在因格特小姐宿舍的豪华新房间里，读着一本武器手册。但多雷姆斯拒绝去看他们，他那个粗俗但野心勃勃的记者"博士"（或者奥蒂斯）伊奇特，兴奋地进来和他聊后备民兵，并想在周六的《每日线人》上发一篇带图片的报道。这时，多雷姆斯不以为然，很是嫌弃。

直到八月他们第一次公开游行，多雷姆斯才看到他们，可他并不高兴。

整个乡村的人都出来了，多雷姆斯能听见他的办公室窗户下有欢笑声和脚步声，但他坚持编辑一篇关于樱桃园肥料的文章，没有往外看，（他很喜欢游行，极富孩子气！）甚至连乐队击鼓的声音都没有把他吸引到窗前。后来，他被资深排字工兼线人的教堂负责人丹·威尔格斯拉起来，丹像一个房子那么高，留着前所未见大胡子。"你得看一看，老板，表演得很棒！"丹恳求道。

在铺满红砖的总统大街和切斯特—亚瑟大街上，多雷姆斯看到一群穿着内战骑兵制服、训练有素的年轻人正对着《每日线人》的办公室，镇上的乐队唱着"我们走在大路上"。年轻人都笑了，他们走得更快，举起了他们的旗帜，上面印有方向盘和后备民兵。

多雷姆斯十岁的时候，在同一条街上看到了共和大军纪念日游行。当时退伍军人平均不到五十岁，有些人只有三十五岁，他们轻松而愉快地向前挥舞着行进，唱着“我们走在大路上”的曲调。因此，如今在1937年，他再次看向葛底斯堡和传教士岭的老兵。他能看见他们——汤姆·维德叔叔，曾经给他做过柳树口哨；老克劳利先生和他矢车菊一样的眼睛；杰克·格林希尔，经常和孩子们玩跳蛙，不久后将死在伊桑河——别人发现他浓密的头发在滴水。多雷姆斯对后备民兵军旗、音乐、勇敢的年轻人感到兴奋，尽管他恨他们游行的目的，也恨沙德·莱杜，更不相信在游行队伍最前面的强壮的骑马者中认出了他。

他现在明白了年轻人为什么参战。“真的，你也这么认为！”他能从音乐中听到沙德的嘲笑声。

就算火山爆发了，美国政客们特有的笨拙式幽默也不会消失。八月下旬，多雷姆斯读到了在大西洋城全国支持者俱乐部大会上进行吟游表演的新闻，他在《每日线人》上讽刺性地大肆宣扬了这一故事。在终结者和对话者[①]的表演方面，财政部部长韦伯斯特·斯基特、战争部长卢瑟恩、教育和公共关系部长麦克戈布林博士都是名人。这是一种旧式的麋鹿俱乐部式幽默，没有被任何关于尊严和国际义务的观念侵蚀，尽管那个怪人李·萨拉森曾被怀疑想引入这种观念。为什么（支持者们惊叹）大男孩们会如此民主，以至于他们甚至取笑自己和社团，实在是太谦逊了！

“我看见你和一位女士一起走在街上，她是谁？”胖乎乎的斯基特部长（化装成一个穿着波点棉布衣服的彩色小女孩）问卢瑟恩部长（戴着黑色的面具和红色的大手套）。

“那不是什么女士，那是沃尔特·特罗布里奇的报纸。”

“啊，别以为我认不出来，伯恩斯先生。”

“呵——你知道的——‘财阀制度’。”

纯粹的乐趣，带着让人稍微有些困惑的微妙，吸引着人们（数百万在电台收听支持者俱乐部节目的人）向他们慷慨的主人更进一步。

但该表演的高潮是麦克戈布林博士敢唱歌来戏弄自己的派系：

巴兹，美酒，生意，多有趣！
这份工作越来越糟，
我离开华盛顿的时候，
要去西伯利亚！

---

① 终结者（end-man），在吟游诗人表演中处于表演者队伍一端的人，与对话者（interlocutor）进行幽默的对话。

多雷姆斯听到过很多关于教育部长的事。后来，在九月底，他听到了一些关于麦克戈布林博士的不太愉快的事情。在他看来，这个故事是这样的：

赫克托·麦克戈布林，这位伟大的外科医生、拳击手、诗人、水手，一直都有很多敌人，在他开始调查学校之后，为了清除学校里任何他不喜欢的老师，他得罪了更多的人，因此一直都有保镖陪同。九月，他在纽约哥伦比亚大学发现了大量的“破坏分子”，这些人反对尼古拉斯·默里·巴特勒校长。校长坚持说他已经清除了所有任性和危险的思想家，特别是医学院的和平主义者。麦克戈布林的两位保镖曾是哲学导师，在各自的大学里一直倍受院长们的敬佩，当然除了喝醉和吵架时。如果有人为荣格辩护，那么其中一个保镖总是会脱下一只鞋，用脚后跟打他们的头。

麦克戈布林博士带着这两个穿着后备民兵营长官制服的人，好像自己是一个准将。在把所有投票支持特罗布里奇的老师踢出哥伦比亚大学之后，他和两个保镖打赌，说自己可以在第五十二街的每个酒吧都喝一杯，还不会晕倒。

十点半，他满怀深情和慈悲，决定给他曾经在斯坦福的敬爱的老师——生物学家威利·施密特博士打电话，这是一个很好的主意。老师曾经是维也纳人，现在在洛克菲勒研究所。施密特博士公寓里的人告诉他老师不在，这时他很生气，愤怒地说：“不在？出去了？你说他不在是什么意思？像那样的老色鬼没权利出去！还是在半夜！他在哪里？我是警察局的！他在哪里？”

施密特博士整晚都和温文尔雅的学者拉比文森特·德韦雷斯博士在一起。

麦克戈布林和一群学识渊博的暴徒去拜访德韦雷斯。路上没发生什么值得注意的事，除了麦克戈布林和出租车司机讨论车费时争吵起来，恨不得把司机赶出去。这三个人在六十年代时快乐地闯进了德韦雷斯博士的住宅，那时他们是最快乐、最有孩子气的。住宅门厅已经够破旧了，低调地展示了好拉比的雨伞和风暴橡胶，如果入侵者看到卧室，他们会觉得这是特拉比斯特派修道士的牢房。但客厅特别长，前后客厅连在一起，一半是博物馆，一半是休息室。房子里有一张贝鲁奇祈祷毯、一个雅各布式的宫廷碗橱、一小箱古版书和一小箱银色的阿拉伯文手稿，麦克戈布林喜欢这些，但见不得别人拥有它们，所以就表现出嗤之以鼻的样子。

“太棒了！你好，博士！那些荷兰人怎么样？抗体研究进展如何？这是尼莫博士和沃兹博士，他们是著名的酒鬼，也是我的好朋友，向你的犹太朋友多多介绍我们啊！”

德韦雷斯很有可能从来没有听说过教育部长麦克戈布林。

那个让入侵者进来的男仆是整个故事最关键的人物,他在客厅门口紧张地徘徊,说麦克戈布林摇摇晃晃地在地毯上滑着,差点摔倒,然后傻笑着招呼他的暴徒朋友们坐下,并要求:“嘿,拉比,来点威士忌怎么样?淡苏格兰威士忌加苏打水。我知道你们这些加昂[1]从来瞧不上任何东西,除非一个弹着扬琴、唱着阿伯拉山之歌的少女手中的冰凉甘露,或者一小口基督教儿童忌献的血,才能入你的眼。哈哈,拉比,开个玩笑,我知道《犹太人贤士议定书》[2]都是胡说八道的,但吹嘘得很厉害。我是说,我们不是犹太人,给我们拿点真正的烈酒好吗?”

施密特博士开始抗议了。拉比梳理着白胡子,让施密特安静下来,同时挥了挥他那皱皱巴巴的手,示意等候的男仆端来威士忌和虹吸管,虽然男仆一脸不情愿。

三位文化人在倒苏打水之前几乎把杯子装满了水。

“听我说,德韦雷斯,你们这些犹太人为什么不自己拼一把,打败他们,把战败的人赶走,在南美洲建立一个真正的耶路撒冷呢?”

拉比看起来十分困惑,不知道为何会受到这样的攻击。施密特博士哼了一声说:“麦克戈布林博士曾经是我的一个得意门生,是教育部长,在华盛顿还有很多别的官职——虽然我不知道!一个社团主义者!”

“哦!”拉比叹了口气,“我听过那个狂热的异教,但我的人民早已无视迫害了。我们之前非常无耻,竟然采取了你们早期基督教殉道者的策略!就算你们社团邀请我们参加宴会——我知道,我们没那么狂热!——恐怕我们无福享受你们的盛宴。你应该懂的,我们只相信一个独裁者,那就是上帝,恐怕温德里普先生在我们这里还不是耶和华[3]的对手!”

“啊,一派胡言!”其中一个有学问的枪手低声说。这时,麦克戈布林大喊:“说了些废话!就一点还挺靠谱,就是那些肮脏的、亲犹太人的共产主义者的看法——抛弃所有的神学观点、耶和华和其他所有的神。这已经实施很久了!”

拉比都说不上话了,但是可爱的施密特博士(他有一圈胡子、啤酒肚,穿着半英寸厚鞋底的黑色纽扣靴)说:“麦克戈布林,周围没有记者,也没有大喇叭,我觉得我可以和曾经的学生敞开心扉聊聊。你知道你为什么喝得像头猪吗?因为你把脸都丢光了!你本应该是一个前途无限光明的研究人员,而你现在却

---

① 加昂(Geonim),泛指有重大影响的犹太教神学家。

② 《犹太人贤士议定书》(*Protocols of the Elders of Zion*),一本反犹太的书。

③ 耶和华(Jehovah),《圣经》里记载的造物主,全能、公义、威严、圣洁、信实、慈爱、尊荣、华美、真神所起的名。

和一些脑子烂掉的暴徒是一伙的,而且——"

"教授,这可是你亲口说的!"

"我就说吧,我们应该把这些大嘴巴的走狗绑起来,打他们个落花流水!"一个看门狗小声说。

麦克戈布林大叫:"你们这些文化人、臭知识分子!还有你,你这个犹太人,老百姓在外面挨饿,你竟然还能坐在这么奢靡的图书馆里——如果不是首领救了他们,他们早就饿死了!你的藏书都是从推着手推车的可怜小贩手里偷来的!"

拉比静坐在那里,摸着胡子,而施密特博士突然跳了起来,大吼道:"这里不欢迎你们三个大无赖!谁让你们闯进来的!滚!快给我滚出去!滚!"

随行的一个走狗对麦克戈布林说:"我们还要站在这里,让这两个傻瓜尽情侮辱我们,侮辱整个社团和后备民兵吗?必须杀了他们!"

麦克戈布林来了以后又喝了两大杯威士忌,本来就已经喝得醉醺醺的了。他突然拔出手枪,开了两枪。施密特博士被打倒了,拉比德韦雷斯从椅子上滑了下来,他的太阳穴在流血。男仆在门口吓得发抖,一个保镖朝他开了枪,后来不仅沿街追杀他,还大声嬉笑。接着,这位充满学问的保镖在一个十字路口被一个交警当场打死了。

麦克戈布林和另一个保镖随即被逮捕了,并被带去见大都会区的长官、伟大的社团总督。这位总督的权力相当于之前三四个州的州长加起来的权力。

虽然德韦雷斯博士没死,但他的身体状况很糟糕,已经无法作证了。而这位长官认为,处理这个案件能近距离接触联邦政府,绝不能推迟审判。

与拉比那个波兰籍俄国男仆掌握的可怕证据完全不一样的是,联邦教育部长和他幸存的助手——佩卢斯大学前哲学助理对现场情况的认真叙述(现在清醒了)。事实证明,德韦雷斯和施密特博士都是犹太人——顺便说一句,他百分之百不是犹太人。这几乎可以证明,这对阴险的家伙诱使无辜的社团主义者进入德韦雷斯家中,对他们进行了一种小犹太口中的"仪式谋杀"。麦克戈布林和他的朋友因正当防卫被无罪释放,并受到长官的称赞,后来温德里普总统和美国国务卿萨拉森也发来电报,表扬他们保卫联邦免受人类吸血鬼的侵害,还提到这是史上最恐怖的阴谋之一。

社团的法律制裁非常严谨,开枪打死另一个保镖的警察并没有受到严惩,只不过把他送到布朗克斯区轻打了一顿,因此最后是皆大欢喜。

多雷姆斯·杰瑟普并不那么高兴,他收到了一位纽约记者的来信,这位记者曾与那幸存的保镖私下聊过。不管怎样，他脾气有点暴躁。县长沙德·莱杜出于人道主义的考虑，已经让他开除了他的送报员，并雇用后备民兵派送（或该说兴奋地扔进河里）《每日线人》。

“最后一根稻草！可真是最后一根！”他生气地说。

他读过拉比德韦雷斯的书，看过他的照片，也听过威利·施密特博士的演讲。当时国家医学会在比乌拉堡开会，晚饭时他还和施密特博士坐得很近。他发誓，如果他们是狠毒的犹太人，那么自己也是狠毒的犹太人。是时候为他的人民做点什么了。

1937 年 9 月下旬的一天晚上，他根本没有回家吃饭，他面前摆着一杯咖啡和一个馅饼，但他一口也没吃。他坐在《每日线人》办公室里写了一篇社论，写完后，他标明：“必须发表。用 12 号粗体。置顶。”

第二天早上发表的社论开头是：

> 我们相信，社团主义管理无能和暴政的原因是难以建立一个新型政府，我们将耐心等待他们变好。读者们，抱歉，我们需要再等等。
>
> 现在一个醉酒的内阁成员对两个像施密特博士和德韦雷斯博士这样无辜又可贵的老人下毒手，因此我们可以明了，温德里普和他的社团帮会杀了所有反对他们实施暴政的人。
>
> 并不是所有人都像麦克戈布林那样邪恶，有些人只是不称职，比如我们的朋友莱杜、里克和海克。但就是他们可笑的无能才让首领们将残忍杀戮进行到底。
>
> 巴兹·温德里普“首领”和他的海盗帮——

一个矮小、穿着整洁、长着灰白胡子的人正用两个食指拼命敲一台旧打字机。

排字室的主任丹·威尔格斯看上去像个老警察队长，特别是在他尖叫的时候。理论上，他只对他的上级军官温顺。他拿着这个副本摇摇晃晃地走进来，差点把它砸在多雷姆斯的鼻子上，抗议道：“喂，老板，你不是想让我们搞这篇文章吧？你是认真的吗？”

“那不然呢！”

“天呐，我不干！这是蛇毒！你如果喜欢这种运动，被扔进监狱里也没关系，还可能会在黎明被枪杀。但我们在教堂开了个会，一致认为，如果我们拿命冒险，那就真该死了！”

“好吧，你们太胆小了！大不了我自己干！”

“天呐！别了吧！我可不想在后备民兵杀了你之后去参加你的葬礼，然后说：‘让他看起来自然些！’”

“丹，你都在我手下工作二十多年了！叛徒！”

“你搞搞清楚！我不是伊诺克·阿登或是——哎？他叫什么来着？伊桑·弗洛姆或本尼迪克特·阿诺德或其他什么名！我打过那些傻子好几次！他们在酒吧大喊你是佛蒙特州最低俗、最卖弄的编辑。当时我觉得他们说的可能是对的，但——”丹幽默的哄骗没有成功，突然哭道：“天呐，老板，别这样可以吗？”

“丹，我懂你的意思。这样做，我们的朋友沙德·莱杜可能会生气，但杀害老德韦雷斯这样的事情不能再发生了，我不能再沉默了！来！把副本给我！”

多雷姆斯笨拙的操作使排字工、印刷工和年轻的伙计时而焦急，时而窃窃发笑。他站在一个打字机前，左手拿着他十年来第一次拿起的排字棒，疑惑地看着这台打字机。对他来说，眼前的一切就像迷宫。“忘了是怎么排的了，除了电子信箱什么也找不到！”他抱怨道。

“见鬼！我来！你们这些蠢货滚蛋！你不知道平时都是谁干这个吗？”丹·威尔格斯吼了一声，其他印刷工都不见了，有的甚至跑到厕所那么远。

在编辑部，多雷姆斯向伊奇特博士展示了他冲动写下的稿子。伊奇特博士是个有进取心但有点傻的记者，还把稿子给朱利安·法尔克看了。朱利安现在就要去阿默斯特了，但一整个夏天他都在为《每日线人》工作，负责把关于亚当·斯密的不可印刷的文章与描写乡村俱乐部高尔夫和舞蹈的可印刷的文章充分结合。

“哎呀，我希望你能把它打印出来，可我又希望你别印出来！他们会把你抓起来的！”朱利安担心。

“不！打印出来！他们不敢碰你！他们在纽约和华盛顿可能会被嘲笑，但你在比乌拉谷太厉害了，莱杜和斯托布梅尔都不敢碰你！”伊奇特博士大声喊道。而多雷姆斯则在想，“这个年轻聪明的新闻记者叛徒是不是想看到我落难，然后控制《每日线人》，把它归为社团？”

他没有在办公室等到发表社论的报纸付印，而是很早就回家了，把校对稿给艾玛和茜茜看。她们正读着，大声喊着不能这样做，这时朱利安·法尔克偷偷溜了进来。

艾玛抗议：“天呐，你不能这样！你会害了我们的！多雷姆斯，说实话，我不是害怕自己有难，我担心的是如果他们把你关进监狱打你或者做些别的事，我怎么办啊！你要是坐牢了我也活不下去了！不仅如此，还不能穿干净的内衣！现在停下来吧，还不晚吧？”

“嗯，还来得及，报纸要到十一点才印……茜茜，你说呢？我该停下来吗？”

“我不知道！哦，天呐！”

“怎么不知道呢？茜——茜。”艾玛的语气像一个机器人。

“以前是这样，你做了正确的事，作为奖励会得到一块糖果，”茜茜说，“现在，似乎对错没有明确的界限了。朱利安，你觉得我爸爸踢沙德那可爱的毛茸茸的耳朵会如何？”

“为什么呀，茜——”

朱利安随即说：“我觉得如果没人阻止这些家伙，场面会一发不可收拾。我希望我可以阻止他们，那我该做些什么呢？”

多雷姆斯回应道：“该怎么做也许你已经说出来了。如果一个人有权说出真相和事实，告诉几千个读者迄今为止最真实的现状，那么这就是他应尽的职责，‘啊，有什么危险的！’好吧，我要再回一趟办公室，差不多午夜才能回家，别等我了。茜茜，还有朱利安，你俩天天熬夜，像梦游一样！至于我和我的家，我们要侍奉耶和华，在佛蒙特州，这就是睡觉的意思。”

“对是独自一人！”茜茜小声嘟囔。

“为什么——塞西莉亚——杰瑟-普！”

多雷姆斯小跑出来，坐在那里崇拜地看着他的笨笨跳了起来，也想让他带着出去跑一跑。

不知怎的，相比艾玛所有的哀求，这条狗的忠诚更会让多雷姆斯不由自主地想象在监狱里的痛苦滋味。

他撒谎了。他没有回办公室，而是开车上山来到酒馆找洛琳达·派克了。

但在路上，他去了一趟女婿家。他的女婿福勒·格林希尔是位年轻的医生。他此行不是给他看校对稿，而是去寻找他另一个关于家庭生活的回忆——也可能是在监狱里？他悄悄走进了格林希尔家的前厅——弗农山庄的仿制品、带有黄铜旋钮的极为奢华、安全的胡桃木家具和彩绘的俄国箱子，玛丽·格林希尔深爱这种箱子。多雷姆斯能听到大卫的声音(但肯定已经过了正常睡觉时间了吧？——在堕落的日子里，九岁的孩子什么时候上床睡觉呢?)他兴奋地和他爸爸及爸爸的合伙人老马库斯·奥姆斯特德医生聊天。奥姆斯特德医生算是退休了，但仍在为公司做产科和眼耳科的工作。

多雷姆斯偷看了一眼客厅，客厅挂着明黄色的亚麻窗帘。大卫的妈妈正坐在一张枫木桌旁写信,她是一个清爽、时髦的人,桌上摆着黄色的羽毛笔、雕刻的信纸和银色的吸墨纸。福勒和大卫正悠闲地靠在奥姆斯特德医生的两个椅子扶手上。

“所以你不会成为一名医生吗,像你爸爸和我一样?”奥姆斯特德医生问大卫。

大卫激动地点着头,他柔软的头发飘动起来,因为大人在认真地和他说话。

“嗯嗯嗯,没错,我很愿意成为一名医生,当医生特别好;但我更想做报纸编辑,就像外公那样。那一定会很棒！这可是你说的!”

(“大卫！你在哪里学的这些话!”)

“医生叔叔,你看,医生,天呐,医生得熬夜,但一名编辑只需要轻松地坐在自己的办公室里,不必担心任何事!”

随后,福勒·格林希尔看见岳父在门口对他做鬼脸,便告诫大卫:“现在不一定是这样了！编辑有时候工作也很辛苦——想想火车失事、发洪水,等等！我以后会讲给你听的。你知道我有魔力吗?”

“什么‘魔力’,父亲?”

“你看好,我会在薄雾笼罩的深渊里召唤你的外公过来——”

(“但他会来吗?”奥姆斯特德医生嘟囔道)

“——让他告诉你当一个编辑有多辛苦。他要飞过来了!”

“天呐,你不可能做到的,父亲!”

“看好,我可以!”福勒严肃地站在那,头顶的灯光使他刺眼的红发变得柔和起来。他摇动着双臂,高呼:“天灵灵——地灵灵——神仙显灵——外公杰瑟普——变!”

从那门口进来的真的是外公杰瑟普!

多雷姆斯只待了十分钟,自言自语道:“无论如何,只要家庭和睦、坚固,一切就都会好起来。”福勒送他到门口时,多雷姆斯叹了口气对他说:“但愿大卫是对的——只要轻松地坐在办公室里就行了,不必担心。不过,我觉得总有一天我会和社团正面交锋的。”

“千万别这样,那是一群讨厌的家伙。父亲,你怎么想的？昨天沙德·莱杜那个蠢货跟我说,想让我去后备民兵当军医。我当时就跟他说,别做梦了!”

“福勒,你得当心沙德,他是一个报复心很强的人,曾让我们给整栋楼重新布线。”

“就算来五十个莱杜上校我也不怕！希望他有朝一日肚子疼来求我给他治

病！我会给他一剂很好的氰化钾止痛。可能有一天我有幸还能见到这位冒牌绅士躺入棺材。做医生还是有这点好处的，你知道的！晚安，父亲！睡个好觉！”

源源不断的游客从纽约赶来观赏佛蒙特州美丽的秋天。当多雷姆斯到达比乌拉谷酒馆时，洛琳达正在忙着，她一会儿到处找多余的毛巾，一会儿查看电车时刻表，并不断安慰着那些抱怨比乌拉河瀑布在夜间发出太大音响或声音不够大的老太太们，因此他在旁边等得很焦急。一直到十点他俩才单独说话。这时，他坐在茶馆里，不安地划着《财富》的最后一页，时间就一点一点地过去了。他感到有一种奇特的奢侈感正威胁着他，直逼最后一次印刷的时间。

十点十五分，洛琳达领着他去了自己的小办公室。里面只有一张书桌、一把办公椅、一把直椅和一张堆满了废弃酒店杂志的桌子，但异常整洁，仍能闻到旧店主的雪茄烟和旧信件档案的味道。

“快点，多尔[1]。我和尼珀还有点乱七八糟的事。”她扑通一声坐在桌边。

“琳达，看看这个校对稿。明天会登上报纸……不，等等，你站起来。”

“嗯？”

他自己坐在了办公椅上，让洛琳达坐在他的腿上。“天呐，你！”洛琳达叫了一声，接着脸靠在他的肩膀上，窃窃私语着，一脸满足。

“看看这个，琳达，明天报纸上会发表。我觉得我得把它发表出来，不过十一点前必须做出决定。但我在想，应该发表吗？我离开办公室时已经下定决心了，但艾玛又很害怕——”

“天呐，艾玛害怕！你别动，让我看看。”她看东西总是很快，最后她严肃地说：“是的，你必须把它发出来，多雷姆斯！他们来过这里，就是那些社团主义者，感觉就像刚看到有人得了斑疹伤寒，转眼就在自己家里发现了一样！”

她又用脸蹭着他的肩膀，怒气冲冲地说：“你想想！那个沙德·莱杜实在可恶！虽然我只比他大两岁，但我在地区学校教过他一年。他几天前来找我，竟然敢说后备民兵来喝酒的话让我给他们算便宜点——他也暗示，我应该给后备民兵的长官免费——这样就算我没有营业执照，他们也会睁一只眼闭一只眼！为什么他竟敢这样给我说，太不可思议了，傲慢得很！亲爱的，他和他的好朋友们以后会经常来这！斯托布梅尔也会来——天呐，我们的‘教授’也这么勤快了！后来我把莱杜赶出去了，还扇了他一耳光，然后今天早上我就被通知明天

---

[1] 多尔(Dor)，指多雷姆斯。

必须去县法院。我被我亲爱的合伙人尼珀先生投诉了，他似乎对我们在这里的分工不满意。我说实话，亲爱的，他什么都不干，就天天对我的顾客絮叨他以前在佛罗里达的酒店多么好。尼珀已经将他的东西搬到城里去了。在法庭上，我忍着不告诉他我对他的真实看法，恐怕我会过一段不愉快的日子了。”

“我的天！亲爱的，你有律师吗？”

“律师？哪有律师啊！对小尼珀来说这只是个误会。”

“你最好请个律师。社团正在指控各种贪污和煽动叛乱的行为，法庭就是他们的枪手。去找我的律师蒙戈·基特里克。”

“他不行，太笨了，还是个冷血动物。”

“我知道，他是个爱整洁的人，喜欢所有东西整齐有序，律师都这样。他可能一点儿也不在乎正义，但一碰到不正当行为他就浑身难受。请他当你的律师吧，琳达，因为他们明天要让埃芬汉·斯旺主持开庭。”

“谁？”

“斯旺——第三区的军事法官——一个刚设立的社团官职，和有军事法庭权力的巡回法官相似。这位埃芬汉·斯旺今天来的时候，我让伊奇特博士采访了他，他是个完美的法西斯绅士——奥斯瓦尔德·莫斯利①那种风格的。他家境殷实——那并不能说明什么，毕业于哈佛，在哥伦比亚法学院和牛津学习过，之后去波士顿从事金融业，成了投资银行家。战争期间是陆军少校还是其他什么别的官职。喜欢打马球，在游艇比赛中航行到了百慕大群岛②。伊奇特说，他是个大恶魔，举止比奶油苏格兰圣代还要圆滑，比主教还能说。”

“不过，我很高兴能和一位绅士说话，而不是和沙德那种人说话。”

“绅士的棍棒和坏蛋的棍棒伤起人来没什么区别！”

“天呐，你！”洛琳达有些恼怒，却用食指来回抚摸着他的下颚线。

外面有脚步声。

她瞬间跳起来，一本正经地坐在直椅上。脚步声没有了。她沉思地说道：

“这些麻烦事和社团都会对我们不利。我们得振作起来——可能我们会绝望，但我们还有对方可以依靠，可能世界上的每一个人都会变成魔鬼。我担心我们可能会一直反抗温德里普，很难脱身。我们会很痛苦，因为我们肩负使命，

---

① 奥斯瓦尔德·莫斯利(Oswald Masley)，法西斯主义者，英国 BBC 评选出来的 20 世纪最可恶的英国人。

② 百慕大(Bermuda)，北大西洋西部群岛。

我们会为了它放弃一切，甚至放弃自己。所以没有人能指责我们，我们必须做到无可非议。”

“不可能！我做不到。我们要和他们战斗，但像我们这么超然脱俗的人，要怎样参与进去呢——”

“你明天要发表那篇社论吗？”

“是的。”

“现在阻止来得及吗？”

他看着办公桌上的表——看起来像一块小学生的表，觉得很好笑，应该在它的旁边挂上乔治和玛莎[①]的画像。“嗯，晚了，快十一点了。到了办公室就赶不上了。”

“你今晚还能睡着觉吗？亲爱的，我不想让你彻夜难眠！你真的不想打电话阻止那篇社论发表？”

“是的。我很肯定我不想！”

“很好！我，我宁愿被枪打死，也不愿意每天鬼鬼祟祟地做人。上帝保佑你！”

洛琳达吻了他一下，就匆匆忙忙干活去了，这一干又得一两个小时，而他却吹着欢快的口哨开车回家了。

不过，他躺在他那张黑胡桃木的大床上辗转反侧，睡得并不好。一幢旧木屋还一直发出可怕的噪声——墙壁的松动声，还有整夜在木地板上走来走去的脚步声，这着实让多雷姆斯害怕。

① 乔治和玛莎(George and Martha)，两只河马，卡通人物。

19

不管出于什么原因，一个诚实的宣传者，即诚实地研究并找出最有效的信息传递方法的人，会很早认识到，试图让普通人吞下一切适用于更高阶层的真实是极度不公平的——这只会令他们心生困惑。根据他以往做过的诸多演讲，他学到了一个看似微小却关键的道理，那便是在晚上，当人们因为工作而疲惫不堪、无力反抗时，你能够轻易说服他们接受你的观点。

——《决战时刻》贝采利乌斯·温德里普

比乌拉堡的《每日线人》总部位于总统街、榆树街和枫树街之间是一座带有地下室的三层大楼，对面是韦塞克斯酒店的侧门，顶层是排字间，第二层是编辑部、摄影部和簿记部，地下室里有印刷机。在第一层或街道上，发行和广告部门以及前厅对人们开放，公众可以在那里付费订阅和刊登招聘广告。编辑多雷姆斯的独立办公室里有一扇还算干净的窗户，透过它可以望见总统街。这个房间比洛琳达·派克在酒馆里的办公室更大，也更为精致一些，墙上挂有历史珍品，如历史遗留的潮湿发霉的 1891 年比乌拉堡镇的地图，麦金利总统的当代油印肖像，绘有鹰、旗帜、大炮，以及俄亥俄州的州花——血色康乃馨，新英格兰编辑协会的一组照片（其中多雷姆斯在第四排第三位，戴圆顶礼帽但模糊不清），还有一份完全是伪造的报纸，上面登着林肯的死讯。整个房间相当整洁——在一堆专利文件夹中，有两副仅余一只的冬季连指手套和一把 18 mm 口径的猎枪壳，除此之外空无一物。

毫无疑问，多雷姆斯十分喜欢他的办公室。除了家里的书房外，这是唯一一处完全属于他自己的地方。他不愿离开它,也不愿与任何人分享它——也许巴克和洛琳达除外——每天早晨,他都满怀期待地从一楼爬上宽阔的褐色楼梯,闻着印刷油墨的香味来到这里。

早晨八点以前,他站在这个房间的窗前,等着他的社论发表。他俯视着那些正赶往商店和仓库工作的人,他们中有几个穿着临时工人的制服。如今,连后备民兵的兼职人员在执行公务时都穿上了制服。人群熙熙攘攘。他看见他们翻开《每日线人》,看见他们仰着脖子,指着他的窗户,头凑在一起,似乎焦躁地讨论着报纸的头版。克劳利和往常一样,很早就向银行走去,准备营业;中途,他停下来和一名店员说了会儿话,从埃德·霍兰德杂货店出来,两人都摆了摆头。老奥姆斯特德先生、福勒的搭档和路易斯·罗滕斯顿聚在一个角落里。多雷姆斯知道他俩都是他的朋友,但他们的神色却显露出犹疑,也许还带着一丝畏怯,如同望着一个告密者。

过路的人开始聚集,簇成了一群人,一群乌合之众。人们盯着他的办公室,开始吵吵嚷嚷。那里有许多他不认识的人:镇子里要去采购的体面农民和欠体面的酒友们,还有最近来自劳改营的工人们,他们全都围着后备民兵的制服打转。也许他们中有许多人根本不在乎对社团主义国家的侮辱,只是怀着大多数人天生具有的那种不带偏见的、不带个人感情的对实施暴力的快感。

他们的交谈声越来越响,越来越没有人情味,像是燃烧的椽子发出的噼啪声。他们的目光交汇在一起。他被吓坏了。

他半信半疑地注意到编辑组长丹·威尔格斯站在他旁边,一只手搭在他的肩膀上,但什么也没说。只听见伊奇特博士咯咯地笑着说:"我的——我的天呐——希望他们千万别——上帝啊——千万别到这里来!"

那群暴民迅速聚拢在一起,并激起了一位不知名的后备民兵的喊叫:"应该把这地方烧了,把这帮叛徒按私刑处死!"他们穿过街道,跑进了前厅。他能听到粉碎的声音,内心的恐惧于自卫式的狂怒中消失了。多雷姆斯从宽阔的楼梯飞奔下来,站在办公室前面五级台阶上俯视暴民,从普莱德韦尔附近的五金店门前,暴民抓起斧头和钩子,冲着面向前门的柜台乱砍,打碎摆放纪念明信片和文具的玻璃箱,将淫秽的手伸过柜台,撕破女店员的上衣。

多雷姆斯喊道:"滚出去,你们这帮混蛋!"

他们向他扑来,爪子狰狞地张开又合上,但多雷姆斯并未坐以待毙,他步履沉重地一步一步走下楼梯,颤抖不是因为恐惧,而是因为疯狂的愤怒。一个大块头市民抓住他的胳膊,开始扭它,这令多雷姆斯疼痛难忍。就在那一刻(多雷姆斯似乎笑了，这一切如此怪诞，如同海军陆战队登陆队的紧急救援一样)，沙德·莱杜长官在二十名端着未出鞘刺刀的后备民兵的带领下走进前厅，然后笨拙地爬上破碎的柜台，吼道：

“那就听你们的！你们这群该死的家伙，给我滚出去！”

袭击多雷姆斯的人松开了他的胳膊。多雷姆斯此刻想道，难道自己真的要欠沙德·莱杜这么大一个人情吗？这样权势重、脚跟稳的家伙——肮脏的猪猡！

沙德吼道：“我们不会把这个地方毁了的。杰瑟普肯定要被处以私刑，但我们接到了汉诺威的命令——社团主义者将接管这家工厂并运转它。打呀，各位！”

一个从山里来的野女人——曾经她在某处断头台上做过编织工作——冲到柜台前，冲着沙德吼道：“他们是叛徒！绞死他们！如果你阻止我们，我们就绞死你！我要我的五千美元！”

沙德漫不经心地从柜台上弯下腰，打了她一巴掌。多雷姆斯想要抓住沙德，为这位善良的女士报仇，他觉得自己的肌肉变得紧张起来。毕竟，这位女士和沙德同样具有置他于死地的能力。但他冷静下来，无奈地放弃了对英雄主义的所有幻想，那些驱散人群的后备民兵的刺刀是真实的，再过分的歇斯底里也无法令其软化。

柜台上的沙德像锯木厂的工人一样大声嚷嚷：“快点，杰瑟普！带他走吧，伙计们。”

而多雷姆斯，已失去了任何意志，在四名全副武装的后备民兵的簇拥下，穿过总统街和埃尔姆街，向法院和县监狱走去。他想，世上最奇怪的事，不过是一个人可以这样出发，踏上一段可能要花上几年时间的未知旅途，无须为计划和车票担心，无需行李，甚至不带一块干净的手帕，无须让艾玛知道，无须让洛琳达——噢，洛琳达可以照顾自己。可艾玛终究是会担心的。

他意识到站在他身边的那个戴着班长或下士徽章的卫兵是阿拉斯·迪利，一个来自山上的邋遢农夫，多雷姆斯经常帮助他……或者自以为帮了他。

“啊，阿拉斯！”他说。

“哈！”阿拉斯回应道。

“嘿！闭嘴，走！”多雷姆斯身后的后备民兵用刺刀戳了戳他。

虽然刺刀并未戳破肌肤，但多雷姆斯还是愤怒地啐了一口唾沫。长久以来，他一直不自觉地认为他的尊严、他的身体是神圣的。下层人的死亡也许会使他触动，但其他粗野的陌生人的生死对他来说则无关痛痒。

快到法院时，他才意识到人们在注视着他——多雷姆斯·杰瑟普！——作为一个囚犯被送进监狱，他试图为自己是政治犯而感到自豪，但他不能，监狱就是监狱。

县拘留所位于法院后面，现在是雷杜总部的中心。除了以记者身份进监狱探访那些被莫名逮捕的神秘而卑微的罪犯外，多雷姆斯从未进过那里。他从耻辱的后门进入——而过去他可是位大摇大摆迈入法院前门的编辑，受到一众办事员、治安官和法官的致敬！

沙德似乎不在场，多雷姆斯的四名看守默默地领着他穿过一扇铁门，经过一条走廊，来到了一间散发着氯化漂白粉气味的小牢房，未作一声，这些人把他扔在了那里。牢房里有一张帆布床，上面铺着潮湿的草垫和稻草枕头，还有一张凳子、一个脸盆、一个只能放出凉水的水龙头、一个水壶、两个衣钩、一扇带铁栅栏的小窗，除此之外，别无他物，只有一块装饰着浮雕勿忘我和《申命记》中的文字的醒目牌子："一年后他便自由了。"

"但愿如此！"多雷姆斯说。

那时还未到早晨九点。他一直待在牢房里，不能说话，不能吃饭，只能用手掌捧着自来水喝水，以及每小时抽一支烟，直到午夜以后，在这种不寻常的寂静中，他明白了在监狱里的人最终是会发疯的。

"不过，不要抱怨，你在这儿只是待上几个小时，许多可怜的家伙已经被关了好多年，被比温德里普还坏的暴君关在那儿……是的，有时也会被那些曾与我一同打桥牌的好心、正直、有社会意识的法官关在那里！"

但这个想法的合理性并没有让他变得兴奋。

他可以听见远处牛栏里的一阵嘈杂声，那里挤满了醉汉和流浪汉，还有后备民兵里面犯了小错的人，他们之间的同志情谊令人羡慕，但那声音只是那腐朽寂静的辅衬而已。

他陷入了抽搐的麻木状态，觉得自己快窒息了，拼命地喘着粗气。他只是偶尔才会想清楚——那时他只想到坐牢的耻辱，甚至想到了坐牢所受的苦痛，他那肥胖的屁股下面坐着的一张木凳子是多么的坚硬，却比那床舒服多了，因为那张床上的床垫还有被虫子啃噬的痕迹。

某一刻他觉得自己似乎想清楚了：

"这种独裁的暴政并非源自大企业的错，也不是那些从事肮脏勾当的煽动者的错。这是多雷姆斯的错！是所有尽职尽责、受人尊敬的、思想懒散的多雷姆斯·杰瑟普们，他们让那些蛊惑人心的政客们在没有足够激烈的抗议的情况下卷入其中。”

“几个月前，我认为内战的屠杀，以及促成这场战争的暴力废奴主义者的煽动都是邪恶的，但也许他们必须是暴力的，因为像我这样容易相处的公民不可能被煽动起来。如果我们的祖父们有足够的警觉性和勇气，看到奴隶制的罪恶，看到由绅士管理的政府只为绅士们服务的弊端，就不需要煽动者、战争和流血了。”

“正是我这类人，那些所谓‘负责任的公民’，常常因为我们的富裕和我们那‘受过教育’的思想觉得自己优越，是我们带来了内战、法国大革命，现在又带来了法西斯独裁。是我谋杀了拉比·德韦雷斯，是我迫害了犹太人和黑人。我不能责怪阿拉斯·迪利，不能责怪沙德·莱杜，不能责怪巴兹·温德里普，我只能责怪我自己胆怯的灵魂和昏睡的头脑。上帝啊，求你原谅！”

“是否一切为时已晚？”

当黑暗像洪水一样不可避免地涌进牢房时，他再次愤怒地想道：

“关于洛琳达，既然我已经被逼入现实——无可避免：艾玛（她是我香甜的面包）或洛琳达（我那醇烈的酒），我无法两者兼得。”

“哦，该死的！真是胡扯！为什么一个人不能同时拥有面包和葡萄酒？为何非要做出选择？”

“除非，也许，我们都将进入战斗的一天，那时战斗太激烈了，除了面包什么也不能让一个人停下来……也许，甚至，太激烈了以至于无法让他停下来。”

等待——在令人窒息的牢房里的等待——在肮脏的窗户玻璃旁从下午到凄凉的黑暗间无情的等待。

外面发生了什么事？艾玛、洛琳达、检举人、丹·威尔格斯、巴克、茜茜、玛丽和大卫都如何了？啊，洛琳达今天就要应对尼珀对她的控诉了！今天！（当然，所有这些都是以前的事了！）发生了什么事？难道军事法官埃芬汉·斯旺对她的侮辱是她应得的吗？

但是，多雷姆斯又从这种激动的情绪中滑入了等待——在恍惚里，他坐在那张不舒服的小凳子上打起了盹，不知什么时候（刚过午夜）他被全副武装的后备民兵惊醒，就在他那关着铁栅栏的牢房门外，班长阿拉斯·迪利慢吞吞地说：

“好吧，你现在最好起来！起来！法官说他想见你。哈！你从来没想过我能当班长，是吧，杰瑟普先生！”

多雷姆斯被护送穿过曲折的走廊，来到熟悉的法院侧门——阿拉斯堕落的堂兄萨德·迪利曾在这里蹒跚而入，因殴打妻子而被判死刑……现在，他忍不住觉得萨德和他是亲戚了。

他一直在等待……在紧闭的法庭门外等了一刻钟，这段时间他打量了一番由班长阿拉斯所带的三名警卫。他碰巧知道其中一人曾因抢劫伤人罪在温莎监狱服刑，而另一位则是个粗鲁的年轻农民，曾被指控为了报复邻居而焚烧谷仓，可最后被无罪释放。

他靠在走廊的那面肮脏的灰泥墙上。

“站直了，你以为你是什么人！让所有人围着你转！”恢复了精神的阿拉斯说道，他挥舞着刺刀，如同迫不及待要在布瑞尔河上使用它。

多雷姆斯站直了。

他僵硬地杵在霍勒斯·格里利的肖像下面。

在此之前，多雷姆斯一直喜欢把这位最著名的激进编辑（1825 年至 1828 年，他在佛蒙特州当印刷工）当作自己的同事，现在他觉得只有革命的卡尔·帕斯卡才是他的同事。

他并不年轻的双腿在不住地发抖，小腿尤其疼痛难忍，他会晕倒吗？法庭内的进展如何？

为了使自己免于崩溃的耻辱，他把注意力放在了阿拉斯·迪利身上。虽然他的制服还很新，但阿拉斯设法处理了它，就像他和家人处理他们在恐怖山上的房子一样——那儿曾经是佛蒙特州的一间坚固的小屋，有闪闪发光的白色隔板，现在已经弄得泥污腐烂。他的帽子给压扁了，马裤上遍布着污点，裤袜也有了裂痕，一颗束腰外衣的纽扣用一根线吊着。

“我并不希望成为阿拉斯的独裁者，但我更不希望他和他的同类成为我的独裁者，不管他们称自己为法西斯主义者、社团主义者、共产主义者、君主主义者还是自由民主选举人或其他什么！如果那使我成为一个反动的笨蛋，那好吧！我相信我从来没有真正喜欢过那些懒散的弟兄们，尽管我总是假装和他们握手。难道上帝会呼吁我们像爱燕子一样地爱燕八哥吗？我拒绝！哦，我知道，阿拉斯的日子不好过，他要还抵押贷款，还要照顾七个孩子。但是亨利·维德尔和丹·威尔格斯——没错，还有波克伍德，那个卡努克人，与阿拉斯仅一条马路之隔，并且拥有同样的土地。他们都出身贫寒，却过着相当体面的生活，起码他们可以洗洗自己的把手和门框。如果我要完全放弃美国—卫斯理的自由意志和成就意志信条，我就如同蒙受诅咒，即使这的确使我从自由教会中脱颖而出！”

阿拉斯朝法庭里瞧了一眼，站在那儿笑着。

洛琳达半夜以后出来了！

她的伙伴，瓦特·尼珀，正跟在她后面，一副羞怯而得意洋洋的样子。

“琳达！琳达！”多雷姆斯叫道，他的手伸了出来，无视好奇的守卫们的窃笑，试图向她靠近。阿拉斯把他推开，洛琳达冷笑着说，“走吧——走吧，走吧！”她走了。她显得那么不自然，仿佛生了锈钝，就像多雷姆斯所认为的那样，她永远不可能如钢铁般干脆闪亮。

阿拉斯咯咯地笑：“哈哈！你的朋友，派克妹妹——”

“我妻子的朋友！”

“好吧，老板。随你吧！你妻子的朋友，派克妹妹，因企图对斯旺法官无礼而受惩！她不再是尼珀先生的合作伙伴了——尼珀先生将管理他们的小酒馆，派克妹妹回到厨房里去刷锅碗瓢盆了，正如她应该做的那样！——正如你那些自以为时髦而独立的女性朋友们一样，落得这么个下场！”

多雷姆斯又有足够的理智去留意那刺刀了。这时，一个强有力的声音从法庭里传了出来：“下一个！杰瑟普！”

法官的长椅上坐着身穿后备民兵营长制服的沙德·莱杜，充当少尉的前警司埃米尔·斯托布梅尔，以及第三个人——他高大、英俊，面容光滑，穿着指挥官或伪上校制服，领子上印着“M. J.”的字样，大概比多雷姆斯年轻十五岁。

多雷姆斯知道，这个人一定是来自波士顿的埃芬汉·斯旺法官。

民兵们把他带到长凳前面，退了出去，只剩下两个人，一个是脸庞稚嫩的农场男孩，一个是以前的加油站服务员，二人在侧入口的门边——专为罪犯设置的入口——站岗。

斯旺法官慢吞吞地站起来，好像在招呼他的老朋友似的，对多雷姆斯咕咕哝哝地说：“我亲爱的朋友，很抱歉打扰你了，你知道，这只是例行询问。先生们，坐下来，就多雷姆斯先生而言，我们当然不必上演正式调查的闹剧了。咱们都到那该死的笨重桌子那儿坐着吧——坐在这儿的都是些无辜的被告和负罪的律师，你知道——从这高高的祭坛上下来——对像我这样的粗俗的赌徒来说，这有些神秘了。您先请，教授，您请，上校。”接着，斯旺法官扭头对守卫说：“你们就在外面大厅里等着吧，把门关上。”

尽管埃芬汉·斯旺举止轻浮，可斯托布梅尔和沙德看上去很神气，也许是身上的制服衬的。斯托布梅尔和沙德步履沉重地走到餐桌旁，斯旺轻快地跟在他们后面，向还站在那里的多雷姆斯递过来一只玳空壳烟盒，轻松地说：“多雷姆斯先生，抽支烟吧，难道你一定要如此拘谨吗？”

多雷姆斯不情愿地拿了一支烟，勉强坐了下来，斯旺挥手让他坐到椅子上——他的动作并不轻快，也不够亲切。

“我叫杰瑟普，法官。多雷姆斯是我的名字。”

“啊，知道了，是很‘新英格兰’，多雷姆斯。”斯旺向后靠在他的木制扶手椅上，修长有力的双手枕在脖子后面。“我告诉你吧，亲爱的伙伴，你知道，一个人的记性是很差的。我就直接叫你多雷姆斯吧，不必相称‘先生’了。那么，你看，它可能适用于名(或教名，我相信后湾区的可怜人一定坚持这么认为)——要么是教名，要么是姓氏。好吧，我该放松下来，没什么好担心的。现在，多雷姆斯，亲爱的朋友，我向我的朋友们恳求道，我相信他们不会像这些教区的情况那样纠缠不休，但我命令他们把你请到这儿来，真的，只是想听听你作为一个记者所持有的意见。你觉得这里的大多数农民是不是都恢复了理智，准备接受社团主义了呢？”

多雷姆斯嘟囔道：“可我明明是被拖到这儿来的——如果你想知道的话，你的小分队所采取的行动分明是‘强迫’！——只因为我写了一篇关于温德里普总统的社论。”

“哦，是你吗，多雷姆斯？你看？——我是对的——人的记性确实很差！我现在似乎确实记得议程中提到的一件小事，请再抽支烟吧，好朋友。”

“斯旺！我讨厌这种猫捉耗子的游戏——至少，目前我就像只耗子，你究竟为了什么指控我？”

“指控？噢，老天！只是些鸡毛蒜皮的小事——刑事诽谤、向外国势力传送秘密信息、叛国罪和煽动暴力杀人——你知道，都是些无聊的老生常谈，轻易就能摆脱，我亲爱的多雷姆斯，如果你只是被说服——你就会明白，我是多么可怜地渴望与你友好相处，想从你的经历中得到不可估量的帮助，如果你只是认为它可能是自由裁量权的一部分——你知道，如此相配于你那可敬的年龄——”

“该死的，我算不上可敬的，也没有这样的东西。我的年龄也就六十，或是六十一吧。”

“这只是相对来说的，我亲爱的朋友，我自己已经四十七岁了，我毫不怀疑那些小狗崽们已经称我为可敬的人了！但正如我所说的，多雷姆斯——”

(为什么每次斯旺这么叫他？他都气得直哆嗦)

“——作为长者议会的一员，你有责任保卫我们的家——如果他们出了什么事，那就太令人恶心了，你知道！别太鲁莽！我们所希望的就是你能在你的社论里和我们合作——我愿向你展示某些社团主义内部和首席执行官还未透露的计划，说不定你会眼前一亮的！”

沙德哼了一声：“他？这光要是长在他鼻子上，他可什么都看不见！”

“等一下，我亲爱的队长……还有，多雷姆斯，我们肯定会要求你提交给我们一份完整的名单，把你所知道的在这一带暗中反对政府的所有人都列出来。”

“监视？让我？”

“当然！”

“如果我被指控——我要求见我的律师蒙戈·基特里克，我要接受审判，而非参与此类逗熊游戏[①]——”

“古怪的名字。蒙戈·基特里克！噢，我的天！这一切就好比一个探险家手里拿着一本希腊语法书！你依旧不明白，我的多雷姆斯，人身保护令的法律程序——太，太糟糕了！——所有那些古老的神圣，毫无疑问，可以追溯到《大宪章》的，都被暂停了——哦，只是暂时的，你知道——危机状态——紧急戒严令——”

“该死，斯旺——”

“法官，我亲爱的朋友——军纪真是可笑，你知道，简直一派胡言！”

“你很清楚，这不是暂时的！这是永久性的，也就是说，只要社团主义者还存在。”

“这是有可能的！”

“斯旺法官，难道你是从雷吉·福琼的故事里得出的‘有可能’和‘我的老天’吗？”

“好吧，来了一个侦探小说的狂热爱好者！但你并不专业！”

“那是伊夫林·沃！你可够文艺的，真是个出名的游艇驾驶员和骑手，指挥官。”

“游艇驾驶员、骑手、文人！难道我，多雷姆斯，即使在我的圣殿里，也会像劣等动物所说的那样，被人嘲笑吗？哦，我的多雷姆斯，那不可能！当一个人如此虚弱之后，我该不该说，被你那位和蔼可亲的朋友洛琳达·派克太太痛斥了一顿呢？不，不！这与法律的威严是多么不相称啊！

沙德又一次打断了他：“是的，我们和你的女朋友玩得很开心，杰瑟普，只是我早已知道你们之间的内幕了。”

---

① 逗熊游戏(bear-baiting)，十六世纪英格兰流行的娱乐方式，也是亨利八世最爱的游戏之一。

多雷姆斯跳了起来，椅子向后摔在地板上，他隔着桌子伸手去掐沙德的喉咙，埃芬汉·斯旺扑到他身上，把他推到另一张椅子上。愤怒使得多雷姆斯打起了嗝。沙德还没来得及站起来，就继续轻蔑地说：

“嗯，你们两个要是想在社团主义者身上套出任何有关间谍的东西就麻烦了。我的多雷姆斯啊，我们不是很开心吗，琳达和你，在过去几年里拉拉扯扯，没人知道，对吧？可是你不知道的是，琳达——像她这样一个长鼻子、骨瘦如柴的老处女，怎么能有这么多活力！——她从一开始就对你不忠，跟她在小酒店里接待的每一个寄宿的男人都上过床，当然还有她的小伙伴尼珀！”

斯旺的大手——仿佛一只修剪过指甲的猿猴的细掌——把多雷姆斯按在椅子上。斯旺窃笑起来。埃米尔·斯托布梅尔一直坐在那里，手指握在一起，他亲切地笑了起来。斯旺拍了拍多雷姆斯的背。

他并没有因为洛琳达受到的侮辱而沮丧，而是感到无助和孤独。天色已经很晚，夜是如此安静。这个时候，哪怕有个后备民兵里的卫兵从大厅里进来，他也会感到高兴的。这些人身上带有的质朴和天真，无论其表面是如何幼稚和残忍，相比于三位法官轻佻的恶意，也算是种安慰了。

斯旺不动声色地接着说：“不过，我想我们真的得谈正事了——无论你是否同意，我亲爱而睿智的文学侦探，我们要做的不过是探讨探讨阿加莎·克里斯蒂、多萝西·塞耶斯和诺曼·克莱因。也许某天会有这个机会的，比如首领把我们俩关在同一个监狱里的时候！真的，亲爱的多雷姆斯，没必要麻烦你的法律先生，那位什么‘芒果·基特里奇’。我有权主持这场审判——多雷姆斯，这是一场审判，尽管圣博多夫的气氛是愉快的！至于证词，我已经有了所有需要的材料，包括洛琳达小姐无意中供认的事实、你们那篇批评首领的社论原文，以及莱杜上校和斯托布梅尔博士详尽的报告。真的应该有人把你干掉，枪毙你——而且他有权这么做，噢，确实如此！可每个人都有各自的缺点，每个人都过于仁慈。也许，除了被用作‘肥料’外，我们还能帮你找到自己新的价值，毕竟——你这皮包骨的样子如何能为他人提供养料呢。”

“你将得到假释，去帮助和指导斯托布梅尔博士，他刚刚在汉诺威接到了雷克长官的命令，被任命为《每日线人》的编辑，但毫无疑问，他缺乏某些技能方面的训练。你会帮助他的——啊，我相信你会乐意的！直到他学会为止。然后我们再看看该怎么对付你。你要写社论，用你一贯的文采——噢，我向你保证，人们经常会在波士顿广场停留下来讨论你的杰作，干得漂亮！但你只能按斯托布梅尔博士告诉你的那样写，明白吗？哦，今天——已经过了半夜了——你要为你的谩骂写一封低声下气的道歉信——啊,是的,态度要非常卑微! 你知道——你们这些经验丰富的记者能将这些事情做得极为巧妙——只要承认你是个十足的骗子,诸如此类的事情——明目张胆地开玩笑——你清楚的! 下周一,你们将像其他大多数无聊的乡下报纸一样,开始连载首领的《决战时刻》。你会喜欢的!"

门外传来喧闹声和叫嚷声,殊不知哪个警卫在抗议。福勒·格林希尔博士冲了进来,双手叉腰站住,然后大步走到桌边喊道:"你们三个喜剧法官做什么呢?"

"那么,我们那位冲动的朋友是谁呢? 他更让我生气。"斯旺问沙德。

"医生福勒——杰瑟普的女婿,而且是个糟糕的演员! 为什么这么说,几天前我让他负责所有县里的后备民兵的医学检查,然后他说——这个红头发的自作聪明的家伙——我、雷克长官和斯托布梅尔博士,还有我们大家都是一群流浪汉,要不是我们偷了几件军官的制服,县里的后备民兵们就会在劳改营里挖沟了!"

"啊,真的吗?"斯旺咕哝道。

福勒抗议道:"他在说谎,我从未提及过你,我甚至不知道你是谁。"

"很好,先生,我是埃芬汉·斯旺法官!"

"唉,先生,我还是不明白,从来没听说过你!"

沙德打断了他的话:"福勒,你到底是怎么越过警卫的?"(他从来不敢叫那个长得高、行动迅速的红发人任何比"医生"更亲密的名字。)

"噢,所有的后备民兵都认识我。我曾为你们最精明的枪手治疗过那些难以启齿的疾病,我在门口对他们说,像我这样的专业人士,在这个地方是多么的稀缺啊。"

斯旺得意洋洋地说:"哦,亲爱的朋友,我们多么需要你啊——尽管我们直到现在才知道,你是这些勇敢的埃斯科拉庇俄斯[①]中的一个喽?"

"没错! 如果你参加了战争——从你这柔弱的说话方式来看,我对此表示怀疑——你也许想知道,我也是美国军团的一员——从哈佛退学,1918 年入伍,后来又回去完成学业。我要警告你们三个半生不熟的希特勒——"

"啊! 但是我亲爱的朋友! 一个士兵! 看来我们需得把你认作一个负责任的人——对你的愚蠢行为负责——而不只是把你看成一个粗鄙的乡巴佬!"

---

① 埃斯科拉庇俄斯(Aesculapian),古希腊人将其尊崇为医神。

福勒把两个拳头杵在桌子上。“现在我受够了！我要狠揍你的臭脸——”

沙德举起拳头，正绕着桌子转，但斯旺厉声说：“不！别拦他！他也许就是喜欢自掘坟墓。你知道，人们对拳脚功夫的确会有一些奇怪的、不同的看法。有些小伙子真的喜欢钓鱼——那些黏糊糊的鱼鳞和令人发指的气味！顺便说一句，医生，在一切还不算太迟之前，我想让你知道，我参加战争是为了结束战争——我会成为少校。你继续，我真的很想听你再说几句。”

“别笑了，好吗，先生？我只是告诉你，我已经受够了——每个人都受够了——你绑架了杰瑟普先生——整个比乌拉山谷中最诚实、最有用的人！典型卑鄙的绑架犯！如果你认为你那套拉霍斯学者的假口音使你不至于变成另一个胆小的、谋杀公敌的、穿着玩具兵制服的人——”

斯旺抬起了他的手以他最优雅的后湾区姿势说道：“等一下，医生，你能不能行行好？”并对沙德说：“我想我们已经听够了那位同志的话，是吧，长官？把那个混蛋带出去，然后开枪打死他。”

“好！好极了！”斯旺笑了，而后对着半开大门旁的卫兵说道：“让卫兵下士和一个小队——共六个人——带着枪过去。要利索点，明白吗？”

守卫在走廊尽头不远的地方，他们的步枪已经上了子弹。不到一分钟，门口的阿拉斯·迪利就打起了军礼，沙德喊道：“过来！抓住这个混蛋！”他指着福勒，“把他带到外面去。”

他们照做了，尽管福勒一直在挣扎。阿拉斯·迪利用刺刀戳了一下福勒的右手腕。血溅到了手上，他抹了一下，红色如同贴在前额的头发一般。

沙德和他们一起走了出来，从枪套里掏出他的自动手枪，看上去很是兴奋。

多雷姆斯被两个警卫扣住，当他试图接近福勒时，他被警卫捂住了嘴巴。埃米尔·斯托布梅尔似乎有点害怕，但埃芬汉·斯旺却怡然自得，他把胳膊肘支在桌子上，用铅笔锤击着露出的牙齿。

从院子里传出来步枪齐射的声音，一声可怕的哀号，一声有力的枪响，然后便归于了寂静。

20

> 犹太人真正的问题在于他们的残忍。任何一个懂得历史的人都知道，在整个中世纪，犹太人是如何在秘密地下墓穴里折磨贫穷的债务人的。而北欧人的特点是温和，以及对朋友、孩子、狗和劣等民族的善良。
>
> ——《决战时刻》贝采利乌斯·温德里普

杜威·海克所在的省法院对斯旺法官对格林希尔判决的复审，受到了县长莱杜的证词的影响，他发现格林希尔家里有一份最具煽动性的文件：特罗布里奇兰斯民主印本、马克思和托洛茨基所作的书籍，以及敦促公民暗杀首领的共产主义宣传册。

格林希尔夫人玛丽坚持说她丈夫从来没有读过这样的东西；如果说真有什么的话，那就是他对政治太过冷漠了。当然，她的话不能与莱杜长官、长官助理斯托布梅尔（众所周知，他是一位学者和正直的人）和埃芬汉·斯旺军事法官的话相违背。为了惩罚格林希尔夫人——或者，更确切地说，为了给其他像格林希尔夫人一样的人以强烈警告——收缴格林希尔留给她的一切财产是十分必要的。

无论如何，玛丽并没有激烈反抗。也许她意识到了自己的罪过。两天之内，她从比乌拉堡最干脆、最聪明、说话最利落的女人变成了一个沉默的女巫，拖着一身破旧、肮脏的黑衣服走来走去。她和她的儿子准备去和她的父亲多雷姆斯·杰瑟普一起生活。

有人说杰瑟普应该为她和她的财产而战，但法律不允许这样做，他正在假释期间，根据成立当局的意愿，他被判处监禁。

于是，玛丽回到家里，回到她作为新娘离开的那间装饰豪华的卧室。她说，她无法忍受那些回忆。她住进了阁楼，那里还没有完全装修好，她在那儿坐了一整天，一晚上，她的父母没有听到任何声音。大卫在院子里正玩得开心……他扮演了一位后备民兵。

整个房子似乎都死气沉沉，里面所有的人似乎都惊恐不安，仿佛永远在等待着什么未知的事情发生——除了大卫，也许还有坎迪太太，她正在厨房里忙活呢。

杰瑟普家的餐桌总是出了名的欢乐；多雷姆斯喋喋不休，对着坎迪太太和茜茜说话，离谱的断言——他打算去格陵兰——这把艾玛吓坏了。那位温德里普总统已习惯于骑着一头大象在宾夕法尼亚大道上奔驰；坎迪太太像所有的好厨师一样肆无忌惮，想方设法让他们在晚饭后无言地昏昏欲睡；她把肉派和苹果派加上足够的酥油，每个吃到的人都会睁大眼睛并体味甜蜜的痛苦，还有肥美的玉米馅饼和蜜饯土豆鸡肉、奶油蛤蜊浓汤，使得多雷姆斯本已浑圆的肚子更大。

现在，大人们在餐桌上很少说话，尽管玛丽并未展现出博人眼球的“生猛”姿态，整个人反而如静水一般平淡，可大伙依旧战战兢兢地望着她。他们说的每一句话似乎都指向谋杀和社团主义；倘若你说起“这个秋季相当温暖”，紧接着就会察觉出饭桌上的人陷入了思考：“所以后备民兵可以赶在飘雪之前大举进军。”这种氛围令人如鲠在喉，需要赶忙要份肉汁。玛丽一动不动，如一尊石像，让她身边那些温暖而平凡的人们感到不寒而栗。

于是，大卫开始主导餐桌上的谈话，在他九年的人生经历中这是难得的愉快，他享受其中，而他的祖父却不以为然。

大卫不断地说着他的傻话，仿佛是一群猴子般的喧嚷，他谈论起他新的玩伴（磨坊主梅德里·科尔的孩子们），还提到在比乌拉河很少发现鳄鱼这样不争的事实，以及更有意思一些的：年轻的罗滕斯顿和他们的父亲一起驱车前往奥尔巴尼。

多雷姆斯喜欢孩子，他喜欢称赞他们，怀着一种对父母和祖父母来说不常见的认真，觉得孩子们也是人，且未来或许也会成为编辑。但他的血管里还没有足够的圣诞冬青树汁来让他尽情地倾听孩子们欢快的叽叽喳喳，除了路易莎·梅·奥尔科特，大概很少有男性会有这样的特质了吧。他认为（尽管他并非固执己见）一个华盛顿记者有关政治的谈话可能比大卫关于玉米片和蛇的谈话更有趣,因此他继续爱护着这个男孩,并希望他能闭上嘴。玛丽的忧郁和艾玛令人窒息的沉思也迫使人想逃离这个饭桌,每当艾玛劝说道“噢,玛丽,再多吃点栗仁酱”时,他恨不得痛哭流涕。

多雷姆斯怀疑,艾玛对他进监狱的恐惧,要比对她的女婿被谋杀的恐惧更大。杰瑟普根本就没进过监狱。进监狱的都是歹徒,就和那些烧烤炉的人和那些被指控犯有“法定罪行”的人一样。至于歹徒,你可以试着宽容和温柔,但你不会坐下来和他们一起吃饭。这一切不合常规,是对家庭生活的扰乱!

所以艾玛既爱他,也替他担忧,直到他忍不住想出去钓鱼,甚至把船也开了出去。

可是洛琳达对他说:“我还以为你是个反刍的自由主义者,不介意别人捞你好处呢!我真为你骄傲!你鼓励我反抗——听着,我一听到你坐牢的消息,就拿着面包刀把尼珀赶出了我的厨房!嗯,不管怎样,我想过这么做!”

办公室比他的家更加死气沉沉。最糟糕的是,一切似乎并没有那么不堪——他感到自己会陷入社团主义的状态,最终,没有比他的老同事更为之羞耻的了,他们在公司成立前曾写过骗人的漱口水或无味香烟广告,或为所谓的著名杂志编写关于青年爱情的老套故事。在被监禁释放后的一次清醒的噩梦中,多雷姆斯看到斯托布梅尔和莱杜站在《每日线人》的办公室里,拿着鞭子站在他身边,冲他大喊大叫,要求他颂扬社团主义的美好,直到他最后站起身被杀死。实际上,沙德和多雷姆斯都不在办公室,而其上级斯托布梅尔总是那么友善、谦虚,对他的手艺赞不绝口。斯托布梅尔似乎很满意,多雷姆斯告诉他“从今以后,本刊将停止对现政府的所有批评”,而非像斯旺那样要求他进行“道歉”。

多雷姆斯收到了来自地区长官雷克的一封感谢信,感谢他“勇敢地选择了他那伟大而智慧的队伍,并努力修正我们在建立更现实的新国家道路上所犯下的错误。”嗯!多雷姆斯并没有把信扔到晾衣篮里的废纸篓里,而是缓缓经过那儿,把信投到了垃圾堆里。

在《每日线人》虚张声势的日子里,他一直待在里面,这样就可以防止斯托布梅尔解雇丹·威尔格斯,威尔格斯对新老板不屑一顾,如今又对多雷姆斯表现出一种非自然流露的尊重。他打造了他所谓的“哟哟社论”,这是一种卑鄙的手段,他先是极力控诉社团主义,然后又用微弱如呜咽的声音回应:“哟——哟——哟——哟——这就是你说的!”斯托布梅尔和沙德都没有发现他的这项活动,但多雷姆斯却隐隐地期望精明的埃芬汉·斯旺永远也不会知晓“哟哟”。

因此，他连续几个星期都过得不错——当他不必强迫自己待在那里、不对自己咆哮"那你为何要待在这里"时，他无时无刻不在憎恨着这个肮脏的奴隶制度。

面对这些问题，他的回应既流利又保守："他太老了，难以重新开始生活，他还有妻子和家庭要养活"——艾玛、茜茜，如今又有了玛丽和大卫。

这些年来，他耳闻过各种身挑重担却无比虚伪的人或事——谄媚的电台播音员、愚蠢的演讲者、流通中的垃圾商品，有的人表面像金丝雀般欢快地叫着"感谢您，布里斯特少校"，背后却恨不得上去踹他一脚，牧师们不相信自己所宣扬的陈腐教条，医生不敢告诉病弱的女士们自己其实是性饥渴的暴露狂，那些以黄铜换黄金的商人们沾沾自喜地辩解说，他们年纪太大了，已经不能再改变了，他们还有"妻子和家庭要养活"。

为什么不让妻子和家人饿死，或让他们自己养活自己呢？难道这个世界没有别的办法可以摆脱这种最无聊、最无趣、最可恶的虚伪之病吗？

他不由得为之愤怒——同时继续为报纸的发行而忙碌着，上面的内容也尽是同样的枯燥和荒谬——但他不会永远如此。否则，多雷姆斯·杰瑟普的历史就会因为太过平凡而不值得记录了。

他不断地在一张粗糙的复印纸（饰有同心圆、正方形、螺旋形和奇形怪状的鱼形）上写划着，他估计，即使不把《每日线人》或他的房子卖掉（倘若他逃亡加拿大，且在社团主义间谍的监视下，这当然是不可能的），他也能赚到大约两万美元。只要保证他有一年一千美元的收入（每星期二十美元），并承诺护送他将钱带出这个国家就可以，而社团主义越发难以实现这一愿望了。

艾玛、茜茜、玛丽和他可以以此度日，住在一座有四个房间的小屋里，也许茜茜和玛丽可以找到工作。

至于他自己——

谈论起来像托马斯·曼、利翁·福伊希特万格和罗曼·罗兰这一类人是很好的，这些人在流亡中依旧坚持写作，每一个字都受人追捧；或是爱因斯坦教授和萨尔维米尼，或者社团主义统治下近期流亡或自我放逐的美国人，以及沃尔特·特罗、迈克·戈尔德、威廉·艾伦·威泰格、约翰·道斯·帕索斯、H.L.门肯、范顿特·格韦尔、奥斯瓦尔德·维拉德等。除了格陵兰岛或德国以外，世界上再无其他地方能使这些名人失意落魄了。但一个普通的报纸编辑会如何呢，特别是他已过四十五岁，生活在一片陌生的土地上，倘若他再有一个妻子，名叫艾玛（卡罗琳娜、南希、格林塞尔达或其他女子名）呢？她根本不愿意为了诚实和自由住在破陋的草屋里，他该怎么办呢？

多雷姆斯这样想，就像其他几十个国家的独裁统治下成千上万的工匠、老师、律师一样，他们对暴政深恶痛绝，尽职尽责，不随意接受暴政的贿赂，但也没有异常的勇气愿意接受流放、进地牢或被砍头——特别是当他们“有妻子和家庭要养活”的时候。

多雷姆斯曾向埃米尔·斯托布梅尔暗示，他“很快就会被逼上绝路”，他想离开，想辞去报社的工作。

一向友好的斯托布梅尔先生严厉地说：“你做了什么？偷偷摸摸地去加拿大参加反对首领的宣传活动？你什么都没有做！你必须留在这儿，协助我——协助我们！”那天下午，沙德·莱杜长官探进头来，抱怨道：“斯托布梅尔博士告诉我你做得相当不错，杰瑟普，但我想提醒你要保持住。记住斯旺法官只批准了你假释……对我来说！只要你下定决心，你会做得很好的！”

“只要你下定决心！”儿时的多雷姆斯曾因父亲使用这种居高临下的说法而痛恨他。

他看到，尽管每天的报纸都是万世太平的样子，但他也同样面临着农奴制、鞭子和铁棍的威胁。每次多雷姆斯写道：“五万人在爱荷华城的大学体育场内迎接温德里普总统，这是美国人对政治事务的兴趣提升的一个深刻迹象。”斯托布梅尔就非要把它改成：“在美丽的爱荷华城的大学体育馆里，七万名忠实的崇拜者汇聚在此，聆听首领振聋发聩的讲话，掌声阵阵，这是个令人印象深刻但又极具代表性的迹象，表明所有真正的美国人在社团主义政府的鼓舞下越来越热衷于研究政治。”这一点让多雷姆斯十分不满。

可最使他恼火的是，斯托布梅尔把一张桌子，连同油光锃亮、汗流浃背的他自己挤进了多雷姆斯的私人办公室，那里曾是他独处时发发满腹牢骚的圣地，而一直以来他倚重的弟子伊奇特博士，似乎总是偷偷地嘲笑他。

在专制统治之下，大部分朋友都是一种累赘，其中四分之一的人变得冷静淡定并成为你的敌人，四分之一的人害怕同你停下来说话，还有四分之一的人惨遭杀害且想拉你共存亡。但可幸的是剩下的四分之一的人帮你活了下来。

当他和洛琳达在一起时，他们曾用来解闷的那些愉快的玩笑和同情的谈话都一去不复返了。她现在流露着一股狠劲，而且精神焕发。她和他走得很近，但她马上就会认为他只是一个密谋消灭社团主义的同志。（她指的是一场真正的毁灭与杀戮，她那似是而非的和平主义思想已经不存在了）

她忙于从事有益而危险的工作。伙伴尼珀没能把她留在酒店的厨房里，她已把工作系统化,有许多白天和晚上可以自由支配。她还为农家姑娘和年轻的农家太太们开设了一门烹饪课,她们夹在农业和工业两代人中间,既没有学会用木柴生火做饭,也不知道如何处理罐头食品和电烤炉——她们肯定也没有学会如何将这两种能力结合起来,迫使当地那些吝啬的小型电力照明公司压低电费。

"天啊,别声张,不过我已经和这些乡下姑娘们混熟了——为我们开始组织起来反对社团主义者的那一天做好准备。她们是我的依靠,她们不是过去那些想要选举权但一想到革命就难以忍受的精致妇女,"洛琳达对他耳语道,"我们得做点什么。"

"好吧,洛琳达版布朗奈尔·安东尼[①]。"他叹了口气。

卡尔·帕斯卡犯起了愁。

在波利科夫的车库里,当他第一次见到出狱后的多雷姆斯时,他说:"上帝,我很遗憾听到他们折磨你,杰瑟普先生!但是,难道你现在还不准备加入我们共产党吗?"(他说这话时焦急地环顾四周)

"我以为再没有蹩脚士兵了呢。"

"哦,我们应该被消灭的。但我猜你注意到了,最近有几起不明袭击,虽然这种事已不能再多!你为什么不加入我们?这才是你该去的地方,同志!"

"听着,卡尔,你总是说社会主义者与共产主义之间的区别是你相信所有生产资料而非仅公用事业的完全所有权;你承认暴力的阶级斗争,而社会主义者不承认。那是胡说!真正的区别是你们共产主义者为俄国服务。那是你们的圣地。在我为家人和首领祈祷之后,俄国是我唯一的祈祷对象,但我对教化和抵御敌人感兴趣的动因不是俄国,而是美国。这是老生常谈吗?好吧,一个俄国同志发现他效忠俄国,那可就不平凡了!美国每天都需要我们做更多的宣传。还有,我是中产阶级知识分子,我从来没用这种愚蠢的词来形容自己,但自从你这共产主义者创造了它,我不得不选择接受。那是我的阶级,是我所感兴趣的。无产者可能是高尚的人,但我认为中产阶级知识分子和无产阶级的利益是不一样的。他们想要面包。我们要——好吧,好吧,直说吧,我们要蛋糕!当你让一个无产主义者狂妄到想要蛋糕的时候——在美国,他迅速就会变为一个中产阶级知识分子——如果他能做到的话!"

"想想吧,百分之三的人拥有百分之九十的财富——"

---

① 布朗奈尔·安东尼(B. Anthony),美国民权运动与女权运动的著名领袖。

“我不这么认为！这并不是因为许多知识分子属于百分之九十七的破产者——那些演员、教师、护士和音乐家的收入并不比舞台工作人员或电工高，因此他们的利益是相同的。决定阶级的不是你挣多少钱，而是你如何花钱——你是想办更体面的葬礼还是收藏更多的书。我厌倦了为自己的不体面而道歉！”

“老实说，杰瑟普先生，这些全是废话，你知道的！”

“是吗？那也是关于我那美国大篷马车的废话，不是关于马克思和莫斯科的宣传飞机的废话！”

“哦，你还是会加入我们的。”

“听着，卡尔同志，温德里普和希特勒比丹·韦伯斯特的后代更先加入斯大林的队伍。你看，我们不喜欢将谋杀列为辩论的方式之一——而辩论是自由的标志！”

关于他的未来，佩雷菲克斯神父的回答很简短：“我要回加拿大去，我属于那里——我要回到国王的自由中去。我也不想放弃，多雷姆斯，但我不是托马斯·贝克特，我只是一个平凡、恐惧、肥胖的学者！”

令老相识们吃惊的是磨坊主梅德里·科尔。

他比弗朗西斯·塔斯布鲁和克劳利年轻一点，不那么热情，也比那些贵族要高贵得多，因为他和一个下巴上长着络腮胡子的北方佬农民只隔了一代，而不是像他们那样隔了两代人，所以他一直是他们在乡村俱乐部的附庸，且出于一种坚定的美德，他还担任扶轮社的社长。他一直认为多雷姆斯是这样一个人：他没有犹太人、匈牙利人或穷人之类的借口，却对主街和华尔街的神圣件满不在乎。他们是邻居，科尔的“科德角小屋[①]”就在普莱森特山下，但他们并不习惯相互的往来。

现在，在一个寒冷的秋夜，科尔把大卫带回家，并喊来他女儿安吉拉（大卫的新朋友），快到吃晚饭的时候，他感激地停下来喝了一杯热朗姆酒，问多雷姆斯，他是否真的认为通货膨胀是“一件好事”。

一天晚上，他突然说道：“杰瑟普，这个镇上再没有别人了敢让我这么说了，甚至对我的妻子也不敢，我已经厌倦了这些后备民兵们规定我在哪里买枪，以及我可以付多少钱给我的人。我不愿假装我曾关心过工会，但在那些日子里，至少工会成员得到了一些好处。而现在这些钱都去支持后备民兵了。我们付钱给他们，让他们欺负我们，这看起来已经不像 1936 年那么合情合理了。不

---

① 科德角小屋(Cape Cod cottage)，一种农舍式住宅。

过，天哪，千万别告诉别人是我说的！”

科尔摇着头走了，心里一片茫然——他刚才可是心醉神迷的把票投给了温德里普先生。

十月下旬的一天，社团主义者突然袭击了每一个城市、村庄和后山的藏身之处，永远结束了美国的一切罪行，《伦敦时报》提到了这一壮举。七万名精挑细选的后备民兵与城镇和州警察一起，在政府特勤局负责人的指挥下逮捕了全国所有已知的或有轻微过错的罪犯嫌疑人。他们受到军事法庭程序下的审判，其中一成的人立即被枪杀，四成的人被判入狱，三成的人被无罪释放……剩下二成的人被收入后备民兵的队伍担任检查员。

有人抗议说，至少六成的人是无辜的，温德里普勇敢地直接回答道：“制止犯罪的方法就是制止犯罪！”

第二天，梅德里·科尔对多雷姆斯欢呼道：“有时我真想批评一下社团主义政策的某些特点，但你看到首领是如何对待歹徒和敲诈勒索犯了吗？太棒了！我早就告诉过你，这个国家需要的是像温德里普这样的铁腕人物，他从不优柔寡断！他明白制止犯罪的方法就是走出去制止它！”

接着，新式美国教育出现了，正如萨拉松所说的那样，它比德国、意大利、波兰甚至土耳其的新式教育要新得多。

当局突然查封了几十家规模较小、较为独立的学院，如威廉姆斯学院、鲍登学院、奥柏林学院、乔治敦大学、安蒂奥克、卡尔顿、刘易斯学院、联邦、普林斯顿、斯沃斯莫尔、凯尼恩，它们彼此都有很大的不同，却有一个共同点，即都未完全沦为政治机器。几乎没有州立大学被关闭，他们只是被中央社团主义大学兼并，八个省各有一所。但政府一开始只有两个：在大都市区，温德里普大学占据了洛克菲勒中心和帝国大厦，并将中央公园的大部分用作操场（完全不对外开放，其余部分则用作后备民兵的训练场）；另一个是麦克戈布林大学，位于芝加哥及附近地区，利用了芝加哥大学和西北大学的建筑楼和杰克逊公园。芝加哥大学校长哈金斯对整件事很是不满，他拒绝担任助理教授一职，所以当局只好客气地把他流放了。

有流言蜚语称，芝加哥工厂以麦克戈布林而非萨拉森来命名，预示着萨拉森和温德里普之间隔阂的开端，但这两位领导人一起出席了妇女基督教戒酒联盟为坎农主教举行的盛大招待会，并被拍到握手的照片，从而平息了这些谣言。

两所先锋大学一开始都招收了五万名学生，这让人啼笑皆非，在 1935 年，没有一所学校有超过三万名学生。任何人只要出示一份他已在高中或商学院完成了两年学业的证明，再加上一份社团主义专员的推荐信，就能进入大学。麦克戈布林指出，这些全新大学的建立，显示了社团主义国家在文化上相对于纳粹、布尔什维克和法西斯所展现出的巨大优越性。在那里，这些主张文明复兴的人只是把所有背信弃义的所谓“知识型”教师赶了出去，这些教师固执地拒绝按照政治局规定的原则和事实教授物理、烹饪和地理，而纳粹对此只不过是增加了一个合理的措施，把那些尝试教授医学的犹太人遣散，美国是第一个创办全新的、完全正统的机构的国家，不带任何“知识论”的污点。

所有的社团主义大学都有相同的课程，完全实用且贴合现代，没有任何势利的传统。

这些大学同时取消了希腊语、拉丁语、梵语、希伯来语、《圣经》研究、考古学、语言学等课程；取消了所有关于1500年以前的历史的课程——除了一门课程之外，这门课表明，几个世纪以来，文明的关键在于守卫盎格鲁-撒克逊人的纯正，抵御野蛮人。哲学及历史、心理学、经济学、人类学课程都被保留下来，但为了避免普通教科书中的迷信错误，学生只能使用由麦克戈布林博士指导、年轻学者编写的新课本。

社团主义大学还鼓励学生阅读、说外语，并尝试用现代语言来写作，但不能把时间浪费在所谓的“文学”上；用近期报纸的重印本来代替过时的小说和感伤的诗歌。至于英语学习，学生是可以接触相应的文学作品的，这是为了给政治演讲提供语录，但主要的课程是广告、政党新闻和商务通信。除了莎士比亚和弥尔顿，学生们不会再接触1800年以前的任何作家了。

在所谓的“纯科学”领域里，人们已经做了太多令人困惑的研究，但之前没有任何一所大学开设了如今这样丰富的课程：采矿工程、湖岸建筑、现代基层管理能力和生产方法、展览体操、高级会计、足部保健、罐头制作和水果脱水、幼儿园培训、国际象棋、桥牌与跳棋比赛的组织、意志力培养、集会乐队、雪纳瑞繁殖、不锈钢制造、水泥路面建设等实用学科。这些学科的开设目的是帮助学生养成适合新世界的思想和性格。除此以外，没有任何学术机构，包括西点军校，曾如此充分地认识到体育不是学术的一个附属部门，而是一个主要的学术部门。任何运动都得以认真地教授，在步兵训练、飞行、轰炸，以及坦克、装甲车和机关枪的操作训练中，还增设了最吸引人的速度竞赛。所有这些课程都有学分，不过学生选择体育课的学分不能够占总学分的三分之一以上。

与旧式教育的低效不同，社团主义大学的教育速度更快，任何聪明的孩子都能在两年内毕业。

多雷姆斯在阅读这些奥林匹克大学、林林·巴纳姆和贝利大学的招生简章时，他还记得，维克多·洛夫兰一年前在一所叫以赛亚的小学校教希腊语，现在他正在缅因州的社团主义劳改营里阅读和学算术。噢，以赛亚本身已经被关闭了，它的前任校长欧文·皮斯利博士现在是区教育主任。为了取代哈佛大学，他与阿尔梅里奇·特劳特教授成立了东北省大学，这所大学想要取代哈佛大学、拉德克里夫大学、波士顿大学、布朗大学，而皮斯利博士则是特劳特教授的得力助手。他已经在为此奔走效命了，还给美国一百六十七位著名诗人写了信，征求他们的建议。

21

11 月的雨夹雪在山前架起了一道令人生畏的帷幕，道路十分湿滑，汽车或许会在上面转一圈然后撞到电线杆上。那天早上，多雷姆斯没必要再去办公室了，他直接待在家里，靠在壁炉前，甚至不用再参与那激烈的战斗了。不过，他忍受不了一直待在壁炉旁。波士顿或纽约的报纸上找不到任何可靠的消息，政府将这两地的晨报分别印在两张报纸上，上面尽是丰富多彩的漫画，好莱坞不间断的八卦新闻，其实什么新闻也没有。

他咒骂了一句，扔下手中的《纽约社团日报》，试着开始读一本新小说。这本小说讲述了一位女人的故事，这个女人的丈夫很不检点，不过他的小说却令这个女人着迷；而小说以女性小说家为刻画对象，这些女性小说家的丈夫们皆喜欢她们笔下的故事，故事的内容便与女性小说家相关，旨在刻画这些描写男性小说家的女性小说家的情感是多么的敏锐——总之，他把书扔在了报纸后面，在这个火热的世界里，这位女士的苦恼似乎无足轻重。

他听见艾玛在厨房里和坎迪太太讨论做鸡肉馅饼的最佳方法。她们的谈话并不轻松惬意，真的，她们与其说是在谈话，不如说是在放声地思考。多雷姆斯承认，做好一个鸡肉派是很重要的，但那嘀嘀咕咕的声音令他不快。然后茜茜砰的一声走进房间，一小时前茜茜应该还在高中的校园里，她是那里的一名高年级学生——明年毕业，接着或许就会进入某个陌生而可怕的地方读大学。

“喂！你回家干什么？你为什么没在学校？”

“哦，关于这个，”她蹲在挡板凳子上，双手托着下巴，抬着头却未看他。“我不知道我还会不会再去那里。每天早晨我都要重复一个新的誓言：‘我发誓要在一言一行中为国家、首领、所有专员、神秘之轮、为所有的人和共和国军队服务。'现在我问你！这不是废话！"

"你这样怎么能进大学？"

"呵！冲着斯托布梅尔教授微笑——简直令人作呕！"

"哦，好吧——好吧——"他想不出什么更有意义的话来。

门铃响了，大厅里响起了脚步声，就像踩在雪上一样，朱利安·法尔克局促地走了过来。

茜茜厉声说："好吧，我要——你怎么回来了？你不是在阿默斯特？"

"哦，关于这个，"他蹲在她旁边，漫不经心地握着她的手，但她似乎并没注意到。"阿默斯特罪有应得，社团主义者今天让它关门了。我上周六得到消息，然后就跑了。（当他们准备关停一所大学或者逮捕几个学生的时候，他们有一种巧妙而特别的方法把学生们集中在一起，只是为了取悦教授。）他对多雷姆斯说："好吧，先生，我想你得帮我在《每日线人》那儿安排个活儿，比如擦印刷机，行吗？"

"恐怕不行，孩子，我会尽我所能，但我在那里不过是个囚犯。上帝！我不得不说，这再一次提醒了我的处境是多么糟糕！"

"哦，对不起，先生，我当然理解。我不只是知道我要做什么，还记得在1933年、1934年、1935年的时候有多少人——其中一些是医学和法律专业的毕业生和受过培训的工程师等——找不到工作？现在情况更糟了。我看了看阿默斯特，又估摸了一下斯普林菲尔德，我到城里已经两天了——我希望在见到你之前就能有个着落，茜茜——嘿，我甚至问过派克太太是否需要人在酒馆里洗碗，可到目前为止什么活儿也没找到。'年轻绅士，大学毕业两年，课业成绩优秀，发表过三十九篇文章，会开车，教过网球和商贸，性格随和，求职意向——挖沟。'"

"你会有收获的！我会在你背后支持你的，亲爱的！"茜茜坚持着，对待朱利安，她不像多雷姆斯想象的那样独立而淡漠。

"谢谢你，茜茜，不过我得对上帝说实话——我希望我不是在发牢骚，但我的确像是在抱怨，要么就加入这个讨厌的后备民兵团或者去劳改营。我不能回家靠爷爷吃饭。那个可怜的老牧师连给漂亮妞儿买扑粉的钱都不够。"

"瞧瞧！瞧瞧！"茜茜靠着朱利安，毫不顾忌地吻了他一下。

"我有个主意——一个妙计，关于这个'年轻人的新职业'。听着！去年夏天，林迪·派克有个朋友和她住在一起，她是布法罗来的一个室内装潢师，她说他们有一个可怕的——"

（"茜茜——！"）

“——这个偏僻的英式客厅是时候要有个实际的、真正的、古老的手工雕刻横梁了。看看，在这附近有一千万个旧谷仓，上面的横梁刚刚倒塌——农民们可能会乐意你把它们运走，我自己也曾想过——你知道，成为一名建筑师——约翰·波利科夫说，他要卖给我一辆又大又脏的五吨重的旧卡车，现付四百美元(通货膨胀前的价格)——让我们来试试各种花式横梁吧。”

“好极了!”朱利安说。

“嗯——”多雷姆斯说。

“来吧!”茜茜跳了起来，“我们去问问林迪的意见，我们家只有她有商业头脑。”

“在这种恶劣的天气里，我似乎不太想去那儿，路况很差啊。”多雷姆斯喘着气说。

“什么废话，多雷姆斯！让朱利安开车？他字都写不好，反手十分生猛，但作为一个车手，他比我强！怎么了，和他一起疯狂一把应该高兴才对！来吧！嘿，妈妈！我们两个马上就回来。”

艾玛离得远一些，说了一句:“怎么回事，我以为你在学校。”三个火枪手都没听见，他们一起走入雨雪中。

洛琳达·派克在酒馆的厨房里，身上穿着卷边袖子的印花布衣服，正在往油炸圈饼里蘸油——这幅画面让人想起了曾经浪漫的日子(巴兹·温德里普正在努力寻觅这种感觉)。那时，一位养育了十一个孩子、为几十头奶牛当过助产士的女性会被人们视作过于脆弱，没有投票的权利。她刚从炉子上下来，脸色红红的，但她眨巴着眼睛看着他们，招呼道:“来个炸面圈吧？好!”她带着他们离开厨房里，厨房里有一个厨娘和两只猫，他们坐在漂亮的管家餐具室里，那里摆着一排排意大利马约利卡盘子和杯子碟子，完全不是佛蒙特州的风格，却证明了洛琳达的艺术性，餐具的清洁和摆放的整齐也说明她是个不错的工作者。茜茜构思着她的计划——各种算计之后，是她和朱利安的画面:朱利安穿着卡其布，坐在吉普赛卡车的座位上，兜售银色的旧松木椽子。

“不，不可能，”洛琳达遗憾地说，“昂贵的郊区别墅生意——哦，它还没有消失:有很多中间商和专业人士，他们的财富被剥夺并分配给大众，他们干得相当不错。但是所有建筑都掌握在从政的承包商手中——老好人温德里普是始终如一的美国人，他保留了我们所有原始的贪污行为，即使他已经放弃了我们所有原始的独立性。他们不会给你一分钱的利润。”

“或许她说的没错,”多雷姆斯说道。

“这是我第一次!”洛琳达愤愤地说,“为什么,我太单纯了,我还以为女选民很了解男选民,不会相信电台里的豪言壮语呢!”

他们坐在酒店外面的轿子里,朱利安和茜茜坐在前排,多雷姆斯坐在后排,像木乃伊般庄严而痛苦。

“就这样吧,”茜茜说,“独裁者给年轻的梦想家带来了成长。你可以参加军乐队,或者坐在家里,或者进监狱。春天可真美!”

“是的……好吧,我找点事做……茜茜,如果我找到工作了,你愿意嫁给我吗?”

(多雷姆斯简直难以置信,这些后来的不感伤的情感主义者怎么能忽略他……像动物一样)

“在那之前也可以,如果你愿意的话。虽然婚姻在我看来已经毫无价值了,朱利安。他们不能让我们看到,我们的每一种旧制度都是腐朽的赝品,教会、国家以及一切都落入了社团主义者手中,却仍然希望我们认为它们是如此炙手可热!但是对于像您的祖父和多雷姆斯这样的思想不成熟的人,我想我们必须假装认为那些代表大首领温德里普的传教士仍然如此神圣,以至于他们可以出售上帝的许可证来爱人!”

(“茜——茜——!”)

“(哦,我忘了你还在这儿,爸爸!)但无论如何,我们不会有孩子。哦,我喜欢孩子!我想要一打小恶魔在周围。但是,如果人们变得如此软弱,把世界变成了臃肿的衬衫和独裁者的天下,他们就不必指望任何正派的女人会把孩子带到这样一个精神病院!没错,你越爱孩子,你就越不希望他们出生在这个时候!”

朱利安自吹自擂,那是一种情人般的天真,像一百年前的追求者:“是的。但不管怎样,我们会有孩子的。”

“去他的吧!或许吧!”金发姑娘说。

不愿多想的多雷姆斯给朱利安找了份工作。

老医生马库斯·奥姆斯特德正在努力磨炼自己,继续他曾经的搭档福勒·格林希尔的工作。他没有足够的力气在冬天开车,现在他非常痛恨杀害他朋友的凶手，以至于他不愿意和任何一个上过劳改营、半承认自己权威的年轻人较量。因此，朱利安被选中开车送他，帮他打麻药、包扎受伤的双腿；朱利安，那个在一周内“决定要成为”一名飞行员、一名音乐评论家、一名空调工程师、一名在尤卡坦挖掘的考古学家的人，却一心扑在医学上，代替了多雷姆斯死去的医生女婿。多雷姆斯听见朱利安和茜茜在昏暗的客厅里吹嘘、嘀咕、争执。从他们身上，从大卫、洛琳达和巴克·泰特斯身上，他下定决心，在不把斯托布梅尔掐死的情况下，继续在《每日线人》内部工作。

22

12 月 10 日是贝采利乌斯·温德里普的生日，尽管在从政的早期，他还未充分地意识到谎言有时会被印在纸上并被不公正地铭记在你身上，但他已经习惯于告诉世界他的生日是 12 月 25 日，就像他承认自己是一个伟大的领袖一样，并眼含热泪大声喊出他的全名——贝采利乌斯·诺埃尔·温纳克特·温德里普。

他出生于 1937 年，他以此纪念那历史性的"监管令"。"监管令"指出，尽管社团主义政府已经证明了它的稳定性和善意，但仍然有一些愚蠢或邪恶的"分子"，他们怀着对社团主义成功的恶意嫉妒，想要毁掉一切美好的东西。善良的政府已经忍无可忍，并通知全国，从今天起，任何以言语或行动企图危害或败坏国家名声的人，都将被处死或监禁。因为监狱里已经人满为患，既关满了造谣中伤的罪犯，也关满了好心的国家必须通过"保护性逮捕"来守护的人，集中营立即在全国范围内开设集中营。

多雷姆斯猜想，集中营的存在不仅仅是为受害者提供额外的空间，更重要的是为年轻的后备民兵提供一种消遣，他们中的大多数人并不把他们所指控的人看作敌人，并不认为他们应该受到折磨，而应该像牲口一样被安全地饲养着。

11 日，一个集中营热情地开放了，里面有乐队的音乐、纸花和地区长官雷克和沙德·莱杜的演讲，地点是在比乌拉堡以北九英里的特里亚农，这里曾经是一所现代的女子实验学校。（反正也没有关于社团主义的任何有声材料，那儿的姑娘们和她们的老师们只是被打发走了）

自那以后，多雷姆斯都从全国各地的记者朋友那里得到关于社团恐怖主义和首次针对社团主义血腥革命的秘密消息。

在阿肯色州，有一个由九十六名前佃农组成的团体，这些佃农总是满腹牢骚地抱怨自己的不幸，即使在卫生条件良好、每周举办免费乐队音乐会的劳改营里，他们却同样未见丝毫开心。他们袭击了一个营地的管理员办公室，杀死了管理员和五名助手，后来他们被小石城的一个后备民兵团包围住，被迫在冬天荒凉的玉米地里奔跑，民兵团在其后用机关枪扫射，他们就这样滑稽地逃走了。

在旧金山，码头工人试图发动一场绝对非法的罢工，他们的领袖，众所周知是共产主义者，他们为反对政府所发表的演讲完全是叛国的，以至于一位后备民兵指挥官把其中的三个人绑在一捆浸满油的藤条上，然后放火烧掉。指挥官将罪犯正在燃烧的手指和耳朵用枪射了下来，以此来警告那些抗议者。他是一个神枪手，他把这归功于有效的射击训练，他在动用这种射击手法的时候从未因失误杀死一个人。后来他又去追查汤姆·穆尼（1936年，美国最高法院释放了他），但是那个臭名昭著的反社团主义的煽动者对上帝的恐惧已经完全注入了他的内心，他已经逃上了塔希提岛的一艘纵帆船。

在波塔克特，一个本应摆脱所谓的"工人领袖"的腐朽煽动的人，实际上是一个时髦的牙医和银行经理，他愚蠢地对六七个穿制服的后备民兵（他们都在休假中且朝气蓬勃）落在咖啡厅中其妻子身上的眼光表示厌恶，并在一片混乱中，开枪打死了其中的三个人。通常情况下，由于与公众无关，因此后备民兵并没有透露他们对叛乱分子的管教细节，但是在这起案件中，牙医愚蠢地使自己成了杀人狂，当地的后备民兵司令官准许报纸刊登牙医被一根可弯曲的钢棍抽了六十九下的事实。然后，当他走去现场时，想到那凶残的白痴如何在有两英尺深的积水牢房内度过，其实他连喝的水都没有。不幸的是，这家伙还没来得及求得宗教的安慰就死了。

在斯克兰顿，一个工人阶级教堂的天主教牧师被绑架并遭到殴打。

在堪萨斯州中部，一个名叫乔治·W.史密斯的人毫无意义地将几百个农民聚在一起，他们带着猎枪和运动步枪，以及少得可怜的几支自动手枪，烧毁了一个后备民兵营房。后备民兵的坦克出动了，这一次，那些想要反抗的乡下人没有被用作警告，而是被芥子气镇住了，随后就被手榴弹给解决掉了，这个手段十分精明，没有留下任何可供悲痛欲绝的亲戚们去宣传的证据。

但在纽约市，情况正好相反——见惯不惊，后备民兵团在曼哈顿和布朗克斯前区的几个行政区逮捕了所有疑是共产主义者的人，以及据报道曾与这些共产主义者交往过的人，并把他们全部关押在长岛的十九个集中营里……他们中的大多数人痛哭流涕，说他们根本不是共产主义者。

在美国，除了南北战争和第一次世界大战，这是人们第一次不敢说他们想说的话。在大街上、火车上、剧院里，人们四处张望，确保无人偷听他们才敢说西部发生了旱灾，因为有人会认为他们把旱灾归咎于首领的错误呢！他们对服务员都特别敏感，他们认为服务员有暗中偷听的可能，每个服务员或许都随身带着埋伏，并及时向后备民兵报告。那些忍不住谈论政治的人把温德里普称作“罗宾逊上校”或“布朗博士”，把萨拉森称为“法官”。“我的堂兄似乎不像以前那样热衷于和博士打桥牌了——我敢打赌，有一天他们会停止玩桥牌的。”某些八卦人士在听到这句看似无辜的话时便会发出“嘘”的声音。

每时每刻，每个人都感到恐惧，这种恐惧无处不在。他们像瘟疫流行地区的人一样神经过敏。任何突如其来的声音，任何无法解释的脚步声，任何信封上的陌生字迹，都会使他们大吃一惊；几个月来，他们从来没有获得过安全感来使自己安心入眠。而恐惧的来临，同样驱散了他们的骄傲。

每天——如天气预报一般频繁——都能听到有人突然被“保护性逮捕”的传言，而且每天都有更多的名人被带走。除了对国会的一次打击外，一开始后备民兵只敢逮捕那些不知名的、毫无防备的人，而现在，令人难以置信的是——这些领袖似乎比普遍的法律更无懈可击——被逮捕者中据传还有法官、军官、前州长、没有与社团主义合作过的银行家、当过大使的犹太律师，他们被押送到臭气熏天、泥泞不堪的牢房里。

对记者多雷姆斯和他的家人来说，这一点也没法让人感到轻松。这些被囚禁的名人里有很多是记者：雷蒙德·莫利、弗兰克·西蒙、弗兰克·肯特、海伍德·布龙、马克·沙利文、厄尔·布劳德、富兰克林·P.亚当斯、乔治·塞尔夫斯、弗雷泽·安、杰利德·加勒特、格兰维尔·希克斯、埃德温·詹姆斯、罗伯特·莫塞尔·莱维特，他们除了都讨厌萨拉森和麦克戈布林的手下外，其他地方毫无相似。

然而，为赫斯特撰稿的作家却很少听说被捕。

当洛厄尔、普罗维登斯和奥尔巴尼的不知名的编辑们（他们对社团主义的热情并不高）被带走“审问”，且几个星期甚至几个月都没有得到释放时，这场瘟疫似乎更逼近了多雷姆斯一步。

在焚书事件临近发生时，情况更糟糕了。

在全国各地，那些可能威胁到社团主义国家实现“罗马和平”[①]的书籍，正被那些更有“学术头脑”的后备民兵们兴高采烈地烧掉。这种保卫国家的方式非常现代，在公元1300年以前还很少有人知道，它是由文化部部长麦克戈布林创立的，但是在每个省，十字军战士都被允许有机会挑选出他们自己的“纸墨叛徒”。在东北省，法官埃芬汉·斯旺和欧文·皮斯利被杜威·海克长官任命为审查员，他们编制的索引得到了全国上下的一致好评。

因为斯旺看出，真正的危险并不是像达罗、史蒂夫斯、诺曼·托马斯那样明显的无政府主义者和笨蛋，他们其实就像响尾蛇一样，发出的噪音暴露了它们暗藏的毒液；真正的敌人是那些受到死亡圣化的人，他们甚至可以偷偷地溜进庄严的学校图书馆，这是很可怕的——这些人是如此堕落，早在社团主义国家成立之前多年，他们就已经是社团主义的叛徒了。斯旺（经过皮斯利的同意）禁止出售或拥有梭罗、爱默生、惠蒂尔、惠特曼、马克·吐温、豪厄尔斯等人的著作以及伍德罗·威尔逊的《新自由》，因为尽管威尔逊晚年成为一个掌控力十足的政治家，但他早年也曾为理想而焦灼。

不用说，斯旺谴责所有这些无神论的外国人，不管是死是活，比如威尔斯、马克思、萧伯纳、曼氏兄弟、托尔斯泰和沃德豪斯，他肆无忌惮地反对贵族传统。（谁知道呢，或许有一天，在一个社团主义帝国里，他也许会成为埃芬汉·斯旺爵士。）

在一件事上，斯旺显示出了惊人的天赋——他有先见之明，能看出《威尔·罗杰斯语录集》这本愤世嫉俗的书里潜藏的危险。

多雷姆斯听说过在锡拉丘兹、斯克内克塔迪和哈特福德焚书的事，但视它们为与鬼故事一样的不可能发生的事。

七点刚过，杰瑟普一家正在吃晚饭，门廊上的他们突然听到脚步声，心里十分害怕。坎迪太太在晃晃悠悠出去开门之前，也紧张得直捂着胸口。甚至大卫也坐在桌边，勺子悬在空中。

沙德的声音传来：“以首领的名义！”大厅里响着刺耳的声音，沙德戴着帽子，手握手枪，蹒跚着走进餐厅，带着猥琐的笑容大声喊道：“你们好，乡亲们！现在要搜寻禁书，这是首领的命令。来吧，杰瑟普！”他望着曾为之添过无数柴火的壁炉，笑了一下。

---

① 前27年～2世纪，罗马帝国再没有陷入长时间内战，境内相对安宁，世人称此时段为“罗马和平”（Pax Romana）。

“请您到另一个房间坐一下——”

“‘到另一个房间’！我们要烧书，今晚！快点，杰瑟普！”沙德看着恼怒的艾玛，又看了看茜茜，他若有所思地眨了眨眼睛，轻声笑道：“是你呀，杰瑟普小姐，你好，茜茜，孩子怎么样了？”

但是他没有看玛丽·格林希尔，她也没有看他。

在大厅里，多雷姆斯发现了沙德的随从，四个局促不安的后备民兵和更加局促不安的埃米尔·斯托布梅尔，他抽泣着说：“只是命令——你知道的——只是命令。”

多雷姆斯什么也没说，他把他们带到他的书房。

一周前，他搬走了所有可能被认为是激进的出版物：他的《资本论》和《凡勃伦》以及所有的俄国小说，甚至还有萨姆纳的《民俗》和弗洛伊德的《文明及其不满》，梭罗和其他被斯旺禁止的陈腐旧书，《国家》和《新共和国》的旧档案，以及沃尔特·特罗布里奇的《争取民主的长矛》的复印本，他把它们统统转移走了，藏在上层大厅的一个旧马鬃沙发里。

“我告诉过你这里肯定什么都没有，”斯托布梅尔在搜寻之后说道，“我们走吧。”

沙德说：“哈！我知道这房子，少尉。我以前在这里工作，凡你所能看到的挡风玻璃我都安装过，也有权在这个房间里大声嚷嚷。你不会记得那些日子的，博士——我也给你割过草，而你总是闹脾气！”斯托布梅尔脸红了。“我敢打赌，我熟悉周围的环境，楼下的客厅里有众多蠢书。”

的确，在那套被称为会客堂、客厅、起居室（甚至有一次，一个自认为编辑很浪漫的老处女把它称为工作室）的公寓里放着两三百册书，大部分都是“标准套书”。沙德黯然地望着他们，同时用马刺扫着褪色的布鲁塞尔地毯，他焦虑地想要找点煽动性的东西！

他指了指多雷姆斯最珍贵的宝贝，那是狄更斯的三十四卷插图版本，是他父亲的东西，也是他父亲唯一的珍藏。沙德问斯托布梅尔：“那个家伙——狄更斯——他不是经常抱怨学校、警察之类的吗？”

斯托布梅尔回应道：“是的，但是沙德——但是，莱杜长官，那是几百年前——”

“现在也一样，死臭鼬比活臭鼬更臭。”

多雷姆斯叫道：“是的，但是并不是一百年！除了——”

后备民兵顺从沙德的手势，已经把狄更斯卷从书架上拿下来，扔在地板上，封面开裂。多雷姆斯抓住了一个后备民兵的手臂，茜茜从门口尖叫起来。沙德笨重地朝他走来，用巨大的红色拳头指着多雷姆斯的鼻子，咆哮着："现在就想找死了……不再等等吗？"

多雷姆斯和茜茜并排坐在沙发上，看着扔进来的书堆。他抓住她的手，低声对她说："嘘——嘘！"噢，茜茜是个漂亮的女孩，而且还很年轻，同样有个漂亮的女教师在两天前的晚上被袭击了，她的衣服被扒光了，人被丢在城南的雪地里。多雷姆斯在焚书事件中不可能置身事外，这就像最后一次看到死去的朋友的脸。

格陵的薄雪上堆着许多火柴、美丽的圆木和云杉。（明天，在这片百年的草地上，将会有一块美丽的土地被烧毁。）后备民兵的学生正在围着火堆跳舞，人群里还有埃尔姆街那所相当破旧的商学院里的学生，还有不知名的农场小伙子，他们从堆满书的书堆里抓起书，把它们扔进火焰里。多雷姆斯看到他的《马丁·朱述尔韦特》飞入空中，落在一个正燃烧的旧马桶盖子上。它敞开着，正对着赛瑞·甘普的一幅脸形的画像，那画像立刻就枯萎了，他记得小时候自己对着那幅画笑。

他看见老校长法尔克先生双手紧握在一起。当多雷姆斯碰了碰他的肩膀，法尔克先生悲伤地说："他们拿走了我的《骨灰瓮葬》，还有我的《效仿基督》，我不知道为什么，我不知道为什么！他们在那儿把它们烧了！"

这些东西为谁所有，多雷姆斯不知道，他也不知道为什么他们被抓起来，但是他看到《爱丽丝梦游仙境》《奥马尔·伽亚姆》《雪莱》，以及《代号星期四》和《永别了，武器》正混在一起燃烧，一切都是为了那独裁者无上的荣耀和为了他的人民得到更大的启示。

当卡尔·帕斯卡挤到沙德·莱杜身边喊道："我听说了，你们这些混蛋——我曾开车送一个家伙出去，我听说你们趁我不在的时候抄了我的房间，拿走了我的书！"

"当然，同志！"

"你把它们烧了——烧了我的——"

"哦，不，同志！并没有烧了，还有更重的惩罚，同志。"沙德放肆地笑着，"它们都在警察局里，我们一直在等你，能找到你所有的共产主义小册子真是太好了。这里！把他带走！"

卡尔·帕斯卡是第一个从比乌拉堡拉到特里亚农囚犯集中营的人——不，不对，应该是第二个。第一个人是个普通人，一个与政治毫不相关的电工，名字叫布雷登。一个与沙德和斯托布梅尔关系很好的人想要顶替布雷登的工作，于是布雷登去了集中营。在沙德的盘问下，布雷登声称对针对陷害首领一事一无所知，他遭到了鞭打，并在一个月前孤独地死在黑暗的牢房里。

一位英国的环球旅行家结束了他在十二月到美国开展为期两个星期的“情况调研”，他写信给他在伦敦的报社，又在英国广播公司的无线电台上播报说：“在我对美国做了全面的了解之后，我发现，美国人民对社团主义政府非但没有任何不满，反而从来没有感到如此满意过，而且他们是如此坚决地想要建立一个勇敢的新世界。我曾问过一位著名的希伯来银行家如何看待‘人民压迫’这样的言论，他向我保证说：‘当我们听到这类愚蠢的谣言时，真是被逗乐了。’”

23

多雷姆斯似乎很紧张。来检查书房里私人信件的不是沙德，而是埃米尔和一个来自汉诺威的陌生营长。他们很有礼貌，但搜查也十分彻底。然后，他从《每日线人》杂乱的办公桌看出，有人在那里翻看了他的文件。在办公室里埃米尔一直在回避他。多雷姆斯被叫到沙德的办公室，沙德粗暴地询问一些告密者举报他与沃尔特·特罗布里奇通信的情况。

所以多雷姆斯很紧张，他确信，离自己去集中营的日子不远了。他回头仿佛看到了跟着他行走的每一个陌生人。卖水果的托尼·莫格利亚尼花言巧语地鼓吹温德里普、墨索里尼，还鼓吹烟草可以用来治疗割伤和烧伤，向他提出了太多有关他报纸完成计划的问题；还有一个流浪汉准备盘问坎迪太太，同时他又盯着食品柜的架子，也许是想看看那儿有没有存货不足的迹象，又好像准备立刻关门逃窜……不过也许那个流浪汉就真的只是个流浪汉。

下午三点左右，多雷姆斯在办公室接到一个电话，是学者型农民巴克·泰特斯：

“今晚九点左右能回家吗？好！到时候见你，有重要事情！喂，你看看能不能把你的家人，还有琳达·派克和小法尔克也都叫上，好吗？我有事要说，很重要！”

重要之事常常引发牢狱之灾，多雷姆斯和他的女人们不安地等待着。洛琳达叽叽喳喳地说个不停，她一看见艾玛，总要说上几句，洛琳达从未轻松过。朱利安羞涩地走了进来，他同样也没感到轻松。坎迪太太主动端来一杯茶，里面加了一点朗姆酒，她没那么紧张了。不过因为雪太大了，巴克迟到了十分钟，她又变得焦躁起来。

“请稍等,我一直在打电话。这里有一些你在办公室都不会听到的消息,多雷姆斯。森林大火越来越近了。今天下午,他们逮捕了《拉特兰先驱报》的编辑——还没有对他提出指控——也没有公开消息——这是我在拉特兰市的一个商人那里得到的消息。接下来就会轮到你,多雷姆斯。我想除非斯托布梅尔选中了你,不然他们会一直企图解雇你。或者莱杜有什么鬼主意,准备一直吊着你、折磨你,不管怎样,你得走,就明天!去加拿大!在那儿住下!乘汽车,别坐飞机了——加拿大政府已经禁止你进入了。你、艾玛、玛丽、大卫、茜茜,你的全部——再带上笨笨、坎迪太太和那只金丝雀!”

“这是不可能的事!我花了几周时间才弄清楚自己都有哪些投资。我猜我能拿到两万美元,但这需要几周的时间。”

“如果你相信我,把它们签给我吧——你最好相信我!我能比你更好地把一切都变现——更好地和社团主义打成一片——我一直给他们推销马,让他们认为我会是那种满嘴脏话的行走绅士,早晚会加入他们!我的口袋里就有一千五百加元给你当启动资金。”

“我们永远无法越过边境,他们在密切注视着每一寸土地,寻找像我这样的嫌犯。”

“我已经拿到了加拿大的驾照,加拿大的车牌也准备好放在我的车上了——你们就用我的吧——这样就不会那么可疑了。我可以看起来像一个真正的农民——也许因为我本身就是农民——顺便说一下,我要载上你们所有人。我把走私的盘子偷偷塞进了啤酒箱下面!所以我们都准备好了,如果明天晚上天气不太晴朗的话,我们就出发——希望会下雪。”

“但是巴克!天哪!我不会逃跑的,我又没有任何罪过,我没有什么好逃的!”

“这是你的命,我的孩子,是你的命!”

“我不怕他们。”

“不,你会怕的!”

“噢——好吧——如果你是这样认为的话,也许我怕!但我不会让一群疯子和持枪歹徒把我赶出我的祖国!”

艾玛绞尽脑汁地想得出一个令人信服的结论,玛丽没有流泪却似乎在哭泣,茜茜尖叫着,朱利安和洛琳达开始说话,又互相打断。不请自来的坎迪太太把话题岔开了:“瞧,这不就是要像个男人一样吗?你们所有人,每个人,像个骡子一样倔,总想显摆显摆,当然,你不会停下来想一想,如果你被人开枪打死,你的女人会做何感想！你站在火车头前，声称是你修建的该轨道，认为自己的贡献比引擎还厉害，当火车碾过你，驶离你的时候，还希望我们都认为你是个英雄！嗯，也许有说这是英雄，但是——”

“好吧，真该死，你们所有人都在找我的麻烦，让我的脑子一团乱，却完全感受不到我对于国家的责任——”

“你已经六十多岁了，多雷姆斯。我们大部分人如果在加拿大的话，可以比在这里更好地履行我们的职责——就像沃尔特·特罗布里奇一样。”洛琳达恳求道。艾玛看着她的朋友洛琳达，显露不出任何特别的感情。

“但是社团主义正要窃取这个国家，竟然没有人反抗！不！”

“这种想法就是让几百万人走向死亡，来换取这个世界的绝对民主和对法西斯的真正认识！”巴克嘲笑道。

“父亲！加入我们吧，我们不能没有你，我害怕在这里。”一向坚强的茜茜似乎充满了恐惧。“今天下午沙德在街上拦住我，要我跟他出去。他搔我的下巴，叫我小宝贝！他傻笑的样子，如同对我了如指掌——给我吓坏了！”

“我去拿支猎枪，然后——”“怎么，我要杀了那个脏家伙——”“等等，我要拿着——”多雷姆斯、朱利安和巴克怒目而视，然后看着笨笨冲着球拍发出的愚蠢吠叫，又胆怯了。坎迪太太像条冻鳕鱼一样靠在门框上，哼了一声，“再多来几个机车击球手吧！”

多雷姆斯笑了。这是他这一生唯一一次表现出了天赋，他答应了：“好吧。我们走。但想想我是个意志坚定的人，大概需要花一整晚的时间来说服自己，我们就明晚出发吧。”他没有说的是，他计划一旦他的家人在加拿大生活安全了，银行里有了钱，也许还有一份工作可以让茜茜开心，他就准备逃离他们，回到自己战斗的正道上来，至少在他自杀之前，他一定要杀了沙德。

离圣诞节只有一个星期了，杰瑟普家总是以欢乐的气氛和大量的彩带来迎接这个节日。在那疯狂的准备逃离的日子里，杰瑟普家萦绕着一种奇怪而欢快的圣诞气息。为了躲避猜疑，多雷姆斯大部分时间都待在办公室里，斯托布梅尔似乎总用一种统治者的目光盯着他，目光里藏着怒火，就像对待造谣生事者和学校里的年轻罪犯一样。但多雷姆斯在午餐时间休息了两个小时，下午一大早就回家了，他的低落情绪在对加拿大和自由的憧憬中消失了，他兴奋地检查着衣服，就像准备去钓鱼一样。大家在楼上忙活，拉上了百叶窗，感觉就像是E.菲利普斯·奥本海姆故事里的间谍被困在格拉斯郊外一家古老客栈里的公爵卧室里一样，那里四处阴暗，地板是冰冷的石头。在楼下，坎迪太太装模作样地忙碌着，看上去和平时一样——他们走后，她和那只金丝雀留了下来，当后备民兵团报告说杰瑟普夫妇似乎逃走了时，她还需要装出吃惊的样子来。

当天下午晚些时候，多雷姆斯从当地各银行提取了五百英镑，并告诉他们，他正在考虑买下一个苹果园。他是一个训练有素的家伙，不会被环境随意左右，但他不禁注意到，倘若自己乘飞机去埃及，他只能拿着所有的钱，再加上香烟、六块手帕、两双多余的袜子、一把梳子、一把牙刷，斯宾格勒的《西方的没落》的第一卷——显然这不是他最喜欢的书，而是他多年来在火车旅行中一直强迫自己去看的书——事实上，他仅仅带了自己能装进大衣口袋中的物品。显然，茜茜需要带上她所有的贴身衣物和一张装有朱利安照片的大相框，艾玛需要带一本相册，里面有三个孩子从一岁到二十岁的照片，大卫要带他的新模型飞机，而玛丽则要带上她那许多人的胸膛也承载不了的沉静而阴暗的仇恨。

朱利安和洛琳达帮助他们；朱利安和茜茜待在角落里。

多雷姆斯和洛琳达在一起，只有一个空闲时间……在老式的客房浴室里。

“琳达，哦，主啊！”

“我们会度过这段时日的！在加拿大你就可以喘口气了，你可以投奔特罗布里奇！”

“是的，但是要离开你——我本来希望奇迹出现时，我们能在一起待上一个月，在蒙特雷、威尼斯或黄石公园。我讨厌生活没有目标、没有计划、没有意义。”

“这是有意义的！现在没有独裁者能完全压制我们！来吧！”

“再见了，我的琳达！”

即使是现在，他也没有向她承认他打算冒着危险回来。

他们相拥在一个陈旧的镀锡浴缸旁，木制的浴缸被漆成暗淡的棕色，房间里弥漫着从旧的热水器发出的轻微煤气味——在山顶日落时分的薄雾中他们拥抱着。

黑暗、刺骨的寒风、肆意飞扬的雪花，巴克·泰特斯兴致勃勃，戴着一顶斑驳的海豹皮帽，披着一件难看的狗皮大衣，看上去像个农夫。多雷姆斯又把他想象成一个查尔斯王的骑兵上尉，在茫茫大草原上追赶苏族人。

他们惊慌失措地挤进车里。玛丽坐在司机巴克旁边，后面的多雷姆斯挤在艾玛和茜茜之间，大卫、笨笨和那架玩具飞机一起蜷缩在一件长袍下面。行李架和前挡风板上堆满了帆布覆盖的行李箱。

“上帝啊，我真希望我能去！”朱利安呻吟道，“看！茜茜！这就是个大间谍故事啊！但我的意思是说真的：给我爷爷寄张纪念明信片——教堂的风景等等——只要签上‘简’——不管你如何提及教堂，我都知道你是认真的——哦，该死的神秘！我需要你，茜茜！”

坎迪太太把一捆东西扔进已经不堪忍受的行李堆里，这些行李准会落在多雷姆斯的膝盖上和大卫的脑袋上。她怒气冲冲地说：“好吧，如果你们一定要在全国各地飞来飞去——给你带个椰蓉蛋糕。”她蛮横地说：“前面就是拐角，随你的愿，不想要就扔到沟里去！”她抽泣着逃进厨房，洛琳达站在灯火通明的门口，一言不发，向他们伸出颤抖的双手。

在他们从阴暗的后街驶过比乌拉堡，开始向北疾驰之前，汽车已经在雪地里摇摇晃晃了。

茜茜高兴地唱着：“嗯，加拿大的圣诞节！吃喝玩乐，到处是冬青！”

“哦，加拿大有圣诞老人吗？”大卫的声音传来，带着孩子般的疑惑和稚嫩的语气，被睡衣和笨笨的毛茸茸的耳朵给掩盖了。

“当然有，亲爱的！”艾玛安慰他，并对大人们说：“这难道不是最可爱的事情吗？”

茜茜对多雷姆斯低声说：“当然可爱了，我花了十几分钟教他学会说‘今天下午’！握住我的手，我希望巴克是会开车的！”

巴克·泰特斯知道从比乌拉堡到边境的每一条小路，尤其是在像今晚这样恶劣的天气里。过了特里亚农，他把车停在车辙很深的路上，如果想往前走，必须得先向后退。车子颠簸着，吃力地向上爬，穿过弯弯曲曲的道路，进入荒凉的小山，他们朝着加拿大方向驶去。湿漉漉的雪覆盖了挡风玻璃，然后又冻住了。巴克不得不把头从敞开的窗户里探出来，开着车，一阵风吹进来，在他们僵硬的脖子上打转。

大多数时候，多雷姆斯只能看到巴克扭曲而紧绷的脖子和后面冰冷的挡风玻璃。就在这时，远低于路面的一道光表明，他们正沿着一条架子路滑行，如果他们打滑了，他们会继续向下滑行一百英尺，二百英尺——很可能会翻来覆去。果然他们真的打滑了，那四秒钟仿佛是永恒，只听到车内人的喘息，巴克猛地把车开上了路边的河岸，又往左边开，最后直冲而下——就像什么事都没发生过一样加速前进，而多雷姆斯却感到膝盖发软。

有很长一段时间，他吓得浑身僵硬，同时也陷入了痛苦之中，当汽车摇晃时，他因为寒冷和耳聋，除了想要呕吐之外，他再也感受不到任何东西。也许他睡着了——至少他醒来时感到车正艰难地被推上山去，一边挣扎，一边打滑。

假设引擎熄火了——如果刹车失灵了怎么办，汽车会滑下山去，摇摇晃晃，冲出路面，直接坠落——各种可能折磨着他，一小时又一小时。

但他试着保持清醒、乐观，想尽自己的一份力。他留意到布满冰条的挡风玻璃，前面雪地上的灯光照在了上面，玻璃上如镶着一层钻石。但他不能让自己的注意力停留在钻石上面，即使是对着一块挡风玻璃。

他尝试着说点话。

他对茜茜说："振作起来。黎明时的早餐时间——我们就越过边境了！"

"早餐时间！"她痛苦地回道。

他们在那移动的"棺材"里嘎吱嘎吱地走着，整个世界上只有那片钻石和巴克的身影还在动着。

不知过了几个小时，汽车颠簸了无数次，速度终于提了上来，发出难以忍受的轰鸣声；然而汽车似乎又停滞了，马达不转了。巴克咒骂着，像只乌龟一样把头伸进车里，启动器呜呜地响动了一阵，马达又一次轰鸣，停止。他们能听到僵硬的树枝发出的咔嚓声，听见笨笨在睡梦中呻吟。这辆车就像是荒野中一个受暴风雨威胁的小屋。寂静似乎在等待着，他们也在等待着。

"走不了了？"多雷姆斯问道。

"困住了，没有牵引力。碰上了一堆湿雪——可能是哪个管子破了。我得出去看看。"

车外，当多雷姆斯从湿滑的踏板上爬下来时，寒风凛冽，他僵硬得几乎站不住了。

就像人们常认为的那样，多雷姆斯觉得自己很重要，要提出些有用的建议。他拿着手电筒，茜茜也拿着手电筒，巴克不耐烦地把手电筒拿开，又看了两眼。

"找点——""灌木丛就可以。"茜茜和巴克同时说道。多雷姆斯正摩挲着他冰冷的耳朵。

他们三个前前后后拿来了很多灌木丛的枝条，将它们放在车轮前面，玛丽礼貌地从车里问："需要我帮忙吗？"似乎没有人回答她。

前灯照亮了路边的一间废弃的棚屋，是一座没有油漆的灰色松树小屋，窗户玻璃破碎，没有门。艾玛叹了口气，从车里走了出来，像看马戏的步行者一样优雅地踏着厚厚的积雪，低声下气地说："那边的小房子——应该没有地方放热水瓶，也许我可以进去用酒精炉煮点热咖啡——要热咖啡吗，多雷姆斯？"在多雷姆斯听来，她刚才的声音一点也不像个妻子，而是像坎迪太太那样通情达理。

当汽车驶上树枝铺成的小路，气喘吁吁地安全驶过漂流区时，他们在避风的棚子里喝着咖啡，吃着坎迪太太做的美味可口的椰蓉蛋糕。多雷姆斯沉思着说："这是个好地方，我喜欢这里，这里既不颠簸，也不打滑，真不想离开这个地方了。"

可依旧要上路。安全而寂静的棚屋已经被他们抛在黑漆漆的几英里之外了，他们又开始感到摇晃、翻滚、恶心和不可避免的寒冷。大卫一会儿哭，一会儿又睡着。笨笨醒了，试探性地咳嗽了几声，又回到了咬兔子的梦中。多雷姆斯睡着了，他的脑袋像长卷的桅杆一样摇晃着，他的肩膀靠着艾玛的肩膀，他的手温暖地搂着茜茜的胳膊，他的灵魂沉浸在难以名状的幸福之中。

他一觉醒来，天已经蒙蒙亮了。汽车停在一个似乎是十字路口的小村庄里，巴克借着手电筒的光在察看地图。

"到哪里了?"多雷姆斯低声问道。

"离边境只有几英里。"

"会有人阻拦吗?"

"不会，哦，我们会成功的，没问题的，伙计。"

出了东伯克郡，巴克走的不是去边境的主道路，而是一条古老的木巷道，很少有人走，车辙如同两条蛇。虽然多雷姆斯什么也没说，但其他人都感受到了他的紧张，他如黑暗中正倾听敌人声音的士兵一样焦灼。大卫坐了起来，身上披着蓝色的铺盖。笨笨开始活动了，它哼了一声，好像生气了，但他似乎察觉到了此刻的氛围，于是安慰性地把爪子放在多雷姆斯的膝盖上，坚持不停地握手，像威尼斯参议员或殡仪承办人一样严肃。

他们陷进了一个幽暗的树坑里，一盏探照灯射了过来，火辣辣地照在他们身上，把他们照得睁不开眼，巴克差点儿跑出了大路。

"该死!"他平静地说。其他人则一声不吭。

他爬到灯前，那盏灯被安装在前面棚屋的平台上。两名后备民兵站在路上，被汽车的光照亮。他们很年轻，来自农村，却装备了精准的连发枪。

"到哪儿去?"其中年龄较大的一位和善地问道。

"蒙特利尔，我们住的地方。"巴克出示了他的加拿大驾照……汽油发动机和电灯，然而多雷姆斯却觉得边防卫队就是 1864 年的哨兵，研究路过的汽油灯，而旁边则是一辆农用货车，车上藏着乔·约翰斯顿将军伪装成种植园工人的间谍。

"应该没什么问题，都挺正常的，但最近一些难民引来了不少问题，所以你得等营长来——也许得等很久，差不多要到中午。"

“可是,天哪,检察长,这样可不行! 我妈妈正病得很厉害,她还在蒙特利尔等着我们呢。”

“嗯,这个理由我以前听过! 也许这次是真的,但恐怕你还是得等巴特来了。如果你们愿意的话,可以进来烤会儿火。”

“但是我们必须——”

“刚才说的话你应该听清楚了!”后备民兵的手指摸起了步枪。

“好吧,但是告诉你我们要做什么,我们要回到东伯克郡吃点早饭,洗个澡,然后到中午再回来,可以吗?”

“好吧! 不过,兄弟,你选的这条路很有意思,有一流的高速公路你不走,这也没什么……只是下次别乱走了,下次巴特或许会在——他可不像你我这样的农民!”

这群难民们开车离开时,仿佛听到了卫兵们在嘲笑他们,这种感觉糟糕极了。

他们又尝试了三处边界哨所,皆被劝退。

“还好吗?”巴克说。

“嗯,回家吧,我来开。”多雷姆斯疲惫地说。

退回原路的耻辱最难以忍受,每一个卫兵都在不厌其烦地嘲笑他们。捕网是如此紧密,狩猎者丝毫不用担心。当他们夹着尾巴,又重新回到沙德·莱杜的讥讽声和坎迪太太的“哎,我从来没有!”唠叨声中去了。而多雷姆斯唯一的感觉便是遗憾,遗憾自己未能开枪射杀哪怕是一个哨卫,他愤怒地想:“现在我算知道了,为什么像约翰·布朗这样的人会变成疯狂的杀手了!”

24

他不确定埃米尔·斯托布梅尔和沙德·莱杜(埃米尔告诉他的)是否知道他设法逃走的事。斯托布梅尔看上去究竟是真的知道,还是只是猜测而已?他所说的"我听说往北的路可不好走——没那么好走!"到底是什么意思?不管他们知道与否,都不能掉以轻心,以免像沙德·莱杜这样的文盲杂工发现他想去加拿大,而像斯托布梅尔这样的掌权者,那个手持"教育学"证书的骗子,现在可不是只能抓抓小屁孩子,他能逮捕成年男人了!应该是《每日线人》的编辑了!多雷姆斯的《每日线人》!斯托布梅尔!他根本没这个能力!

多雷姆斯每天写下任何提到温德里普的文字时,都会发现越来越痛苦,动不动就感到愤怒。他的私人办公室——打字室里乐此不疲地嘎吱作响——喧闹的印刷室满是油墨味,迄今为止那种味道对他而言就像是演员身上的油漆味——现在让人厌恶和窒息。就算是洛琳达的忠诚、茜茜的嘲笑和巴克的故事,也不能让他重燃希望。

因此,当他的儿子菲利普从伍斯特给他打电话时,他十分高兴。菲利普问道:"星期天在家吗?梅丽拉去纽约了,就剩我一个了,我想开车去看看你。"

"来吧!太好了!好久没见你了。我这就让你妈妈去做一锅豆子!"

多雷姆斯高兴极了。但是没过多久,他那凡事都要考虑两面性的思维又令他心神不安,因为他想知道,菲利普很喜欢吃艾玛的豆子和面包这件事,究竟是真的还是说只是从他小时候就流传下来的故事而已;他在想为什么像菲利普这样的当代美国人总是打长途电话,而不能辛苦一点,一两天前口授一封信。在这位老派的乡村编辑看来,为了节省五美分的时间,花七十五美分打一个电话似乎也没有多高效。

“哦,快别说了！不管怎样,我很高兴见到他！我敢打赌伍斯特没有比他更聪明的年轻律师了。这是我们家族的成功！”

星期六下午快到傍晚时,菲利普挺拔的身影进入客厅,多雷姆斯有点吃惊。他一度忘了眼前的这位年轻人已经三十四岁了,还有点秃顶。他感觉菲利普说话有些沉稳,带点老练,也有点太过热情。

“父亲,果然还是咱们家里好！妈妈和妹妹们在楼上吗？您听说了吗？有件可怕的事,可怜的福勒被杀了。太可怕了！我都吓坏了。斯旺法官可是向来以小心谨慎闻名的,肯定是哪里搞错了。”

“哪有什么错！斯旺就是个恶魔。真的！”跟一开始跳起来和久未归家的爱子握手时相比,多雷姆斯此刻的语气已不再那么温和。

“是吗？我们得好好聊一聊。我看看能不能进行更严格的调查。斯旺？认真的吗！我们一定会把整件事弄清楚的。不过我得先上楼去跟妈妈和玛丽还有小茜茜好好聚聚。”

这是菲利普最后一次提及埃芬汉·斯旺,或是对其行为进行“更严格的调查”。整个下午,他都十分孝顺友爱,笑得像个汽车销售员,合不拢嘴,这时茜茜冲他抱怨道:“菲利普,你这么温柔地掸手是在做什么?”

多雷姆斯和他一直待到午夜时分。

他们坐在楼上神圣的书房里。菲利普点了多雷姆斯的一支上等雪茄,仿佛是一个电影演员,正在表演点燃上等的雪茄,轻轻地呼吸着：

“好吧,父亲,这雪茄味道不错啊！我喜欢！”

“谁说不是呢?”

“哦,我是说——我只是喜欢它的味道——”

“怎么了,菲尔？你有心事。说说看！不会是和梅丽拉吵架了吧,真的吗?”

“当然不是！当然不是了！哦,她做什么我都看不顺眼——她有点奢侈——但她有一颗金子般的心,我跟你说,父亲,在伍斯特没有哪个年轻的社交女性能像她一样,给每个人留下这么好的印象,尤其是在美好的晚宴上。”

“那是什么呢？我们聊聊吧,菲利普。发生什么事了？很严重吗?”

“恩,是的,恐怕是有点。听我说,父亲……哦,坐下来舒服点！听说你,呃,和一些当局有点摩擦,我挺担心的。”

“你是说社团主义?”

“当然！除了他们还能有谁?”

“可能我不把他们看作当局。”

“哦，听我说，父亲，今晚就别开玩笑了！我说认真的。其实，我听说你不仅仅是和他们‘有点’不对付。”

“谁跟你说的？”

“哦，就是信里面——老同学说的。现在你不是真的支持社团主义，对吧？”

“你是怎么猜到的？”

“好吧，我之前——我没有投给温德里普，但我知道自己错在哪里了。我现在知道了，他不仅有很强的个人魅力，还有真正的建设性能力——确实有足够的政治家风度。有人说是李·萨拉森干的，但你千万不要相信。看看巴兹在和萨拉森合作之前，在他家乡所做的一切！有人说温德里普很粗鲁，但林肯和杰克逊也这样。现在我觉得温德里普——”

“关于温德里普，你唯一应该想的事就是，他那帮歹徒谋杀了你的好妹夫！还谋杀了许多其他一样优秀的男人！你能宽恕这种谋杀吗？”

“不！当然不能！你怎么能这么说，父亲！没有人比我更讨厌暴力了。不过，如果不打碎鸡蛋，你就做不出煎蛋卷——”

“该死的！”

“怎么了，父亲！”

“别叫我‘父亲’！如果我再从谁嘴里听到‘做不出煎蛋卷’的话，我会亲自杀了他！这话每一次都被用来为专制、法西斯、纳粹或美国劳工战争下的暴行辩护。煎蛋卷！鸡蛋！天啊，先生，人的灵魂和鲜血不是让暴君们打碎的蛋壳！”

“哦，抱歉，父亲。这句话可能有点过时了！我的意思是——我只是想现实地解决这个问题！”

“‘现实地’！又一个借口！”

“但老实说，你知道——因为人性的不完美，确实发生了可怕的事情，但如果最终会带来一个复兴的国家，你就可以原谅这种手段——”

“我什么也做不了！我永远不能原谅邪恶、谎言和残忍的手段，更不能原谅那些以此为借口的狂热分子！如果要模仿罗曼·罗兰，那就是，一个容忍一代人使用邪恶的手段、行为和道德标准的国家会受到毒害的，永远不会有好结果。他们把嘲笑体面、善良和真实的日常行为作为‘资产阶级道德’。我真不明白你竟然变成这样！”

“我吗！天啊！”看到儿子的“沾沾自喜”受到打击，多雷姆斯很高兴。“为什么，在我看来，我最佩服社团主义的一件事绝对是——我从华盛顿得到可靠的消息——他们把我们从莫斯科红色特工的可怕入侵中拯救出来！”

“这不是真的!”(难道那个傻瓜忘了他父亲是个新闻记者,不太可能被“从华盛顿得到的可靠消息”动摇吗?)

“我说真的! 我们要实事求是——对不起,父亲,如果你不喜欢这个词,那就说——就说——”

“其实,就是要实事求是!”

“好吧,就这样!”

(多雷姆斯回忆起多年前菲利普的这种脾气。毕竟,他要克制自己不去享受欺负这小子的家庭乐趣,这是否明智?)

“问题的关键是温德里普,或者说社团主义会留下来的,父亲,我们之后的行动不是建立在某种乌托邦之上,而是建立在我们真正拥有的东西之上。想想他们到底做过什么! 比如说,他们从高速公路上撤掉了广告牌,解决了失业问题,还有在遏制所有犯罪方面取得的惊人成就!”

“苍天啊!”

“抱歉——怎么了,父亲?”

“没什么! 没什么! 你继续!”

“但我现在渐渐明白,社团主义的收获不只是物质上的,还有精神上的。”

“嗯?”

“真的! 他们振兴了整个国家。以前,我们变得很丑恶,只想着物质财富和舒适的空调、电视,丢掉了我们祖先的坚强品质。为什么有那么多的年轻人拒绝参加军事训练,要知道自律、意志力和为人友善这些品质只能从军事训练中得到——哦,抱歉! 我忘了你是个和平主义者。”

多雷姆斯冷酷地咕哝道:“不要说了!”

“当然有很多事情我们不能达成一致,父亲。但作为一名公务人员,你应该倾听一下年轻人的建议。”

“你吗? 你算年轻人? 你的心理年龄都有两千岁了。你的新帝国主义理论大约形成于公元前100年!”

“我不算,但你一定要听我说,父亲! 你觉得我从伍斯特来这里就是为了见你?”

“天知道!”

“我想把话说清楚。在温德里普之前,我们一直蜗居在美国,而欧洲当时正在抛开所有束缚——包括君主制和过时的议会民主自由制度,这实际上意味着由专业政治家和自私自利的‘知识分子’进行统治。我们必须再次赶上欧洲的步伐——必须扩大疆土——这是生活的准则。国家跟人是一样的，不进则退。一直是这样的！”

“我知道，菲利普。早在1914年之前，我就用同样的话写过跟这一样的东西！”

“真的吗？好吧，不管怎么说——得扩大疆土！我们应该占领整个墨西哥，也许还有中美洲，还有中国的很大一部分。为了他们自己，我们也应该这样做，他们的治国方式有失妥当！也许我错了，但是——”

“不可能的！”

“——温德里普、萨拉森、杜威·海克、麦克戈布林，所有这些家伙，他们都有很大的影响力——他们让我停下来思考！现在我来这里有要做的事——”

“你觉得我应该根据社团主义神学来管理《每日线人》！”

“为什么——为什么是！这大概就是我要说的。（我只是不明白你为什么对这件事不讲道理——你可是头脑很敏捷的！）毕竟，自私的个人主义时代已经过去了。我们必须有大规模的行动。一劳永逸——”

“菲利普，你能告诉我你到底要干什么吗？别废话了！”

“好吧，既然你坚持要我——‘别废话了’。如你所说——在我看来，这不太礼貌，因为我费了很大的劲才从伍斯特出来！——我得到可靠消息，如果你还坚持反对政府，或者说你这种不拥护表现得太明显，就会有大麻烦。”

“好啊。那又怎么了？这是我的大麻烦！”

“这就是重点！不只是你的麻烦！我真的觉得，你这一生中总要为妈妈和妹妹们着想一次，而不是总考虑自己自私的‘想法’，你还对此十分自豪！现在面临这样的危机，再摆出一副古怪的‘自由主义者’的姿态没劲透了。”

多雷姆斯咆哮着说：“别废话，我告诉过你！你想干什么？你跟社团主义那伙人是什么关系？”

“有人向我介绍一个军事助理法官的职位，那可具有崇高的荣誉，但是你作为我的父亲，你的态度——”

“菲利普，我想，我宁愿这么想，以我父母的名义诅咒你，与其说因为你是个叛徒，不如说是因为你现在变得爱摆臭架子！我要去睡了。”

25

魔鬼创造了假日，以此诱使人陷入一种异端邪说，让其相信通过思考就可以获得幸福。大卫和祖父母的第一个圣诞节本来计划热热闹闹地度过，因为他们心里清楚，这也许是大卫和他们过的最后一个圣诞节。玛丽忍住了泪水以免被看到，但是在圣诞节前一天，沙德·莱杜走进大厅问多雷姆斯，卡尔·帕斯卡是否曾和他谈过共产主义，这时玛丽来到沙德面前，盯着他，像只拳击猫一样猛地举起手，用平静又可怕的声音说："你这个杀人犯！我要杀了你，杀了斯旺！"

这次，沙德看上去毫无兴致。

为了让这个节日尽可能充满欢乐，他们异常喧闹，但是他们准备的挺拔的冬青树和松树上挂着的金星，以及他们在小镇上这所宁静的老房子里为家庭所做的努力，本质上跟在城市的夜晚满心绝望而醉酒没有什么区别。多雷姆斯想，要是他们都醉醺醺的，手肘拄在倾斜的咖啡桌上，自由自在地走了，也会像以前一样，为家庭的幸福而四处奔波。他现在更加讨厌社团主义了——因为他们，这个圣诞节过得惴惴不安。

路易斯·罗滕斯顿收到一起吃晚饭的邀请，因为他是一个单身汉，更是一个犹太人，他在这个疯狂的独裁统治中既没有安全感，又受到冷落和威胁。（对犹太人来说，最值得称赞的莫过于他们的不受欢迎程度一直是衡量他们所生活的体制有多残酷和愚蠢的科学标准，因此即使是通过商业头脑赚得的一笔巨款，对于像罗滕斯顿那样幽默的犹太市民而言，也仍然是通过令人敏感的野蛮手段获得的。）晚饭后，大卫最喜欢的巴克·泰特斯来了，带来了很多玩具，有伍尔沃思拖拉机和消防车，还有一把真的弓箭，他大喊着要坎迪太太和他跳舞，还模棱两可地将那称为"光之舞"，这时传来了重重的敲门声。

阿拉斯·迪利和四个男人大踏步走了进来。

“找罗滕斯顿。哦，是你，路易？穿上外套，跟我们走——这是命令。”

“怎么了？你们想找他做什么？凭什么指控他？”巴克问，胳膊仍然搂着坎迪太太的腰，让她很不自在。

“不知道，只要求去总部问话。地区委员雷克在城里。只是问几个人问题。快点，就是你！”

于是欢闹的庆祝者们并没有依照计划去洛琳达的酒馆滑雪。第二天，他们听说罗滕斯顿和那个脾气暴躁的老保守党——五金商人雷蒙德·普莱德韦尔一起被带到了特里亚农的集中营。

两次监禁都令人难以置信。罗滕斯顿太温顺了。如果普莱德韦尔不那么温顺的话，就能一口咬定他没把莱杜当雇工，现在更不把他当地方长官了，但是——普莱德韦尔为什么那么神圣？还不如把上流社会的浸礼会教堂拽进监狱。

后来，沙德的一个朋友接管了罗滕斯顿的商店。

多雷姆斯沉思着，那样的事有可能在这里发生，可能发生在自己身上。还有多久呢？在他被捕之前，他必须从《每日线人》辞职，以此来弥补自己的良心。

维克多·洛夫兰教授曾经是以赛亚学院的一名古典主义者，因为没有给伐木工人教好算术而被劳改营开除，他带着妻子和孩子来到镇上，准备去他叔叔的石板采石场当计时员，在费尔海文附近。洛夫兰兴高采烈地拜访了多雷姆斯。他又打电话给克拉伦斯·利特尔——克拉伦斯会说：“顺便来看他”。克拉伦斯出生在佛蒙特州的一个农场里，一直供养着母亲，直到他三十岁时母亲去世。他曾经十分渴望上大学，特别想学习希腊语，而现在的他是一位脾气暴躁的珠宝商。虽然洛夫兰才三十多岁，但他把自己视为济慈和利德尔的结合体。他最伟大的时刻便是听自己读《荷马史诗》。

洛夫兰靠在柜台上。“还在继续学你的拉丁语语法吗，克拉伦斯？”

“天哪，教授，快别提了。不管怎样，是我自己太无能了，但这些天我发现我只能继续努力了。”

“我也是！别叫我‘教授’。我是石板采石场的计时员。多好的生活啊！”

他们没有注意到刚才进来的那个穿着便衣、笨手笨脚的人。估计是个顾客，但是他抱怨道：“你们两个都不喜欢现在的生活方式！别以为你们喜欢社团主义！别把局长看得太重！”那个看似顾客的人用大拇指戳着洛夫兰的肋骨，疼得洛夫兰大叫：“我才没有呢！”

“哦,你没有吗? 好吧,你们两个娘娘腔可以和我一起去法院!”

“你又是谁?”

“哦,我只是后备民兵的海军少尉而已!”

他带着一把自动手枪。

洛夫兰赶紧闭上了嘴,因此没怎么挨打。但是克拉伦斯·利特尔太暴躁了,他们把他放在厨房的桌子上,用钢筋棍在他赤裸的后背划了四十多刀。他们发现克拉伦斯穿着黄色的丝绸内裤,工厂和农场的后备民兵们都笑了——特别是一个年轻的巡查员,据说他和纳舒亚的一个营领导关系密切,那个领导是个胖子,戴副眼镜,嗓音洪亮。

利特尔被搀扶着费了好大劲才上了卡车,和洛夫兰一起被送往特里亚农集中营。他的一只眼睛闭着,周围都是淤青,后备民兵司机说看起来像是西班牙煎蛋卷。

卡车的车身是敞篷的,但他们无法逃脱,因为一路上这三名囚犯被手铐锁住。他们躺在卡车的车板上。天空在下着雪。

第三个囚犯不太像洛夫兰和利特尔。他叫本·特里彭,一直是梅德里·科尔的得力助手。他对希腊语毫无兴趣,只是特别关心他的六个孩子。科尔曾将他的工资从每周 9 美元(以社团主义之前的货币计算)降至 7.5 美元,为此他试图袭击科尔,并因大骂社团主义制度而被捕。

至于洛夫兰的妻子和孩子,洛琳达一直照看着她们,直到攒够钱将其送回洛夫兰太太在密苏里州一个贫困农场的家里。但后来情况好转了。洛夫兰太太得到了一个开便餐馆的希腊老板的青睐,找到了一份洗盘子的工作,在其他方面也得到了老板的认可。

县政府在一份由斯托布梅尔签署的公告中宣布,将对恐怖山上边缘地带的农业进行监管。起初,六个贫困家庭被迫搬进了那个身材高大、正直而又安静的老农民亨利·维德尔(多雷姆斯·杰瑟普的表弟)的老房子里,房子又大又方正,十分静谧。这些贫穷的家庭都有很多孩子,所以家里每个房间都有四五个人睡在地板上,在这些人到来之前,亨利和妻子自他们的孩子长大后,就一直过着安静的生活。为此亨利十分不满,他用不太得体的方式对后备民兵转移难民的行为表达了怨言。更糟糕的是,被迫搬迁的人也不怎么喜欢这种方式。“虽然我们的房子不大,但我们有自己的房子。不知道为什么要把我们推到亨利这里,真烦人。”其中一个人说,“谁也别想打扰我,我也不想去打扰别人。真看不惯亨利把谷仓涂得那么黄,看起来太蠢了,但那是他自己的事。”

亨利和两个受管制的农场主被带到了特里亚农集中营，其他人留在亨利的家里，除了把大储藏室收拾好后等待命令，无事可做。

“在被派去加入亨利、卡尔和洛夫兰的行列之前，我要把衣服洗好。”多雷姆斯在一月底的时候发誓。

他大步走进来见县长莱杜。

“我想离开《每日线人》。斯托布梅尔已经学会了我能教他的一切。”

“斯托布梅尔？哦！你的意思是助理局长斯托布梅尔！”

“打住，行吗？我们不是在阅兵，也不是在扮演士兵。不介意我坐下吧？”

“我介不介意有什么用，你压根就不在乎！但我现在可以告诉你，我很认真地告诉你，杰瑟普，我不会让你辞职的。我有充足的理由把你送进特里亚农集中营，关个一百万年是够了，再加上九十次鞭笞刑，但是——你一直被自己困着，就像忠诚的编辑被解雇一样，一想到看着你亲吻酋长的脚——还有我的脚，我就有点发痒！”

“我再也不干了！绝对不干了！我承认我做的事成了你的笑柄！”

“哦，那多优雅啊！但你得照我说的做，你会喜欢的！杰瑟普，你是不是觉得我给你当雇工的时候过得很愉快！你和你的老太太还有姑娘们去野餐，而我——哦，我只是你的雇工，耳朵里塞满污垢，你们的污垢！我只能待在家里打扫地下室！”

“也许是我们不想让你跟着，沙德！早上好！”

沙德笑了。笑声中传来了特里亚农集中营大门的声音。

其实是茜茜给多雷姆斯提供了线索。

他开车到汉诺威去见沙德的上司，也就是地区委员约翰·沙利文·雷克，雷克以前是个幽默风趣、满面红光的政客。只等了半个小时多雷姆斯就被接见了。看到雷克脸色苍白、犹豫不决、担惊受怕的模样，他惊呆了。但这位地区委员还是尽力表现出自己的威严来。

“好吧，杰瑟普，有什么事吗？”

“我能直说吗？”

“什么？什么事？当然可以了！我可是一直为人坦荡的！”

“但愿如此。委员，我发现我对比乌拉堡的《每日线人》来说毫无用处。你应该知道，我已经把斯托布梅尔训练成了我的继任者。没错，他现在完全有能力控制局面，我想辞职。我太挡他的道了。”

“为什么不留下来看看你还能做些什么来帮助他呢？经常还会有一些小

工作。”

“过去这么多年里，我都是在发号施令，现在让我听别人使唤我会不适应。你能理解我的，对吗？”

“天哪，我能理解吗？我怎么会理解呢！好吧，我会仔细考虑的。你在家的时候不介意为我自己的小报写点儿东西吧？我那儿有一份报纸。”

“不介意！当然可以了！乐意效劳！”

（“这是否意味着雷克相信社团主义暴政会在一场革命中爆发而开始做出调整？还是说他只是在做挣扎以免被赶出去？”）

“好吧，我理解你的感受，伙计。”

“谢谢！你能给我写一张纸条给莱杜县长吗？告诉他让我辞职，不要有偏见。——这更有说服力。”

“当然，没问题。等等，老伙计，我现在就写。”

在离开管理了三十七年的《每日线人》时，多雷姆斯尽可能少地惊动其他人。斯托布梅尔摆出不可一世的样子，伊奇特博士看起来很疑惑，但以丹·威尔格斯为首的小教堂的人却热情地同他握手。因此，六十二岁的多雷姆斯比以往任何时候都强壮和热心，除了吃早饭和给外孙讲大象的故事外，再没有什么更重要的事了。

但这只持续了不到一周。以免引起艾玛和茜茜，甚至是巴克和洛琳达的怀疑，他把朱利安拉到一边说：

“听我说，孩子。我想是时候叛国了。（看在上帝的份上，不要泄露这个秘密——甚至不要揭发茜茜！）我想你知道，共产主义者对我来说太神权了。但是在我看来，自早期基督教殉道者[1]以来，他们似乎比任何人都更有勇气、更有奉献精神和聪明的策略——他们也一样不惧危险、视死如归。我想跟他们联系一下，看看在街道路口有没有什么脏活儿是我能干的——比如说分发一些圣列宁早期的基督教教义。当然了，从理论上说，共产党人都被囚禁了。你能到特里亚农的卡尔·帕斯卡那儿去，看看我还能见到谁吗？”

朱利安说：“我可以。奥姆斯特德医生有时会被请来处理一些案子——共产党人讨厌奥姆斯特医生，因为他讨厌他们，但共产党人的军营医生还是个酒鬼，在他们的一个典狱长抓住那个酒鬼的手腕殴打某个囚犯时，共产党人必须找一个真正的医生。我会尽力的，先生。”

---

① 这里专指为了传播神的福音而牺牲的基督徒。

两天后朱利安回来了。

“天哪，特里亚农那地方真是个下水道！我以前在车里等过奥姆斯特德，但我从来没有胆量进去。那些建筑作为女校使用的时候，还是很美的，相当美丽。可是现在，所有的设备都被拆掉了，他们为牢房搭建了墙板隔板，整个区域都散发着酸味和屎臭味，房间里什么也没有，在里面待着感觉就像被钉在一个盒子里——真不知道怎么有人能在那些牢房里面待上一个小时——但是就是在一个长十二英尺、宽十英尺、高七英尺的牢房里，却放了六个床位，还有一个二十五瓦的灯泡，我猜也就二十五瓦，挂在天花板上——那个光太暗了，根本看不清楚。但是他们每天出去锻炼两个小时——在院子里走来走去——他们都使劲弯着腰，看起来羞愧极了，像是所有反抗心理都消失了一样——甚至连卡尔也有一点，你还记得他以前有多骄傲，多会嘲讽吗？好吧，我得去见他，他说要和这个人联系——在这儿，我记下来了——看在上帝的份上，你记下之后就把它烧了吧！”

“他呢——他们已经——”

“哦，是的，他们打了他，好吧。他不会说出来的。但他的脸上，从太阳穴一直到下巴有一道伤疤。我只瞥了一眼亨利·维德尔。还记得他长什么样子吗——像棵橡树吗？现在他不停地抽搐，一听到声音就跳起来气喘吁吁。他不认识我。我想他已经谁都认不出了。”

多雷姆斯在加特向家人大声宣布，他仍在谈一家苹果园的买卖权问题，他们可以退休后暂居此处，他向南前行，带着睡衣和牙刷，公文包里还有斯宾格勒的《西方的没落》第一卷。

帕斯卡给的地址是一个穿着祭坛服和祭司袍的商人的地址，那位商人尤为绅士，他在康涅狄格州哈特福德的一个茶馆里有自己的商店和办公室。在谈了一个小时的大提琴、史宾涅达底小夜曲和帕莱斯特里纳的音乐之后，商人才把多雷姆斯介绍给一位在新罕布什尔州建造水坝的工程师，工程师把多雷姆斯送到林恩一家小街的裁缝店，裁缝店最后又将其送到了康涅狄格州北部和共产党员在美国留下的东区总部。

多雷姆斯仍然提着他的小公文包，走上一座泥泞小山，没有汽车能通过那里，他在一座新英格兰农舍看到了一扇褪了色的绿门，用手敲了敲。农舍掩映在寒冷的老丁香灌木丛和尖塔灌木丛中。一个脾气暴躁的农妇打开门，满脸敌意。

“我找艾利先生、贝利先生或凯利先生。”

“他们都不在家。你下次再来吧。”

“那我就等一下吧，反正也没什么其他事。”

“好吧，进来吧。”

“谢谢您。这封信是给他们的。”

（裁缝警告过他：“所有的人和事听起来都很愚蠢，但是如果中央委员会有人被抓了——”他比划着剪刀穿过喉咙，接着发出一声喷射的声音）

多雷姆斯坐在一个小厅里，紧挨着一段陡峭的楼梯，坡度就像屋顶的侧面一般；厅里贴满墙纸和柯里尔与艾夫斯版画，还有涂着黑漆的木制摇椅，上面有印花棉布垫子。桌上除了一首卫理公会圣歌乐谱和一本字典，再没有其他读物了。他对前者了如指掌，而且他总是喜欢看字典——经常有字典吸引他离开编辑写作工作。他高兴地坐在那里研究：

> 苯基，化学。一价自由基 C_6H_5 被认为是许多苯衍生物的基础；就像苯基氢氧化物 C_6H_5OH。

“好吧！我以前从来都不懂这些！现在懂了吧？”多雷姆斯心满意足地想，他还不知道，一个身宽体胖的人正从狭窄的门口愤怒地盯着他，那个人头发灰白，一只眼睛上有一块斑。多雷姆斯从照片上认出了他。他是比尔·阿泰伯里，既是矿工、码头工人又是资深的世界产业工人组织领导人，在圣昆廷工作过五年，又在莫斯科工作过五年，现在是一名秘书。

“我是艾利先生，有什么能为您效劳的？”比尔询问道。

他带领多雷姆斯走进一间发霉的后屋，走到一张可能是桃木的桌子旁，那儿坐着一个又矮又胖的男人，有一头双色卷发，肥胖而又苍白的脸上布满深深的皱纹，还有一位苗条优雅的年轻人，那人建议去派克大街。

“你好啊。”比尔先生用俄国犹太口音说。多雷姆斯对他一无所知，只知道他不叫比尔。

“早上好。”凯利先生匆忙说道——如果多雷姆斯没猜错的话，他的名字叫埃尔弗里，是一位百万富翁私人银行家的儿子，还是一位探险家、一位主教夫人和一位伯爵夫人的兄弟，而他本人曾是加利福尼亚大学的经济学教师。

多雷姆斯试图向这些目光尖锐、目不转睛地毁灭策划者介绍自己。

“你愿意成为一名党员吗？在他们极不可能接受你的情况下，你愿意毫无疑问地接受任何命令吗？”埃尔弗里十分温和地问道。

“你是问我，愿意杀人和偷窃吗？”

“你一直在读关于‘红军’的侦探小说！不，你要做的比轻松使用汤米枪难得多。你愿意忘记自己曾经是一个受人尊敬的报纸编辑，曾经发号施令？你愿意穿着流浪汉的衣服在雪地里走来走去，分发煽动性的小册子吗？即使你知道，这些小册子对这项事业毫无益处。”

“为什么，我——我不知道。在我看来，作为一个训练有素的新闻记者——”

“见鬼！我们唯一的麻烦就是要把‘训练有素的新闻记者’拒之门外！我们需要的是训练有素的贴广告的人，能闻得了浆糊的味道又不嗜睡。而且——你的年纪有点大了，不适合干这个——狂热分子出去发动攻击，他们知道自己会被打得狼狈不堪。”

“不，我想——听我说。我敢肯定，沃尔特·特罗布里奇将与社会党人、一些左翼激进的前参议员和民工党人之类的联合起来——”

比尔哈哈大笑。他的声音冲击性非常强，无端令人害怕。

“是的，我相信他们会加入——所有像特罗布里奇这样的肮脏、鬼鬼祟祟、半信半疑、主张改革的社会法西斯分子，都在做资本家的工作，为对抗苏俄的战争而工作，甚至没怎么意识到自己在做什么，也不知道为这种狡诈的工作索要工资！”

“我真佩服特罗布里奇！”多雷姆斯咆哮着。

“你确实应该如此！”

埃尔弗里站起身来，算是诚恳地对多雷姆斯说：“杰瑟普先生，我本人是在一个健全的资产阶级家庭长大的，不像这两个粗人，就算他们无动于衷，我也很感激你的努力。我想你拒绝我们的心理远比我们对你的更加坚定！”

“多雷姆斯说得对，埃尔弗里同志。你和那个伙伴都像约翰逊说的那样，开始坐立不安了！”那个俄国人贝利先生笑着说。

“但是我只想知道，你们还在争论托洛茨基同志是否因为说了很多针对北方的言论而有罪时，特罗布里奇不会赶走温德里普吗？再见！”多雷姆斯说。

两天后，当他向朱利安讲述这件事时，朱利安感到困惑：“我不知道是你赢了还是他们赢了？”多雷姆斯断言：“我想除了蚂蚁，没有人赢！不管怎样，我知道人不是单靠黑面包就能生存的，而是要靠我们的神耶和华所说的一切……共产党人严肃又狭隘；北方佬宽容又肤浅；难怪独裁者能把我们分开，让所有人都为之效力！”

即使是到了二十世纪三十年代，在人们坚信电影、汽车和光鲜的杂志已经遍及美国所有大村庄时,在比乌拉堡这样的社区里,所有像多雷姆斯一样无力去欧洲、佛罗里达或加利福尼亚的退休商人,在星期天下午,只能像只老狗一样漫无目的地同家人一起外出。他们来到市区的商店、酒店大堂、火车站和理发店,尽管需要等上十五分钟才能刮完三周修理一次的胡子,他们仍然感到很高兴,对长时间的等待毫不生气。同欧洲大陆不同,那里没有咖啡馆,除了乡村俱乐部以外,再没有其他俱乐部,而那里主要是年轻人们在黄昏和夜晚的避难所。

多雷姆斯,这位高级文化人,退休后几乎和银行家克劳利一样沉闷。

他确实有假装去打高尔夫球,但没找到什么特别的地方可以停下来漫步,打打小球,更糟糕的是,现在穿着制服的后备民兵让球场变得明亮起来。而且他没有多少钱,毫无疑问,梅德里·科尔会有,在酒店的韦斯克斯大厅时刻都会受到欢迎。

他待在三楼的书房里,只要眼睛能坚持,就一直读书。但是他能感觉到,艾玛和坎迪太太对他整天待在家里而生气,这让他很恼火。对了!这座房子会让他拥有能得到的一切,还有政府接管房子时留给他的一小部分《每日线人》股票,然后去——好吧,就去——落基山脉或任何新的地方。

但是他意识到艾玛根本不想去新的地方;他还发现,下班回家后自己对于艾玛带给他的温暖感到舒适,但他现在一直待在家里已经开始不耐烦了,艾玛也感到厌烦了。唯一不同的是,她没办法承认自己被忠实的伴侣厌烦了,因为他们之间没有发生什么不愉快,也没有迹象表明他要赶赴一场约会。

"开车去看看巴克或洛琳达怎么样?"艾玛建议道。

"你从来没有嫉妒过小琳达吗?"他语气很轻,因为他问得很真诚。

她笑了。"你?在你这个年纪?就好像有人会喜欢你,把你当情人似的!"

哼,洛琳达就愿意看到他怒不可遏,很快他就"开车去看她了",对于不忠的行为,做起来要比想象中容易一点儿。

他只回过一次《每日线人》办公室。

斯托布梅尔不在,很明显,真正的编辑是那个狡猾的乡巴佬伊奇特博士,他甚至没有在多雷姆斯进门的时候起身表示欢迎,也没有听取多雷姆斯就农村新的通信组成发表意见。

这种背叛比沙德更让人难以忍受,因为沙德一直坦率地认为多雷姆斯是个傻瓜,几乎和真正的"城里人"一样糟糕,而伊奇特博士曾欣赏过多雷姆斯的精工细作,工作流畅且基础扎实。

他日复一日地等待。对很多人来说,这么多的革命不过是等待而已。这也是游客们在拥挤的人群中除了满足的表情之外很少看到其他东西的原因之一。等待,以及它的兄弟死亡,似乎是令人极度满足的事。

自二月下旬以来,多雷姆斯就一直在注意那个保险员。他自称迪米克先生,来自阿尔巴尼。那是个阴沉而又粗俗的人,穿着灰蒙蒙、满是灰尘和褶皱的衣服,那双大眼睛里毫无热情。在城里的四家药店和擦鞋店遇到他时,他总是哼哼着说:"我叫迪米克——来自阿尔巴尼——纽约的阿尔巴尼。我想知道您是否对人寿保险感兴趣,这是一种很棒的新保险形式。非常好的!"但他的话听起来并不像他自己认为的那般好。

他是个讨厌鬼。

他总是强行进入冷清的商店,但他似乎很少售出保险单,甚至没有。

没过两天,多雷姆斯就注意到,那位来自阿尔巴尼的迪米克先生一天中设法跟他见面的次数多得惊人。当他从威塞克斯出来的时候,他看到迪米克先生靠在一根灯柱上,故意不看路,然而三分钟后,在两个街区外,迪米克先生又尾随他来到了佛蒙特州的游泳池和烟草总部,并听到了多雷姆斯和汤姆·艾肯关于鱼苗孵化场的谈话。

多雷姆斯突然感到了背后发凉。那天晚上,他特意溜到镇上,看见迪米克先生和一辆从比乌拉开往蒙彼利埃的公共汽车司机聊得正起劲。多雷姆斯怒目盯着他。迪米克先生用水汪汪的眼睛看着他,低声说:"有空再跟你说保险的事。"然后拖着脚走开了。

随后,多雷姆斯拿出他的左轮手枪进行清理,说了句:"哦,可恶!"然后把它收起来。这时他听到一声铃声,下楼发现迪米克先生坐在大厅的橡树帽架旁擦拭帽子。

"如果你不是很忙,我想和你谈谈。"迪米克先生抱怨道。

"好吧,进去吧。请坐。"

"有人在听我们说话吗?"

"没有啊! 怎么了?"

迪米克先生的阴沉和疲倦消失了,声音很是尖锐:

"我想你们当地的社团组织已经盯上我了。得赶紧了。我从沃尔特·特罗布里奇那里过来的。你可能猜到了——我整个星期都在观察你,打听你的事。你必须代表特罗布里奇和我们,对社团主义进行秘密反抗。我们所称的"新地下组织"——就像是内战之前把奴隶带进加拿大的秘密地下组织。它有四个部门:分别负责印刷宣传品、分发宣传品、收集和交换有关社团主义暴行的信息,还有将嫌疑人偷运到加拿大或墨西哥。当然了,你对我一无所知。你可能觉得我是一个社团主义间谍。不过,看看这些证件,也可以打给你在伯灵顿造纸公司的朋友萨姆森先生。看在上帝的份上,小心点！你可能会被窃听。你就说对保险感兴趣,问他关于我的情况。他是我们中的一员。你也将成为我们中的一员！现在就打电话问问吧!”

接着多雷姆斯打电话给萨姆森:“埃德,有一个叫迪米克的家伙,长得又高又瘦,眼睛挺大的,你知道吗？我应该接受他的保险建议吗?”

“对。他为沃尔特·特罗布里奇工作。当然了,你可以和他一起工作。”

“现在正是!”

26

因为报纸必须分发到四十英里外的村庄，而且没有发行后来的城市版，所以《每日线人》排版室一直工作到晚上十一点。在其他人离开后，领班丹·威尔格斯留了下来，贴了一张民兵海报，海报上宣布3月9日将举行盛大的游行，并顺便宣布温德里普总统将挑衅全世界。

丹停住脚步，用锐利的目光环视了一下四周，接着走进了储藏室。灯泡满是灰尘，发出微弱的光，里面就像是一座死气沉沉的新闻之墓，墙上贴着苏格兰郡集市古老的红黑海报和有伤风雅的五行打油诗的校样。里面有一个八角箱，曾经用来印刷小册子，但后来被一台单版印刷机取代了，丹从八角箱的几个隔间的空里挑出一些小块的活字，用废弃的打印纸包起来，装在了夹克的口袋里。此时八角箱里的活字看起来只剩下一半，为此，他做了一些比罢工更让印刷工人震惊的事情。他没有再用另一个八角箱里的活字来填满这个箱子，而是用了一个破旧的十角箱。

丹身形高大，长满了汗毛，他小心地捏着这些活字，仿佛大象在玩母鸡游戏一样荒谬。

他把三楼的灯关了，然后迈着沉重的步伐走下楼。他瞥了一眼编辑室，只有伊奇特博士还在，一小圈光线透过护目镜，在伊奇特那张亚健康的脸上投下了一层绿色。他正在批改那位有名无实的编辑埃米尔·斯托布梅尔少尉写的一篇文章，用一支黑色的大铅笔在上面批注，接着笑了起来。抬起头来的时候，被吓了一跳。

“你好，博士。”

“嗨，丹。加班吗？”

“是啊。刚完成一些工作。该下班了。”

“对了,丹,这些天你见过老杰瑟普吗?”

“我也不知道什么时候见过他了,博士。哦,对,几天前我在雷氏商店碰到他了。”

“他还是跟以前一样讨厌这套制度吗?”

“哦,他什么也没说。该死的老傻瓜! 就算他不喜欢所有穿制服的勇士们,也应该看到老大一直在这儿,天哪!”

“当然应该了! 这个制度多好。这个家伙现在可以在报纸工作上领先了,不会被一群自以为是的势利小人拦住,他们自认为受过什么该死的教育,就因为上过大学!”

“没错。好了,杰瑟普和那些老家伙真是见鬼。我要走了,博士,晚安!”

丹和伊奇特伸出手臂,严肃地向民兵敬了礼。丹咚咚地跑到街上,往家走去。他在街区中央的比利酒吧前停了下来,把脚搭在一辆脏兮兮的旧福特汽车的轮毂上系鞋带。他一边系鞋带,一边朝街上张望,然后把口袋里的包裹丢进汽车前座上一个破旧的树液桶里,一脸威严地向前走去。

从酒吧里出来的是皮特·武通,一个住在恐怖山上的法裔加拿大农民。皮特很明显醉醺醺的,嘴里哼唱着一首史前小曲“嗨哩,嗨喽”,在他印象里,这首歌是德国歌曲,即“永远开开心心,越长越聪明”。他踉踉跄跄地走着,好不容易拖着脚步进入车里,随后歪歪扭扭地驾驶着汽车,直到转过拐角。惊奇的是,他突然清醒了过来;听到汽车飞速出城时的隆隆声,不禁吓了一跳。

皮特·武通算不上是很好的特工。他有些名气,但只做过一个星期的间谍。

在那一个星期里,丹·威尔格斯曾四次把沉重的包裹扔进他那辆福特汽车的树液桶里。

皮特穿过大门进入巴克·泰特斯的领地,放慢了速度,把树液桶扔进沟里,接着加速回家了。

第二天黎明时分,巴克·泰特斯就带着他的三只爱尔兰狼狗出去散步,他踢开了树液桶,把包裹装进了自己的口袋里。

第二天下午,丹·威尔格斯到巴克家的地下室里,在八角箱里放了一本小册子,题为“社团主义杀害了多少人?”上面标记着“斯巴达”,是多雷姆斯的笔名之一。

有一次,在去巴克家的路上,丹被不熟悉的民兵搜查了一番,在他身上没有发现任何印刷品，也没有发现任何比香烟纸更能证明他有罪的文件，他们都很高兴，这些人是新地下组织地方分会的头目。

社团主义团体制定了一项条例，授权所有印刷机械和纸张的经销商，并要求他们保留购买者的名单，因此，除了走私，不可能获得发行的叛国文学作品。丹偷了小块活字；又和多雷姆斯、朱利安还有巴克一起从《每日线人》的地下室偷了一整台旧的手工印刷机；纸张是由一个经验丰富的走私犯约翰·波利科夫从加拿大走私来的，他很高兴自己重操旧业。

没有人知道，丹是否会因为怨恨温德里普或莱杜县长，而做出什么极其怪异的事情来。他被煽动起来，一部分原因是对多雷姆斯的喜爱，另一部分是对伊奇特博士的愤慨，而后者曾公开表示自己的喜悦之情，因为所有的印刷工会都被政府联合打垮了。又或许是因为丹把烟草汁弄到衬衫上时，他曾嘲笑过丹几次——每周也就一两次。

丹咕哝着对多雷姆斯说："好吧，老大，我觉得我可能会跟你一起干。先说好，革命开始的时候，我要开载着博士的卡车。还记得《双城记》吗？那可是本好书。对了，要不要写一本关于离开温德里普的滑稽生活？你只要把事实写出来就行了！"

巴克高兴得像一个被邀请去野营的男孩一样，把他那所僻静的房子，特别是宽大的地下室作为新地下组织的总部，他和丹还有多雷姆斯坐在壁炉旁，喝着热朗姆酒，在酒精的催化下做出了他们最厉害的谋划。

二月中旬，多雷姆斯建立了新地下组织的比乌拉堡牢房，几个星期后，他自己、他的女儿们、巴克、丹、洛琳达、朱利安·法尔克、奥姆斯特德医生、约翰·波利科夫、佩雷菲斯神父（他与不可知论者丹以及无神论者波利科夫争论不休，比他与巴克的争论更为激烈）、亨利·维德尔太太（她的农民丈夫在特里亚农集中营）、被剥夺了财产的犹太人哈里·金德曼、为大多数非犹太人和非社会主义者服务的那位律师蒙戈·基特里克、农民皮特·武通和丹尼尔·巴布科克，还有其他十几个人都加入了。法尔克牧师、艾玛·杰瑟普和坎迪太太或多或少都没有意识到自己是新地下组织的工具。但无论是谁，不管信仰什么，地位高低，多雷姆斯都在他们身上看到了自己曾在教堂里失去的宗教激情；祭坛抑或是教堂里色彩斑斓的窗户，在他眼里从来都不算是神圣之物，但是如今，看着眼前的这些垃圾——印刷字体模糊不清的小册子，还有吱吱作响的手动印刷机，他终于明白什么叫神圣了。

接着不断有人加入：来自奥尔巴尼的迪米克先生，另一个保险代理人——

他对意外卖给沙德·莱杜的新林肯车保险的事感到啼笑皆非；一个兜售地毯的亚美尼亚人，来自伯灵顿的萨姆森先生，他在找砍断的松树做纸浆。但不管是谁，多雷姆斯每周都会从新地下组织听到消息。他现在的生活要比在报社的时候充实得多，也像年轻时在波士顿冒险一样快乐。

他兴高采烈地哼着小曲，用脚踏板“呼呼”地敲打着小型印刷机，一边送纸，一边欣赏着自己的技术。洛琳达向丹学习打字，热情要比学习“ei”和“ie”时更为高涨。艾玛、茜茜和玛丽则手工折新闻纸，缝制好小册子，他们都在旧砖墙地下室里工作，那里到处都是锯末、石灰和腐烂苹果的味道。

除了斯巴达的小册子，还有安东尼·苏珊的小册子——除了星期五她扮演着洛琳达——他们的主要非法出版物是《佛蒙特州警觉报》，这是一个四页的周刊，但是通常只有两页内容，这让多雷姆斯感到轻松自由，每周出版三次。里面都是新地下组织其他部门偷运给他们的报道，还有沃尔特的《民主长矛》和加拿大、英国、瑞典和法国报纸的转载，这些报纸的驻美记者通过长途电话得到了教育部长、政府新闻部部长麦克戈布林的消息，尽管他大部分时间都在否认。一名英国记者将伊利诺伊州南部大学校长遇害的消息和一名七十二岁的男子在“试图逃跑时”背部中弹的消息，通过长途电话传到墨西哥城，又从墨西哥城传到了伦敦。

多雷姆斯发现，不管是自己还是其他小市民，大家听到的美国事情跟真正发生的比起来都只是九牛一毛。中世纪之时，叛逆的农民只有干草叉和善意作为武装，但国家的武装状况并没有好得多。温德里普和社团主义团体跟希特勒和墨索里尼一样，他们发现如果能通过三个步骤控制报纸上的所有新闻，一个现代国家就可以比中世纪的时候更好地来管理复杂的当代人。这三个步骤便是：控制媒体的所有话题，任何社团一旦有危险的苗头出现就马上扼杀，将所有机关枪、大炮、装甲车和飞机的控制权掌握在政府手中。

多雷姆斯收到可怕而又不可思议的消息，他发现他自己的生命，还有茜茜、洛琳达和巴克的生命，都无关紧要。

在北达科他州，两个准农民领袖被一辆民兵汽车追杀，他们不停地奔跑，穿过二月雪地，直到气喘吁吁地倒下，却还在蹒跚前行，接着被汽车的轮胎打气泵再次击倒，最终被枪毙，鲜血染红了草原上的积雪。

相比于过去厚颜无耻的时候，温德里普现在明显变得神经质很多，他看见他的两个私人保镖在办公室的前厅窃笑，便尖叫着从办公桌上一把抓起自动手枪，朝他们射击。但他的技术实在太糟糕，所以必须靠他的警卫用手枪干掉犯罪嫌疑人。

一群没有穿任何制服的年轻人，在堪萨斯城车站广场上将一个修女的衣服撕烂，又追赶着赤手空拳打她。过了一会儿，警察来制止了他们的行为，却没有将其逮捕。

在犹他州，一位非摩门教[1]的县长在一块光秃秃的岩石上监视着一位摩门教长老，由于海拔很高，这位长老立刻打了个寒噤，刺眼的光线让他的眼睛很难受，因为那位县长之前已经割下了他的眼皮。政府的新闻稿报道了大量关于实施酷刑的县长受到谴责并被免职的新闻，但对他在佛罗里达州的另一个县被重新任命的事只字未提。

重组后的钢铁卡特尔的头目们——在温德里普之前，他们大都是钢铁公司的高管——在匹兹堡举行了一个水上庆典，款待教育部长麦克戈布林和战争部长卢瑟恩。一家大酒店的餐厅被改造成了一个带玫瑰香味的水池，庆祝者乘坐镀金的罗马驳船漂浮在水面上。女招待们都穿着暴露，她们举着托盘，更常见的是拿着酒桶，滑稽地游向驳船。

美国国务卿李·萨拉森在华盛顿一家帅哥俱乐部的地下室被一名警察逮捕，罪名不明，警察一认出萨拉森马上跟他道歉，并将其释放，然而当晚萨拉森睡觉时被一名神秘窃贼枪杀了。

阿尔伯特·爱因斯坦曾因投身于数学、世界和平和小提琴的罪名被驱逐出德国，现又因同样的罪行被驱逐出美国。

伦纳德·尼米特夫人是内布拉斯加州林肯市一位教会牧师的妻子，她的丈夫曾被送到集中营进行和平主义布道，而她因为拒绝为来寻找煽动性册子的民兵开门，被人从门口射杀了。

在罗德岛州，一个位于地下室的小型正统犹太教会被人扔进了装有一氧化碳的薄玻璃容器，门被钉死，窗户也被钉死，教会的十九个人闻到煤气味时已为时已晚。年过六十的他们纷纷倒在地上，胡须都翘了起来。

汤姆·克莱尔——他的案子真的很糟糕，因为他竟然被搜查到带着一份《民主长矛》的复印件和证明他是新地下组织信使的证件——同样令人百思不得其解，因为大家都尊敬他，认为他在新罕布什尔州一个乡村铁路站工作，是一个善良、体面、缺乏想象力的行李员——他被人投进了一口水深五英尺的井内，那是口光滑的水泥井，就这样离开了。

---

[1] 非摩门教(non-Mormon)，基督后期圣徒教会，是泛基督信仰各宗派运动的一个分支，但在信仰内容上与基督教有别，摩门教为坊间的非官方称呼。

蒙大拿州前最高法院大法官霍布林在深夜被人从床上拽了起来，连续审查了六十个小时，指控他与特罗布里奇通信。据说主审官多年前曾被他以抢劫罪和殴打罪判刑。

一天之内，多雷姆斯接到多篇报告说，四个文学或戏剧团体——芬兰人、中国人、爱荷华人和一个属于明尼苏达州梅萨巴山脉混合矿工组织的团体——被解散了，他们的军官遭到殴打，俱乐部被砸烂，旧钢琴也被砸碎了，他们被指控持有非法武器，每一个案件中的成员们都宣称自己用的是剧院里使用的老式手枪。就在那一周，阿拉巴马州、俄克拉荷马州和新泽西州有三人因藏有下列反叛性书籍而被捕，分别是：阿加莎·克里斯蒂的《罗杰·阿克罗伊德疑案》(因这本书被逮捕倒还有点缘由，因为俄克拉荷马州一位县长的嫂子就叫阿克罗伊德)，克利福德·奥德斯的《等待老左》，以及维多利亚·林肯的《二月山岗》。

“但是在温德里普来到之前，也发生了很多类似的事情，多雷姆斯，”波利科夫坚持说，(直到他们愉快地在非法地下室相遇，他才呼唤多雷姆斯除了“杰瑟普先生”以外的名字)“你从来没想过他们，因为这只是出现在报纸上的日常新闻而已。比如佃农和斯科茨博勒男孩，加州批发商反对古巴农业联盟和独裁统治的阴谋，还有肯塔基州虚假代表枪杀罢工矿工的方式。相信我，多雷姆斯，那些推翻这些罪行的反动分子，不过是和温德里普关系密切的大亨。我担心的是，如果沃尔特真的发动了一场起义，赶走了巴兹，会有跟沃尔特一样贪得无厌的人，得到那些可怕的所谓爱国、民主议员的支持，踩在战利品上。”

“所以帕斯卡被送进特里亚农之前，确实让你皈依了共产主义。”多雷姆斯嘲笑道。

波利科夫跳了起来，看起来差不多有四英尺，然后尖叫着：“共产主义！别让他们组成统一战线！哦，帕斯卡那个家伙——他只是个宣传员，我告诉你——我告诉你——”

多雷姆斯最艰难的工作就是翻译来自德国报界的文章，这对科尔普斯一家最为有利。即使是在巴克那高高的地下室三月的寒意中，多雷姆斯都汗流浃背，他俯身在厨房的桌子上，翻阅着一本德英词典，嘴里咕哝着，用铅笔敲着牙齿，搔着头顶，看上去像个留着假灰胡子的小学生，他对着洛琳达号啕大哭：“现在到底该怎么翻译‘Er erhält noch immer eine zweideutige stellong den Juden gegenüber’这句话？”她回答说：“什么，亲爱的，我知道的唯一一句德语就是巴克教我的‘上帝保佑你’——‘该死的懒惰’。”

他逐字逐句地翻译了《人民观察家报》，后来改成了通俗易懂的英语，对他的领导和支持者而言，这是令人欣慰的敬意：

> 美国有一个辉煌的开端。没有人比我们德国更真诚地祝贺温德里普总统。这一趋势指向一个目标，那就是建立一个平民国家。不幸的是，总统还没有准备好打破自由主义传统。他对犹太人始终持一种两面派的态度。我们只能假设，从逻辑上来说，必须由运动来改变这种态度，这是其理念所描绘的。流浪的犹太人永远是自由自觉人民的敌人，美国也将认识到，即使是犹太人妥协，也可以像对待黑死病一样对待他们。

共产党仍在冒着生命危险秘密出版《新大众》杂志，多雷姆斯从中得到了许多关于濒临饿死的矿工和工厂工人的消息，而如果他们批评工头助手，就会被监禁起来……但其中大多数杂志——1935 年以来发生的任何事情都没有改变其伪善和得意——报道了马克思的最新消息，并诋毁新地下组织的特工，包括那些被棒打、监禁和杀害的，他们被称为“反法西斯的反动密探”，而且上面还装饰着一个卡通人物沃尔特·特罗布里奇，他身穿民兵制服，亲吻着温德里普的脚。

这些新闻简报以十几种疯狂的方式传到多雷姆斯手中——简报内容写在最薄的纸上，由信使传递；一名在米德尔伯里邮购部做职员的纽约州特工将其夹在目录册中，寄给亨利·维德尔太太和丹尼尔·巴布科克；一个新地下组织特工将其夹在牙膏和香烟的纸箱里，假扮成职员送到厄尔·泰森杂货店；一个外表强硬、看起来无辜的跨州家具搬运卡车司机将其丢在巴克的官邸附近。他在办公室的时候，消息来得毫无依据，也不够明显，在一批美联社的传单中，有消息说中国有数百万人饿死，中欧许多政治家遇刺，善良的安德鲁·梅隆先生建造了很多的新教堂，一切都是例行公事。现在，他就像十八世纪在加拿大北部的传教士，等待着需要整整一个春天才能从布里斯托尔传到哈德逊湾的消息，每时每刻都在想法国是否宣战了，女王陛下是否已安全分娩。

多雷姆斯意识到，他一下子听到了滑铁卢战役、大流散、电报的发明、芽孢杆菌的发现和十字军东征这么多事件，如果说他花了十天时间才得到这些新闻，那么历史学家要花十年时间来进行评估。难道他们不羡慕他，认为他生活在历史的危机之中吗？还是说他们会对那些挥舞着国旗、扮演民族英雄的二十世纪三十年代的孩子们微笑？因为他相信这些历史学家既不是共产主义者和法西斯分子，也不是好战的美国或英国民族主义者，只是那种乐观的自由主义者，而如今交战的狂热分子疯狂咒骂他们是软弱的动摇者。

在所有这些秘密的骚动中，多雷姆斯最艰巨的任务是避免受到集中营的猜疑，并让人觉得他只是一名一直游手好闲的老者，并无害处，而在三个星期前，他真的是那样做的。由于工作了一整夜，他昏昏欲睡，整个下午都在威塞克斯酒店的大堂打哈欠，讨论钓鱼的问题——俨然一个气馁得无法构成威胁男人。

多雷姆斯时不时感到疲惫，到了晚上，在巴克家无事可做，他就在书房里闲逛，羞耻地让自己享受安静和文明的时刻，重新向往象牙塔。他常常会回忆起一首诗，倒不是说这首诗有多么伟大，只因为这是他小时候作的第一首美妙的诗，他当时还大吃一惊，他重读了丁尼生的《一千零一夜》：

一个快乐的王国，许多土堆
许多阴影斑驳的草坪
满是城市的寂静，
还有茂密的没药树丛
香柏木，柽柳，
浓密的刺蔷薇，
高大的东方灌木和方尖碑
雕刻着时代的象征，
以纪念善良的哈伦·阿尔拉希德的黄金年华。

有段时间，他可以和罗密欧、尤金、伊万豪和彼得·温西勋爵一起漫步；他看到了圣马可广场，还有古老无比的巴格达塔；他和奥地利的唐·约翰一起去打仗；他没有签证就走上了通往撒马尔干的黄金之路。

“但是丹在叛乱宣言上设置排版，巴克在晚上骑摩托车分发，可能也和在世外桃源一样浪漫……生活在一个绽放的史诗里，但是现在，这座城市中还没有人写下《荷马史诗》！”

惠特·比比是一个沉默寡言的老鱼贩子，他的马看起来也很老了，虽然它并不沉默，会发出各种令人尴尬的声音。二十年来，他那辆熟悉的马车，像最小的列车员车厢一样，把鲭鱼、鳕鱼、湖鳟鱼和牡蛎罐头运到比乌拉山谷的所有农庄里。如果怀疑惠特·比比有煽动性的行为，那就跟怀疑他的马一样荒谬。年长的人记得，他曾以他的父亲为傲，他的父亲是内战时的一名上尉，后来在农场里喝得酩酊大醉，但年轻时的鱼贩子忘记了曾经有过内战的事情。

三月下旬的午后，在阳光的照耀下，皑皑白雪逐渐消融，惠特一路小跑到杜鲁门·韦伯的农舍。他去沿途的农场送了十份订单的鱼，只送鱼，但到韦伯家，他还送下了一捆小册子，用腥味很重的报纸包着，不用说也知道是什么。

到了第二天早上，这些小册子都被放在基兹米特十几英里外的农民的邮筒里了。

第二天深夜，朱利安·法尔克开车送奥姆斯特德医生去了韦伯家。现在，韦伯有一个生病的姑妈。两个星期前，她还不太需要医生，但正如所有村民都能猜到而且确信的那样（他们是从农村党员的电话中听到的），医生现在必须每隔三四天来一次。

“嗨，杜鲁门，老太太怎么样了？”奥姆斯特德医生高兴地打电话来。

韦伯从门廊前轻轻地回答：“安全！说吧！我一直很小心。”

朱利安迅速溜了出去，打开医生汽车的隆隆作响的车门，只见一个穿着晨礼服和条纹裤子、相貌惊人的高个子男人低沉地说着什么，他腋下夹着一顶宽大的毡帽，站起身来，揉了揉身子，因伸展痉挛的身体而痛苦地呻吟着。医生说：

“杜鲁门，今晚有位很重要的人员伊莱扎到来，他后面还跟着一群猎犬！还有英格拉姆议员——韦伯同志。”

“啊！我从没想过有生之年能被称为‘同志’。不过很高兴见到您，议员先生。两天内我们会把您送到加拿大的边境——在边境的树林里有几条路——现在为您准备了好吃的热豆子。”

那天晚上，英格拉姆先生睡觉的阁楼隐藏在一堆树干后面的梯子旁边，是一个“地下车站”，在十九世纪五十年代，杜鲁门的祖父是特工时，这个车站曾庇护了七十二名逃往加拿大的黑奴，在英格拉姆疲惫又不堪的头顶上方的墙上，仍然可以看到很久以前用木炭写下的字：“在我的仇敌面前，上帝为我准备了一张餐桌。”

傍晚刚过六点，在塔斯布鲁和斯嘉丽的采石场附近，波利科夫开着他的破车，后面拖着巴克开的车，他们时不时停下来。约翰在民兵巡逻队的面前，非常刻意地看着巴克车上的马达，而民兵巡逻队根本就没注意到这种明显的友谊。他们在塔斯布鲁最深的坑边停了一下。巴克踱来踱去，打呵欠，而约翰又做了些修补。“就是现在！”巴克厉声说。两个人都跳到约翰车后座的超大工具箱前，各自拿出一大把警示佛蒙特州的复印件，猛地扔到了采石场边上。纸张在风中散了开来。

第二天早晨，有许多复印件被塔斯布鲁的工头集中摧毁了，但至少有一百份被采石工人装进了口袋里，开始在比乌拉堡工人的世界里传播。

茜茜疲倦地揉着额头，走进杰瑟普的餐厅。“我知道了，父亲。坎迪帮了我。现在我们有好东西要寄给其他探员。听我说！我跟沙德关系很好。不！别发脾气了！如果需要的话，我知道怎么把他的枪从枪套里拔出来。他开始吹牛，告诉我弗兰克·塔斯布鲁、沙德和雷克局长聚在一起寻乐，为公共建筑卖花岗岩，他告诉我——你知道，他有点炫耀他和塔斯布鲁先生关系有多么亲密——塔斯布鲁先生把贪污案的所有数字都记在桌子上的一个红色小笔记本里——当然，老弗兰克决不会指望有人能像他一样搜查一个忠诚的社团主义者！好吧，你知道坎迪太太的表妹在塔斯布鲁家工作了一段时间，该死的，如果——”

（“茜——茜！”）

“——今天下午，这两个老太婆没有把那本淡红色的笔记本撕碎，我把每一页都拍了下来，让她们贴回去！坎迪唯一的评价就是：‘那个塔斯布鲁的炉子画得不好。在那样的炉子里可烤不出像样的蛋糕！’”

27

福勒被谋杀了，玛丽·格林希尔是唯一一个会为此密谋暗杀的人，其他人都将此视为无足轻重的荒唐事，只有她会为了报仇雪恨杀人。但对她而言，仇恨和杀戮的决心就是强心剂。她从悲伤的笼罩中走出来，眼睛发亮，颤抖的声音里带着欢乐。她脱掉黑纱衣服，选择了颜色亮丽的衣服出门——哦，这些天，他们必须得节约开支，把所有剩余的钱都投到新地下组织的传教基金里去，但玛丽现在十分恼火，恼火到能穿茜茜的最为轻佻的旧裙子。

她比朱利安，甚至巴克都要勇敢——事实上，她带领巴克进行了最冒险的探险。

午后，巴克和玛丽看上去很像是结婚的样子，在大卫和那只相当可疑的笨笨的陪同下，漫步穿过伯灵顿市中心，那里没有人认识他们——尽管有许多狗，有城里的滑头，也许还有骗子，非说在哪里见过那只乡下的窘迫的笨狗。

在没有人注意他们时，巴克不时咕哝着“对啊！”，而玛丽却十分平静，在离民兵或是警察一两码[①]外的地方，分发皱巴巴的复印件：

二等政治骗子
约翰·沙利文·雷克的
主日学校[②]生活和
酷刑实施者杜威·海克上校的
某些有趣的照片

---

① 码(yard)，作为长度单位，一码等于三英尺，0.9144米。

② 原文为"Sunday-school"，为基督教开办的周日学校。

这些皱巴巴的小册子装在她貂皮大衣里的特制口袋里，口袋从肩设计到腰那么深。这是约翰·波利科夫提议的，他家那位热心的女士以前就用这样的口袋装过私酒。玛丽小心地将小册子揉卷起来。

从两码外的地方看，这些小册子就跟废纸差不多，但每一本都正儿八经地卷了起来，因此印着的粗体红字“海克亲手踢死了一个老人”引起了人们的注意。那天，他们将小册子放在角落的垃圾桶里，五金店门前孩童的玩具车里，以及他们曾给大卫买巧克力的水果店的橙子中间，由此吸引了伯灵顿数百人的注意。

回家的路上，大卫和巴克并肩坐在前面，玛丽坐在后面喊道：“那一定会煽动他们的！但是，哦，等父亲写完关于斯旺的小册子——天呐！”

大卫向后瞥了她一眼，只见她闭着双眼，双手紧握。

他小声对巴克说：“希望妈妈不要那么激动。”

“她是世上最好的女人，大卫。”

“我知道，但是——她吓到我了！”

玛丽自己设计并实施了一个计划。在泰森药店的杂志柜台，她偷了十几本《读者文摘》和十几本较大的杂志，还回去的时候是崭新的，看起来没有被翻动过，但每一本杂志都夹着一张传单，上面写着：“准备加入沃尔特·特罗布里奇”，而每一本《读者文摘》都成了一本小册子的封面：“社团主义团体出版社的谎言。”

在巴克和其他人都可能不在的时候，洛琳达为了成为他们密谋的中心，能够接听电话且接收逃犯，时刻赶走可疑的窥探者，放弃了在比乌拉谷酒馆里仅存的一点兴趣，当了巴克的管家，住在那里。镇上也会有丑闻传出去，但是面临着面包和肉越来越少的问题，人们几乎没有时间去关注形形色色的八卦，而且，不管怎样，谁能怀疑这位唠叨不休的上流社会的人如此明显地偏爱结核菌素测试，而不是在林间空地同克罗伊登玩闹呢？多雷姆斯总是在附近，有时会在那里过夜，于是这对胆小的恋人第一次有了激情的空间。

对于善良的艾玛，他们从未有过忠诚，因为她太安于现状，不值得被人同情，她十分清楚自己在生活中的重要地位，因此毫不嫉妒，但她对背地里的卑鄙密谋十分厌恶，这让他们的爱情变得谨慎而又微妙。多雷姆斯二人并非什么天真的孩童，对他们来说，即使是十分正派的人，也无法保证自己与爱人一定能像面包和黄油一般，双方都忠贞不二。但他们都不喜欢偷偷摸摸。

洛琳达在巴克家的房间宽敞又方正，光线很好，墙壁上贴着一张旧的风景纸，上面有几个小官吏，优雅地从种满柳树的花池旁的轿子里走出来；房间有一张四柱床，一个带有殖民地特色的高脚抽屉橱和一块艳丽的破布地毯。房间两天就装扮成这样，这里是革命时期多雷姆斯最爱的家。他像一个年轻的新郎一样急切地进出洛琳达的房间，对她房间卫生间的状况也不甚在意。巴克知道这一切，只是笑了笑。

多雷姆斯被释放出来之后，他认为洛琳达的身体更有魅力了。在科德角度假时，他那狭隘的优越感认为，那些穿着泳装的时尚女性常常瘦得皮包骨头，一点也不像女人该有的样子，对他来说，她们的肩胛骨很薄，脊椎骨也很明显，好像背上扣着锁链。那些女人看上去很热情，有点像魔鬼，有着不安的双腿和贪婪的嘴唇，但他笑了笑，因为他感觉洛琳达穿着灰色的正装和衬衫时，似乎要比那些在夏季穿着招摇的衣服的年轻姑娘们更纯洁，皮肤更有弹性，肩膀到乳房的曲线也更加丰满。

他很乐意洛琳达一直在家里，这样他就可以随意打断一段严肃话题，例如债券发行之类的，然后冲向厨房，厚颜无耻地用胳膊搂住她的腰。

洛琳达，这个理论上独立的女权主义者，对于每一个关注点都要求很高。多雷姆斯为什么不从镇上给她带点糖果呢？他介意替她打电话给朱利安吗？多雷姆斯为什么忘了把答应过的那本书带给她——好吧，如果自己能记得向他要那本书，他就会答应的吧？多雷姆斯快步走着帮她跑腿，心里傻乎乎地乐着。很久以前，艾玛对需求方面已经达到了她的想象极限。他发现，在爱情中，给予远比索取更快乐，这是一句谚语，作为一名雇主，多雷姆斯收入稳定，常常忘记了同学们向他借过钱，他一直对这句谚语持怀疑态度。

黎明时分，多雷姆斯躺在洛琳达身旁，在那张宽大的四柱床上。三月份的窗前，榆树枝在风中摇曳，丑陋不堪的壁炉里还剩了些炭在啪啪作响，他感到心满意足。他瞥了一眼洛琳达，她还在睡梦中，皱起的眉头使她看起来并不显老，反而像个女学生，她紧握着那老式的蕾丝边枕头，似乎在反抗，好笑极了。于是他不禁笑了笑。他们会一起冒险的！这些印刷的小册子只是他们革命活动的开始。他们会渗透到华盛顿的新闻界，得到秘密信息（他昏昏欲睡，意识很模糊，不知道他们会得到什么信息，也不知道会如何得到），这将引爆社团主义团体。革命结束后，他们会去百慕大，去马提尼克——一起爬上紫色山峰，在海边漫步——一切都是梦幻而又宏伟的。或者（他叹了口气，在宽大温暖的床上打个呵欠，舒舒服服地伸了个懒腰，变得英勇起来）就算失败了，如果他们被民兵逮捕并宣判死刑，他们也会一起死去，会嘲笑行刑队，之后他们会像塞维图斯、马太奥蒂、费勒教授和秣市广场的烈士一样，他们将永远向前，像挥舞着小旗的孩子们歌颂他们的——

“给我一支烟，亲爱的！”

洛琳达用那双又圆又亮的眼睛怀疑地看着他。

“你不该抽那么多烟！”

“你不该对老板这么苛刻！哦，亲爱的！”她坐起身来，吻了吻他的眼睛和太阳穴，然后坚定地爬下床，去找自己的烟。

“多雷姆斯！有你的陪伴真是太好了。但是——”她看上去有点胆怯，盘腿坐在旧红木梳妆台前的藤条凳子上——梳妆台上没有银的、蕾丝的或是水晶的装饰，也没有什么从小药店买的奢华的瓶瓶罐罐，只有朴素的木制发梳。“但是亲爱的，这项事业——哦，‘事业’这个该死的词——我就不能不说它吗？——但不管怎样，这项新地下组织的事务对我而言十分重要，我知道你也这样认为，但我发现，自从我们在一起安顿下来，你没有因为写毒辣的攻击文章而紧张不安，我出去分发小册子也越来越谨慎，我们两个真是糟糕的伤感主义者。我有一个愚蠢的想法，为了你，我必须好好活着。但我只应该有一个想法，那就是为了革命好好活着。你觉得呢？不是吗？嗯？”

多雷姆斯把双腿摆下床，还点燃了一支不干不净的香烟，冷冷地说：“哦，我觉得你说得对！但是——小册子！你这样想只是因为宗教的影响。你对无趣的人类负有责任——他们可能喜欢被温德里普欺负，只要能得到食物，观看马戏表演——但是除了食物外，你对他们还负有其他责任！”

“当然是宗教了，那是一种革命的忠诚！难道不是吗？这是为数不多的一种真正的宗教感情。一个理性的、不感情用事的斯大林仍然是一个牧师。怪不得大多数传教士都讨厌红军，而且鼓吹反对他们！他们是嫉妒对方的宗教力量。但是——哦，我们无法看清这个世界，尽管一大清早喝了咖啡，多雷姆斯！昨天迪米克先生回来的时候，他命令我去比彻福尔斯（你知道吧，在加拿大边境）负责管理那里的新地下组织牢房——表面上是为了今年夏天开一间茶馆。所以，就这么定了吧，我必须离开你，离开巴克和茜茜，动身出发。就这么定了！”

“琳达！”

她不会看他的。她用力磨着香烟头。

“琳达！”

“怎么了？”

“是你向迪米克建议的！他从来没有下过任何命令，是你建议他这样做的!”

“好吧——”

“琳达!琳达!你就这么想离开我吗?你——就是我的生命!”

她慢慢走到床前,在他旁边坐了下来。“对,远离你,也远离我自己。整个世界都在枷锁里,在帮他们挣脱枷锁之前,我不能自由地去爱。”

“这个世界永远也不会挣脱枷锁的!”

“那我就永远不能自由地去爱了!哦,如果我十八岁时,我们能逃离,再一起度过一个甜蜜的一年,那该有多好啊!那样我就相当于活了两辈子。好吧,好像没有人那么幸运,能让时光倒流——退回到差不多二十五年前。恐怕现在是你无法回避的事实。就在最近的两周,四月来临的时候,我现在觉得脑子里想的只有你了。吻我一下吧,我要走了。今天就走。”

28

跟在特勤处经常发生的一样，茜茜并没有从沙德那里打探出什么对新地下组织来说很重要的线索，但是，正如拼图一样，每一块都必不可少，如果再加上多雷姆斯、巴克、玛丽和佩雷菲克斯神父（那位训练有素的忏悔倾听者）收集到的其他细节，就表明了这帮社团主义敲诈勒索者简单的阴谋，这些敲诈者被人民当作爱国者而深受拥戴。

在一个气候温和的四月天，茜茜和朱利安懒洋洋地坐在门廊里。

“天哪，几个月后我想带你去野营，茜茜。只有我们两个。我们可以去划独木舟，晚上就睡在小帐篷里。哦，茜茜，你今晚一定要和莱杜还有斯托布梅尔吃晚饭吗？我不想让你去。上帝，真讨厌那样！我警告你啊，我会杀了沙德的！我是认真的！”

“是啊，亲爱的，我必须去。我觉得我已经让沙德为我疯狂到了极点，所以今晚，等他追上老埃米尔的时候，不管埃米尔会带来什么样的坏女人，我都会让他告诉我他们下一步的目标是谁。我不怕沙德，宝贝。”

朱利安并没有笑，只是用一种那些生气勃勃的大学青年们所没有的严肃语气说道：“你说能把沙德同志搞定，开玩笑吧，你发现没有，他长得跟猩猩一样魁梧，几乎和原始人一样？总有一天晚上——我的天！你想想看！也许就是今晚！他会从深渊抓住你，然后——砰！”

茜茜用同样严肃的语气回答他：“朱利安，你觉得我能遇到什么事？最糟糕的也就是被强暴而已。”

“我的天——”

“你真的认为，从 1914 年新文明开始以来，有人会觉得这种事情比扭伤脚踝还要严重吗？有句话叫‘比死亡更可怕的命运’！谁知道是哪个满脸络腮胡的讨厌人说的这句话？这肯定是从他那干裂老化的嘴唇边蹦出来的抱怨话！我能想到很多比这更糟糕的命运——比如说，负责电梯运营这项工作很多年。不——等等！我没有那么轻浮。我只是有一点小小的好奇，并不想被强暴——至少不是沙德；他兴奋的时候体味有点太重了。（哦，天哪，亲爱的，那人真是让人讨厌！和你比起来，我真是太烦他了。啊！）但如果能从他那残暴的手中救出一个正派的人，我愿意这样做。我已经不是‘欢乐山’的那个爱交际的女子了，我现在是‘恐怖山’上一个担惊受怕的女人！”

对茜茜来说，整件事似乎都不是真的；这就是一部滑稽的老情节剧，城市企图毁掉我们的美人，就像开一瓶香槟酒一样。就算沙德穿着带腰带的花呢夹克和花里胡哨的苏格兰毛衣（产自明尼苏达州），下面配着白色亚麻灯笼裤，也没有一点油滑的城里人那种让人心醉神迷的魅力。

埃米尔·斯托布梅尔少尉带着一个寡妇去星际酒店崭新的私人套房找沙德，那个寡妇满口金牙，妄想在脖子上多抹些砖色粉来盖住皱纹，那是岁月留下的痕迹。她很可怕，比咆哮的沙德更令人难以忍受——如果沙德突然被吊死，牧师甚至还有可能对他略抱遗憾。那个寡妇总是倚着埃米尔，当埃米尔很疲倦地戳她的肩膀时，她就咯咯地笑：“别动啊！”

沙德的套房很干净，空气清新。除此之外，再没有什么特别的。“客厅”里摆放着稳固的橡木椅子和皮革装饰的长沙发，还有四张侯爵夫人的照片，照片中的人看上去兴致一般。而另一个房间的黄铜床架上铺着清新的亚麻布，这让茜茜感到不安。

沙德用黑麦高球饮料和姜汁汽水招待了他们，姜汁汽水至少是一天前就打开的，还有夹着鸡肉和火腿的三明治，吃起来有硝石味，再就是有六种颜色但只有两种味的冰淇淋　　都是草莓味。接着沙德努力表现得像戈林将军，一脸的不耐烦，等着埃米尔和他的女人赶紧离开，等着茜茜承认他的男子气概。对于埃米尔讲的富有教育意义的小笑话，沙德只是哼了一声，这位文化人埃米尔突然站起来，带着他的女人离开了，并在告别时高声喊道：“现在，上校，你和你女朋友不要做爸爸不同意的事情！”

“过来，宝贝——过来亲一下。”沙德吼叫着，扑通一声坐进了那张皮制的沙发角里。

“看你表现！”这让茜茜很恶心，但她尽可能让自己的情绪高涨起来。她摇晃着走到沙发前，坐在离沙德那笨重的沙发足够远的地方，以防他伸手把她拉过去。她嘲讽地看着他，回忆起她和大多数男孩的经历……虽然其中并没有朱利安……好吧，她和朱利安还没到那种地步。那些男孩都一样，经过同样的过程，极力假装手上的动作毫无技巧可言；对一个勇敢的女孩来说，整个过程的最大消遣就是看他们对自己的技巧自豪地微笑。唯一的区别就是，他们是从上面还是下面开始。

就是这样。她是这么认为的。沙德不像马尔科姆·塔斯布鲁那样小心又别出心裁，他漫不经心地把一只手放在她的膝盖上。

她颤抖着。因为他强壮的爪子对她来说就像蠕动的鳗鱼的黏液。她像一个少女般心存警惕地挪开了，模仿着玛塔·哈里，觉得自己很有风度。

"你喜欢我吗？"沙德用要求的语气问道。

"哦——好吧——有点儿。"

"哦，傻瓜！你以为我还是个雇工吗！即使我现在是一个县长了！是营长！可能很快就是指挥官了！"他敬畏地说出这些头衔的神圣名字。他已经很多次向茜茜感叹这些了。"你还是觉得我除了搬柴火什么都干不好！"

"哦，亲爱的沙德！你知道吗，我一直把你看作我最年长的玩伴！就像我过去追着问你我能不能开割草机一样！我的玩伴！我一直记得呢！"

"你说真的吗？"他像一只笨重的农场狗一样渴望地看着她。

"当然了！老实说，你的行为让我很疲倦，好像你为我们工作而感到羞耻似的！难道你不知道，我父亲小时候，在农场当工人，他为邻居劈柴、打理草坪什么的，他很高兴能赚到钱。"她暗自想，这个彻头彻尾的即兴谎言还不错……或许这是真的，只是她不知道而已。

"这是真的吗？啊！真的吗？好啊！所以那个老头以前也推耙子！我以前都不知道！你知道的，那个老笨蛋也不是很坏——只是很固执。"

"你真的喜欢我的父亲，不是吗，沙德！没人知道他有多可爱——我是说，在现在这种复杂的环境下，我们必须保护他，以防那些误解他的人伤害他，你觉得呢，沙德？你会保护他的吧！"

"好吧，我会尽力的。"这位营长的语气十分傲慢和得意，听得茜茜差点给他一巴掌。"我是说，宝贝，只要你父亲注意自己的行为，不要和叛军混在一起……只要你想对男朋友好一点！"沙德一把把茜茜拉过去，就像是从马车里拖出一袋谷物一样。

"哦！沙德！你吓到我了！哦，你一定要温柔点！像你这样强壮的大块头可要温柔一点。只有娘娘腔们才可以粗暴。你真强壮！"

"好吧，我想我还能养活自己！说到娘娘腔，你在朱利安这种柔弱的男人身上看到了什么？你不是真的喜欢他吧？"

“哦,你知道我们的关系。”茜茜边说边轻轻地把头从他肩膀上移开。“我们从小就是玩伴。”

“好吧,你刚才说我也是!”

“是的,就是这样。”

现在,茜茜这位业余情报密探,为了诱惑沙德让其高兴又不冒任何风险,有了一个稍微迷茫的目标。她要从沙德那里得到对新地下组织十分有用的情报。她靠在沙德健壮的肩膀上,本会被他的魅力动摇,但她迅速在脑海中演练了一遍,她要戏弄沙德说出民兵们将要逮捕谁,然后巧妙地摆脱他,冲出去找朱利安——哦,打住吧,她那晚怎么就没有和朱利安订婚呢?——好吧,他要么在家,要么就是在开车送奥姆斯特德医生——朱利安飞速地冲向倒霉的受害者家里,在黎明前把他送到加拿大边境……而难民最好在门上贴上两天前的便条,说自己出去旅行了,这样沙德就不会怀疑茜茜了。这一切都发生在匆忙讲故事的时候,她在脑海里清晰而又生动地将其描绘出来,同时假装要擤鼻涕,便有理由坐直了。她又往前走了一两英寸,咕哝道:“当然,这不仅仅是体力问题,沙德。你在政治上有这么大的权力。哎呀!我觉得如果你想的话,你差不多可以把比乌拉堡的随便一个人送到集中营去。”

“好吧,如果是可疑的人,我可以把他们送进去!”

“我敢打赌你有能力——而且也会那样做!接下来你要逮捕谁,沙德?”

“嗯?”

“哦,得了吧!别那么小气嘛,跟我讲讲你的秘密!”

“宝贝,你想干什么?想从我这儿得到什么信息吗?”

“什么,当然不是了,我只是——”

“当然!你想让我这个可怜的老胖子动起来,套出他所知道的一切——这就足够了,你可以在这上面赌上你甜蜜的一生!没事,宝贝。”

“沙德,我只是——我只是想看民兵队抓人的场面。一定很刺激!”

“哦,非常刺激,好吧,好吧!比如那些可怜的家伙试图反抗的时候,把他们的收音机扔出窗外!或者谁的妻子要是无礼又唠叨,就让她亲眼看着你把她丈夫绊倒在地上,狠狠地揍一顿,好让他妻子长点记性——这听起来可能有点粗鲁,但你知道,从长远来看,这是你能为这些乞丐做的最好的事,能教他们不要变丑陋。”

“但是——你不会觉得我很可怕,很不女人吧?——不过我想看到你把其中一个人抓起来,就一次。好嘛,告诉我!你下一个要抓谁?”

“调皮,太调皮了!别想骗我!想都不要想,你要做点女人该做的事,那就是跟我欢愉！噢，来吧，我们开始吧，宝贝儿！你会为我疯狂的！”现在他真的抓住了她，用手环抱着她的胸部。她挣扎着，害怕蔓延到全身，那些愤世嫉俗和老练的想法统统消失不见。她尖叫道：“哦，不要——不要！”说着眼泪便流了下来，并非羞怯，而是因为愤怒。沙德双手松开了一点，她想到了借口：“哦，沙德，如果你真的想让我爱你，你一定要给我时间！你不会想让我成为你想做什么就做什么的荡妇吧——你，是不是忘了你的位置？哦，不，沙德，你不能那样做！”

“嗯，也许吧。”他得意地说道。

茜茜猛地站起身，眨着眼睛——透过门缝，她看到卧室的一张平顶书桌上有一串两三把耶鲁钥匙。那是沙德办公室的钥匙，关系到社团主义计划的秘密橱柜和抽屉的钥匙！一定是！她在脑海中飞速地想象偷走钥匙，让那个无所不能的机械师波利科夫打造把替代钥匙，而她和朱利安设法在晚上偷偷溜进社团主义团体总部，危险地从警卫身边溜过去，把沙德那可怕的文件都搜一遍——

她结结巴巴地说：“你介意我进去洗把脸吗？全是泪——看起来太傻了！你浴室里应该有脸粉吧？”

“嘿，你以为我是什么？乡巴佬，或者可能是个和尚？你可以拿生命作赌注，里面有脸粉——就在药柜里，有两种，那些有什么用处呢？女人们每天甚至每时每刻都仔细照看着！”

茜茜听了很伤心，但她在进去并锁上卧室的门之前，还是朝沙德咯咯地笑了一下。

接着茜茜连忙去拿钥匙。她抓起一张黄色的便笺纸和一支铅笔，试着像以前拓印硬币一样把钥匙拓印出来，以供杰瑟普和法尔克·格罗瑟斯的小杂货店使用。

铅笔只模糊地画出了钥匙的大致轮廓；小凹口才是关键所在，但是凹口一点儿也看不清。慌乱中，她先用一张碳纸做实验，然后又用了厕纸，干湿方法都用了，却得不到一个像样的模型。接着她把钥匙按进沙德床边一根瓷瓶中的蜡烛里，可是蜡烛太硬了，浴室的肥皂也一样。这时，沙德正在门外拧门把手，他抱怨道：“该死！”然后吼道：“你在里面干什么？睡着了吗？”

“马上就好了！”茜茜把钥匙放回原处，把厕纸和碳纸扔出窗外，又把蜡烛和肥皂放回原处，用干毛巾拍了拍自己的脸，像是赶时间粉刷墙壁似的往脸上抹了粉，然后悠闲地回到客厅。沙德看上去满怀希望，她感到惊慌失措。在沙德舒舒服服地坐下来，再次变得热情起来之前，现在是她逃跑的唯一机会。于是她抓起帽子和外套，伤感地说：“下次吧，沙德——亲爱的，你现在必须让我走！”

接着趁沙德还没来得及开口就逃走了。

在旅馆走廊的拐角处，茜茜找到了朱利安。

他正笔直地站着，试图让自己看起来像个看门的，右手插在上衣口袋里，好像拿着把左轮手枪。

茜茜猛地扑在他的怀里号啕大哭。

“天哪！他对你做了什么？我要去杀了他！”

“哦，我没有被诱惑。我不是在抱怨那种事！我真是个糟糕透顶的间谍！”

但有一件事发生了。

正是因为茜茜的勇气，朱利安决定去做他渴望又害怕的事情：加入民兵组织，穿上制服，“从内部打通工作”，向多雷姆斯提供情报。

“我可以找利奥·奎恩——你知道吗？他父亲是铁路上的售票员，他高中时常打篮球——我可以让他替我开车送奥姆斯特德医生，一般情况下还可以帮新地下组织跑腿。他很又胆识，而且讨厌社团主义团体。但是，茜茜——听我说，杰瑟普先生——为了让民兵相信我，我必须假装和你还有我们所有的朋友发生了激烈的争吵。听着！明晚我们去埃尔姆街，装作是疏远的恋人。你觉得怎么样，茜茜？”

“很好！”茜茜这个天生的演技派感到十分高兴。

每天晚上十一点，茜茜都会去一片桦树林，就在杰瑟普夫妇小时候玩过家家的欢乐山上。由于道路弯曲，可以从四五条小路进入交会点。在那里，朱利安会交给茜茜他关于民兵计划的报告。

但在朱利安第一晚悄悄走进树林时，茜茜紧张地把手电筒对准他，尖叫着看到他穿着民兵制服，他居然装扮成了一个检查员。在电影和历史书中，那身蓝色的束腰外衣和斜斜的步兵便帽曾经意味着青春和希望，但现在那身衣服只意味着毁灭……茜茜想，如果自己是在1864年该有多好，因为在那时候，对大多数女性来说，那身装扮更加意味着月光和木兰花，而非毁灭。她跳着跑到朱利安跟前，抱住他，好像要保护他不受到身上制服的伤害，如今他们的爱情充满了危险和不确定性，但是茜茜开始成长了。

29

全国各地的宣传并不都是关于新地下组织的，甚至可以说大部分都不是；虽然有数百名美国最有能力的专业记者遍布国内外，为新地下组织编写小册子，但出于对事实的某种尊重，他们感到局促不安，而这些事实从来没有削弱过宣传员对社团主义团体的支持。社团主义团体有一支著名的队伍，其中包括大学校长，一些最著名的广播播音员，他们曾在私底下表示过对漱口水和无咖啡因咖啡的喜爱，此外还有著名的战前记者、前州长、美国劳工联合会前副主席，以及一位艺术家，那位艺术家的地位不亚于一家制造电器的大公司的公关顾问。

世界各地的报纸报道的新闻或许不再那么盲目而又自由，不再刊登非社团主义团体的人的意见；它们或许只能刊登来自那些旧式民主国家、英国、法国和斯堪的纳维亚国家的些许新闻；实际上那些报纸几乎不可能刊登外国的新闻，除了报道一下意大利帮助埃塞俄比亚修设道路，让火车能够及时到达，让自由之光遍布所有乞丐和荣誉人士，以及罗马文明的所有其他精神恩惠。但是，报纸上从来没有出现过这么多连环画——最受欢迎的是一个非常有趣的连环画，那是一个荒谬的新地下组织怪人，头顶戴着有皱边的黑色丧礼高帽，总是被民兵们可笑地殴打。即使是在赫斯特解放古巴的时候，也从没有用过这么多红色大标题，从来没有这么多戏剧性的谋杀图画——凶手总是臭名昭著的反社团主义团体的人。从来没有如此多的文学作品，具有长达一天的讨论价值，正如文章中的数字所示，美国工资普遍较高，商品价格普遍较低，战争预算较少，而军队及其装备比历史上任何时候都多得多。此外，报纸也从来没有那种正义论战，来证明所有非社团主义团体都是共产主义者。

几乎每天，温德里普、萨拉森、麦克戈布林博士、战争部长卢瑟恩或比克罗夫特副总统都在广播中谦恭地向他们服务的广大人民发表讲话，并以美国团结的榜样祝贺他们创造了一个新世界——同志们在和平的祝福和即将到来的战争的欢乐中，在伟大的旧旗帜下肩并肩地前进。

在许多受政府资助的预告电影中(电影演员在温德里普时代以前每周只挣一千五百美元，现在却赚到了五千美元，还有比这更好的证据证明麦克戈布林博士和其他纳粹领导人对艺术的关注吗?)，民兵以每小时八十英里的速度驾驶装甲车，驾驶着一千架飞机的机队，对一个养猫的小女孩非常温柔。

包括多雷姆斯在内的所有人都曾在 1935 年说过:“如果这里有法西斯独裁政权，美国的幽默和先锋独立会十分显著，它将不同于与欧洲的任何事务。”

在温德里普时代后的近一年里，这话看上去似乎毫无疑问。有人拍到这位领袖身穿衬衫、戴硬毡帽，正在跟一名新闻记者、一名司机和两名粗犷的钢铁工人打牌。麦克戈布林博士亲自率领一支麋鹿铜管乐队，一股脑儿地与大西洋赌城的泳装美女展开激烈的竞赛。有报道称，民兵向政治囚犯道歉，因为不得不逮捕他们，而且囚犯们和狱警开了个友好的玩笑……在一开始的时候。

然而，在就职典礼后的一年内，所有这一切都成了过往，科学家们惊奇地发现，鞭刑和镣铐对美国环境造成的伤害和在普鲁士乌烟瘴气的浓雾中一样严重。

多雷姆斯读了他藏在马鬃沙发里的作者的文章——勇敢的共产主义者卡尔·比林格、反共者查尔纳文和中立者罗兰特——他开始察觉到一种类似独裁的生物学特征，充满了专政。恐惧在人群中蔓延开来，他们胆怯地否认信仰，被同样的方法逮捕——深夜的敲门声突如其来，一队警察冲进来，对里面的人进行殴打、搜查，用下流的语言咒骂受了惊吓的妇女，而官员让年轻狙击手对其严刑逼供，一阵殴打过后又是正式的狠打，囚犯们被打到一次次地中风，直到彻底昏厥过去，麻风病人和浑身酸腐的人煎熬着，而看守们却枪杀囚犯，那囚犯认定了自己会被处决。人们在孤独中等待接下来的事情到来，直到发疯上吊——

德国、苏联、意大利、匈牙利、波兰、西班牙、古巴、日本情况就是这样。在法国大革命中，在自由和友爱的祝福下，这些国家的情况所差无几。所有的独裁者都使用同样的酷刑方式，仿佛他们都读过同样的虐待狂礼仪手册一样。现在，在马克·吐温所描写的这片充满幽默、友好和欢乐的土地上，多雷姆斯看到杀人狂们像中欧时一样快乐。

美国也效仿了与欧洲同样巧妙的金融体系。温德里普曾承诺要让每个人都富裕起来，然而除了几百个银行家、工业家和士兵之外，他只是想方设法让人们变得更加贫穷。他不需要多么高级的数学家来编制财务报表：随便一个普通的新闻代理人就可以做到。在增加百分之七百编制的同时，为了显示出军费开支节省了百分之百，只需要把民兵的所有开支都记到非军事部门，这样，他们在军队方面的培训费用就要记入教育部。为了表示平均工资的增长，有人用“劳工类别”和“最低工资要求”耍小聪明，却忘记标明有多少工人有资格享受“最低工资”，以及账面上有多少工资被用作数百万劳改营工人的食物和住所的费用。

这一切都让人读起来眼花缭乱，再没有比这更优雅浪漫的小说了。

就连忠诚的社团主义团体也开始产生怀疑，为什么武装部队、军队和民兵的总数会增加得如此之快。惊恐万分的温德里普准备好保卫自己不受整个国家崛起的威胁了吗？他计划好攻击整个南北美洲，然后自己当主宰者了吗？或者两者都有？无论如何，军队膨胀得太快，快到即使社团主义政府搬出专制的税收权力，也力不从心。于是政府开始强制出口，实行“倾销”小麦、玉米、木材、铜、石油、机械的政策。政府增加了产量，通过罚款和威胁迫使农民增产，然后剥夺了农民的所有财产，以贬值的价格出口。但在国内，物价不降反升，因此出口的越多，美国的工人剩下的就越少。而那些真正热心的郡长们(在 1918 年许多中西部郡长表达了爱国主义的态度)甚至从农民手中夺走了他们的种粮，这样他就没有什么可种了，农民们曾经在那片土地上种植多产的小麦，现在却要忍受饥饿的折磨。就算是到了这时，郡长们还继续想方设法让农民支付在分期付款计划中被迫购买的社团主义团体的债券。

但是，那些农民到了最终饿死的时候，就不再为债券的事情操心了。

每周都能在比乌拉堡看到一两次人们排队领救济粮的场景。

对于多雷姆斯而言，即使每天都能在自己的街道上看到这种现象，但人们之间的快乐越来越少了。

跟英格兰和苏格兰一样，美国从来不是一个在真正意义上快乐的国家。相反，它有着沉重和喧闹的诙谐，底层人民担惊受怕地生活，在其守护神的形象里，林肯有着无尽的故事和一颗悲痛的心。但至少曾有人热情坦率地表达过问候；有过闹哄哄的配舞爵士乐，有过年轻人活泼的、俚语般的嘘声，也有为拥挤的车流而紧张的喋喋不休声。

所有那些虚假的快乐如今也越来越少了。

社团主义团体发现，没有什么比公共娱乐更方便其趁机进行牟利的了。“面包”成型后，“马戏团”就关闭了。社团主义团体对汽车、电影、剧院、舞蹈以及冰激凌汽水进行征税或增税，还有餐馆里播放的留声机和收音机，都要缴税。李·萨拉森是个单身汉，他还想对单身汉和老处女进行额外征税，而对所有出席人数超过五人的婚礼的征税方式则相反。

最近就连最鲁莽的年轻人也很少去参加公共娱乐活动了，因为每一个身穿制服的人都想炫耀一把来引起人们的注意。当坐在公共场所时，你必须考虑周围有哪些间谍在监视自己。于是所有人都选择待在家里——以至于看到个过路人或听到电话铃声响起，甚至发现窗外的常春藤枝，都会焦虑地躁动起来。

尽管多雷姆斯是镇上最友好的闲聊者，但他只敢跟那些向新地下组织发过誓的人谈论会被定罪的事情，而不会寒暄几句天气如何。多雷姆斯走到《每日线人》办公室的时间总比正常人要多十分钟，因为他每到一个拐角都停下来，询问某人妻子的病情，与人们讨论政治、土豆收成、对自然神论的看法或钓鱼的运气。

当他读到在罗马和柏林工作的反政府武装时，内心充满羡慕。那些反政府武装者被成千上万的政府工作人员监视，而那些政府人员不为人所知，因而更具危险性；但武装者也有成千上万的同志，可以向彼此寻求鼓励，兴奋地互相闲聊一番或是在商店里交谈，并保证自己不会愚蠢到为一个像变革那样忘恩负义的情人冒生命危险。那些大城市里的秘密公寓——也许其中一些真的有小说中描绘的玫瑰色光芒。但是，世界上任何地方的比乌拉堡都孤寂无比，密谋者彼此之间再熟悉不过，以至于很少会再相互鼓舞，只能诉诸无法用语言解释的信仰才能坚持下去。

既然洛琳达已经走了，多雷姆斯鬼鬼祟祟地在街角，试图装扮成别人的样子，也就没什么意思了，只是为了见见巴克和丹·威尔格斯，还有那个好女孩茜茜！

巴克和多雷姆斯还有其他人——都是业余爱好者。他们需要艾利先生、贝利先生和凯利先生这种资深鼓动者的指导。

与社团主义团体的有力宣传相比，他们单薄的小册子和脏兮兮的印刷报纸的对抗似乎是徒劳的。现实世界中，法西斯主义者迫害共产党人，共产党人迫害社会民主党人，而社会民主党人又迫害所有支持他的人，在这个世界上，冒着殉难的危险似乎比那种徒劳的对抗更为糟糕和疯狂；长相貌似犹太人的“雅利安人”迫害看起来像自己的犹太人，而犹太人又迫害他们的债务人；每一位政治家和神职人员都歌颂和平，并满怀信心地宣称，获得和平的唯一途径便是准备好战斗。

在一个如此憎恨正义的世界里，谁又能想到什么理由去追求正义呢？为什么除了吃饭、读书、做爱和睡觉之外，还要做其他事情以防武装警察的骚扰呢？

他一直没有找到完美的答案。只能继续找下去。

六月份，在新地下组织的比乌拉堡密室坚持了大约三个月后，金石匠弗朗西斯·塔斯布鲁先生拜访了他的邻居多雷姆斯。

“你好吗，弗兰克？”

“很好，多雷姆斯。老是找茬儿的评论家怎么样？”

“很好，弗兰克。他依旧在找茬儿，还是抱怨天气。来支雪茄吗？”

“谢谢。有火柴吗？谢谢。我昨天看见茜茜了，她看上去不错。”

“嗯，她挺好的。我昨天看见马尔科姆开车经过，他在纽约的省立大学里感觉怎么样？”

“哦，挺好——挺好的，他说体育运动很棒。马尔科姆说，明年他们要让普里莫·卡内拉去教网球——应该是卡内拉——我觉得是教网球——不管怎么说，那里的体育运动很好。呃，多雷姆斯，我有些事想问问你。我，呃——其实就是——我要你保证，不要再对任何人讲这件事。我知道你值得信任，能替我保守秘密，即使你是一个新闻记者——或者说以前是，我是说，但是——事实是(这是内部的事；官方的)，在这条路上会有一些政府的提升——这是秘密，我是直接从省专员海克上校那里得知的。卢瑟恩当战争部长的日子已经到头了——他是个好人，但他在工作之余对社团主义团体的宣传并没有达到首领的期望。海克将有自己的工作，同时会从萨拉森手里接过民兵高级元帅的位置——我想萨拉森有太多事情要做。而约翰·沙利文·雷克被任命为省级专员；这样一来，佛蒙特州——新罕布什尔州地区专员的位子就空置了，而我很可能被挑中。我为社团主义团体做过很多演讲，对杜威·海克非常了解——我能就建造公共建筑向他提出建议。当然了，这附近没有一个县的专员能胜任地方专员的职位——就算是斯托布梅尔博士也不行——更别说沙德·莱杜了。现在，如果你能看清前方的道路，就加入我，你的影响力会帮助——”

“天哪，弗兰克，如果你干这份工作，最坏的事就是让我帮你！社团主义团体可不喜欢我。哦，他们当然知道我很忠诚，不是这些肮脏的、偷偷摸摸的反社团主义分子，但我从来没有在报纸上发声迎合他们。”

“就这样，多雷姆斯！我有一个特别棒的主意。即使他们不喜欢你，社团主义团体也对你充满尊重，他们知道你在这个州的地位一向很高。如果你能来加入我们，那大家都会很高兴。现在如果你同意，告诉别人是因为我你才加入社团主义团体。那你可能会帮我坐上那个位置。咱们都是老朋友了，多雷姆斯，我可以告诉你，地区专员的这项工作除了有社会优势外，对我在采石场的生意也很有帮助。如果我得到了这个职位，我可以向你保证，我会帮你把《每日线人》从斯托布梅尔和那个肮脏的小臭虫伊奇特那里抢回来，让你完全按照自己的意愿管理——当然了，前提是你不能批判首领和国家。或者，如果你愿意的话，我觉得我可以给你找一份军事法官的工作（干这份工作的不一定非得是律师），或者当皮埃利校长的教育区主任——你会从中得到很多乐趣！——所有教师都巴结主任，真是有趣！来吧，老家伙！想想我们过去的乐趣！理智一点，这是早晚的事，加入我们吧，为我做些好的宣传。怎么样——嗯，嗯？"

多雷姆斯认为，对一个革命宣传者而言，最坏的审判不是冒着生命危险，而是必须对未来的塔斯布鲁专员这种人彬彬有礼。

多雷姆斯觉得自己的语气很有礼貌，喃喃自语道："恐怕我太老了，弗兰克。"但显然塔斯布鲁感觉自己被冒犯了，他跳了起来，边走边抱怨："哦，那好吧！"

多雷姆斯后悔道："我也没有给他机会，让他说出任何现实的想法，或是为了做一个煎蛋卷而打碎鸡蛋。"

第二天，马尔科姆·塔斯布鲁在街上遇到了茜茜，他不遗余力地讽刺她。当时杰瑟普夫妇觉得这很有趣。当马尔科姆把小戴维赶出塔斯布鲁苹果园的时候，他们觉得不太好笑了，因为他习惯了把那当作西部大森林，在那里，随时都有可能遇到基特·卡森、罗宾·汉和林德伯格上校一起打猎。

单凭弗兰克的话，多雷姆斯只能在佛蒙特州的警戒中暗示杜威·海克上校将被任命为战争部长，并给出海克的实际军事记录，其中包括1918年他在法国作为第一名中尉，在不到十五分钟的时间里受到了炮火攻击的事实，以及他唯一一次真正的胜利是在俄勒冈州的一次罢工中指挥州民兵，当时十一名罢工者被击倒，其中有五人是从背后被击败的。

随后多雷姆斯就轻松地彻底将塔斯布鲁抛之脑后了。

30

对愚蠢的塔斯布鲁保持礼貌是一件非常无奈的事情，然而，比这更糟糕的是让他保持沉默。六月底，佛蒙特州巴丁顿的一名新闻记者突然被捕并被抓到了集中营，这名记者是《佛蒙特警觉》的编辑，编写了所有多雷姆斯和洛琳达印制的那种小册子。巴克、丹·威尔格斯和茜茜不同意多雷姆斯要去坦白自己所作所为的做法，甚至不允许他看望那个受害者。此时，洛琳达已不再是多雷姆斯的知己，多雷姆斯试图向艾玛解释这一切，艾玛说，政府拿别人做替罪羊，这不正是你的幸运之处吗！

艾玛认为新地下组织的活动就是一种淘气的游戏，让她的男人多雷姆斯退休后忙个不停，对社团主义者颇有怨言。她不确定指责司法机构是否真的合适，她的多雷姆斯，小小的个头，却总是充满了令人惊讶的勇气，就像她小时候养的苏格兰小猎犬一样勇敢（她经常向茜茜倾诉），它名叫麦克纳比特先生，天啊，它勇敢得像头狮子！

洛琳达走了，艾玛很高兴，虽然她喜欢洛琳达，也担心她在一个完全陌生的小镇上开茶馆会很难，但她就是禁不住想（她的倾诉对象不仅有茜茜，还有玛丽和巴克），洛琳达对女性权利有着疯狂的想法，而且认为工人和雇主一样优越，这些都对多雷姆斯喜欢炫耀和做出惊人行为的倾向产生了不良影响。（她有点纳闷巴克和茜茜笑什么。她并没有说什么特别好笑的话！）

这么多年来，艾玛已经习惯了多雷姆斯不规律的生活方式，因为他在不恰当的时间（也就是艾玛所说的“随时”）从巴克家回来，扰乱了她的睡眠。但艾玛的确希望多雷姆斯能“更准时的吃饭”，她已不想知道为什么这些天他似乎更喜欢和普通人交往，比如约翰·波利科夫、丹·威尔格斯、丹尼尔·巴布科克，还有皮特·武通,天哪!有人说皮特不会读书写字,而多雷姆斯却受过良好教育!为什么他没有看到更多像弗兰克·塔斯布鲁、斯托布梅尔教授、R.C.克劳利先生这样可爱的人,还有他的新朋友约翰·沙利文·雷克这样的人呢?

多雷姆斯为什么不能远离政治呢?艾玛总是说,那不是上等人选择的职业!

像十岁的大卫一样(也像两三千万其他的美国人一样,他们从一岁到一百岁都有着同样的心理年龄),艾玛认为前进中的民兵的确是一场非常精彩的演出,好似美国内战的电影,很有教育意义。当然,如果多雷姆斯不喜欢温德里普总统,她自己也会反对他,不过温德里普先生不是把纯粹语言、出席教会、低税率和美国国旗讲得很动听吗?

如塔斯布鲁所预言的那样,现实主义者及制作煎蛋卷的人确实获得了迁升。杜威·海克上校,东北省省长,成了陆军部长和军事司令,而前部长,卢瑟恩上校,退休后回到了堪萨斯州,从事房地产生意,所有的商人都对他赞誉有加,因为他愿意放弃华盛顿的崇高地位,为实际事务和他的家庭尽职尽责,整个媒体都说他们经常想念他。新地下组织的牢房中有传言说,海克甚至可能会升到比陆军部长还高的级别,还说,温德里普担心,在荣光之下,李·萨拉森会不由自主地变得像女人一样娇气。

弗朗西斯·塔斯布鲁被提升为汉诺威的地区专员,但沙利文·雷克并没有继续担任地区首长。据说,许多保守政客都是他的朋友,而这些保守政客的工作正是社团主义者所热衷于从事的。新上任的首长、总督兼将军,是军事法官埃芬汉·斯旺,那是比沙德·莱杜更令玛丽·杰瑟普·格林希尔感到恨之入骨的人。

斯旺是位杰出的委员。在就职后的三天内,他便逮捕了约翰·沙利文·雷克和七名地区助理委员,二十四小时之内便完成了审讯和关押工作,此外,还逮捕了一个八十岁的老妇人,她是一名新加入的地下特工的母亲,并没有被指控犯有重大罪行,她被关在一个集中营里,这所集中营用于关押一些极危险的叛徒。那是一个废弃的采石场,里面总有一英尺深的水。据说斯旺在判决她之后还非常有礼貌地向她鞠了一躬。

新地下组织从蒙特利尔总部发出警告,要求全面加强防范措施,以防因进行宣传活动而被捕。特工们的失踪令人担忧。

巴克嗤之以鼻,但多雷姆斯很紧张。他注意到,有一个陌生男子,高个子,眼神令人讨厌,表面上是个鼓手,却两次在韦塞克斯酒店的大厅里和他交谈,显然是在暗示他背叛社团主义者，这名男子很想让多雷姆斯说一些关于长官和民兵的坏话。

去巴克家的路上，多雷姆斯变得很谨慎，他的车在不同的林荫道上停了六次，之后蹑手蹑脚地走向了地下室。

1938 年 6 月 28 日的晚上，多雷姆斯发现有人跟踪他——一辆带有红色大灯的汽车紧随其后，他从后视镜里焦急地观察着。当他沿凯兹梅特公路驶向巴克家时，那辆车仍跟着他。他拐上一条小路，又拐下另一条，间谍车依旧紧随其后。他在路左边的车道上停了下来，气冲冲地走了出来，正好看见那辆车开过，司机像是沙德·莱杜。接着，他转过身，毫不掩饰地跑向巴克家。

在地下室里，巴克正心满意足地捆着成捆的《警觉报》，佩雷菲克斯神父穿着衬衫袖子，背心敞开着，黑色的假衬衫①在他的反领下摆动，他坐在一张普通的松木桌旁，给新英格兰的天主教徒们写了一封警告信，说社团主义者和德国的纳粹人不同，尽管他们十分精明，擅长讨好教士，却降低信奉天主教的法裔—加拿大磨坊工人的工资，监禁他们的领导者，就像监禁公然作恶的新教徒一样苛刻。

佩雷菲克斯朝多雷姆斯笑了笑，伸了个懒腰，点了根烟斗，笑着说："多雷姆斯，你作为一个伟大的传道者，认为我出版这部小杰作——我最喜欢的作家的作品——未经主教批准，是犯了一种轻罪还是重罪?"

"史蒂夫！巴克！我想他们已经盯上我们了！也许我们不得不暂时撤退，把印刷机和打字机先撤走!"他告知有人跟踪的事情，并给在民兵总部的朱利安打了电话(因为那里有许多法裔—加拿大督察，他不敢用他那招牌式的法语)，用他通过翻译学来的新德语说：

"您认为您的朋友会在投票的最后一天来这儿吗?"

受过高等教育的朱利安精通国际文化，他迎刃有余地答道："是的，我是说她早上有空。小心点!"

他们该怎么转移？去哪里呢？

一个小时后，丹·威尔格斯惊慌失措地赶到了。

"他们在监视我们!"多雷姆斯、巴克和牧师围着这个黝黑的维京人。"刚才我进来的时候，我好像听到灌木丛里有什么东西，就在这院子里，靠近房子的地方，我还没来得及想，就拿起手电筒照向他，天哪，这不是阿拉斯·迪利吗，没穿

① 假衬衫，只有前胸的那种。

制服——你知道阿拉斯是多么爱他的上帝——对不起，神父——他是多么爱他的制服。他是在伪装！没错！穿着工装裤！看上去像一个被晾在晾衣绳下面的蠢驴！他一直在房子旁张望。当然，这些窗帘都拉上了，但我不知道他看到了什么，而且……”

三个高个子男人指望多雷姆斯下达命令。

“我们得把这些东西都弄出去！快点！把它藏在杜鲁门·韦伯的阁楼里。史蒂夫：给约翰·波利科夫、蒙戈·基特里克和皮特·武通打电话——叫他们过来——叫约翰过来，让朱利安也尽快来。丹：开始拆印刷机。巴克：整理好所有的文献。”多雷姆斯说话的时候，他正用报纸包裹打字机。第二天凌晨三点，天还没亮，波利科夫带着新地下组织的全部印刷设备，开着巴克旧农场的卡车，朝杜鲁门·韦伯的农场开去，为了掩人耳目，他们在车里放了两只小牛，受惊的小牛哞哞地叫着。

第二天，朱利安冒险邀请他的上司沙德·莱杜和埃米尔·斯托布梅尔去巴克家打扑克。他俩很快就到了，看到巴克、多雷姆斯、蒙戈·基特里克和伊奇特博士都在——伊奇特博士在这场骗局中完全是无辜的。

大伙在巴克的客厅里玩到了晚上，巴克说道：“不想喝威士忌，想喝啤酒的，可以到地下室的冰桶里拿；想去洗手间的，楼上有两个洗手间。”

话刚落音，沙德便急着去拿啤酒，伊奇特博士则急着去洗手间。他们两个离席的时间都比预期要长得多。

当聚会结束，只剩下巴克和多雷姆斯两个人时，巴克兴高采烈地尖叫道：“听到老好人沙德打开橱柜，仔细翻看地下室里的小册子的时候，我都快要绷不住了。杰瑟普长官，如此一来，他们就不会怀疑这儿有叛徒了！上帝啊，但沙德不是傻瓜！”

当时大概是 6 月 30 日凌晨三点。

整个下午和晚上，多雷姆斯都待在家里写煽动性言论，他把稿纸藏在书房的富兰克林壁炉上的报纸下面，以便在突袭时用火柴点燃，这是从卡尔·比林格的《反纳粹祖国》中学来的。

这部新作品是专门描写由埃芬汉·斯旺首长下令制造的谋杀案。

7 月 1 日和 2 日，多雷姆斯在上城区闲逛的时候，碰见了在韦塞克斯酒店大厅里遇到的那个魁梧的鼓手，这个人坚持要和他一起喝一杯。多雷姆斯逃了出来，他意识到自己身后跟着一个陌生年轻人，穿着杏黄色的马球衫，拎着灰色的袋子，很有派头，他认出那人曾身着民兵制服参加过六月的一次游行。7 月

3日，多雷姆斯惊慌失措地驱车前往杜鲁门·韦伯的家，绕了一个小时的路才到，并叮嘱杜鲁门没有他的允许不要再印刷。

多雷姆斯回家后，茜茜轻描淡写地告诉他，沙德坚持要她第二天下午，也就是4日下午和他一起参加民兵组织举行的野餐，不管什么原因，她都拒绝了。她害怕被他的同伙包围。

3日晚上，多雷姆斯因痉挛而失眠，他坚信自己会在黎明前被逮捕。夜色阴沉，电闪雷鸣，令人心神不安。蟋蟀在鸣叫，但声音听起来不怎么心甘情愿，节奏有些恐怖。他躺在那里，随着它们的声音悸动。他想逃走——但是他怎么逃，逃到哪里，怎么能离开受到威胁的家人们？这么多年来，他第一次希望自己能睡在镇定自若的艾玛身边，睡在她那土墩似的小身体旁边。他嘲笑自己，艾玛能做些什么来保护他不受民兵的伤害呢？尖叫！然后呢？为了保护他那神圣的孤独，他总是关着门睡觉，现在他从床上跳起来，打开门，以使他能从艾玛的呼吸声、玛丽的熟睡声和茜茜偶尔发出的呜咽声中获得安慰。

天还没亮，多雷姆斯就被鞭炮声吵醒了。他听到有脚步声，绷紧了身子。七点三十分，他又醒了，什么事也没发生，他有点生气。

7月4日早上，为了庆祝新自由，民兵们拿出了他们的头盔，牵出了附近所有可骑的马——其中一些被称为最优秀的犁马。欢快的游行队伍中并没有美国退伍军人协会的踪影。这个组织已被完全镇压了，其中一些领袖被枪杀了，其他人则机智地选择任职于民兵组织。

军队聚集在广场上，普通市民谦卑地挤在军队身后，傲慢的杰瑟普一家则站在外围。前州长伊瑟姆·哈伯德面向军队致辞，他像一只可爱的老公鸡，说话的语气比任何家禽都要自豪，他宣称，这位总统神似华盛顿、杰斐逊、威廉·麦金利和巅峰时期的拿破仑。

号角吹响了，民兵雄赳赳地离开了，不知道要去往什么特别的地方。多雷姆斯回家了，他在大笑过后感觉好多了。吃完午饭后，因为在下雨，他向艾玛、玛丽和茜茜提议玩桥牌——坎迪太太自愿担任裁判。

山地的雷声使多雷姆斯感到惊惶。每当他作“明手”[①]时，他就会慢慢地走到窗前。雨停了，太阳出来了，这一刻虚假而朦胧，潮湿的草地看起来都不真实。云朵的底边支离破碎，就像衣衫褴褛的裙边，云飘向山谷，遮住了忠实山的

① 桥牌游戏中，首攻人的下家在首攻之后将自己的牌全部摊开，按同花色摆成四列，此家称为“明手”(dummy)。

大部分。太阳消失了，仿佛是陷入了一场巨大的灾难，顷刻间，整个世界都笼罩在邪恶的黑暗之中，黑暗涌进了房间。

“哎呀，天太黑了，是不是？茜茜，把灯打开。”艾玛说。

大雨再次袭来，倾盆而下，多雷姆斯往外看，整个可知的世界似乎被冲垮了。在洪水中，他看到一辆闪着光的大型汽车，巨大的车轮下溅出水花。“不知道那是什么牌子的车？我想一定是一辆十六缸的凯迪拉克。”多雷姆斯想道。汽车突然转向多雷姆斯家的大门，差点撞上其中一个门柱，它发出了刺耳的声音，之后便在门廊处停了下来。五个民兵从车上跳下来，身上披着黑色防水斗篷。多雷姆斯还没来得及做出反应，他们就已经进入房间了。领头的是个少尉（当然，多雷姆斯肯定不认识他），他走到多雷姆斯面前，漫不经心地望着他，一拳打在他脸上。

除了之前被捕时被刺刀轻微戳伤，以及偶尔的牙痛或头痛，或是撞到指甲时的刺痛外，多雷姆斯已经三十年没有感受到真正的疼痛了。令人难以置信又恐惧的是，他的眼睛、鼻子和嘴巴都在遭受折磨。他弯腰站着，喘着粗气，少尉又打了他一个耳光，说：“你被捕了。”

玛丽扑向少尉，用陶瓷烟灰缸袭击他。两个民兵把她拖走，扔到沙发上，其中一个人按着她。还有两个民兵正围着瘫倒的艾玛和受到刺激的茜茜。

多雷姆斯突然开始呕吐，接着便瘫倒在地，仿佛他酩酊大醉了一般。他意识到那五个民兵正猛拉他书架上的书，并扔到了地板上，书皮都裂开了，他们还用手枪柄砸花瓶、灯罩和临时用的小桌子。其中一个民兵用自动手枪的子弹在壁炉上方的白色镶板上刻了一个潦草的“民兵”字样。

少尉只说了一句：“小心点，吉姆。”然后吻了一下歇斯底里的茜茜。

多雷姆斯挣扎着站了起来，一个民兵又踢了他的手肘。这感觉就像死了般，多雷姆斯在地板上打滚。他听到他们上楼了，他想起关于埃芬汉·斯旺首长谋杀案的手稿就藏在他书房的富兰克林壁炉里。

他们在二楼的卧室里砸家具，就像十几个发疯的砍柴工一样。

在疼痛中，多雷姆斯挣扎着站了起来——要在文件被找到之前，把壁炉里的文件点着。他尝试寻找他的女眷，他认出了被绑在沙发上的玛丽。（这是什么时候发生的事儿啊？）但他的视野太模糊，脑子受伤太重，什么都看不清楚。他踉踉跄跄，有时手脚并用，从卧室里男人们的身旁爬过，爬上楼梯，来到三楼的书房。

多雷姆斯正好看到少尉把他积攒了二十年的最喜欢的书和信夹从书房的

窗户扔了出去，还看到他在富兰克林壁炉里翻找文件，并兴高采烈地抬起头，咯咯地笑着说："我想，杰瑟普，你写的这篇文章不错。斯旺委员看到会很高兴！"

"我要求——见——莱杜长官——塔斯布鲁专员——他们是我的朋友。"多雷默斯结结巴巴地说。

"我不认识他们。现在是我管这件事儿。"少尉轻笑着打了多雷姆斯一巴掌，多雷姆斯感觉不是很疼，只是和他意识到自己太懦弱了，竟然向沙德和弗朗西斯求助时一样感到羞耻。他再也没有说话，也没有啜泣，甚至没有徒劳地代表女人们去恳求、取悦士兵。当他被推着走了两段楼梯时——他们便将他扔到了下面的楼梯，他肩膀着地，然后上了大轿车。

民兵司机一直在车里等着，发动机已经启动了。汽车发出呜呜声，随时可能打滑。但一向害怕打滑的多雷姆斯没有注意到这一点。

他能怎么办呢？多雷姆斯和两个民兵坐在后座，处在他们中间的他束手无策，他无法让司机减速，这似乎也反映了在独裁者的权力面前，他是无能为力的……他总是想当然地认为在尊严和社会保障方面，他只是略优于法规、法官和警察，但其承担的一切风险和痛苦也略高于普通工人。

在法院的监狱门口，多雷姆斯像一头倔强的骡子一样被卸了下来。他下定决心，当他见到沙德时，一定要痛斥那个恶棍，让他永生难忘。但多雷姆斯没有被带进法庭。他被踢进门口的一辆黑色大卡车内，车上没有任何标志——真的被踢了一脚，而他甚至还在困惑的痛苦中沉思："我想知道哪个更糟？——被踢的肉体上的痛苦，还是被变成奴隶的精神上的耻辱？见鬼！别强词夺理了！最疼的是屁股！"

多雷姆斯攀着梯子进入了卡车后方。

漆黑的卡车里传出一声呻吟："我的天哪，你也被抓了，多雷姆斯！"这是巴克的声音，和他一起的还有杜鲁门·韦伯和丹·威尔格斯。丹被铐起来了，因为他曾经试图反抗。

这四个人感觉卡车摇摇晃晃地开走了，他们撞在了一起，伤心得说不出话来。其间，多雷姆斯真诚地说："我不知道该如何开口，把你们牵扯进来我很抱歉！"之后他躺下了，巴克叹息道，"那些人——伤害到女孩们了吗？"

他们的车开了得有三个小时。多雷姆斯处于痛苦的昏迷状态，尽管他的背部很疼痛，因为他被从粗糙的底板上弹来弹去，脸也疼得发麻，但他还是一直昏昏欲睡，然后被惊醒，醒来后又无助地号啕大哭，如此反反复复。

卡车停下来了，车门在白砖房间闪亮的灯光下打开了。多雷姆斯模模糊糊地看到他们是在曾经的达特茅斯大学校园里，而现在则是社团主义区委员的总部。

那个委员是他的老熟人弗朗西斯·塔斯布鲁！他会被释放的！他们四个人都会得救！

他对耻辱的怀疑消失了，也从病态的恐惧中走了出来，就像遭遇海难的人看到了一艘正在靠近的船。

但多雷姆斯没有看见塔斯布鲁。除了机械地咒骂外，一声不吭的民兵把他赶进了走廊，又赶进了一间牢房，那儿曾经是一间安静的教室，最后重击了他的头部。他倒在一张铺着草编枕头的木床上，立刻就昏睡过去了。他神志不清——他是一个会仔细观察所到之处的人——以至于当时及之后都不记得关押他的牢房是什么样子，只记得里面似乎充满了机车发动机排出的硫黄烟。

当多雷姆斯醒来时，脸似乎冻僵了，外套也破了，还散发着呕吐物的气味。他觉得自己堕落了，好像做了什么可耻的事。

门猛地被打开了，他们推给多雷姆斯一碗脏兮兮的淡咖啡，还有一块面包皮，上面涂着薄薄的人造黄油，他拒绝食用，恶心地想吐，被两个卫兵押到走廊里，此时，他刚好想上厕所。在恐惧的麻痹中，他甚至可能忘记了这一点。一个卫兵抓住他那修剪整齐的小胡子，使劲一扯，哈哈大笑。“我一直想看看山羊胡子能不能被拔出来！”卫兵窃笑着说。就在他饱受折磨的时候，多雷姆斯感觉到有另一个人从他身后给了他一击，并责骂道：“快走，山羊！要我们给你挤奶吗？你这个肮脏的讨厌鬼！你犯了什么事儿？看起来像个犹太小裁缝，你这个小——”

“他？”另一个嘲笑道，“他可不是！他是个乡巴佬报刊编辑——他们准会枪毙他——煽动叛乱——不过，我希望他们先狠狠地揍他一顿，因为他是个没用的编辑。”

“他？编辑？我说！听着！我有个好主意。嘿！伙计们！”还有四五个民兵，衣冠不整，从走廊另一头的房间往外看。“这有个会写作的家伙！我要让他告诉我们他是怎么写的！瞧！”

卫兵沿着走廊冲到一扇门前，门上挂着“男厕所”的牌子，他回来时手里拿着不干净的纸，并将它扔到多雷姆斯面前，大声嚷道：“来吧，头儿。让我们看看你是如何创作的！来吧，写一篇——用你的鼻子！”他十分强壮。他把多雷姆斯的鼻子按在肮脏的纸上，按住不放，他的同伴们都在笑。一个军官打断了他们，他仁慈地命令道：“快点，小伙子们，别再胡闹了，把这个人——带到候审室。今天早上审判。”

多雷姆斯被带进了一个肮脏的房间，里面有六个囚犯在等着。其中一个是巴克·泰特斯。巴克的一只眼睛缠着一条松松垮垮的绷带，露出了额头上的伤口。巴克尽力面带微笑地眨着眼睛，多雷姆斯则努力忍住不哭，但徒劳无功。

多雷姆斯站着等了一个小时，双臂紧紧地贴在身体两边，这是一个相貌丑陋的卫兵要求的，卫兵拿着一根狗鞭，一旦多雷姆斯的双手松懈了，他就用这根鞭子抽打他，一共抽了两次。

巴克在多雷姆斯之前被带进了审讯室。审判室的门关着，多雷姆斯听到巴克在里面大喊，好像受了重伤似的。哭声渐渐变成了哽咽的喘息声。当巴克被带出来时，他的脸和绷带一样脏，一样苍白，绷带上的血正在慢慢地往外流。站在里屋门口的那个人用大拇指猛地指着多雷姆斯，咆哮着说：“你是下一个！”

现在他要面对塔斯布鲁了！

但是在多雷姆斯被带进的那个小房间里——他很困惑，因为不知怎么的，他原以为会有一个很大的法庭——只有昨天逮捕他的海军少尉，坐在一张桌子旁，翻阅文件，还有一个面无表情的民兵站在他的两边，表情严肃，手持手枪皮套。

海军少尉让他等了一会儿，突然以令人沮丧的声音厉声说道：“名字！”

“你知道！”

多雷姆斯身边的两个守卫都打了他。

“名字！”

“多雷姆斯·杰瑟普。”

“你是共产党员！”

“不，我不是！”

“二十五鞭——还有油。”

多雷姆斯难以置信，一头雾水，他被迅速带进了房间另一头的地下室里。那里有一张长长的木桌，上面是黑色的干血，散发着干血的臭味。卫兵抓住了多雷姆斯，猛地把他的头往后一扭，撬开他的下巴，倒入一夸脱蓖麻油。他们撕掉了他腰带上的衣服，扔在黏糊糊的地板上。又把他脸朝下地扔在长桌上，开始用连体钢鱼竿抽打他。每一下都会刺进他的背部，他们慢慢打他，既可以品味这种感觉，又能防止他昏倒得太快。但是，当蓖麻油起作用时，他已经昏迷了，这也转移了卫兵们的注意力。事实上，直到多雷姆斯发现自己苟延残喘地瘫倒在牢房地板上凌乱的麻袋上，他才意识到发生了什么。

他们半夜叫醒了多雷姆斯两次，问他："你是共产党员，对吧？你最好承认！不然我们把你打得屁滚尿流！"

虽然多雷姆斯的伤极为严重，但同时他也极其气愤。他气得什么都不肯承认，甚至连挽救他那残破的生命也不肯。他只是咆哮地答道："不是"。但在第三次挨打时，他疯狂地想知道，此时此刻，"不"是否是一个真实的答案。每次审讯之后，他又会遭受拳头的重击，但不是用钢棍抽打，因为总部的医生禁止用钢棍。

这位身穿灯笼裤的年轻医生看起来很擅长运动。他在充满鲜血的地窖打着呵欠对守卫们说："最好停手吧，否则——又会昏过去。"

多雷姆斯从桌上抬起头，倒抽了一口冷气："你自称是医生，还和这些杀人犯混在一起？"

"哦，闭嘴，你这个小——像你这样肮脏的叛徒应该被打死——也许你会被打死的，但我认为这些小伙子应该把你留到审判的时候！"为了大展身手，医生扭着多雷姆斯的耳朵，直到它好像快要掉下来了，医生咯咯地笑着说："继续吧，小伙子们。"然后悠闲地走开了，卖弄地哼着小曲。

整整三个晚上，多雷姆斯都在遭受盘问和鞭打——有一次是在深夜，守卫们抱怨他们的长官冷酷无情，让他们工作到这么晚。他们用一条带扣的旧安全带打他，以此取乐。

负责审问的少尉宣布巴克供认了他们的非法宣传，还讲述了许多工作细节，这使多雷姆斯险些相信了巴克的供认之事，他几乎崩溃了。但最终他没有听信，他告诉自己："不！巴克宁死也不会承认任何事。那都是阿拉斯·迪利偷听来的。"

少尉咆哮道："现在，如果你放聪明点儿，学学你的朋友泰特斯，告诉我们除了他、你、威尔格斯和韦伯之外，还有谁参与了这场阴谋，我们就放你走。我们知道，好吧——我们知道整个阴谋！我们只是想看看你有没有恢复理智，得到改造，我的朋友。还有谁呢？说出他们的名字，我们会让你走的。还是你想再尝尝蓖麻油和鞭子的滋味？"

多雷姆斯没有回答。

"再加十鞭。"少尉说。

多雷姆斯每天下午都会被强制带到校园里散步半小时——也许是因为他更喜欢躺在他的硬床上尽量保持不动，如此一来，他的心脏就不会狂跳不止了。有五十名犯人如行尸走肉般在一圈又一圈的放风。多雷姆斯从巴克身边走过，向他打招呼就意味着会遭受卫兵一拳。因此，他们迅速地互相眨了眨眼睛，当多雷姆斯看到巴克那猎犬般平静的眼睛时，他知道巴克没有告密。

在操场上，他看到了丹·威尔格斯，但丹并不在自由放风之列，他被卫兵从刑房里带出来，鼻子和耳朵都扁了，看上去就像被职业拳击手打过一样，他看起来有点惊吓过度。多雷姆斯想从牢房走廊里的卫兵那儿打听丹的情况。那个卫兵——一个英俊、双颊红润的年轻人，是怀特山的一个山谷里有名的花花公子，但很孝顺母亲——笑了起来："哦，你的朋友威尔格斯？那个笨蛋以为自己很厉害。我听说他总会设法制服卫兵，他们会报复他的，唉！"

多雷姆斯想，那天晚上——他不确定，但他想他听到丹哭到了半夜。第二天早上，有人告诉他丹在牢房里上吊自杀了。以前让丹发布关于懦夫自杀的新闻时，他总是非常反感。

之后，出乎意料的是，多雷姆斯被带进了一个房间，这次的房间相当大，曾经是一间英语教室，现在变成了法庭，以对他进行审判。

但是，坐在法官席上的不是地区专员弗朗西斯·塔斯布鲁，也不是任何军事法官，而是人民的保护者、伟大的新省级委员埃芬汉·斯旺。

当多雷姆斯被带到法官席前时，斯旺正在看多雷姆斯所写的关于他的文章。他开口说话了——这个严厉的、一脸倦容的男人不再是那个获得过罗得斯奖学金的无忧无虑的学生了，他曾要弄多雷姆斯，像扯苍蝇翅膀的小男孩一样。

"杰瑟普，你承认煽动叛乱吗？"

"为何——"多雷姆斯无助地四处寻找法律顾问。

"塔斯布鲁专员！"斯旺叫道。

就这样，多雷姆斯终于见到了他儿时的玩伴。

塔斯布鲁未做任何值得称赞的事，他避开了多雷姆斯的眼睛。事实上，他说话的时候，非常和蔼可亲地直视着多雷姆斯：

"阁下，揭露杰瑟普这个人让我十分痛苦，我一直同他有交往，也尽力帮助他，但他向来是个自作聪明的家伙——因为他试图炫耀自己是一个伟大的政治领袖，他成了比乌拉堡的笑柄！总统当选时，他很生气，因为他没有得到任何政治职位，于是，他四处煽动人们的不满情绪——我亲耳听到他要这么做。"

"足够了。谢谢。县长莱杜……莱杜长官，杰瑟普试图说服你加入一场针对我的暴力阴谋，是真还是假？"

但沙德并没有看多雷姆斯，他喃喃地说："是真的。"

斯旺暴跳如雷地说："先生们，我想，再加上我所持有的犯人自己的手稿中包含的证据，就足以证明这一点了。犯人，如果不是因为你年事已高又极为虚弱，我会处你一百鞭刑，就像我对所有像你这样威胁社团主义国家的共产主义者一样。既然如此，根据法庭的意愿，我宣判，将你关押在集中营，最低刑期为十七年。”多雷姆斯迅速计算了一下，他现在六十二岁，到那时他已经七十九岁了。他再也见不到自由了。“而且，作为省长，我有权颁布紧急法令，判处你死刑，处以枪决，但我暂缓执行这一判决——尽管只能暂缓到你可能被抓住试图逃跑之时！我希望你能一直在监狱里待着，杰瑟普，好好想想你写的这篇关于我的文章，是多么的聪明！要记住，在任何一个寒冷的早晨，他们都可能把你带到雨中，然后开枪打死你。”最后，他温和地告诉卫兵：“再抽二十下！”

两分钟后，他们把蓖麻油灌进了多雷姆斯的身体；他躺着，想咬一下桌子上那块污迹斑斑的木头；在用钢制钓鱼竿穿过他背部纵横交错的伤口前，一个卫兵开玩笑地在空中操作了一下，他听到了钢制钓鱼竿发出的嘶嘶声。

31

当敞开的囚车行至特里亚农集中营附近时，午后的最后一缕阳光沿忠实山的山顶照耀着密密麻麻的桦树、枫树和杨树。夜幕很快爬上了山坡，整个山谷都被笼罩在寒影中。病恹恹的多雷姆斯坐在座位上，无精打采地垂着脑袋。

女子学校的这所古板的具有乔治亚风格的建筑已然变成了特里亚农的一个集中营，位于比乌拉堡以北九英里处，不过它比达特茅斯学院还要糟糕，达特茅斯的整座建筑都已变成了社团主义者和他们女性表亲们的豪宅，而她们都是非常势利的暴发户。特里亚农的学校似乎被洪水冲垮了，大理石的门阶也被人拿走了（如今，其中一块就装饰在院长夫人——考利克夫人的家中，考利克夫人是一位身材肥胖、脾气暴躁、喜欢佩戴珠宝首饰的信教妇女，她认为反对总统的人都是共产主义者，应该立即枪毙）。窗户被砸碎了。砖墙上写着“为总统欢呼”，其他粉笔字都被擦掉了，但没有擦干净。草坪和蜀葵床上杂草丛生。

建筑物矗立在广场的三面，第四面和建筑物之间的缝隙用未上漆的松树篱笆围了起来，篱笆顶上是几股带刺的铁丝网。

除了考利克上校的办公室外，每个房间都沾满了污秽（他和每一个获得军需团上尉和监狱长等荣誉的人一样，几乎一无所有）。他的办公室一片沉闷，散发着威士忌的香味，不像其他房间那样，满是氨水的味道。

考利克并不太坏。他希望营地卫兵及民兵们不要对囚犯太恶毒，除非他们试图逃跑。他是个温和的人，温和到从来都不会使民兵感到不快，也许他会通过干扰他们的训练方法在民兵心中树立威望。当这些可怜的家伙因吵闹的囚犯坚称自己没有犯罪而鞭打他们时，他们可能是出于善意。好心的考利克帮了多雷姆斯一段时间；让他在闷热的医院里躺了一个月，还能让他每天吃到正宗的炖牛肉。监狱医生是个老酒鬼，在八十年代末受过医学培训，他多次为人做堕胎手术，这多少给他的生活带来了一些麻烦。清醒的时候他也挺善良，他允许多雷姆斯从比乌拉堡请来马库斯·奥姆斯特德医生。四个星期以来，多雷姆斯第一次得到了监狱外面的消息。

在正常生活中，等一个小时才知道朋友和家人会发生什么是非常痛苦的，而现在多雷姆斯已经等了一个多月了，他不知道他们是生还是死。

奥姆斯特德医生——和多雷姆斯一样，也犯了社团主义者所谓的叛国罪，他只敢和多雷姆斯说几句话，因为监狱医生一直待在医院的病房里，痴痴地望着伤痕累累的病人，机械地将碘酒或多或少地涂在伤口附近。奥姆斯特德坐在小床边上，盖着几个月没洗的脏兮兮的毯子，急忙低声说道：

“快！听着！别说话！杰瑟普夫人和你的两个女儿没事，她们很害怕，但并没有被逮捕。听说洛琳达·派克也没事。你的孙子大卫，看起来很好——不过我担心他会像所有的年轻人一样长大后成为社团主义成员。巴克·泰特斯还活着——在另一个集中营——伍德斯托克附近的集中营。新地下组织在比乌拉堡的联络点正在做着力所能及的事——不公开发表文章，但我们转发信息——从朱利安·法尔克那里得到很多——真是个天大的笑话：他升职了，现在是民兵队长！玛丽、茜茜和佩雷菲克斯神父一直在分发从波士顿拿来的小册子；他们帮着我和奎因（我的司机）将难民送往加拿大……没错，我们仍在工作……就像还在拯救一个快死于肺炎的病人一样！你看起来像个幽灵，我很伤心，多雷姆斯。但你会挺过去的。他们打不倒你！那个老监狱医生正朝这边看。再见。”

多雷姆斯不能再次会见奥姆斯特德医生，他从医院离开的时候，虽然走起路来颤颤巍巍，但也可缓慢地行走了。可能是受奥姆斯特德的影响，多雷姆斯得到了一份非常理想的工作——清扫牢房和走廊，清洁厕所和刷马桶，而不必在忠实山上的树林里工作，据说在趁考利克上校不注意的时候，卫兵打死了那些被木头压倒的老人，这比在“狗窝”里赤身裸体地躺在黑暗中受管教，或者更糟糕，让你四十八小时甚至九十六小时不睡觉要好得多。多雷姆斯是个认真的厕所清洁工。他不太喜欢这项工作，但令他感到自豪的是，他能像希腊餐厅里所有专业的采珠人一样熟练地进行擦洗，他为被囚禁的战友们清洁地板以减轻他们的痛苦，为此他感到很满意。

因为多雷姆斯告诉自己，他们是他的战友。他曾自认为是资本家，因为他可以雇佣及解雇员工，而且理论上他“拥有自己的企业”，可如今，他觉得他和最游手好闲的看门人一样无所事事。那些维护社团主义利益的大企业，似乎要用掉他。但多雷姆斯仍坚定地告诉自己，他不相信无产阶级专政，正如他不相信银行家和公共事业所有者专政一样；多雷姆斯仍坚信，任何一个医生或牧师，尽管在经济方面，他可能和那些最卑微的信徒一样并不宽裕，但他并不觉得自己比他们稍微好一点，也不觉得他需要更努力地工作，因而他成了一个糟糕的医生或毫不通情达理的牧师。多雷姆斯自认为是一个比伊奇特博士更称职、更可敬的记者，比他的大多数店主、农民和工人读者更精于学习政治。

然而，于多雷姆斯而言，资产阶级的那种自尊心早已荡然无存，当他被农民、工人、卡车司机和平日可见的流浪汉称呼为“多雷姆斯”而不是“杰瑟普先生”时，当他们认为多雷姆斯即使遭受挨打也勇气十足，即使要在狭小的牢房里和别人挤在一起也坦然自若，他几乎和他们一样优秀时，他感到有点受宠若惊，有点激动。

卡尔・帕斯卡嘲笑他：“我早就告诉过你了，多雷姆斯！ 你会成为共产主义者的！”

“有可能，卡尔——等你们这些共产主义者把你们所有的假预言家、牢骚包和痴迷于追求权力的人，以及莫斯科地铁所有的记者都赶出去之后。”

“好吧，那你为什么不加入麦克斯・伊斯曼呢？ 我听说他逃到了墨西哥，那里有一个由十七名成员组成的纯托洛茨基共产党！”

“十七个？ 太多了。我想要的是那种只有一个成员参与的大规模行动，可以单独待在山顶。我是个很乐观的人，卡尔。我仍然希望美国有一天能达到基特・卡森①的标准！”

作为清洁工和洗刷工，多雷姆斯有着与其他囚犯闲聊的不寻常机会。当他想到和他一起的罪犯中有许多熟人时，他不禁笑了起来：卡尔・帕斯卡、堂兄亨利・维德尔、路易斯・罗滕斯顿（现在看起来就像一具死尸，他过去作为“真正的美国人”的自豪感受到了不可磨灭的伤害）、克利福德・利特尔（曾是个珠宝商，即将死于肺痨）、本・特里珀（曾是麦达利・科尔磨粉厂中最快乐的工人）、已不复存在的以赛亚学院的维克多・洛夫兰教授，还有雷蒙德・普莱德韦尔，那个老保守党人，依然刚正不阿，一尘不染，目光犀利，这让打他的卫兵感到很不舒服……共产主义者帕斯卡，顽固的共和党人普莱德韦尔，还有亨利・维德尔，他从不关心政治，刚从牢狱之灾中恢复过来，这三个人成了密友，因为他们比监狱里的任何人都更傲慢的勇气。

---

① 基特・卡森(Kit Carson)，一名美国前线军人。

多雷姆斯和其他五个男人共用一个长十二英尺、宽十英尺、高八英尺的牢房，一个就读于精修学校[1]的女孩曾说，即便这里只囚禁一个年轻女孩也显得很狭窄。他们睡在这里，这儿有两层，每层三个铺位；他们在这里就餐、洗漱、打牌、读书、悠闲地沉思，就像考利克上校每周日早上对他们所说的那样，这是为了改造他们黑色的灵魂，把他们变成忠诚的社团主义者。

这里的人并没有太多抱怨，当然，多雷姆斯除外。他们习惯了睡在烟雾缭绕、臭气熏天的地方，习惯了一直吃难以充饥的炖菜，习惯了像关在笼子里的猴子一样没有尊严和自由，就像一个人习惯了忍受癌症带来的屈辱一样。但只有这样，他们才会对压迫他们的人怀有凶恶的敌意，如此一来，他们这些向往和平的人，才会乐意绞死每一个或温和或邪恶的社团主义者。多雷姆斯更了解约翰·布朗。

他的狱友是卡尔·帕斯卡、亨利·维德尔及其他三个他不认识的人：一个波士顿的建筑师，一个农场工人，一个曾经经营过非法餐馆的毒品贩子。他们谈得很投机，尤其是瘾君子的那些高谈阔论，在这个只有贫穷才是真正的犯罪的世界里，他们平静地为犯罪辩护。

对多雷姆斯来说，除了鞭打带来的痛苦之外，最痛苦的折磨莫过于等待。

等待。它变成了一种独特的、有形的东西，像面包或水一样独立而真实。他要待多久？他要待多久？日日夜夜，又睡又醒，他很担心，在他的铺位旁，他看到了等待的身影，一个灰色肮脏的幽灵。

这就像在一个肮脏的车站等待晚点的火车，不是等几个小时而是几个月。

斯旺会不会杀掉多雷姆斯来取乐？他现在不怎么在乎了；他无法想象这一切，就像他无法想象亲吻洛琳达，和巴克一起穿过树林，同大卫和笨笨玩耍；或者想象更不切实际的事情，比如肉汁烤牛肉；也无法想象洗热水澡这种最后也是最奢侈的事情。现在，除了每两周洗一次淋浴外，那就是穿着脏衬衫的六个人泡在一盆冷水里。

除了等待，还有一个鬼魂在他们周围徘徊——逃跑的念头。他们晚上在牢房里窃窃私语（比社团主义者要残忍、愚蠢得多），商量什么时候逃走，如何逃脱。和在树林工作的那伙人一起外出的时候从灌木丛里溜出去？通过某种魔法，切断他们牢房窗户上的栅栏，然后跳出去，而又恰好不被巡逻队看见？设法藏在一辆囚车下，随车离开？（幼稚的幻想！）他们歇斯底里地渴望逃离，就像政

---

[1] 精修学校（finishing-school），为富家女子学习上流社会行为所办的私立学校。

客们渴望选票一样。但他们必须谨慎地讨论，因为监狱里到处都是密探。

接下来发生的事情让多雷姆斯难以置信。他不明白，也不相信会有人做出背叛同伴的行为，直到多雷姆斯在集中营待了两个月后，克利福德·利特尔将亨利·维德尔乘干草车逃跑的计划告诉了卫兵。亨利得到了适当的处罚，利特尔则被释放。多雷姆斯可能和他们两人遭受同样的痛苦，虽然他竭力告诉自己，利特尔这样做是因为他患有肺结核，而且已被打得魂飞魄散。

每名囚犯每两周获准探访一次，多雷姆斯依次见到了艾玛、玛丽、茜茜和大卫。但总有一个民兵站在两英尺远的地方监听，多雷姆斯得到的不过是絮絮叨叨："我们都很好——我们听说巴克没事——洛琳达将她的新茶馆经营得很好——菲利普写信说他平安无恙。"有一次，菲利普自己也来了，他那个自大的儿子，现在是一名社团法官，比以往任何时候都更自负，他对他父亲疯狂的激进主义感到非常伤心——尤其是当多雷姆斯尖刻地说，他宁愿让笨笨来探监也不愿让他来。

还有一些信件——全都被审查过了——对一个乐于听到朋友们活生生的声音的人来说，这些简直毫无用处。

从长远来看，这些令人沮丧的探望、空信，使他的等待更加暗无天日，因为它们表明，也许他在夜间的幻觉是错误的；也许外面的世界并不像他记忆中那样充满爱、渴望和冒险，而只像他的牢房一样沉闷。

以前，他几乎不了解卡尔·帕斯卡，但如今这个爱争论的马克思主义者成了他最亲密的朋友，是他唯一有趣的慰藉。卡尔可以并且确实能够解决阀门漏水、牛场酸涩、微积分教学以及小说的问题，这些不是列宁的著作能够指导的。

在新的友谊中，多雷姆斯像一名老处女一样焦躁不安，生怕卡尔被枪杀，通常共产主义者都是这个下场。但他发现他无须担心，卡尔以前进过监狱。他是多雷姆斯在新地下组织工作的日子里渴望得到的那种训练有素的煽动家。他能发掘出每个卫兵在财务和性恶作剧方面的丑闻，所以即使在他被枪杀的时候，他们仍担心他会向行刑队泄密。他们更希望博得他，而非考利克上校的好感，他们胆怯地给他带来了一些咀嚼用的烟草和加拿大报纸等小礼物，仿佛他们是向老师献殷勤的小学生。

当阿拉斯·迪利从比乌拉堡的夜间巡逻队调到特里亚农的卫兵岗位时——这是因为他向沙德·莱杜提供了关于考利克的某些信息而获得的奖励，考利克花了那个银行家几百美元——阿拉斯，那个狡猾的家伙，那个能干的窥探者，一看到卡尔就跳起来，立即变得恭敬和气。他以前认识卡尔！

尽管卫兵少尉斯托伊特也在特里亚农，他以前是一名收银员，喜爱猎狗，如今，在社团主义的庇护下，他喜欢鞭打人了，但特里亚农的营地并不像汉诺威的地区监狱那么残酷。透过牢房肮脏的窗户，多雷姆斯看到了太多的恐怖。

在阳光明媚的九月清晨，空气中已然弥漫着秋天的宁静。一天中午，多雷姆斯看见行刑队正押着他那试图逃跑的堂兄亨利·维德尔。亨利是一个硬汉，就像花岗石一般。他走路像个士兵。在牢房里，他每天早上都像从前在恐怖山上白色旧房子的厨房里那样，用在炉子上加热的锡盆里的水刮胡子，他为此感到自豪。现在他弯着腰，被拖着双脚走向死亡。他那张似罗马参议员般的脸被牛粪弄脏了，他们把他扔进牛粪里，让他最后安睡在那儿。

当他们从四合院的大门走出来时，斯托伊特少尉指挥全队拦住亨利，嘲笑他，并不动声色地踢他的腹股沟。

他们把他抬了起来。三分钟后，多雷姆斯听到一阵枪声。又过了三分钟，行刑队抬着一扇旧门回来了，上面有一个变形的满身是泥的人，眼睛空空的。接着听到多雷姆斯大叫了一声。担架倾斜了，人滚到了地上。

但更糟糕的是，多雷姆斯透过那扇该死的窗户看到了外面的情况。卫兵们将新囚犯，朱利安·法尔克（穿着破旧制服）和朱利安的祖父（他白发苍苍、虚弱、不知所措又害怕，身穿尽是泥的教士服），赶了进来。

多雷姆斯看见他们穿过四合院，进入一幢大楼，那儿曾经是用来教跳舞和弹奏优美钢琴曲的教室，现在专门用作刑讯室和单独的牢房。

整整两个星期，整整两个星期的等待就像没完没了的疼痛，多雷姆斯无法在锻炼的时候寻得良机同朱利安讲话，朱利安喃喃地说："他们发现我写了有关民兵贪污的内幕消息。本来是要给茜茜送去的。谢天谢地，上面没有任何东西可以证明是给谁的！"朱利安从多雷姆斯身边走过，多雷姆斯看到他的眼睛充满绝望，他那张整洁的、有点像牧师的小脸是蓝黑色的，布满了瘀伤。

当局（或说如多雷姆斯猜测的那样）认为，朱利安是民兵中第一个在比乌拉堡地区被抓获的间谍，是一个很好的消遣对象，直接杀掉太可惜了。他应该被当作典型。多雷姆斯经常看到卫兵把他踢过四合院，踢到鞭打室，因为他能听到朱利安的尖叫声。朱利安甚至没有被关进惩戒室，而是被关在走廊的一个敞开的围栏里，如此一来，路过的囚犯就可以窥视他。鞭痕遍及朱利安赤裸的后背，他蜷缩在地板上，像只被打过的狗一样呜咽着。

多雷姆斯看见朱利安的祖父偷偷穿过四合院，从垃圾桶里偷了一大块湿漉漉的面包，狼吞虎咽地吃着。

整个九月，多雷姆斯都在担心茜茜会被沙德·莱杜强奸，因为朱利安现在已经离开了比乌拉堡……沙德总是斜睨着，沾沾自喜地看着自己从一个雇工变成了一个令人无法抗拒的主人。

尽管法尔克祖父俩、亨利·维德尔以及监狱里每一个粗鲁的同志都给多雷姆斯带来了极大的痛苦，但到九月底，他差不多从殴打中恢复过来了。他开始高兴地相信他会再活十年；在如此巨大的痛苦面前，他有点为自己的快乐感到羞耻，但他觉得自己像个年轻人——斯托伊特少尉很快又来了（那一定是在夜里两三点钟），把多雷姆斯从他的铺位上拽了出来，把他拉起来，狠狠地把他打倒在地，多雷姆斯立刻再次陷入颤抖的恐惧之中，陷入了他那不人道的卑躬屈膝之中。

多雷姆斯被拖进考利克上校的办公室。

上尉彬彬有礼地说：

"杰瑟普先生，我们有消息称你和班长朱利安·法尔克的背叛有关。坦白说，他已经崩溃了，认罪了。现在你不会有任何危险，也不会受到进一步的惩罚，只要你愿意帮助我们。但我们务必要警告年轻的法尔克先生，所以如果你能告诉我们你知道的那些法尔克对社团主义所做的惊人不忠行为，会对你有好处的。你想一个人睡一间漂亮的卧室吗？"

一刻钟后，多雷姆斯仍然发誓称，他对朱利安的任何"破坏活动"都一无所知。考利克上校颇有微词地说："既然你拒绝接受我们的宽宏大量，恐怕我得把你交给斯托伊特少尉了……对他温柔点，少尉。"

"是。"少尉说。

上校疲惫不堪地快步走出房间，斯托伊特说话确实温和，这使多雷姆斯感到惊讶，因为房间里有两个卫兵，斯托伊特喜欢向他们炫耀："杰瑟普，你是个聪明人。你保护这孩子没用，因为我们已经有足够的证据来处决他了。所以如果你再告诉我们一些关于他叛国的细节也不会对他造成进一步的伤害。这样对你也有好处。"

多雷姆斯什么也没说。

"要谈谈吗？"

多雷姆斯摇了摇头。

"那好吧……蒂莱特！"

"是。"

"把那个出卖杰瑟普的家伙带进来！"

多雷姆斯本以为卫兵会把朱利安叫来，但朱利安的祖父却摇摇晃晃地走进了房间。在四合院的营地里，多雷姆斯经常看到他用湿抹布擦衣服上的污点，以试图保持他那件礼服大衣的体面，但在牢房里，没有挂衣服的钩子，也没有牧师的衣服。法尔克是个穷人，那件礼服也不是很贵——但现在却皱得离奇。他昏昏欲睡地眨着眼睛，银色的头发像个欢乐的鸟巢。

斯托伊特（他三十岁左右）高兴地对两位长辈说："好吧，现在你们最好不要再淘气了，试着让你们那发霉的老脑袋清醒点，这样我们都能睡个安稳觉。既然你们两个都承认对方是叛徒，为什么不说实话呢？"

"什么？"多雷姆斯惊叹不已。

"没错！老法尔克说是你把他孙子的文章发表到了《佛蒙特警觉报》。说吧，现在，如果你能告诉我们是谁出版了那篇文章——"

"我什么也没说，我没有什么要说的。"法尔克先生说。

斯托伊特尖叫道："你能闭嘴吗？你这个老伪君子！"斯托伊特把他打倒在地，法尔克先生头晕目眩，他蜷缩着，这时，斯托伊特又用他沉重的靴子踢向他的一侧。

另外两名守卫在后面拖着打战的多雷姆斯。斯托伊特嘲笑法尔克先生，"好吧，你这个老混蛋，你跪着，让我们听听你的祷告！"

"我会的！"

在痛苦中，法尔克先生抬起沾满灰尘的头，挺起肩膀，举起颤抖的手，声音温和得像多雷姆斯在人类还有人性的时代所听到的那样，他喊道："神父，你原谅了我这么久！但不要原谅他们，要诅咒他们，因为他们知道自己在做什么！"说完，法尔克向前一滚，多雷姆斯便知道他再也听不到那声音了。

在《巴黎文学之声》一书中，那位著名且和蔼的文学教授纪尧姆·塞米特以他惯有的同情口吻写道：

> 我不会假装了解政治，也许我在1938年夏的第四次访美之旅中所看到的大部分都是表面现象，不能将之视为是对社团主义影响力的深刻反映，但我向你保证，我以前从未见过这个国家如此伟大，我们朝气蓬勃又强大无比的兄弟国家的人民，如此健康又精神饱满。我会让我的经济顾问来解释诸如工资表这样枯燥的事情，我只讲我所看到的，那就是社团主义青年运动中无数的阅兵式和大型民兵运动会上，小伙子和姑娘们所展现出的红润又满足的面庞，对他们的英雄，总统温德里普先生，表现出的坚定不移的热情，我不由自主地感叹道："他们整个国家都沉浸在青春之河里。"

全国各地都在狂热地为穷人重建公共建筑物和公寓，这是前所未有的。在华盛顿，我的老同事麦克戈布林部长，以他那众所周知的极具男子气概又有教养的方式大声疾呼："我们的敌人坚持认为，我们的劳改营实际上是在蓄奴。来吧，我的老朋友！你自己去看看吧。"我们乘坐一辆车速惊人的美国汽车来到了华盛顿附近的一个营地，他把工人们集合起来，坦率地对他们说："你情绪低落吗？"他们齐声高喊说："不。"其气势宛若我们在凡尔登城墙上勇敢的士兵。

我们在那里度过了整整一个小时，我可以四处走动，问我想问的问题，通过麦克戈布林阁下体贴安排的翻译人员，每一个我接近的工人都向我保证，他从来没有像在这个劳改营里那样，吃得那么好，受到那么温柔的对待，并且得到那么多的帮助，他对自己所选择的工作产生了几乎诗意的兴趣——这是一种为了所有人的幸福生活而进行的科学合作。

我带着某种程度的冒失感，大胆地向麦克戈布林先生提出这样一个问题：在集中营里，反对社团主义的人吃得很糟糕，受到的待遇也很恶劣，这些可耻流言（唉，尤其是在我们所热爱的法国）的真相是什么？麦克戈布林向我解释说，这里没有所谓的"集中营"，如果这个词含有任何刑罚意义的话。实际上，它们是学校，那里不幸被鼓吹"自由主义"那种无趣信条的油嘴滑舌的倡导者所误导的成年人，通过改革他们便能理解新时代所实行的权威经济控制。他向我保证，实际上，在这样的集中营里，并没有卫兵，只有耐心的老师，那些曾经因完全不理解社团主义而表示反对的人，现在每天都在以总统最热烈的追随者的身份取得进步。

唉，法国和大不列颠仍然在代议制政体和所谓民主的泥沼中挣扎，债台高筑、工业瘫痪，由于我们自由派领导人的懦弱和传统主义，那些软弱和过时的人害怕选择法西斯主义或共产主义；他们不敢——或者他们太渴望权力——抛弃过时的技术，像德国人、美国人、意大利人、土耳其人和其他真正勇敢的民族，把对拥有全权的极权主义国家的理智和科学控制权交给有决心的人！

今年十月，约翰·波利科夫因涉嫌帮助一名难民逃离而被捕，他来到特里亚农难民营，他和朋友卡尔·帕斯卡之间的第一句话并不是询问健康问题，而是一种带有嘲讽的交流，仿佛他们在半小时前还在继续一段中断的对话：

“你这个老布尔什维克人，我早就告诉过你了！如果你们这些共产主义者同诺曼·托马斯和我一起支持弗兰克·罗斯福，我们现在就不会在这里了！”

“胡说！呵，是托马斯和罗斯福发动了法西斯主义！我问你！现在闭上嘴，约翰，听我说：除了纯粹的法西斯主义，新政是什么？他们对工人做了什么？看这里！不，等等，听着——”

多雷姆斯再次感到踏实，感到欣慰——尽管他也觉得，笨笨可能比约翰·波利科夫、卡尔·帕斯卡、赫伯特·胡佛、巴兹·温德里普、李·萨拉森和他自己加起来都更具建设性的经济智慧；如果不是的话，笨笨会假装不会说英语，以此来掩饰自己缺乏智慧。

回到酒店套房的沙德·莱杜想，他正在进行一场令人感到不快的交易。他向集中营运送的叛徒比该省其他任何一位专员都多，但他却并没有得到提升。

时候不早了。为庆祝省级委员斯旺上任及委员会成立，弗朗西斯·塔斯布鲁举行了晚宴，沙德刚从那儿回来，委员会成员包括菲利普·杰瑟普法官、教育部主任欧文·皮斯利和基佩斯利准将，他们正在研究佛蒙特州的纳税能力。

沙德感到不满。所有那些该死的势利小人都想炫耀！在晚餐时谈论纽约的这个烂节目，这是社团主义的第一个讽刺剧，名叫《斯大林》，作者是李·萨拉森和赫克托·麦克戈布林。那些疯子是如何将“社团主义艺术”、“脱离犹太人影响的戏剧”和“纯粹的盎格鲁－撒克逊雕塑”的痛苦，甚至，天啊，将“社团主义运动”的痛苦表现出来的！他们只是想炫耀！当沙德讲述比乌拉堡那个傲慢牧师的有趣故事时，没有人注意他，那个牧师是法尔克，星期天早上，民兵都去参加训练了，而不是去他的福音店，这让他嫉妒不已，于是，法尔克便要他的孙子编造关于民兵的谎言，沙德在他自己的教堂将他逮捕！没人注意到法尔克，尽管他已经仔细阅读了总统的《决战时刻》，以便引用他的话，尽管他在餐桌上的举止很讲究，喝酒时会伸出小指。

沙德很孤独。

他以前最了解的在游泳池和理发店里的那伙人，现在似乎都怕他了，而像塔斯布鲁这样肮脏的势利小人仍然不理他。

沙德为茜茜·杰瑟普感到孤独。

自从她父亲被送到特里亚农，沙德似乎无法再让她去他的房间，即使他现在是委员，而她什么也不是，只是一个被逮捕的罪犯的女儿。

沙德对茜茜很着迷。呵,他几乎愿意同她结婚,如果他不能通过任何其他方式得到她!但是当他暗示了那么多——或者几乎是同样多——与她嘲笑他的次数同样多,茜茜仍视沙德为肮脏的势利小人!

当沙德还是一个雇工的时候,他就认为有钱、出名更有乐趣。但现在,他一点也感觉不到和过去有什么不同!好笑!

32

莱昂内尔·亚当斯博士，耶鲁大学文学学士，芝加哥大学博士，他是黑人，曾担任记者、美国驻非洲领事，在贝采利乌斯·温德里普当选时，他还是霍华德大学的人类学教授。和他所有的同事一样，他的教授职位由一位最实至名归却又最贫困的白人代替了，他学习人类学的方式是曾在去往尤卡坦的一次探险中担任摄影师。在布克·华盛顿的黑人学派和激进分子之间的纷争中，前者对新出现的黑人奴隶制倾向持包容态度，后者则主张加入共产党，为所有白人或黑人的经济自由而斗争，亚当斯教授支持温和又偏费边式的前者。

亚当斯走遍全国，游说人民，称他们必须要“实事求是”，并尽其所能创造未来，这并不是处于某些乌托邦式的幻想，而是不可避免地考虑一些针对他们的禁令。

在佛蒙特州伯灵顿附近，有一小群黑人、菜农、园丁和家庭手工工人，他们大多是奴隶的后裔。内战前，他们通过“地下铁路”逃到加拿大，这条铁路被杜鲁门·韦伯的祖父等狂热分子操控，但由于他们非常热爱被强占的土地，战后便回到了美国。年轻的有色人种从殖民地来到了大城市，曾当过(在社团主义解放运动前)护士、医生、商人和官员。

殖民地的亚当斯教授发表讲话，要求年轻的有色反叛者要在自己的灵魂中寻求改善，而不仅仅是在社会优越感中。

由于亚当斯在伯灵顿殖民地鲜为人知，因而绰号为“沙德”的奥斯卡·莱杜上校被派来审查此次讲座。他笨重地坐在大厅后面的椅子上。

除了民兵军官的演讲，还有他在文法学校的老师的道德启发，这是沙德人生中第一次听演讲，但他并不怎么重视。沙德很生气，因为这个自命不凡的黑鬼，虽不像奥塔法斯·罗伊·柯罕，沙德最喜欢的作家之一，笔下的人物那样喜欢高谈阔论，但他竟然有胆量说出和沙德一样好的英语。更令人恼火的是，这个爱吹牛的年轻人看起来就像一座青铜雕像，还有，这个大混蛋竟然穿着一件燕尾服，这简直让人无法忍受！

亚当斯声称，就像他所自称的那样，黑人不乏优秀的诗人、老师，甚至医生和工程师，这显然是在煽动人们反抗政府，这时，沙德向他的小队发出信号，在亚当斯演讲的时候逮捕了他，并对他说："你这个肮脏、无知、令人讨厌的该死的黑鬼！我要永远帮你闭上你的大嘴巴！"

亚当斯博士被带到特里亚农集中营。斯托伊特少尉认为，把这个黑鬼同那些新来的家伙（你或许会说，和共产主义者差不多的那些人）杰瑟普和帕斯卡关在同一个牢房里会很有意思。但实际上，他们似乎很喜欢亚当斯；和他交谈，好像他是白人，受过教育似的！于是斯托伊特把亚当斯单独关在一间牢房里，在那里他可以反思自己咬了喂他的手的罪行。

1938 年 11 月，特里亚农集中营发生了件最令人震惊的大事，沙德·莱杜，以刚进来的囚犯的身份，出现在他们之中了。

几乎一半的人都因他而被关了进来。

囚犯们低声说沙德因弗朗西斯·塔斯布鲁的指控而被捕；官方说法是因为他欺骗了店主；非官方说法是因为没有与塔斯布鲁分享足够多的贪污款。但是这种混乱的原因很少被讨论，他们讨论更多的是如何杀死沙德的问题。现在沙德还是安全的。

除了朱利安·法尔克这样的共产主义者以外，所有受纪律约束的后备民兵都是集中营里的特权囚犯；他们会得到保护，以免受普通人（即罪犯、政治犯）的伤害；他们中的大多数人一旦改过自新，就可以重回民兵的队伍，这时，他们鞭笞不满者的能力已经有所提高了。沙德独自住在一间单人牢房里，那就像一间不算太糟糕的廊底小卧室，每天晚上他都可以到军官的餐厅里待上两个小时。那些卑贱之人无法接近他，因为他的放风时间和他们的不一样。

多雷姆斯请求计划迫害沙德的罪犯们能冷静一下。

"主啊，多雷姆斯，你的意思是说，在我们经历了这么多战斗后，你依旧是一个资产阶级和平主义者——你仍然相信像莱杜这样的'猪肉'很神圣吗？"卡尔·帕斯卡问道。

"哦，是的，有一点。我知道沙德来自恐怖山上一个有十二个吃不饱的孩子的家庭。这并不容易。更重要的是，我不相信个人暗杀是对抗专制的有效手段。暴君的鲜血是大屠杀的种子，而且——”

“现在是清算的时候了，你是在向我暗示要引用合理的原则吗？”卡尔说，“这个暴君将会流很多血！”

多雷姆斯认为，帕斯卡最暴力的时候，只不过是一个气囊，但现在，帕斯卡看他的眼神里的一切友好都消失了。现在的情况和多雷姆斯来的时候不一样了，卡尔问他的狱友们：“我们能把莱杜这个斑疹伤寒病菌除掉吗？”

约翰·波利科夫、杜鲁门·韦伯、外科医生和木匠，他们每个人都缓慢地点着头，毫无感情。

放风时，就在沙德·莱杜那间围有木栅的牢房门口，有一名囚犯绊了一跤，大叫了一声，还撞倒了另一个人，他大声道歉，但这破坏了在四合院列队训练的人们。这场意外也影响了这间牢房。多雷姆斯在牢房的边上，他看见沙德向外望，那张大脸因恐惧而变得煞白。

不知怎的，有人点燃了一大包被汽油浸泡过的垃圾，扔进了沙德的牢房。沙德的牢房和与隔壁牢房之间的薄薄的隔板起火了。整个房间很快就变成了火炉的火箱。沙德一边尖叫，一边拍打袖子和肩膀。多雷姆斯想起了在远北地区，有匹马被狼抓伤时所发出的尖叫声。

他们把沙德救出来时，他已经死了。脸完全看不清了。

考利克上校被免去了集中营负责人的职务，变得无足轻重了。沙德的朋友、好战的斯内克·提兹拉接替了他，如今领导着集中营。他采取的第一个行动是将全部的两百名囚犯召集在四合院里，并宣称：“我并不打算让你们吃饱或睡足，直到你们每个人都懂得畏惧上帝！”

关于那个把燃烧着的垃圾扔进沙德牢房里的人，凡是愿意供出的，都可以得到完全的赦免。接着，囚犯们极感兴趣地私下讨论说，如果有人这样告密，他就活不到出去的那一天了。所以，如多雷姆斯所料，他们都遭受了比沙德的死更大的痛苦——于他来说，他想到了茜茜，想到了沙德在汉诺威的证词，沙德的死是非常有价值的；这是非常重要、令人愉快的。

特别调查法庭召开了，首长埃芬汉·斯旺亲自主持（他忙于处理所有棘手之事；他会在乘飞机时解决这些问题）。通过抽签，营里每二十个囚犯中就有一个被草率枪毙。其中包括维克多·洛夫兰教授，尽管他身上满是伤疤，衣服破烂，但他自始至终保持着极好的学术风范，他看着行刑队，戴着眼镜，梳着中分的秀发。

像朱利安·法尔克这样的犯罪嫌疑人被殴打的次数更多，被关押在那些不能站、不能坐、不能撒谎的牢房里的时间更长。

之后，在十二月的两个星期里，所有的访客和信件往来都停止了，新来的囚犯被单独关起来了；狱友们就像宿舍里的男孩一样，会坐到半夜，低声讨论这是斯内克·提兹拉的报复，还是外面的世界发生了什么让囚犯们不知道的令人不安的事情。

33

法尔克祖孙俩和约翰·波利科夫同多雷姆斯一样，被抓进了牢房，蒙戈·基特里克和哈里·金德曼等胆小的叛军被吓得不敢参加新地下组织的活动，玛丽·格林希尔不得不接管了比乌拉堡的组织，组织中只剩下了茜茜、佩雷菲克斯神父、奥姆斯特德医生和他的司机，以及其他六个特工，玛丽带着愤怒的奉献精神，冷静地控制了局面。她所能做的就是帮助难民逃走，并在朱利安离开后，把她能发现的反社团主义的小新闻转发出去。

自从丈夫被处死后，玛丽体内就滋生出一个恶魔，现在长成巨大的肿瘤，玛丽对自己的无动于衷感到愤怒。她一本正经地谈论着暗杀——早在多雷姆斯的女儿玛丽·格林希尔掌权前，连塔楼里暴虐的统治者们都畏惧黑暗山丘上的乡镇里的年轻寡妇。

玛丽想，首先应该杀了沙德·莱杜，也许真正杀害她丈夫的是他（她不知道，但猜到了）。但在这个小地方，她的家人受到的伤害可能比他们受到的伤害还要大。在沙德被逮捕、被杀之前，她极为严肃地说，茜茜和他一起生活会是一件很不错的间谍活动。自从朱利安被带走后，这个曾经轻浮的茜茜就一直那么消瘦，那么安静，她确信玛丽疯了，到了晚上便感到很害怕……她还记得，当玛丽还是一个精力充沛、聪明伶俐的女运动员的时候，是如何用她的短马鞭打一个折磨狗的农夫的。

玛丽受够了奥姆斯特德医生和佩雷菲克斯神父的谨慎，这两个人相当喜欢一种叫作自由的模糊状态，但又不太在乎会被处以私刑。她向他们大发雷霆。自称男人？那他们为什么不出去做点什么？

在家里，玛丽被她的母亲激怒了，她对多雷姆斯入狱的悲叹几乎超过了她对多雷姆斯被捕期间被砸碎的心爱小桌子。

社团主义媒体界大肆鼓吹新任省专员埃芬汉·斯旺的伟大之处,同样,秘密的新地下组织报道了他对囚犯的快速死刑判决的备忘录,这让玛丽决定杀死这位显要人物。比起沙德(他当时还没有被送到特里亚农),斯旺更应该为福勒的死负责。玛丽平静地想了想。这就是社团主义通过他们振兴美国民族自豪感的计划来鼓励体面的家庭妇女的那种想法。

除了婴儿需要母亲陪伴外,集中营里禁止两个人一起探访。因此,十月初,玛丽见到了多雷姆斯,又到另一个营地见了巴克·泰特斯,她用几乎相同的话对他们低声说道:"听着!我离开的时候,我会在门口把大卫举起来——不过,天哪,他长成了一个多么强壮的家伙!——这样你就能看见他了。如果我出了什么事,如果我生病了,或者发生什么事,等你出来的时候,你会照顾大卫的,对吗?"

她尽量平静地讲,免得他们担心,但似乎不太成功。

于是玛丽从她父亲在福勒死后为她设立的一笔小额基金中取出足够生活几个月的钱,并签了一份委托书,让她母亲或妹妹可以提取剩下的钱,玛丽随意地吻别了大卫、艾玛和茜茜,然后她——坐火车时健谈又快活——前往了东北省的首府奥尔巴尼。她声称需要改变,打算和福勒的已婚妹妹住在奥尔巴尼附近。

玛丽确实和福勒的妹妹住在一起,她有足够的时间想明白自己的处境。抵达后两天,她去了社团主义女子飞行团在奥尔巴尼的新训练场,报名参加了航空和轰炸课程。

当战争不可避免的来临,政府在决定作战对象是加拿大、墨西哥、俄国、古巴、日本,还是"威胁边界"的斯塔顿岛,并着手向外自卫时,那么社团主义者中最优秀的女飞行员应配备一个有官方军队辅助的委员会。自由主义者赋予妇女那过时的"权利"可能会(为了她们自己)被剥夺,但她们从来没有像现在这样有权在战斗中牺牲。

玛丽在学习的时候,经常给家人写信——大部分是给大卫写明信片,告诉他不管他祖母说什么都要听话。

她住在一个充满活力的寄宿公寓,里面满是民兵长官,他们对斯旺首长经常乘飞机出差的事了如指掌,却几乎守口如瓶。在那里,玛丽提出了许多损人的建议,这使她备受称赞。

她从十五岁起就开车了:在波士顿的车流中穿梭,越过魁北克平原,在暴风雪中的岩石山路上驰骋；她曾在午夜修过车；她有一双敏锐的眼睛，有参加户外训练的勇气，以及疯子在策划死亡时逃避警告的坚定毅力。经过一个民兵飞行员十个小时的指导，这位飞行员认为天空是最适合做爱的地方，他不明白玛丽为什么嘲笑他，这是她第一次独自飞行，但降落得非常好。教官说（除其他不太恰当的事情外）她毫不恐惧，她需要的就是一点点恐惧。

同时，她还是轰炸班上听话的学生，轰炸是文化的分支课程，社团主义者每天都会宣传它。

玛丽对米尔斯手榴弹尤为感兴趣。拔出保险别针，用手指把控制杆抵在手榴弹上，然后扔出去。在控制杆松开五秒钟后，手榴弹爆炸，杀伤力极强。玛丽想，这种手榴弹从未在飞机上使用过，也许值得一试。民兵长官们告诉她，之前有一群钢铁工人被赶出了工厂，于是便组织了暴乱，那时的斯旺已经接管了治安官的指挥权，（说起斯旺的迅速反应，他们钦佩地笑了笑）他便投掷了这样一枚手榴弹，杀死了两个女人和一个婴儿。

在十一月的一个早晨，天气阴沉而宁静，玛丽进行了她的第六次单飞。她从未和地勤人员说过话，但今天早上她说，想到自己能像"天使"般离开地面，飞上天空，在那片未知的云海中翱翔，她就兴奋不已。她拍了拍机器的支柱，那是一架有着开放式驾驶舱的上单翼伦纳德单翼机，一种非常快速的新型军用机器，用于追击和快速轰炸……可以快速屠杀有几百人的精编部队。

在场地上，她得知地区委员埃芬汉·斯旺正登上他的大公务机，准备乘坐一架可能飞往新英格兰的航班。斯旺身材高大，是一位具有军人气质、杰出的社团主义政治家，穿着简单的蓝色哔叽服，戴着一顶轻便的飞行帽。十几个唯唯诺诺的人围在他身边——秘书、保镖、司机、几个县委员、教育局长、劳工局长——他们手里拿着帽子，脸上挂着微笑，他们因得到在场许可而感激不已。斯旺狠狠地训了他们一顿，匆匆忙忙地走了。当他走上通往机舱的台阶时（玛丽想起了"凯西·琼斯"，笑了），一个骑着大型摩托车的通信员带来了最后一些电报。大概有五六十个黄色信封，玛丽很惊奇。斯旺把它们扔给那个卑微的跟在他后面的秘书。委员和秘书，还有两个带枪的保镖登机了，舱门关上了。

据说在斯旺的飞机上有一张曾经属于希特勒的桌子，而在他之前是属于马拉①的。

玛丽刚坐进驾驶舱，一位机修工指着斯旺的飞机前行的方向，赞叹地喊道：

---

① 让·保罗·马拉(Jean Paul Marat，1743～1793)，法国大革命时期民主派革命家。

"哎呀,斯旺首长真是个了不起的家伙。我听说他今早要飞到华盛顿和总统碰面——哎呀,想想看,和总统碰面!"

"如果有人向总统和斯旺先生开枪,那不是很可怕吗?可能会改变所有的历史。"玛丽大声喊道。

"不可能!看到他的卫兵了吗?这么说吧,他们足以抵抗整个兵团——他们可以打败沃尔特·特罗布里奇和所有其他共产主义者!"

"我想也是。只有从天上射下来的子弹才能打中斯旺先生。"

"哈,哈!那很好!但几天前,我听到有人说他发现上帝睡着了。"

"也许他该醒了!"玛丽说儿,并举起了手。

玛丽飞机的最高时速为二百八十五英里每小时——斯旺的金色战车只有二百三十英里。她很快就飞到他飞机的上方,又飞到他身后。他的飞机,当玛丽望着它展开在地面上的机翼时,还显得那么大,现在却显得那么小,像一只白鸽,在地面上斑驳的油布地毯上摇摆着。

她从飞行夹克口袋里拿出昨天下午从学校偷来的三枚米尔斯手榴弹。她无法拿走更具威力的炸弹。当她看着它们时,她第一次发抖了;她变成了一个热血沸腾的人,而不仅仅是飞机的附属物,像发动机一样机械。

"最好在我变淑女前,了结这件事。"玛丽叹了口气,一头扎进机舱。

毫无疑问,她的到来是不受欢迎的。那天早上,死神和玛丽·格林希尔并未与埃芬汉·斯旺达成正式约定;既没有打电话,也没有和那易怒的秘书进行谈判,或工整地写在他最后一天的生命日程表上。在斯旺的十几间办公室里、镶嵌大理石的家中、议事厅和皇家检阅台上,他最宝贵的东西都被钢铁般守护着。像玛丽·格林希尔这样的粗俗之人是无法接近他的,除非是在空中,在那里,即便是国王,也和粗俗之人一样,只能依靠飞机翅膀和上帝的恩典支撑着。

玛丽巧妙地盘旋在斯旺的飞机上方,共掷下三枚手榴弹。但每次都错过了。飞机正在降落,卫兵们向她射击。

"算了!"玛丽说,接着直截了当地扑向了明亮的金属之翼。

在玛丽最后的十秒钟里,她想到,这机翼多像一块锌搓板,当她还是个女孩时,她曾见过坎迪太太的前任女佣用过这个板——她叫什么名字来着?——玛米还是什么的。在过去的几个月,要是有更多的时间和大卫在一起就好了。她注意到飞机似乎朝她冲上来了,而不是她冲向了飞机。

撞机令人震惊。就在玛丽拍着降落伞准备跳出来的时候——太晚了。她所看到的只是疯狂旋转的破碎机翼和巨大的引擎,似乎要抛到她的脸上。

34

说起朱利安被捕前的事儿情，蒙特利尔的新地下组织总部在他关于描写民兵的贪污和残忍，以及逮捕新地下组织煽动者的计划报告中没有发现什么独特的价值。还有，他事先告发了四五名要逃往加拿大的嫌疑人，之后，又不得不帮忙实施了几次鞭刑。他浑身颤抖，其他人都嘲笑他打人力度太轻。

朱利安一心想升迁到汉诺威的民兵地区总部，为此他利用业余时间学习打字和速记。他有一个绝妙的计划，他要去见世交——弗朗西斯·塔斯布鲁专员，宣称他要用自己的高贵品质来弥补他父亲对神圣政府的不忠，他还想成为塔斯布鲁的秘书。如果能偷看到塔斯布鲁的私人档案，那就有好戏看了！

茜茜和他在枝叶繁茂的约会地点兴高采烈地讨论着这件事。整整半个小时，她都忘了她在狱中的父亲和巴克，玛丽越来越焦躁不安，在她看来，这有点儿像疯了。

九月底，茜茜看见了朱利安突然被捕的新闻。

她正在看格林杂志的民兵评论。理论上，她也许会厌恶这件蓝色的民兵制服，因为它正如沃尔特·特罗布里奇(经常)所说的:“过去英雄主义和争取自由的象征，被温德里普和他的团伙亵渎成了一切残酷、暴虐、虚伪的象征”。但是看到朱利安整洁光鲜的样子，并且正式成为了一名指挥十人小队的班长，便没有减弱她对朱利安的自豪感。

就在连队休息时，县长沙德·莱杜突然开着一辆大轿车冲了上来，大步走向朱利安，吼道:“这个人——这个人是个叛徒!”他把民兵领章从朱利安的衣领上扯下来并打在他的脸上，之后，把朱利安交给他的私人枪手，而朱利安的同伴们有的叹息，有的狂笑、发出嘘声，还有的在尖叫。

茜茜不能在特里亚农见朱利安。除了他还没有被处决之外,她什么也打听不到。

玛丽被杀后,以一名军事女英雄的身份下葬,菲利普跌跌撞撞地从马萨诸塞州的巡回法院赶来。他摇了摇头,撅起嘴唇。

“我发誓,”他对艾玛和茜茜说,虽然他没做什么像发誓一样有益且自然的事情,“我发誓,有时候我几乎忍不住去想,父亲和玛丽都有,或者说曾经有过,一点点疯狂。虽然这么说很可怕,但我们必须面对现实,在这动荡的日子里,我真的觉得,有时候,我们家里一定会发生疯狂的事情。谢天谢地我逃过了!——即使我没有其他美德,但至少我是清醒的!虽然这可能会让父亲认为我只是个平庸的人!当然,你完全不用担心,母亲。倒是你得注意点儿,塞西莉亚。”(茜茜猛地一动;不是因为被菲利普称为疯子,而是因为他唤她为“塞西莉亚”。毕竟,她承认,那也是她的名字)“我不想说,塞西莉亚,但我经常认为你有一种危险的倾向,就是草率和自私。母亲:你知道,我是一个很忙的人,我不会花很多时间去争论及讨论,但对我来说,这似乎是最好的,我想我几乎可以说,这在梅丽拉看来也是明智的,既然玛丽已经去世了,你应该把这所大房子关起来,或者以更好的方式,试着将它租出去,只要可怜的父亲——呃——只要他不在。我不敢说我的房子有这么大,但它比这儿要现代化得多,有煤气炉和最新的管道等等,我是玫瑰巷最早拥有电视机的几个人之一。我希望这不会伤害你的感情,你知道的,不管人们怎么说我,我仍是坚信要维持老传统的第一人,就像可怜的老埃芬汉·斯旺一样,与此同时,我觉得,这里的老房子有点沉闷、过时——当然,我从来没有说服过父亲要把它修得赶上潮流,但是——不管怎样,我想让你和大卫即刻和我们一起住在伍斯特。至于你,茜茜,你当然会明白,我们完全欢迎你,但也许你更愿意做些更有活力的事情,比如,加入女子社团主义志愿队——”

茜茜愤怒了,他对每个人都那么好!她甚至不敢忍心去侮辱他。茜茜真切地想要侮辱菲利普的时候,是她发现他给大卫带了一套民兵制服,大卫穿上制服,就像大多数和他一起玩的男孩一样,大摇大摆地喊道:“温德里普万岁!”

茜茜给身在比彻福尔斯的洛琳达·派克打了电话,告诉菲利普她要去茶馆帮洛琳达。艾玛和大卫去了伍斯特,在最后一刻,在车站,艾玛哭得很伤心,尽管大卫恳求她记住,菲利普舅舅说过,伍斯特和波士顿、伦敦、好莱坞,还有狂野的西部牧场加起来一样好。茜茜留下来将房子租出去。坎迪太太现在正打算开自己的面包店,她从来没有告诉那个不切实际的茜茜,这几个星期是否有人付钱给她，她为茜茜做了只有茜茜和多雷姆斯喜欢的外国菜，她们高兴地一起在厨房里吃饭。

现在是沙德出击的时候了。

十一月，沙德气势汹汹地来拜访茜茜。她从来没有这么恨过他，也从来没有这么害怕过他，因为他可能会对她的父亲、朱利安、巴克和集中营里的其他人做些什么事。

沙德哼了一声："你的男朋友朱利安自作聪明，那个可怜的家伙，我们得到了他欺骗我们的所有内幕消息，好吧！他再也不会打扰你了！"

"他还不错。别提他了…… 我给你弹钢琴好吗？"

"当然。来吧。我一直都很喜欢高级音乐。"这位优雅的委员说，他懒洋洋地躺在沙发上，脚后跟搭在一把花缎椅子上，这间屋子曾经是他清理壁炉的地方。如果说他在反社团主义，即无产阶级专政的问题上，真想劝阻茜茜的话，那他就比菲利普·杰瑟普法官更成功了。威廉·吉尔伯特爵士谈到沙德时会说，他是个多么纯粹的无产阶级分子。

茜茜只弹了五分钟，沙德就忘了他现在已经很文雅了，于是大声喊道："哦，别再玩那些时髦的东西了，过来坐下吧！"

她仍坐在钢琴凳上。如果沙德变得暴力她该怎么办？朱利安不会在紧要关头戏剧性地出现，并救她。然后她想起了在厨房里的坎迪太太，略感欣慰。

"你在偷笑什么？"沙德说。

"哦——哦，我只是在想你给我讲的那个故事，你逮捕法尔克先生时，他是怎么咩咩叫的！"

"是啊，太滑稽了。老牧师叫起来像只山羊！"

（她能杀了他吗？杀了他明智吗？玛丽想杀斯旺吗？如果朱利安杀了沙德，他们会对她和她父亲更严厉吗？顺便问一下，被吊死有多痛吗？）

沙德打了个哈欠："茜茜，宝贝，两个星期后，和我一起去趟纽约怎么样？见识一下上流社会。我会让你住在城里最好的酒店，我们还会看一些表演，我听说《呼唤斯大林》是个热门剧，是真正的社团主义艺术，我还会给你买一些纯正的香槟酒！如果我们彼此足够喜欢，我愿意与你结婚，如果你也愿意的话！"

"但是，沙德！靠你的薪水，我们是无法生活的。我的意思是——我的意思是，当然，社团主义者应该付给你更高的报酬——甚至比他们的还高。"

"听着，宝贝！我这辈子都不用靠县长那可怜的薪水过日子了！相信我，不久我就要成为百万富翁了！"

然后沙德告诉茜茜一个秘密:正是她长期以来徒劳无功寻找的那种令人难以置信的秘密。也许是因为他清醒了。沙德喝醉了,就改变了所有的规则,变得更像农民,所以他每次喝酒都很谨慎。

沙德·莱杜有个计划。这个计划和他之前所有赚大钱的计划一样残酷又不可行。其实质是为逃避自身的体力劳动,不惜使尽可能多的人痛苦。这就像他还是个雇工时的计划,通过养狗致富——首先是偷狗,甚至还可以偷狗舍。

作为县长,按照社团主义的惯例,沙德常收受店主和专业人员的贿赂,以保他们免受民兵的伤害。实际上,他已经和他们合作了,承诺给他们更大的民兵订单,而且,他吹嘘说,他和这些商人签订了秘密合同,都写下来,签了字,藏在他办公室的保险箱里。

那天晚上,茜茜给沙德一种只要再过三四天就能把她征服的感觉,终于把他打发走了。他走后,她大哭起来——在坎迪太太的安慰下,坎迪太太先是收起了一把屠刀,茜茜怀疑她整晚都拿着这把刀时刻准备着。

第二天早晨,茜茜开车去汉诺威,厚着脸皮向弗朗西斯·塔斯布鲁打听沙德的保险箱里有什么有趣的文件。她再也没见过沙德·莱杜。

她对他被杀感到非常恶心。她对所有的杀戮都感到恶心。她没感觉到英雄主义,只有那种必须要杀戮的野蛮兽性,也只有这样一个人才能活得诚实、善良、安稳。她知道她不后悔她的选择。

杰瑟普的房子被那个高贵的罗马人租了下来,那个政治流氓、前州长伊瑟姆·哈伯德,他厌倦了通过兜售房地产和刑法来谋生,很高兴接受任命,成为沙德·莱杜的继承人。

茜茜连忙前往比彻福尔斯去找洛琳达·派克。

佩雷菲克斯神父负责新地下组织的基层组织,他只是说,自从巴兹·温德里普就职以来,他每天都这么说,他已经厌倦了这里的一切,马上就要回加拿大去了。事实上,在他的桌子上有一张加拿大时间表。

现在已经有两年了。

茜茜的脾气太暴躁了,她受不了被过分照顾,受不了长胖、啜泣,还被人哄着睡觉。坎迪太太在这些方面做得太过了。菲利普给了她能忍受一段时间的一切父亲般的忠告。当洛琳达把她当作一个理智的、不能施以怜悯之心侮辱她的成年人对待时,这让她感到如释重负——事实上,洛琳达对她的尊重,就好像她是敌人而不是朋友一样。

晚饭后,在洛琳达新开的茶馆里,在一栋古老的房子里,除了不断涌入的哀嚎的难民外，这里已经没有过冬的客人了，洛琳达织着毛衣，第一次提到了死去的玛丽。

“我想你姐姐是故意杀斯旺的吧？”

“我不知道。社团主义者似乎并不这么认为。他们为她举行了盛大的军事葬礼。”

“当然，他们不太愿意谈论暗杀，也许这已经成为一种惯例。我同意你父亲的看法。我认为，在很多情况下，暗杀是非常不幸的——一种策略上的错误。不，不太好。哦，顺便说一句，茜茜，我想把你父亲从集中营弄出来。”

“什么？”

洛琳达没有艾玛那种在婚姻上的悲叹；她就像买鸡蛋一样有条不紊。

“没错。我什么都试过了。我去找了塔斯布鲁和那个从事教育的家伙，皮斯利。但没什么用。他们想让多雷姆斯待在里面。但那个卑鄙的小人，阿拉斯·迪利，现在在特里亚农当卫兵。我贿赂他帮助你父亲逃跑。我们会让这个人在这里过圣诞节，只是有点晚了，然后把你父亲偷偷带到加拿大。”

“噢！”茜茜说。

几天后，洛琳达读到一份表面是关于家具运送的新地下组织电报，她尖叫道：“茜茜！所有的一切都乱了！华盛顿！李·萨拉松废黜了巴兹·温德里普，夺取了独裁政权！”

“噢！”茜茜说。

35

在进行独裁统治的两年里，贝采利乌斯·温德里普把权力握得越来越紧，他不停地告诫自己，他要致力于确保天下一切公民的纯良无害，包括把控住他们的钱包和思想。他即使残暴，也只是针对那些依然拥护旧制度的蠢蛋和反动派们。但就任十八个月后，墨西哥、加拿大和南美洲（显然天运已定，这都将被踏在自己脚下）竟对自己那简短的外交辞令回以草率的答复，且对是否加入本帝国等问题避而不谈。

每天他都期待着所有人能给予他更响亮、更可信的答复，倘若没有这些鼓励，他如何能继续他那些心碎的劳顿呢？他决意，任何人，无论是萨拉森还是部门信差，如果不在他面前卑躬屈膝，那一定是对他图谋不轨。他不断地增加身边保镖的数量，又不断地怀疑他们、遣散他们，甚至有一次直接对着其中两人开了枪。因此，在这个世界上，除了他的老助手李·萨拉森，或许还有赫克托·麦克戈布林，他再没有可以一起轻松絮语的伙伴了。

有时，他想卸下独裁统治的重担，脱掉精美的外套和鞋子，那时孤独之感又会将他缠绕。他不再出去打球了，内阁成员乞求他不要跑去酒吧或招待所里装腔作势，说那不体面，也不安全。

所以他只能在深夜或喝得酩酊大醉时，去跟自己的保镖打牌，输了就咒骂他们，露出恶狠狠的眼睛。保镖也总是希望他赢，让着三分，因为他把他们的工资发放权都紧握在手，将他们管得死死的，即使在别人眼里，他早已不会嗡鸣[①]、不会舞蹈了，可他对此却一无所知。

---

① 巴兹的英文 Buzz 有“嗡鸣”之意。

一直以来，他对人民的爱就像他对人民的恐惧和憎恶一样深刻，他想做出些名留青史的业绩。没错！他要给每个家庭每年五千美元，只要他能安排得上。

李·萨拉森总是把自己的清单列得很详细，他在办公桌前伏案时的投入，就如在午夜聚会上陷在沙发上时一样沉浸而忘我。他试图让官员们将他认作这里真正的主人、社团主义的领袖。他对自己所许下的诺言总是信守不渝，而温德里普却常常忘记。他的办公室大门也是通往野心之门，华盛顿的记者们私下里常喜欢用“萨拉森式”来形容某个助理秘书长或某位将军。以他为中心的集团并非归于政府内部的某个小政府，而是全然一个独立的政治集团，当然，那个不得不共用的扩音器除外。他让集团秘书（前美国劳工联合会副主席）每天晚上与他进行秘密会见，向他汇报劳工政治情势，尤其是那些对温德里普感到不满的无产阶级领导人的最新动态或背后手脚。他从财政部长那里（尽管韦伯斯特·斯基特手下的这位官员并不是萨拉森的人，但他们的交情还不错）得到了关于各位大雇主们的机密报告，这些报告可谓大有用途。因为在社团主义统治下，罢工成了违背法律的行为，这些雇主则堪比国家官员，百万富翁拥有了对劳动仲裁法庭的法官们施加影响的能力，并以此来维护自己的权力。

萨拉森深悉，这些来头不小的工业大亨擅于借助后备民兵开展的抓捕行动来摆脱那些所谓的“麻烦制造者”们，特别是犹太激进分子——没人会为他们工作。（有些大亨自己本就是犹太人，但是他们对种族的忠诚还不至于疯狂到削弱自己钱袋的程度）

黑人们的忠诚往往建立在安全的环境与丰厚的薪水之上，他们不会傻傻地羡慕萨拉森与黑人宗教激进主义牧师亚历山大·尼布斯握手拍照时的体面风光，也不在乎赢得“萨拉森黑人最大家庭奖”的荣誉褒奖，他们不会追求最快的地板擦洗速度，也不期待没有休假的工作时长。

萨拉森在报纸上宣称“黑人朋友们是受到鼓舞才变得激进的，他们无须受到威胁”。

令萨拉森感到满意的是，现在德国所有的军乐团除了演奏《霍斯特·威塞尔之歌》[①]外，还演奏他的国歌《嗡鸣之声》，虽然这首歌的词曲皆非由他所作，但也已同他的形象不可分割。

---

① 《霍斯特·威塞尔之歌》又称《旗帜高扬》(Die Fahne Hoch)，是1934年后纳粹德国国歌《德意志高于一切》(Deutschland über Alles)之外的另一首非正式的德国国歌。

正如在头脑清醒的银行职员眼中，一亿美元的银行债券与十美分的午餐钱去向是同等值得焦虑的事情，所以巴兹在牵挂着一亿三千万美国公民福祉（这关系到自己的无上尊位）的同时，也在意着李·萨拉森的心情变动，只有得到他的支持，自己才算拥有了真正的名誉。（至于他的妻子温德里普如何看待他，这并不重要，他们一周都见不了一次面）

巴兹认为狠厉的赫克托·麦克戈布林对他的地位构成了威胁；他欣赏战争部长卢瑟恩和副总统佩利·比克罗夫特的做派，但同时也对他们感到厌烦；他们打击了自己的少年气，面对自己的家国情怀，那两人总是避而远之。只有李·萨拉森是他唯一的倚靠，这个位置旁人是无法取代的，他常常和萨拉森一起钓鱼、喝酒，甚至策划杀人。在过去，萨拉森往往显得比他更坚定、更善于洞察，而现在，他的思想已经难被参透了，李那惯有的微笑成了他的面纱，而非他的实怀。

为了驯服李并将他拉回身边，巴兹下令让东北省专员杜威·海克上校取代和蔼可亲却笨拙愚钝的卢瑟恩上校（巴兹的经典语汇之一就是"卢瑟恩还有余力"）来担任战争部长，同时，他还任命海克为后备民兵的高级元帅，与李和其他十几人平起平坐。他期待着李的勃然大怒，期望他能反思他们之间的情谊。但李只回了一句："很好，随你的意。"话语间尽是冰冷。

这个总想称霸世界的皇帝渴望知道，怎样才能让李变回乖孩子，再次与他同仇敌忾呢？

他赠给李一台价值一千美元的电视机，李谢过了他，但态度比之以往更为疏离，且再未提过任何关于这台电视机的事情，究竟这台信号脆弱的电视机能否讨其欢心就无人可知了。

当杜威·海克站稳了脚跟，使正规军和后备民兵的训练效率突飞猛进（海克是整夜操练的魔鬼，任务排得满满当当，他总是身先士卒、以身作则，因而手下的人也不敢言语），巴兹又开始怀疑海克是否不能作为自己的身边知己……他真的不想把李划入地牢，但在他为李和所有人做了那么多事后，李竟依旧如此漠视和践踏这份感情！

巴兹对此十分不理解，而令他更加困惑的是，佩利·比克罗夫特走进他的办公室，对他说自己受够了这一切的流血牺牲，准备解甲归田，至于那崇高的副总统位置，交由巴兹随意处置。

难道他们面前那些重大的国家争端能与他父亲药店里的口角争执相提并论？他不能杀了比克罗夫特，这恐会引发舆论，但惹怒皇帝的行为是下流而亵读的，由此引发的愤怒致使一位前参议员以及十二名工作人员被带去了集中营，统一枪杀，罪名是"任意散布关于他的不实言论"。

国务卿萨拉森在温德里普真正的住处，一个酒店套房内，向总统道了晚安。

没有任何一家报纸敢于提及这个隐秘住址，巴兹早已厌倦白宫的豪华威严，也畏惧那些激进分子、暴徒和反社团主义者，这些人为了潜入那座历史悠久的府邸从而暗中行刺，想出了众多可谓拍案叫绝的手法。巴兹只把妻子安置在那里用于作秀，而自己除了出席盛大的招待晚宴外，绝不会现身在除办公区以外的任何区域。

他喜欢这间酒店套房。他是个挑剔的人，比起勃艮第红酒、鳟鱼和路易十五式的家具，他更喜欢纯波旁威士忌、鳕鱼蛋糕和皮制椅子。整个公寓有十二间房，位于一家不起眼的小旅馆的第十层。他自己只占用了一间普通的卧室和一个巨大的客厅，类似办公室和旅馆大堂的结合，房间里有一个大酒柜，以及一个大衣橱，里面挂了三十七套衣服。浴室里摆置着一罐罐的松味浴盐，这是他唯一的化妆奢侈品。巴兹回家时可能会穿着一套像马鞍褥一样闪亮的西装（某个苜蓿中心[①]的人认为这是伦敦裁缝业的一次胜利），可一旦周围安全了且只剩自己时，他便趿拉上那双红色摩洛哥拖鞋，露出红色的吊裤带和淡蓝色的勋袜带。他喜欢酒店的装修风格，喜欢里面的那种氛围，在步入白宫之前，这里的一切对他来说就像古老的玉米透风仓和主街一样散布着熟悉的味道。

公寓里的其他十个房间，完全被走廊和电梯所隔绝，日夜都有警卫把守。在这个私密的地方见到巴兹就好比去警察局会见杀人犯一般困难。

"在我看来，海克在作战部干得不错，李，"总统说，"不过你也知道，如果你想拿回高级元帅的位置——"

"我已经知足了。"伟大的国务卿说道。

"让卢瑟恩上校回来协助海克怎么样？他对那些愚蠢的细节抓放很是在行。"

萨拉森有些尴尬，看上去像过去自鸣得意时的状态一样不自然。

"怎么，呃——我以为你知道呢，卢瑟恩十天前就在大清洗中被了结了。"

"什么！卢瑟恩被杀了？为什么我不知道？"

"这件事最好保密，他是个很受欢迎的人，同时也很危险，从他嘴里经常听到亚伯拉罕·林肯的名字！"

---

① 苜蓿中心（Alfalfa Center），位于美国内布拉斯加州。

"所以我对此一无所知吗！为什么，上帝！拿给我的剪报都是被人修改过的！"

"小事无须向您请示，头儿，你是知道的！当然，也许你认为我没能组织好手下的员工——"

"噢！别跟我耍脾气，李！我的意思是——我当然知道你多么努力地保护我，好让我将更多的精力放到国家治理层面去。但卢瑟恩——我对他是欣赏有加的。我们一起玩扑克的时候，他总能引人大笑。"巴兹·温德里普此刻感到被一阵孤独包裹住，像沙德·莱杜曾有的感觉一样，他们都住在某个酒店套房内，只是他的比巴兹的更小一点罢了。为了将此事抛诸脑后，温德里普强作振奋地说道："李，你有想过未来吗？"

"怎么，我记得我们之前聊过。"

"但是天哪，想想以后，李！想想看，我们或许会建立出一个北美王国！"巴兹带着一半(或一丝)认真说道。"你也许会成为佐治亚公爵——或大公，或某个贵族事务中至高无上的领导人？这个北美帝国将会如何，紧接着的南美帝国呢？我愿封你为我一人之下的国王，然而——像墨西哥国王那样与人讲话，怎么样？"

"听上去不错。"李呆板地回道——每当巴兹重复着同样的废话时，李总是如此反应。

"但你要忠诚于我，不要忘记我为你做的一切，李，不要忘记。"

"我从来不会忘记任何事！……对了，我们还应该对佩利·比克罗夫特进行清算，至少把他关进监狱。名义上，他现在依旧担任着美国副总统一职，倘若这个叛徒再想出什么卑鄙的勾当，谋杀你或罢黜你，恐怕那些愚痴的作家们会助他登上宝座了！"

"不，不，不！他是我的朋友，无论他怎么说我……这条脏狗！"巴兹喊道。

"好吧，你是老大。晚安。"李说道。他走出了这个水管工的天堂梦，回到他位于乔治敦的那所金色、黑色和杏黄绸色相间的隐秘处所，几名年轻英俊的后备民兵组织里的官员也在那里。他们在战场上是野蛮、冷酷的士兵，但平日里却擅长音乐和诗歌。同这些人在一起，不会担心丧失生命的激情，人的状态会变得和巴兹一样。他要么对着这群年轻人发火，抽打他们，要么突然向他们道歉，去抚摸他们的疮口。曾经有位据说是他的朋友的新闻记者称，他曾用自己那绿遮帽[1]换得了一圈青紫伤。

在 1938 年底的内阁会议上，国务卿萨拉森向政府首脑透露了一个令人不安的消息：副总统比克罗夫特——难道他没提醒过他们这个人应该被枪杀吗？——逃往了加拿大，背弃了社团主义，参与了沃尔特·特罗布里奇的密谋。中西部和西北部，尤其是在明尼苏达州和达科他州，几近沸腾的叛乱引发了不小的震动，那里的煽动者，其中某些人还颇具政治影响力，呼吁他们的所在州脱离社团主义联盟，并形成一个新的（实际上几乎是社会主义的）合作共同体。

"杂种！一群不负责的鼓风袋！"总统温德里普颇为揶揄地说，"怎么？你这家伙眼睛不是盯得紧紧的吗，不是什么都逃不出你的掌控吗？李！你忘了，上个星期，我亲自给那个国家的个别地区发表了针对性的讲话！收到了很好的反响，中西部的人对我绝对是忠诚的，他们对我所做的一切的都心怀感激！"

萨拉森并未回答他，他决定为了团结国内一切力量，调动起大家一直以来面对外来侵犯时所展现的爱国情怀，政府要即刻在墨西哥边境布置出一系列糟糕"事件"，以伪装成受到侮辱或威胁的假象，并等待局势升温、人民情绪高涨之时，向墨西哥宣战。

财政部长斯基特和总检察长波克伍德摇了摇头，但战争部长海克和教育部长麦克戈布林则对萨拉森的观点表示高度赞同。学识广博的麦克戈布林曾指出，政府只是有意要使自己陷入战争，并感谢上帝为其提供了一场冲突来作为绝佳的开战契机、缓解内部的不满情绪，不过，在这样一个充满刻意宣传、煽风点火的年代，一个真正现代化的政府应当考虑自己想要打出一场何种品牌的战争，以及如何缜密地去策划、推行这场战争。此刻，对于他来说，他愿意把一切都交给推销天才萨拉森老兄来决定。

"不，不，不！"温德里普叫道。"我们还没准备好开战！当然，总有一天我们会夺取墨西哥，天运注定如此，我们终将控制它、净化它。但你那该死的计划恐怕只会让这一切适得其反。如果你将武器交予一堆不靠谱的人手里，说不定哪天他们就反将枪口对准你，掀起一场革命，将我们统统赶出去！不！不行！我一直怀疑后备民兵究竟能否行得通，武装他们、训练他们会不会成为一种错误。这些都是你的个人想法，李，不是我的！"

萨拉森平静地说："亲爱的巴兹，有一天你会感谢我发起了这场'伟大的十

---

[1] 绿遮帽(the green eyeshade)，十九世纪晚期到二十世纪初期，文字工作者常戴的一种绿色护眼透明帽。

字军东征——民兵保卫家园行动’——就像你在广播里所形容的那样——可是没过多久你就否定了自己的决定,你对他们太过于畏惧了,无论如何,你必须坚决一些!”

萨拉森径直走出了屋子,没有鞠躬。

温德里普抱怨道:“我绝不容忍李这样对我说话!这个下流的骗子!是我成就了他!过不久,他就会看到新上任的国务卿!别以为工作遍地都是!去做银行行长吧——我看,他是要当英国国王!”

深夜,酒店的卧房里,总统温德里普被一阵声音吵醒,他听到守卫在外面说道:“是,当然,让他进来——他是国务卿。”总统紧张地打开床头灯……最近他总是需要它,晚上唯有看会书才能使他入睡。

昏暗的光线下,他看到李·萨拉森、杜威·海克和赫克托·麦克戈布林走到他的床边。李瘦削的面庞如面粉一样苍白,身陷的眼睛使他看上去像个梦游者,他青筋明显的手里握着一把长刃猎刀,待他的手抬起,猎刀又隐在了黑暗之中。温德里普立刻想到:李当然知道去哪里可以买到匕首,华盛顿;接着他又想:这一切可真愚蠢——就像一场电影或儿时曾看过的历史旧书;那一瞬间里,一种念头于他脑海里生成:上帝,我就要被杀了!

他大喊:“李!你不可以这样对我!”

李哼了一声,如同闻到了一股子臭味。

随后,贝采利乌斯·温德里普,这个出人意料当上总统的人,缓过了神来:“李!你还记得你的老母病重的时候吗?我把自己身上所有的钱都掏给了你,让你回去看她,然后自己打车去参加会议?李!”

“见鬼,或许是吧。”

“是吗?”杜威·海克略带不满地说。

“我们可以把他发到驱逐舰上,让他溜去法国或英国……这卑鄙的懦夫似乎很是怕死……当然,只要他逃回来我们就杀了他。把他带出去,打电话给海军部长,让他准备一艘船,可以吗?”

“很好,长官。”海克说道,语气更加不满。

一切都轻而易举。军队已受到战争部长海克的命令,占领了华盛顿全境。

十天后,巴兹·温斯罗普抵达了哈弗尔,叹息着去了巴黎。除了过去那一场持续二十一天的走马式观光,这是他第一次亲眼端详欧洲。他情不自已地怀念起家乡的切斯特菲尔德香烟、薄饼、《月球马林斯》,以及人们口中的“谁惹着你了?”,而非那傻里傻气的“oui[①]?”

他留在了巴黎,成为那些所谓悲剧中的小英雄,比如希腊先王、克伦斯基、俄国王子、吉米·沃克和某些南美或古巴的前任总统,他们都无比期待能够收到邀请,前往供有上好香槟的会客厅内接受会见,说不定期间还能碰到一两个人愿意听听他们的故事,并尊称其为“阁下”。

不过,那时巴兹会淡淡一笑,他对那群骗子也没少客气,在过去两年甘甜的专制岁月里,他曾把四百万美元转移到了国外一个秘密的安全账户里。如今,巴兹已经成为带着单片眼镜的前外交绅士们的零星记忆,在这个前总统的余生里,一切都已成为过去式,他只记得曾有四五个美国学生想要开枪杀了他。

曾经那些在巴兹身边耳语绵绵、溜须拍马的人,那些他曾经的追随者麦克布林、参议员波克伍德和阿尔梅里奇·特劳特博士等等,统统表示效忠于新任总统——尊贵的李·萨拉森。

他发布公告称,温德里普盗用人民钱财并与墨西哥进行密谋,以阻挠同那个罪恶国家之间的开战;而他,萨拉森,作为温斯罗普阴谋里最大的受害者,将怀着无比沉重而难过的心情、在内阁的强烈要求下就任总统一职,因为副总统比克罗夫特已经沦为流亡的叛徒。

萨拉森总统迅速着手提拔他那些年轻军官密友,对他们委以重任,其中,他任命了一个二十五岁粉面润眼的男孩担任联邦特区的专员,职责范围涵盖了华盛顿和马里兰州,看到众人讶异的神色,他似乎十分享受,难道他不应该是无出其右、至高无上、可与罗马皇帝相媲美的吗?他怎么就不能蔑视那些他(曾经是社会主义者时)一度认为软弱无能、肮脏无比的暴徒呢?

“难道美国人民只有一条脖子吗?”在一群哄笑的男孩里,他盗用别人的话说道。

在库利奇、哈里森和拉瑟福德·伯查德·海斯曾就任过的优雅的白宫内,萨拉森举行了多场狂欢,四处是舞动的腰肢、花环,以及仿罗马酒杯。

像多雷姆斯·杰瑟普这样的囚徒很难接受这个事实,但社团主义者有成千上万,藏伏于后备民兵、行政部门以及军队里,对这些人来说,萨拉森采取的轻率战略纯粹是一场悲剧。

他们是社团主义下的理想主义者,而这样的人很多,其中不乏野蛮人和骗子;他们是在1935年和1936年中拥护温德里普与社团主义的男男女女,他们

---

① 法语,意为“是的”。

并非完美之人，但却是最接近国家的“救世主”。曾经，这里被莫斯科统治着，社会风气懒散，美国的青年好似丧失了体面的自豪感，他们的世界（这些理想主义者们断言）充斥着对工作的厌恶以及对深度学习的抗拒，收音机里放着喧嚣的舞曲，汽车在马路上飞驰而过，人们纵情于声色，讽刺嘲谑的漫画铺天盖地——奴役的心理正使美国这片土地沦为铁汉脚下的狩猎场。

埃曼纽尔·库恩将军也是社团主义理想主义者之一。

在社团主义政权下，这些人对谋杀者从不惜情，不过他们的态度也十分坚定，“这是革命，况且，历史上哪一场革命才流了这点血？”

轰轰烈烈的社团主义引起了他们的兴趣：游行示威声势浩荡，红黑相间的旗帜如暴风云般炫耀着自身的威猛。他们为新设立的社团主义道路、医院、电视台、飞机航线感到自豪；他们被社团主义青年的游行队伍所感动，有关社团主义英雄主义、斯巴达力量的纯粹和万能的保护神温德里普的神话，使这些青年的脸上流露出了骄傲的神色；他们相信，他们令自己相信，1935年那将暴徒般的职业运动员奉为英雄的时代已经过去了，安迪·杰克逊、法拉古特和杰布·斯图尔特的美德已于温德里普的身上再次显现。

他们计划着，让这些理想主义者尽可能快地纠正官员们的残暴和狡诈。他们见证了社团主义艺术和学问的诞生，它真实而深邃，抛却了旧时期大学里的传统成见，在年轻人群体中蓬勃兴起，而“实用性”使它的美更为彰显。他们深信，社团主义是剔除了外强统治和野蛮而下流的暴民专政的共产主义、是由人民推举统治英雄的君主主义、没有贪婪而自私的领袖的法西斯主义和纪律严明的自由主义，同时，它使这片土地回归到了那个没有浪费和地域歧视的传统的美国。

像所有的宗教狂热者一样，他们幸运得具备着“盲目”的能力，现在他们确信（当然他们所阅读的那唯一一份报纸对此绝口不提）法庭和集中营里已不再有沾满鲜血的双手，思想和言论也再无曾经的束缚。他们认为，他们从未批判过社团主义并非是因为自己囿于监督之下，而是因为“批判社团主义的行为本身，就如龌龊淫秽之事一样糟糕透顶。”

这些理想主义者和贝采利乌斯·温德里普先生一样，对萨拉森引发的政变感到震恐和困惑。

冷酷无情的战争部长海克曾奚落过总统萨拉森对国家造成的影响，尤其是对军队的影响，而萨拉森则回以嘲讽的态度。不过后来，萨拉森又被海克狠狠恭维了一番，海克为他创作了一首诗歌，歌颂了他空前绝后的领导力，后来那首诗歌流传开来，被百万人吟唱。事实上，这是一首军队里流传最广的歌谣，创作者是美墨战争期间的一位士兵，一个匿名的游吟诗人。只是，海克与萨拉森一样是“现代广告学”的忠实信徒，识时务的他企图通过推广创作和鼓励匿名诗人来促进此类爱国民谣的诞生，不得不说，他同那些汽车制造商一样具备着远见卓识。

萨拉森和海克一样渴望与墨西哥（或埃塞俄比亚、暹罗、格陵兰或任何其他国家）开战，从而，他那帮可爱的年轻画家就可以着手在那幽深的丛林之间勾勒出他的英雄形象了。在他看来，战争不仅能够转移那些敌对分子的注意力，也能使自己一展宏图。应海克的请求，萨拉森写了一首令人侧目的军歌，虽然那时的美国在表面上依旧与墨西哥维持着友好关系。军歌套用了《亚美尼亚姑娘》[①]的曲调，里面的西班牙语有些晦涩难懂，但民众们都将“Habla oo?”[②]理解为“¿Habla usted?”，也就是“嘿？”的意思。萨拉森用他那台得力却常常冒烟的打字机敲出了这些词句：

瓜达卢佩的姑娘，
嘿？
管好自己的事，
不然就爬上床去！
瓜达卢佩的姑娘
别让父亲看到，否则就要大事不好，
嘿呦，嘿呦，你作何感想？蒙特雷的姑娘，
精明的美国佬？
此话又当何讲？
你这个瑞典妞，没错，那是坦克！
可蒙特雷的姑娘，
床上的你为何默不作声
嘿呦，嘿呦，你作何感想？蒙特雷的姑娘，
我们相遇时，
你笑得花枝招展，
你一定没有忘！

---

① 此曲最早可追溯至十九世纪三十年代的法国陆军军歌。

② 无实义，一种情绪化的表达。

你会一直惊叹："噢！好一个男子汉！"
墨西哥的小伙再无法俘获你的芳心
嘿呦，嘿呦，你作何感想？蒙特雷的姑娘？

也许萨拉森有时会表现出一种轻率的做派，但他为战争做准备时可无丝毫怠慢，包括筹备整个后备民兵合唱团，他要让那小曲唱得严整而响亮。

他的朋友、现任国务卿赫克托·麦克戈布林告诉萨拉森，这充满男子气概的合唱堪称是他的伟绩之一。虽然麦克戈布林并没有参加萨拉森举办的各种午夜消遣活动，但他也会被那帮人的气氛所感染，他常对萨拉森说，这群自以为是的人里(包括海克)，只有他是个创作天才。

"你要盯好那个该死的海克，李，"麦克戈布林说。"他很有野心，有威力，还是个虔诚的清教徒，这三样合起来使我为之担忧。军队很听他的话。"

"该死，他对他们可毫无吸引力，他不过是个军事簿记员罢了。"萨拉森说。

晚上，萨拉森又开办了一场派对，单纯是为了寻欢作乐，他找来一群女孩，命她们跳着怪异的舞蹈，使他身边的亲信都为之震惊。那晚萨拉森喝得不省人事，第二天一早，不满的海克斥责了他，结果引得萨拉森大发雷霆。当晚，就在萨拉森篡位一个月之后，海克出手了。

这一次，没有什么夸张的挥刀行刺，虽然海克行动显得得晚了一些，但对于所有的法西斯分子来说，这场变动的参与者就如醉汉一样，于深夜来得最凶最猛。海克带着他精挑细选的冲锋队踏入白宫，而总统萨拉森正穿着紫色丝绸睡衣与朋友们混在一起，紧接着萨拉森和他的大部分同僚都死在了枪下，海克当场宣布自己成为新任总统。

赫克托·麦克戈布林搭乘飞机去往了古巴，然后继续奔逃。最后一次见到他时，是在海地山区的高处，他穿着一件单衣、脏兮兮的卡其色裤子，蹬着一双草鞋，蓄着长长的深棕色胡子，看上去很是健康，也很快乐。他与一个可爱的当地女孩同居在只有一个房间的小屋里，那个女孩正在学习现代医学、研究古代巫术。

杜威·海克当上总统后，美国陷入了真正的痛苦之中，人们开始怀念过去温德里普统治下的自由民主的好日子。

温德里普和萨拉森并不介意人们在街上载歌载舞，只要他们定期交税。但海克却不喜欢这样的事情，他除了是神学领域里的无神论者之外，还是一个恪守教规的基督正教信徒。他告诉民众"你们虽然一年挣不了五千美元，但却能从纲纪和科学的极权主义国家中获取利益，这种利益不仅体现在纸面数字上，更体现在民族的自豪感、爱国精神和强大权力中。”他是第一个发表这种讲话的总统。他把所有忍受不了行军和干渴的军官赶出军队，裁退了民政部门里“敛财猖狂”的委员，其中包括弗朗西斯·塔斯布鲁。

他把整个国家当作一个经营良好的种植园，在那里奴隶们得到了比以前更好的餐食，很少被监工欺骗，而且一直很忙，除了工作就是睡觉，而他们的笑声、歌声（对抗墨西哥的战歌除外）、抱怨或思考等令人生厌的恶习已经变得越发少见了。在海克的领导下，后备民兵的哨所和集中营中的鞭笞现象减少了，因为他认为军官们不应该将时间浪费在责打男人、女人或孩子上，而后者从来不奢求在哪怕最好的种植园里工作，他们只想将那些军官一举歼灭。

海克试着利用新教、天主教、犹太教以及自由一不可知论的神职人员，这是温德里普和萨拉森从未有过的。虽然许多牧师，如法尔克和史蒂夫·佩雷菲克斯神父、德国的红衣主教福尔哈贝尔和尼莫拉牧师，认为谴责奴役和折磨羊群[①]的行为是基督教义务的一部分，但也有许多德高望重者，尤其是生活在大城市、每场布道都被报纸大肆宣扬的牧师，却奉循了社团主义的号召，变成高调的爱国主义者。这些人是真正的“随军教士”，如果没有战争发生使他们屈尊净化和抚慰那些勇敢却负伤的年轻战士们的话，他们会很乐意尽己之力制造出这样一场战争。

这些务实的牧羊人，就像医生和律师一样，拥有窃取人心底的秘密的能力，因而，在1939年2月后的艰难岁月里，当海克与墨西哥（加拿大？日本？俄国？只是时间问题）开战时，他们都成了有价值的间谍。所以，即使面对一群奴隶，海克也必须向他们灌输“你们是自由人和为自由而战的战士”的思想，否则这些恶棍日后或许就去投奔敌人、与其会合了！

伟大的国王海克就是如此治国的，而不满的声音只会熄灭——不会再有开口的机会。

在萨拉森时代无耻的年轻人笙歌燕舞的白宫里、在正义和警棍的新统治下，戴着眼镜、泛着亲切微笑的海克夫人赐予基督教妇女戒酒联盟、基督教女青年会和反红色激进主义妇女联盟和她们命中注定的丈夫们一场华盛顿风格的派对，就像她曾经在俄勒冈州埃格兰廷的与海克共居的小屋里所举办的一样。

---

① 羊群（flocks），指宗教信徒。

36

特里亚农难民营开始实施严格的信息禁令，坎迪太太去拜访了多雷姆斯——带着椰蓉蛋糕——他听说了玛丽去世、艾玛和茜茜离开的消息，以及温德里普与萨拉森的终结。一切都是那样的不真实，一切都似在梦中，只有玛丽的去世使他感到切身的痛，但他最大的心事其实是监狱里逐渐泛滥的虱子和老鼠。

禁令实施期间，大家一起欢庆了圣诞节，但兴致都不怎么高。卡尔·帕斯卡用云杉枝和烟盒里的锡箔纸打造出了一棵圣诞树，他们在黑暗中共同哼着《平安夜》，那时，多雷姆斯想到了那些遍布于美国、欧洲、日本、印度的政治监狱里的所有战友们。

但是对于卡尔来说，显然，只有他们成为被拯救的、纯粹的共产主义者时，才会想起那些战友。牢狱使他们不得不同处在一起，卡尔日益激增的痛苦和虔诚成为多雷姆斯的痛恨之一，这是一场因社团主义或是独裁而引发的悲剧，就像玛丽、丹·威尔格斯和亨利·维德尔的死一样残酷。虽然在迫害之下卡尔并没有丧失哪怕一丝一毫的勇气，也没有丢失他在哄骗后备民兵的警卫时所显露出的聪明才智，但随着时间的流逝，他的幽默、耐心、宽容、随和，以及其他一切使牢房里的人感到宽慰的品质正在逐渐消失。他总是把共产主义挂在嘴边，有时会显得有趣，但对于多雷姆斯而言那不过是一种宗教偏见，就像宗教法庭或宗教激进主义新教徒所持有的旧偏见一样可恶；这种为了拯救人类灵魂而拿起屠刀的态度是杰瑟普家族过去三代人所极力避免的。

卡尔的狂热免不了波及他人。夜里，牢房里其他五个人忍无可忍地朝他咆哮道："噢，闭嘴！我要睡觉！否则别怪我拿社团主义那一套来整你！"然而他依旧继续絮叨着，足足持续了一个小时。

有时，他的话里也藏着炮火。当狱友们不断地诅咒营地警卫时，卡尔便会斥责他们：“你们可别太天真了，把一切都归咎于社团主义、特别是后备民兵的罪恶。虽然他们大都不可饶恕，但即使是其中最坏的成员，比如后备军中的专业持枪者，也不会因为折磨我们这些异教徒而获得那么多满足感，反倒是那些直肠子、钝脑子的人听信了其领袖嘴里的‘自由’‘秩序’‘安全’‘纪律’‘力量’，纷纷为其效命！这些口号甚至在温德里普出现之前，就已成为投机者们为自己攫取利益的工具！他们是如何诠释‘自由’的！从婴儿身上偷珠儿的自由！告诉你们，当今的绅士一定会为‘自由’一词感到羞耻，只消看看共和党人的丑陋行径！特里亚农这儿的许多后备军里的警卫其实跟我们一样不幸——大部分人也是可怜的落魄鬼，回到罗斯福的黄金时代里也找不到体面的工作——被迫挖沟的簿记员，满身臭气、卖不出车的汽车代理商，参战归来的将士们发现自己的工作丢了，转而投身于温德里普，说白了，这些傻瓜，他们以为温德里普提到的‘安全保障’就真的意味着万事大吉了！他们会有好果子吃的！”

针对自以为是的社团主义者们的罪恶，帕斯卡同志又令人钦佩地议论了一个钟头，接着话题一转，开始畅叙自以为是的共产党人的荣光——尤其提到那些精神高洁者的例子，他们在莫斯科圣城享受着福佑，而多雷姆斯认定那个地方的街道上一定铺满了廉价的卢布。

莫斯科圣城！那是卡尔不加批判、醉心痴迷的圣地，就如各教派在不同时代崇拜耶路撒冷、麦加、罗马、坎特伯雷和贝拿勒斯一样。好吧，好吧，多雷姆斯心中想着，就让他们崇拜自己的洗礼盘吧——对于白痴来说这也算是个不错的消遣。只是，他们为何要反对自己将比乌拉堡、纽约，或者俄克拉荷马城视为神圣呢？

有一次，卡尔恼羞成怒，因为多雷姆斯怀疑俄国是否到处都是铁矿石。当然了！俄国，神圣堂皇的俄国，必然需要足够的铁矿作为支撑，卡尔不需要阅读矿物学家的报告，只要透过他幸福而虔敬的眼眸一探便知。

他不介意卡尔崇拜神圣的俄国，但卡尔介意他向往、崇拜神圣的美国，称他“天真”，这个词是共产主义记者们最爱使用的词汇，或许这也是他们唯一懂得的词汇。卡尔经常提起《莫斯科新闻》上登载的那些照片，即俄国沙滩上遍布着的近乎赤裸的女孩，称那画面彰显了布尔什维克统治下工人们的胜利与欢乐，可多雷姆斯则认为，纽约长岛的海滨浴场上也总有这般景致，在他眼里，那无非是资本主义统治下工人们的堕落和衰靡。

作为新闻记者，多雷姆斯记得，能够比资本家更肆无忌惮地歪曲和隐瞒事实的人，只有共产主义者。

在他的眼里，恐怕今天的世界难题并非在于共产主义如何对抗法西斯，而是在于这个世界该当如何忍受这两方旗鼓相当地对“偏见”进行的输出。不过他同时也了解，在美国，这些所谓的斗争实际是一种隐形的存在，因为最恶劣的法西斯分子通常拒绝承认“法西斯”一词，但他们却不断借用规范而传统的美国土著自由风来向资本主义者灌注奴役之理念，他们不仅是工钱的扒手，也是荣誉的窃贼，为达目的，他们常去引用《圣经》中的词句与杰斐逊的名言。

卡尔·帕斯卡正逐渐成为一名狂热派，就像大多数共产党里的干部一样，他也为多雷姆斯感到失望，只因为多雷姆斯曾单纯地期望在共产主义的壮阔队伍中能出现一两个渴望逃离冷酷独裁统治的人。但他如今只觉得自己孤身一人，一个“自由者”，那些聒噪的先知们对他指指点点，嘲讽他不去做两方焦头烂额的猴子们眼前乖顺的猫。然而无论怎样，无论世界终由哪一支暴戾的队伍横扫征服，这些“自由者”，这些“吞声者”，或许还能够在漫长的历史洪流中守护住一点文明的痕迹。

“当我思考历史的时候，”他沉思着，“我越来越相信，世界上一切有价值的事情都是依靠自由、探究与批判的精神来完成的，守护住这些精神要比建立什么社会制度重要得多。但是，那些守旧之辈、野蛮之族却能够将怀抱‘理性’者困于囚笼，让他们永远缄默。”

没错，这便是荣誉之敌、卑鄙的企业家以及正摩拳擦掌的继任者们、挟持棍棒的社团主义者的最可耻的行径：逼迫勇敢、慷慨、热情、半文盲的卡尔·帕斯卡变成危险的狂魔。这一切可真是完美！多雷姆斯已经很难再与卡尔好好相处了，在他眼里，下次自己再被捕入狱时，说不定迎接他的看守就换成卡尔了，因为他记得，过去布尔什维克掌权后就开始狂妄地囚禁并迫害曾经那些伟大的女性，比如斯皮里多娃、布雷什科夫斯卡娅和伊斯梅洛维奇，这些女人曾密谋反抗沙皇，她们愿为“民众自由”忍受西伯利亚的酷刑，算是为布尔什维克的革命成功立下了汗马功劳——可风平浪静之后，自由不仅没有归于群众，布尔什维克还宣称那自由不过是资产阶级该死的迷信而已。

所以，多雷姆斯，睡在他旧友的上方两英尺半的地方，却感觉自己被困于牢房中的又一囚笼里。亨利·维德尔、克拉伦斯·利特尔、维克多·洛夫兰和法尔克先生现在都走了，而朱利安则单独囚于一处，他们一个月都说不上一次话。

逃跑的欲望充斥了他的内心，将他折磨得几近疯狂，睡梦或是清醒时，全部都是逃离的幻影。某一天，多雷姆斯正在擦洗厕所地板，队长阿拉斯·迪利过来低声对他说："哎，听着，杰瑟普先生！派克太太已经动手了，只要时机一到，我会帮你逃出去！"那一刻，多雷姆斯的心脏甚至都忘记了跳动。

逃离高墙的关键在于如何避开外面站岗的看守，而多雷姆斯恰好担任监狱里的清扫员，有充分的理由离开监室，只需要沿着建筑与庭院间的一条窄道走到尽头，阿拉斯已经撬松了那儿的挡板和铁丝，逃出去是有希望的。只是，在监狱之外，他也很有可能会被警觉的看守发现并被就地枪决。

阿拉斯观察了一个周，掌握到其中一个夜班警卫有酗酒的习惯，不过因为那人在鞭笞闹事者时表现出色，所以监狱里的其他工作人员都对他的陋习佯为不见，不过更明智一些的人是会为其恶习感到惋惜的。整整一周，阿拉斯用洛琳达的钱喂饱了那个警卫的陋习，而他自己也深深醉倒在了自己的"事业"里，两次都被人抬上了床去。斯内克·提兹拉也生出了兴趣，不过几杯过后，他更愿同部下们待在一起，一同唱起《老纺车》。

阿拉斯向多雷姆斯透露道："派克小姐——她不敢给你寄消息，怕会落入他人手中，但她让我转告你，千万不要告诉任何人关于你打算出逃的事情，否则一切计划都会暴露的。"

那天晚上，阿拉斯从走廊里对他猛一摆头，怒气冲冲地说："杰瑟普，有一间厕所你根本没扫，全是脏的！"多雷姆斯平静地环顾了一下牢房，这里堪比他六个月以来的家、书房和圣所，瞥了一眼在铺位上看书的卡尔·帕斯卡，他正悠闲地摆着脚，脚尖直露在破袜子的外面，接着又望向正缝补裤子后部的杜鲁门·韦伯，倾斜的天花板的小灯泡周围泛起一层薄薄的灰烟，他悄悄地迈入走廊。

一月末的夜晚下着雾。

阿拉斯递给他一件破旧的后备军穿的外套，低声说："右边第三条巷子，教堂对面的拐角处停着一辆发动的货车。"接着就走了。

多雷姆斯手脚并用，麻利地穿过巷子尽头的铁丝网，故作随意地走了出来，并沿着公路向前寻去。他只看到不远处有一个警卫守岗，那人走路摇摇晃晃的。大概经过了一个街区，他看到了一辆家具车，车底置着千斤顶，司机和助手正费力地更换一个巨大的轮胎。借着拐角的灯光，多雷姆斯认出司机就是那个铁面的远途巡警，他曾为新地下组织输送了多批货物。

司机咕哝道："上车——快点！"多雷姆斯蜷在了车厢内的一张桌子和一把摇椅之间。

一刹那，他感到被撬起的车身落了下来，司机把千斤顶收了起来，他听到前方的座位处传来声音说:“可以了！出发。趴过来,听着,杰瑟普先生……你能听到我说话吗？……后备军不会费多大工夫去逮捕像你们这样的少爷和绅士的,在他们眼里,你们只要离了自己的办公室、大堂和轿车,就同废物没什么区别了。不过我倒是觉得你,杰瑟普先生,也许会不一样,某些方面。话说回来,只要他们认定你果真逃跑了,就会认为逮住你也不过是迟早的事,因为你不可能永远藏着,你会像那种时而旷工的游民或街边的流浪汉一样,但别担心,我们会帮你。告诉你吧,与革命者交友是最牢固的……当然,树敌也是同样!”

多雷姆斯脑子里闪现出悲惨的埃芬汉·斯旺被判刑时的画面,而他的出逃也许会为他带来死刑的判决。但他像卡尔·帕斯卡一样,咕哝了一句:“哦,真该死!”接着便在那辆奔驰的家具卡车上舒展开自己的四肢,享受着此刻奢华的畅快。

他自由了！他看见村庄的灯光在远方闪烁!

他曾躲在谷仓的干草下,躲在山上的云杉林里,还曾在殡仪馆的棺材盖上过了一夜;如今他通过一段秘密的窄道,坐在一辆流动药贩子的车后,掩在一顶皮帽和一件高领皮衣里,由一个地下组织成员(同时也是后备军队长)载着。听随司机的吩咐,他在莫纳多克山和埃弗里尔湖之间的一条弯弯曲曲的小路上下了车,面前有一间农舍。这农舍显然无人看守,未曾上漆的外表破旧不堪,屋顶已有塌陷,窗户上还堆满了积雪。

一切如同一场错误。

多雷姆斯敲了敲门,身后的摩托车呼啸而去。门开了,洛琳达·派克和茜茜同时哭道:“哦,亲爱的!”

此刻他只能发出一句:“是的!”

在农舍的客厅里,她们帮他脱掉身上的毛皮大衣。房间四壁的墙纸已经剥落,里面除了一张小床、两把椅子、一张桌子外,别无其他。两个哀叹着的女人面前是一个弱小的男人,脏兮兮、苍白而凹陷的脸颊使他看上去像个肺结核病人一样,曾经修剪得齐整的胡子和鬓角现在成了杂乱的干草,过长的头发披散在背后粗陋不已,衣服破旧而肮脏——全然是一个年迈的、病恹恹的、落魄的流浪汉。他瘫在一张直椅子,看着她们。也许面前的这两个女人是真实的——也许她们真的站在这里——也许他,就像这一切,正身处天堂,面对着两位天使。然而在过去那些沉闷的日子里,他饱受幻觉残忍的愚弄！他哭了,她们轻拍着他,给他安慰,没有太多言语。

“去洗个热水澡！我帮你擦背！然后再来点热鸡汤和冰淇淋!”

这就仿佛有人在说：主耶和华在他的宝座上等候你，你所祝福的人都要蒙福，你的仇敌都要跪下！

这神圣的女人竟有一个长长的浴缸，放在这老房子的厨房里，沐浴前先用炉子上的水壶和铁盆烧开水，再灌满浴缸，旁边有刷子、肥皂和一块巨大的海绵，还有一条被多雷姆斯忽视了的柔软的大浴巾。不知茜茜如何从比乌拉堡把他的鞋子、衬衫和三套西装带了过来，如今这些衣服在他眼里可堪比皇室礼服了。

多雷姆斯已经六个月没洗过热水澡，三个月没换过内衣，两个月没穿袜子！

如果说洛琳达和茜茜的出现是踏入天堂的象征，那么慢慢滑进浴缸、享受热水一寸一寸贴合着肌肤则是进入天堂的铁证，他已浸没在荣耀的光辉之中了。

当他穿好半身衣服后，她们两个人便走了进来，空气中凝聚着一丝紧张，也许此刻对于她们来说这是必要的，就好像他真的是个两岁的婴孩似的。她们笑着望向他，可笑意却即刻化为恐惧而刺耳的呜咽，她们看到了他背上被烤焦的死肉。不过，没有什么会比洛琳达的那一句“哦，亲爱的！”更有分量了，即使往后也是如此。

虽然茜茜曾庆幸洛琳达从不让她做任何杂务，多雷姆斯却对此十分享受。斯内克·提兹拉和特里亚农集中营可从来没有这些关怀。洛琳达把他的背涂上药膏，抹匀开来，又为他修剪了头发，虽然手法并不娴熟。她做了所有他梦寐以求的丰盛的家常菜，在牢房饱受饥饿的他看着面前：洋葱牛排汉堡、玉米布丁、香肠荞麦糕、苹果圆子甜奶油汁，还有奶油蘑菇汤！

她无法带他去那间位于比御福尔斯的舒适茶馆，因为那儿如今极为危险，后备军的人已经开始打探他的行踪了。不过这里，早先茜茜和洛琳达为了那些可能要加入新地下组织的难民，已给这座阴暗的农舍布置了六张小床，还带来了丰富的罐装食品和一瓶瓶色泽诱人的蜂蜜、橘子酱与果冻。与过去巴克·泰特斯试图将杰瑟普一家偷渡过去的过程相比，这真正意义上的最后一次越境前往加拿大则显得容易得多，就如海盗猖狂的日子里的走私贩卖活动一样，它已全然形成了一套完整的体系。比如要探索新的森林暗道、贿赂边防警卫、伪造护照等等。他其实很安全，然而，为了保险起见，洛琳达和茜茜打量着多雷姆斯，摩挲着下巴，仍然像对待一个无知的婴儿一样为他盘算着，最后她们决定，要把他化装成一个年轻人。

“我想想，先把他的头发和胡子染成黑色，再刮刮胡子吧，要是再有多点时间，我们能用台灯烤出小麦色皮肤。”洛琳达计划道。

“没错，那样更帅气。”茜茜说。

多雷姆斯抗议道：“我不会把胡子剃掉的！没有胡子的下巴谁知道会长什么样？”

“天哪，这个人竟还以为自己是报社老板，还是从前那个比乌拉堡的大红人呢！”茜茜和洛琳达已经开始忙活起来。

“我看这些该死的战争和革命之所以存在，唯一说得过去的解释，就是它给妇女们创造了机会——哎哟！悠着点！——让她们成为每个可乘男人的宝贝老妈子。染发剂！”多雷姆斯痛苦地叫嚷道。

待他剃去胡子，露出那张年轻的脸庞时，他又厚颜无耻地欣赏起了自己的容貌，并留意道自己的骨感下巴看起来还挺不错。茜茜又回到了比彻福尔斯的茶馆以维持那儿的运转。三天来，洛琳达和他对着牛排和麦酒一顿胡吃海塞，有时两人玩起皮诺奇牌，或是单纯躺着，聊着荒芜的六个月里对彼此的思念，他们原以为，那种日子起码要持续个六十年。他努力把这儿的一切刻在脑海里，记住这间屋顶倾斜的农舍卧室，记住这地上的破布地毯和那儿把摇摇晃晃的椅子，还有洛琳达，她偎依在小床的旧红色棉被下。这里没有冬日的清寒，只有青春和冒险的爱。

后来，在一片森林空地上，云杉树枝上积满了雪，在距加拿大边境几英尺之地，他凝视着两个女人的眼睛，简简单单说了声再见，而后艰难地转身从美国踏入了新的流放监牢，留在背后的那片土地，成了他回望过去时绵久的痛楚。

37

新的胡子又长了出来——胡子曾伴随他多年，空荡的下巴常使他怀念过去的感觉。新生出的头发与胡须不再裹着电灯下明晃而虚假的紫色染料，恢复了原来体面的灰色。如今的他再看到羊排或肥皂也不会生出激动了，但是当他意识到自己可以在公共场合恣意、纵情地讲话时，心中还是会难以抑制地产生喜悦与惊奇。

在蒙特利尔，他和两位最亲密的朋友待在一起，他们都是新地下组织（总主席是沃尔特·特罗布里奇）宣传出版部的成员——佩利·比克罗夫特和乔·艾尔弗里，前者是美国前总统，后者是一位高调青年，同"凯利先生"一样，过去一直是美国共产党内的风头人物，直到他在得克萨斯掀起了一场反社团主义运动，才被驱逐出这个近乎隐形般存在的团体，原因是他与社会党、民主党，甚至是唱诗班歌手共同成立了那所谓的"统一战线"。

在这家咖啡馆里，比克罗夫特和艾尔弗里一如往常地喝着啤酒。艾尔弗里坚称，美国困境的唯一"出路"是更富激情的劳苦大众所领导的独裁统治，它必须是严格的，如果有必要的话，也可以是暴力的，但决不能受制于莫斯科（这是他的新提出的邪说）。比克罗夫特则气势汹汹地断言"我们所需要的"就是回到心满意足的威廉·麦金利时代，就是回到政党、选票争夺与国会立法辩论的时代。

至于多雷姆斯，他倚在后面，并不十分在意其他人的胡言乱语，只要这里的服务员别是什么间谍，言论是自由的就可以了。他欣慰的感慨，无论过去发生了什么，特罗布里奇与其他真正的领导者再不会满意于那个利有、利治、利享的政府了，并惬意地想起，就在昨天（他从主席的秘书那里得到了这个消息），沃尔特·特罗布里奇辞退了受封爵的石油人威尔逊·沙尔,那人明显是要真心实意地为特罗布里奇及其事业献出自己的财富与管理经验。

“不,对不起,威尔,我们不能任用你。无论将来发生什么——即便是海克率军袭来,屠杀了我们所有人以及所有的加拿大东道主——你和你帮聪明的海盗们也已经完蛋了。无论发生什么,无论新政府体系制定了何种细节,无论我们将其称之为‘合作联邦’‘国家社会主义’,还是‘共产主义’或‘复兴传统民主主义’,都无法消抹它所具备的革新性,即政府并非是一场充斥着像你这样聪明而坚毅的选手游戏,它是一场通力合作,这场合作意味着一个国家必须拥有足够强大的资源来惠及其内的所有成员,也意味着,它最邪恶的敌人不是谋杀或绑架,而是对国家利益的盗窃——比之手持斧子去砍偷娃贼的人,那些假药贩子或国会中的骗子必将受到更为严重的惩罚……嗯?像你这样的大人物会遭遇什么,威尔?只有上帝知道了!想想恐龙的下场?”

多雷姆斯对他十分满意。

然而,在社交方面,他感受到了与在特里亚农的牢房里别无二致的孤独,他近乎疯狂地渴望能够拥有当初与洛琳达、巴克、艾玛、茜茜、史蒂夫·佩雷菲克斯在一起时的那种并不十分过分的快乐。

除了艾玛以外,没有人能和他一起去加拿大,而艾玛并不愿意去。她的信流露出她对蒙特利尔的非伍斯特荒野的恐惧。她在信中写道菲利普和她希望能够帮他求得社团主义的原谅!所以,如今的他只能与其他社团主义的逃难者相伴在一起,他太了解这种生活了,自从埃及土地上的第一次叛乱造成反叛者潜入亚述以来,政治流亡者的生活就已印入了他的脑海。

不是卑贱的自私自利心理作祟,多雷姆斯只是单纯地认为,当他来到加拿大时,每个人都会为他所受的监禁、折磨与逃跑的故事感到惊诧。可当他踏上这片土地后,他却发现在他之前已有成千上万悲剧中坚韧的主人公来到这里,对于加拿大人来说,无论他们作为主人有多么殷勤或慷慨,也再难被唤起新的同情了。他们觉得自己所能承受的殉道者名额已经满了,至于那些身无分文的流亡者,也就那绝大多数人,加拿大人已经明显厌倦了为那些陌生的难民剥蚀自己的家庭了,而当看到美国的知名作家、政治家、科学家多如蝼蚁时,他们或许连基本的客气都难以维持。

赫伯特·胡佛和吉奈若·潘兴就美国的恶劣局势所发表的共同演讲究竟能否吸引来四十人还是个疑问,而前州长与法官们正为各自找到了一份洗盘子的工作而沾沾自喜,曾经的编委们则正在地里锄着萝卜。有报道称,如今的墨西哥、伦敦和法国也都是如此，不得不说，日子变得越来越无聊。

多雷姆斯则一直依靠新地下组织每周二十美元的津贴勉强度日，除了自己的流亡同胞外，他没再见过任何人。他们这些政治避难者聚在沙龙里，那里有白俄国人、红西班牙人、蓝保加利亚人，以及巴黎常见的所有其他有色造反派，他们二十个人挤在一间十二乘十二平方英尺的客厅里，就像集中营里的牢房，一样的环境，一样的人，一样的气味。这些人从晚上八点一直待到午夜，常常用咖啡、甜甜圈和一小块三明治来代替晚餐，其间他们的话题总是离不开社团主义。有关海克总统的故事，在他们的嘴里成了"既定的事实"，而那些内容无论是安插在希特勒、斯大林或是墨索里尼的身上，都说得过去，即某人惊讶地发现自己拯救了溺水的海克，而对方哀求他不要将此事说出去。

他们把家里的报纸带去咖啡馆。这些为了自由而被挖出一只眼睛的人，用余下的那一只去关注哪个人又赢得了密苏里大道桥牌俱乐部奖。

他们勇敢而浪漫，悲壮却杰出，但是多雷姆斯开始对他们产生厌倦，也不得不承认这个残酷的现实：没有一个正常人能够长期忍受别人的痛楚，同情的泪水有朝一日会变成愤怒的捶打。

他曾去往一个仓促建成的美国联合小教堂，在那儿，他的心绪被扰乱了。一个曾是高贵主教的饥饿者站在松木讲坛前念到：

"我们曾在巴比伦的河边坐下，一追想锡安就哭了。我们把竖琴挂在那里的柳树上……我们怎能在外邦唱耶和华的歌呢？耶路撒冷啊，我若忘记你，情愿我的右手忘记技巧。我若不纪念你，若看耶路撒冷过于我所喜乐的，情愿我的舌头贴于上膛。"

在这里，在加拿大，美国人有了属于他们的哭墙，他们每天都带着一种荒谬而无畏的希望哭道："明年耶路撒冷见！"

有时多雷姆斯会十分恼恨，恼恨于那些失去一切、失去儿女、财产与自尊的难民所发出的阵阵哀号，恼恨于他们认为只有自己才经受了人生如此的悲恐。有时，他把所有的闲散时间都花在了为这些病弱的灵魂筹集一点资金和求取一丝干瘪的善意上；有时，他试着在脑海中将美国的方方面面都幻想成天堂的碎片，如葛底斯堡的米德，艾玛的失乐园里那大片的蓝色矮牵牛花，或是四月清晨的火车驶过洛克菲勒中心时铁轨上所反射的簇新亮光。但无论他的心情如何，他都拒绝坐在任何外国水域上拨弄什么竖琴、享受"名乞"的独特身份。

他想回到美国，即使可能会再次被关进监狱。同时，他整整一天都埋在新地下组织的办公室里，寄出一包包装订齐整的文字炸药，高效地掌控着一百名曾任教授或糕点师的收件人们。

他曾向上司佩利·比克罗夫特提出担任驻美间谍的请求，想要从事更激进、更危险的工作——去西部，那儿的人对他无从知晓。可总部已在业余间谍身上吃过许多亏了，那些间谍要么在陌生人面前喋喋不休，要么一受鞭打或死亡的威胁就放弃了守口如瓶。然而，1929 年后，情况则发生了变化。新地下组织坚信，一个人所能获得的最高荣誉并非是赚得一百万美元，而是能够取得他人的信赖，在没有报酬和赞誉的情形下，用生命换取真理。

多雷姆斯知道在领导眼里他不够年轻、不够强壮，也知道他们正在考虑他、试探他。他曾有幸采访了特罗布里奇两次，虽然并没有什么轰动性内容，并且特罗布里奇作为整个凶险的间谍机构内最直率、友好的一员，很难给人留下深刻印象，但这两次采访也绝对算是一项值得多雷姆斯自豪的事情。当此墨西哥战争在即、反社团主义之声四起之际，兴奋的多雷姆斯希望能够再次得到机会使那些穷困潦倒、重担在身的社团主义官员更加苦不堪言。

1939 年 7 月，多雷姆斯在蒙特利尔已待了有小五个月了，距他被关进集中营也过去一年了，到达新地下组织总部的美国报纸里满是针对墨西哥的仇恨。

一群墨西哥人突袭美国——只是奇怪，突袭总是恰逢我们的军队在沙漠练习行军或收集贝壳之时。他们烧毁了得克萨斯州的一个城镇，幸运的是，那天下午所有的妇女和儿童都外出去参加主日学校的野餐了。一个墨西哥爱国者（之前他还做过埃塞俄比亚爱国者、中国爱国者和海地爱国者）来到一位后备民兵旅长的帐篷前，称自己虽然对指责自己所热爱的国家倍感痛苦，但良心迫使他承认，他的墨西哥上司正计划飞过这里轰炸拉雷多、圣安东尼奥和比斯比，可能还会包括塔科马和缅因州的班戈。

这消息确实使社团主义报社异常兴奋，在纽约和芝加哥，他们刊登了这位尽责的叛徒出现在旅长帐篷外半小时后的照片……因为在那一刻，碰巧有四十六名记者蹲候在帐篷附近的仙人掌丛里。

美国决定奋起保卫自己的家园，包括护卫纽约帕克大道上的所有住宅，以对抗虚伪而奸诈的墨西哥，而后者拥有足足 6.7 万人规模的军队和三十九架军用飞机。锡德拉彼兹的妇女躲在床下，纽约卡特劳格斯县的老绅士们把钱藏在榆树林里。某天，南达科他州埃斯特林东北方向七英里处一个养鸡人的妻子、众所周知的好厨娘以及训练有素的勘察者，清楚地看到一支共有九十二名墨西哥士兵的队伍从她的小屋经过，时间是 1939 年 7 月 27 日，凌晨 3 点 17 分。

一如《芝加哥每日晚报》所言，为了应对这一威胁，美国这个从未输掉一场战争、也从未发动过一场非正义战争的国家开始同仇敌忾。美国计划在气候足够凉爽之际入侵墨西哥，倘若冰箱和空调能够到位的话，该计划甚至有可能提前。短短一个月里，五百万士兵应征入伍，开始了训练。

因此——也许一切过于轻率了——乔·凯利和多雷姆斯讨论了对墨西哥宣战的问题。如果他们能将整个十字军东征都视为是荒谬的，那么所有的战争在他们的辩护里也不过都是荒谬的；关于战争的起因，参战的双方都揣着毫无羞耻的谎言；战争就是成年男子带着充满稚气的态度，穿着奇装异服，随着民乐前进。多雷姆斯和凯利说，战争里唯一不会令人感到荒唐的是，所有人的轻狂的的确确杀死了数百万条生命。哪怕对于最可爱、最迷人的年轻中尉来说，在上万个饥饿婴儿的面前，一条军官皮带的代价似乎也过高了些。

然而，多雷姆斯和凯利很快都放弃了他们的主张，即所有的战争都是荒谬和可恶的。他们在某一点上达成了一致，即人民因反对暴政而引发的战争是合理的，因为突然之间，美国关于偷袭墨西哥的美好计划被一场反对整个社团主义体制的民众起义所打乱。

叛乱几乎围绕着苏圣玛丽、底特律、辛辛那提、威奇托、旧金山和西雅图开展，尽管在这些土地上，大部分人依旧效忠于海克总统，而其他地方的许多人却相继加入了起义组织。这是美国的一部分，也总是最为“激进”的部分——这个无从定论的词汇，也许可译为“强盗行为的核心”。这里是一片活跃着民粹主义者、无党派联盟、农工党和拉福莱特家族（一个规模足以成为独立政党的家族）的土地。

不管未来发生什么，多雷姆斯振奋地认为，这场起义证明了美国的信仰与希望还未消亡。

这些叛乱分子中的大多数人在贝采利乌斯·温德里普当选前就开始相信他的十五条纲领，相信当他说他想把银行家和实业家曾窃取的权力归还人民时，就多多少少意味着他的确是要将权力归还人民。随着时间流逝，他们发现自己又被一张诈赌牌给欺骗了，于是这些人气愤万分，可他们无暇顾及其他，玉米地、锯木厂、乳品厂和汽车厂还有大量的活儿要做。这时，竟会有人如此愚蠢而粗鲁地下令让他们去往沙漠，去偷袭一个友好的国度，将那里的人从睡梦中刺醒，使他们发现自己在熟睡时被一伙罪人绑架，而这些罪人都怀揣着崇高的理想，满口奉承的话语，并携带着大量的机关枪。

这场叛乱是如此深刻，以至于加州的天主教的大主教和明尼苏达州激进的前州长发现他们竟同属一个派别。

起初这场起义十分滑稽——单是革命者，就如 1776 年马萨诸塞州的革命者一般，缺乏训练、不穿制服、思维混乱，海克总统公开嘲笑他们是“一群可笑的、懒惰的流浪汉”。起初，他们什么也干不成，只会像乌鸦一样叫骂、朝后备民兵和警察分队丢砖头、破坏军队火车、摧毁像社团主义报纸一类的老实公民的财产。

那是在八月，震惊的消息传来，正规军的总参谋长埃曼纽尔·库恩将军从华盛顿飞往圣保罗，控制了斯内林堡，并宣布沃尔特·特罗布里奇担任美国临时总统，直到举行起一个新的、普遍的、不受制约的总统选举为止。

特罗布里奇表示接受这一任命，但附带条件是他不会成为常任总统候选人。

不是所有的正规兵都加入了库恩的革命部队。(自由主义者队伍中有两个广为流传的说法：一是天主教会不像新教徒那样道德严苛，且通常更注重审美；二是职业军人比国会议员和老妇女更厌恶战争)但是已有大部分的正规兵受够了贪婪的、唾沫横飞的社团主义委员提出的各项要求，决意投身于库恩将军所率领的正规军，因此当这支正规部队加上临时训练的明尼苏达州农民共同取得了曼卡托战役的胜利后，利文沃斯的军队即刻控制了堪萨斯城，并计划继续向圣路易斯和奥马哈进军。而在纽约，总督岛和沃兹沃思堡则持观望和中立的态度，看着那些不成体统、以犹太人为主的游击队占领了地铁、发电站和火车站。

然而反叛却就此停止了，因为在美国，这个曾吹捧自己“广泛普及免费教育”的国家，教育是如此的欠缺，既不广泛普及，也不免费，以至于大多数人都不知道自己要追求什么——事实上，他们是因为知道的太少，才不知道自己想要什么。

美国有足够的教室，只是缺少识字的教师、渴望知识的学生和负责任的校董事会，后者本应将教学视为一项光荣的职业，值得给出同保险销售、尸体防腐和餐厅服务相当的薪水。大多数美国人通过学校知道，上帝已经取代犹太人成为美国人的特选子民，而这次的工作则做得更好，它使我们成为如今最富有、最善良、最智慧的国家；经济萧条不过是过眼云烟，而工会只要关注如何提高工资和缩短工时即可，最重要的是，决不可以通过政治联合来发动丑陋的阶级斗争；虽然外国人总试图将其神秘化，但政治实在太过简单，任何一个乡村律师或大都会警长办公室的职员都可以胜任这类工作；倘若约翰·洛克菲勒或亨利·福特当初能够下定决心，他或许本可成为这片土地上最杰出的政治家、作曲家、物理学家或诗人。

持续了两年半的专制统治并没能教会大多数选民变得谦卑，其实他们除了懂得被逮捕是不愉快的以外，别的一概不知。

所以，在第一场轰轰烈烈的起义过后，反抗进行的速度又慢了下来。无论是社团主义者还是他们的对手都不懂得该如何建立一套明确的、清楚的自治理论，也不明白应当如何树立决心，为了自由付出艰辛的劳动……甚至，在温德里普之后，大多数嬉皮笑脸本杰明·富兰克林的平易近人的后代，还没有意识到帕特雷克·亨利的那句“不自由，毋宁死”并不仅仅是高中学堂上的口号或香烟上的标语。

特罗布里奇和库恩将军的追随者们——他们开始称自己为“美国合作联邦”——并没有失去他们占领的任何土地，他们把控着它，赶走了所有的社团主义者，并不时新增设一两个县。然而他们的治理方式却与社团主义者一样，都如爱尔兰的政治般动摇不定。

所以沃尔特·特罗布里奇在八月就看似已完成的任务，到了十月又像是刚刚开始一样。多雷姆斯·杰瑟普被叫到特罗布里奇的办公室，听主席说道：

“我想现在是时候在美国布置一个理智与胆量并存的地下特工了。你去向巴恩斯将军汇报在明尼苏达州的宣传进展。祝你好运，杰瑟普兄弟！试着说服那些依旧死抱纪律和队伍的演说家们，他们的忠实快沦为笑话了！”

多雷姆斯此刻的想法只有：“特罗布里奇可真是个好人，与他共事真是荣幸。”他开始了一场新的任务：成为一名间谍，成为一名训练有素的英雄。可他连可勾起兴致的暗号都没有，这场游戏没有丝毫的浪漫。

38

多雷姆斯收拾好了东西。他要带的东西很少，行李箱里只装了洗漱用品、一件换洗的衣服和斯宾格勒的《西方衰落》第一卷。他正在旅馆大堂等着，准备时间一到就乘火车去温尼伯。大堂入口处的一个女人却引起了他的注意，和这家简陋旅馆里常见的女人不同，她的打扮要精致许多：手持一份手工制的女性读物赠本，身着有缎面里子的羊皮外套与网格状的衬裙，睫毛很长，头发是披散的大波浪。她优雅地穿过大厅，靠在仿大理石柱子上，手中夹着一根长长的香烟，目光停留在多雷姆斯身上。不知为何，她似乎对他产生了一丝兴趣。

她会是社团主义的间谍吗？

她缓缓向他走来，他认出来了，洛琳达·派克。

看着他惊讶的神色，她笑着说："哦，不，亲爱的，我的演技还不至于扮得如此真实！这只是对付社团主义边防军最低级的伪装——如果你同意这也算得上是伪装的话！"

他愤怒地吻上了她，让旅馆里的人都大吃一惊。

她从新地下组织的人那里了解到，他正身陷一场可能会被鞭打致死的危险。她只是来这里和他道一声别，给他捎来也许是最后的一份消息。

巴克被关在集中营里——他比当时的多雷姆斯更为恐惧，附近的看守也监管得更加严密，洛琳达暂时还没办法将他救出去。朱利安、卡尔和约翰·波利科夫还活着，依然被关在监狱里。佩雷菲克斯神父在比乌拉堡管理新地下组织的关押牢房，但他目前有些困惑，因为他倾向于支持对墨西哥开战，他厌恶这个国家对待天主教牧师的态度。洛琳达和他明显为了拉丁美洲的天主教统治激烈争执了一个晚上。正如自由主义者的一贯风格，洛琳达在提到佩雷菲克斯神父时，试图用温顺的语调和敬爱的神情来掩盖她内心对他的憎恶。

据说艾玛和大卫也在伍斯特生活得不错，不过菲利普的妻子似乎对她婆婆的烹饪技术不太满意。茜茜越来越像是个老成的政治鼓动者了，但她仍然记得自己拥有建筑师的天赋，一直在为她和朱利安未来的房子画着草图，也许某天真的就会搬进去。她能够快活地将所有针对资本主义的攻击同朱利安和她即将拥有的为期一年的蜜月之行(这可真够小资的)结合在一起。

不出意料，弗朗西斯·塔斯布鲁重获新生，当年他因贪污被关进了社团主义监狱，如今被放了出来，重新做回地区专员，而他现在的管家是坎迪太太，在她的管理下，塔斯布鲁哪怕最为隐私的个人安排都被工整无误地写进了每日汇报里，流入佛蒙特州新地下组织的总部。

洛琳达站在西行列车的通过台里，抬头看着他，哭着说："你又和以前一样精神了！你觉得快乐吗？噢，你一定得快乐！"

即便是现在，他也没有去注视这个意志消沉的激进女人正流下的泪水……她转身离开他，飞快地跑下站台，抛去了她一贯自信而优雅的姿态。他从通过台探出身子，看见她停在门口，而后犹豫地伸出手，似乎朝着车窗上遥远的、莫名的地方挥了挥，然后摇摇晃晃地走出了检票口。他突然意识到她甚至连他的联系地址都没有；从此，所有爱他的人，都再不会有他的固定地址了。

威廉·巴顿·多布斯先生是个四处贩卖收割机的小个子男人，有着挺直的脊背，蓄着灰色的小胡子，说着一口佛蒙特口音。他刚从旅馆的床上爬起来，这家旅馆位于明尼苏达州，因为附近的农民大都是巴伐利亚裔美国人或和北方佬的后裔，且几乎没有"激进"的斯堪的纳维亚人，因此这里依然忠于海克总统。

他下楼准备吃早饭，容光焕发地搓着手，吃了点葡萄和粥——粥里并没有放糖，因为糖在此地算是禁品。他低头看了看自己，叹了口气："吃得太多了，没办法，累活太多又饿得要命，不行，不能再吃了"；然后，他又给自己添了煎蛋、培根、吐司、橡果制的咖啡和胡萝卜酱——库恩的部队已经把咖啡豆和橘子列在禁运名单里了。

他一边吃，一边看着《明尼阿波利斯日报》。报上刊登了墨西哥战事的伟大胜利——他留意到，在过去的两周里，在这报纸的同一位置已经报道了三次伟大胜利了。此外，在阿拉巴马州的安达卢西亚，一场"可耻的叛乱"受到镇压；据报道，戈林将军将以客人身份会见海克总统；又有"可靠消息"称伪装者特罗布里奇被暗杀、被绑架或被迫辞职。

"什么新闻都没有。"威廉·巴顿·多布斯先生叹道。

他走出旅馆，这时正好有一支小分队从他面前经过，队里都是些新征入伍的农场男孩，准备去往墨西哥服役。他们看上去就像是一群惊慌失措、软弱无力、脚步蹒跚的兔子，唱着或新或老的战歌，套用上内战小曲《当约翰尼迈步回家时》的样式：

当约翰尼从肥沃之地回家时，
万岁！万岁！
他的耳朵里满是沙土，
万岁！万岁！
但他会说墨西哥妞无比诱人，
并给我们带回枪支和佳人。
我们都变得不得安分，
当约翰尼迈步回家时！

他们的声音摇摆不定，有的眼神凝视着人行道上的人群，有的则闷闷不乐地低着头，望着各自沉重的步伐和周围的人群，那些曾经喊着“海克万岁！”的人正在一旁窃笑：“你们这些乞丐永远也到不了那肥沃之地！”甚至，在不算暴露的二层窗台上传来“万岁！特罗布里奇万岁！”

“可怜的人！”威廉·巴顿·多布斯先生望着那些受惊的无用士兵，心想，虽然无用，却不至于到送死的地步。

但事实上，这群人使他意识到，也使他手下的六十余名新地下组织间谍意识到，后备民兵根本不值得畏惧，他们只配得上嘲笑。

开着他的福特敞篷车——这车之前从未启动过，但他想过如何借着自己买车去“愚弄一下茜茜”——多雷姆斯离开了村子，驶进一片杂草丛生的原野。草地上百灵鸟的乐音穿过铁丝网恭迎着他，哪怕他错过了比乌拉堡身后的山峦，那浩瀚的天空、无垠的草原、柳树与白杨林间青翠的树丛，以及掠过头顶、振翅而过的鸟群也会使他倾倒其间。

他沿着公路线开着，欢愉地吹着口哨。

车子停在了一间褪色的黄色农舍前——此处本来应该设个门廊，但前墙下只有一处未涂漆的空缺告诉来人这里是入口。他向一个满是猪粪的农家院子走去，对正在给拖拉机上油的农民说道：“我叫威廉·巴顿·多布斯，是德梅因联合收割机公司和现代执行公司的代表。”

农夫飞快地跑上前与他握手，喘道：“天哪，这是我的荣幸，呃，多——”

“多布斯!”

“啊,是,不好意思。”

在农舍楼上的一间卧室里等着七个人,他们坐在椅子、桌子和床沿上,有的蹲在地板上。其中一些明显看上去是农民,还有几个像是胸无大志的商铺店主。多雷姆斯匆匆忙忙走了进去,这些人都站了起来并向他欠了欠身子。

“先生们,早上好,有些新消息,”他说。“库恩已经把社团主义者赶出了扬克顿和苏福尔斯,不知你们是否准备好了各自的汇报?”

有成员在对农场主进行劝说时遇到了困难,因为农场主们担心他们必须要付给农场工人更多的薪水,针对这个问题,多雷姆斯提供了他的观点(就像人寿保险代理人观察车祸中的尸体一般严肃而充满激情),即一个人的贫穷就是所有人的贫穷……这不是一个新奇的观点,也没有什么逻辑,但它对许多人类骡子来说的确是一根诱人的胡萝卜。

身处芬兰裔美国人群体中的成员常常坚持认为特罗布里奇是布尔什维克人,且同俄国人一样差劲,而多雷姆斯却展示了一份来自莫斯的科伊兹维斯塔的油印语录,其中谴责称特罗布里奇是一个“社会法西斯骗子”。另一边的巴伐利亚农民仍然倾向于支持纳粹,而多雷姆斯则在布拉格发表了一篇有关德国移民的文章,论证了(尽管文章里没有任何统计数字或来自官方文件的引述内容)海克(倘若他能继续掌权的话)与希特勒所达成的协议将把近乎所有的德裔美国人送回德国军队。

“多布斯先生,我们是否非要以欢快的赞美诗和祝福来作为结束呢?”其中一位最年轻、最轻浮,也小有所成的间谍问道。

“我认为没问题! 或许这并没你所想的那样不可忍受,不过考虑到各位在道德和经济上的松散无力,也许我以前天听到的关于海克和梅·韦斯特的新故事作结会更好……珍重各位! 再会!”

在他开车参加下一场会议的路上,多雷姆斯沉不住气了:“我才不相信那个有关海克和希特勒的布拉格故事呢,我想我不会再提到它了。噢,我知道,我知道,多布斯先生,正如你所说,哪怕你真的对某个纳粹党开诚布公,那也依旧会是个谎言,同样,我想我再也不会说起这个故事了……洛琳达和我,曾以为我们可以摆脱清教主义……堆积的云朵总胜过航行的巨帆。倘若他们能把恐怖山、比乌拉堡、洛琳达和巴克移到这里,那这儿就犹如天堂一般……哦,上帝,我并不如此渴求,但或许是时候下令攻打奥萨基斯的后备军哨所了,他们已经做好了准备……我想知道昨天发生的枪击案是否是针对我的……我真不喜欢洛琳达把头发绑成那种纽约风!”

那天晚上,他宿在一座小屋里,小屋坐落在一个浅浅的湖畔,周围环绕着明亮的桦树。主人夫妇是特罗布里奇的崇拜者,他们坚持把自己的房间让给他睡,递给他满是补丁的被子和带有手绘的水壶与碗碟。

他做了个梦——依旧是重复的内容,每周他都会梦到一两次——他回到了特里亚农的牢房。他再次闻到了那股臭味,看到那张拥挤又潮湿的床铺,一种对被拖出去鞭打的挥之不去的恐惧再次涌上心头。

他听到一阵带有魔力的号角声。一个士兵打开门,把所有的囚犯都引了出去。在监狱的庭院里,埃曼纽尔·库恩将军(在多雷姆斯梦境里,他幻化成谢尔曼的模样)对他们说:

“先生们,联邦军队出征了!海克被抓了!你们自由了!”

于是大家往外走去,这些囚犯,这些佝偻的、伤痕累累的、跛脚的、眼神茫然的、淌着口水的,都曾经无比刚直而勇敢的汉子:多雷姆斯、丹·威尔格斯、巴克、朱利安、法尔克先生、亨利·维德尔、卡尔·帕斯卡、约翰·波利科夫、杜鲁门·韦伯,一同缓缓地走出院子大门,从两排士兵面前穿过。这些士兵站姿挺直,举枪致敬,但随着支离破碎的囚犯从他们身前经过,泪水从他们的脸上滑落。

在士兵们的身后,多雷姆斯看到了许多妇女和儿童。她们在等着他——洛琳达、艾玛、茜茜和玛丽伸出亲切的双臂,后面的大卫紧攥着他父亲的手,还有佩雷菲克斯神父。笨笨也来了,尾巴骄傲地摆着。而从迷离似幻的人群中又走上前一人,坎迪太太,为他捧来了一块椰蓉蛋糕。

然后沙德·莱杜出现了,所有人都被吓跑了——

主人拍着多雷姆斯的肩膀,低声说:“刚刚有个电话,说社团主义出动追你来了。”

于是多雷姆斯再次上路,在草地云雀的注目下,不断向前走去,直到北部树林里的一间隐蔽小屋,那里安静的人们正等待着自由的消息。

伴随着绯红的曙光,多雷姆斯依旧前行,因为他是多雷姆斯·杰瑟普,他永远不会倒下。

译后记

辛克莱·刘易斯(1885～1951),美国作家,生于明尼苏达州的索克中心镇。刘易斯的父亲是一名医生,为此整个家族都备受小镇上人们的尊重,但儿时的刘易斯却经常被同伴嘲弄,这段经历对他造成了不可磨灭的影响。十七岁时,他离家求学,考入耶鲁大学。大学毕业后,他在出版社工作,后又在纽约从事编辑工作,之后,他辞去工作,专心写作。刘易斯是一位才华横溢的多产作家,作品二十余部,二十世纪二三十年代是他进行文学创作的"黄金"时期,他因《大街》一举成名,接着出版了《巴比特》《阿罗史密斯》。他凭借《阿罗史密斯》斩获1926年的普利策文学奖。1930年,"由于其描述的刚健有力、栩栩如生和以机智幽默创造新型性格的才能",刘易斯成为美国历史上第一位获得诺贝尔文学奖的作家。刘易斯极善运用反讽、对比和夸张等手法体现人物,幽默诙谐又粗犷直率,他的这种写作风格影响了一批又一批的作家。1951年1月10日,辛克莱·刘易斯病逝于罗马。

《不可能在这里发生》创作于1935年,是一部美国政治小说,也是辛克莱·刘易斯在后期创作中屈指可数的佳作。小说写于大萧条时期,参议员贝采利乌斯·温德里普打着"使美国重获实力与繁荣"的旗号,提出财富再分配,并致力于修建公路、加固乡村学校等。1936年,贝采利乌斯·温德里普在大选中获胜,然而,正如书中主人公多雷姆斯·杰瑟普所言,新总统温德里普变为了一个不折不扣的独裁者,他打压政敌,建立军队镇压人民……在这种独裁政权的统治下,美国人民终于意识到法西斯主义发生在了美国,因此,他们决意英勇反抗,他们秘密建立了一个抗议组织———新地下组织,并创建了期刊,期刊的主力便是多雷姆斯·杰瑟普,他义正词严地抨击贝采利乌斯·温德里普,并一直竭力进行反抗工作……

1936年,刘易斯将《不可能在这里发生》改编为剧本,并在美国各个州的剧院演出。实际上,《不可能在这里发生》中的贝采利乌斯·温德里普在现实中有原型可寻,这也从另一个角度告诉我们:你笃定不会在此发生的事情恰恰极有可能发生。

本书为《文学翻译》课程教学案例库建设与实践(ALK202214SDYAL2022161)的阶段性成果。

单士坤、钟京伟负责本书的整体选材、策划和审阅。章节分工大体如下:张铭、张曼负责第一至十三章;戴璇负责第十四至十八章;刘晓洁、王思颖、陈瑛负责第十九至第二十九章;魏强强、韩晓洁、宋杨负责第三十至三十八章。

感谢为本书的出版倾注了情感和汗水的译者和山东大学出版社的编辑们,正是大家的辛勤付出,本书才得以按时付梓。鉴于译者才疏学浅,书中不当之处,尚祈读者批评指正。

单士坤

2023 年 6 月

于教授花园